캠프 15

1

장진성 장편소설

YOUNGWOOD
영 우 드

캠프 15

이 책의 저작권은 도서출판 영우드에 있습니다
저작권법에 의해 보호를 받는 저작물이므로 무단 전재와 무단 복제를 금합니다

차례

1장 붉은 노을 아래서   1

2장 룡평   71

3장 기억   143

4장 2월의 사람들   215

5장 옹헤야   297

6장 독립조   388

1
붉은 노을 아래서

"죄수 인수인계!"

지프가 멎기도 전에 차문을 열며 호송군인이 소리쳤다. 뒤따라 죄수 하나가 쿵- 하는 소리와 함께 바닥으로 짐짝처럼 굴러떨어졌다.

이제 겨우 16세. 그의 이름은 도성진이었다.

성진은 보위부 예심초대소에서 1년을 버텨낸 끝에 결국 이곳 '15호 관리소'로 오게 됐다. 들머리에는 『조선인민경비대 2915부대』로 표시되어 군부대 주둔지처럼 보였다.

'정치범'이라 일컫는 사람들을 은밀하게 수용하기 위해 실제로 외곽 경비 임무를 푸른색 견장의 경비대 군인들이 맡고 있다. 하지만 철조망 안의 수용자들을 실질적으로 관리하는 숨겨진 주체는 황색 계급장의 국가보위부다.

성진은 뒤로 묶인 팔을 비틀어 간신히 뒤쪽을 훔쳐보았다. 그제야 코앞에 버티고 선 철문이 눈에 잡혔다. 초록 페인트가 빛바랜 채 군데군데 벗겨져 있었다. 녹슨 자국은 피부를 찢고 부풀어 뒤틀린 살점 같았다. 좌우로는 한껏 벌린 양팔처럼 담장이 길게 뻗어 있었다. 그사이에 선 철문은 땅을 뒤집고 일어서다 멈춘, 머리 없는 괴물의 몸통 같았다. 그 앞에서는 끌려 들어가는 것이 아니라 삼켜지는 것과 영락없었다.

문 중앙에는 핏덩이처럼 불거진 붉은 별 하나가 시뻘겋게 박혀 있었다. 그 문이 애당초 닫기 위해 만들어진 것처럼 억지로 열렸다. 땅을 부여잡고 버티며 질질 끌려가는 쇳덩이 소리는 도성진의 온 신경까지 닥닥 긁었다. 처음 맞닥뜨린 그 철문은 세상과 지옥을 가르는 첫 경계선에 불과했다. 거기서도 그는 다시 트럭에 실려 한참을 더 안쪽으로 끌려갔다.

트럭에 실려 가는 죄수는 2명이었다. 성진이 눈물을 닦다가 자기 가슴에 붙은 수번(囚番)을 자세히 보았다. 『2작업반 9분조 7번』이라고 씌어 있었다.

맞은편에 앉은 백발 죄수가 입은 군청색 옷의 가슴팍은 비어 있었다. 멀쩡한 안경이며 온화한 미소까지 평범한 죄수 같지 않았다. 성진은 얼른 고개를 돌렸다. 정치범에게 웃음은 반항과 같아서였다.

트럭 후부에는 총을 든 호송군인 두 명이 앉아 있었다. 그들은 쫓아오는 흙먼지를 물끄러미 보고 있었다. 덜컹거리며 가는 동안 성진의 심장 고동 소리는 묘하게 조용해졌다. 두려움이 흙먼지와 더불어 사라지는 기분이었다. 풍경은 예상보다 평온했다. 사람도 살림집도 보이지 않는 넓은 들판이었다. 푸른 옥수수밭이 널찍이 펼쳐져 있었다. 참새 몇 마리가 옥수수 숲속으로 사라지는 모습도 보였다.

"여기도 생명이 허용되는 곳이구나."

성진은 생각했다. 하지만 그 안도감은 오래 가지 않았다. 옥수수밭이 끝나자, 서서히 철조망이 눈에 들어왔다. 장승처럼 서 있는 경고판도 스쳐 갔다.

『들어가지 말 것!』

『섯! 쏜다!』

초라한 감시초소들도 드문드문 나타났다. 사람의 흔적이 보이자 오히려 더 뼛속 깊이 공포가 파고들었다. 트럭이 멈춘 곳은 엮은 통나무 외관의 작고 낡은 병실 앞이었다. 문 옆에는 글씨마저 흐릿해진 낡은 철제 문패가 삐딱하게 매달려 있었다.

『2작업반 관리실』

성진은 호송군인의 거센 손에 떠밀려 문 안으로 들어갔다. 문이 닫히는 소리보다 안쪽의 정적이 귀를 더 눌렀다. 방안에는 젊은 중위가 앉아 있었다. 그는 2작업반 담당 보위원 최종배이다. 콧등은 잔뜩 치켜 올라 참지 못하는 성질을 그대로 드러냈다. 좁은 이마는 28세에도 불구하고 깊고 자잘한 주름들로 얽혀 있었다. 유난히 번들거리는 눈동자 안에는 설명할 수 없는 공허와 지워지지 않는 불안이 숨어 있었다. 거대한 공포 체제 안에서 분노를 무기로 삼아야만 살아남을 수 있었던 남자의 신념 같았다.

방안은 눅눅한 먼지 냄새로 가득했다. 철제 책상 하나, 오래된 전화기 한 대, 그리고 정면 벽에는 선홍색 붉은 글씨로 쓰인 액자가 걸려 있었다.

『혁명의 계급적 원수들에게 죽음을!』

성진은 저도 모르게 고개를 숙였다. 자신을 향한 저주처럼 느껴져서였다. 그때, 노크 소리가 들렸다.

"들어왓!"

최종배의 대답과 거의 동시에 40대 중반의 수용자가 문을 열고 들어섰다.

"중대장 선생님! 2작업반 9분조 1번! 선생님 호출받고 왔습니다."

너무 많이 맞아 다져진 소리처럼 들렸다. 최종배는 고개도 들지 않았다. 서류를 넘기는 손놀림만 분주했다. 보위원이 침묵할 때 죄수의 자세가 어떠해야 하는지 정해져 있는 듯했다. 남자는 곧바로 고개를 깊숙이 숙였다. 그의 이름은 박승민이었다.

1966년, 전 세계를 놀라게 했던 북한 축구 대표팀의 주전 미드필더였다. 잉글랜드 월드컵 8강의 전설은 아직도 평양 사람들 뇌리에 선명히 남아 있었다. 이름을 부르는 것이 금지된 이곳에서 사람들은 그를 '검은손'이라 불렀다. 그가 이곳에 끌려온 이유는 간단했다. 8강전 전날 호텔 밖에 나가 여자들과 어울렸다는 혐의였다. 당은 경기 패배의 책임을 '일탈'로 몰아 15호로 보냈다. 축구 인생이 끝난 지도 20년이 흐른 셈이다. 광대뼈 아래로 날 세운 턱선, 꾹 다문 입술에 감춰진 고집, 무엇보다도 모든 걸 견디다 못해 삶의 기회로 바꿔낼 줄 아는 숫의 감각이 그의 두 눈 속에 아직 살아남아 있었다.

성진은 그의 가슴에 붙은 숫자를 보고 직감했다. 같은 9분조의

1번이다. 아마 이 남자가 자기 분조의 책임자일 것이다.

"너, 열여섯이야?"

"네!"

성진의 짧은 대답에 최종배는 그의 얼굴을 한참이나 노려보았다. 종잇장 같은 창백한 피부는 빛을 몰랐는지 희미하게 투명했다. 날카롭게 깎인 턱선 어딘가엔 아직 벗지 못한 유년의 잔영도 남아 있다. 그 위에 깊은 눈동자와 짙게 새겨진 눈썹이 또래와 다른 무게를 품고 있었다. 두려움과 철없음, 당돌함과 설명할 수 없는 직관, 그것들이 모여 한 소년의 표정을 얼개 짓고 있었다.

최종배는 입을 열려다가 막대기로 문가에 선 검은손을 가리켰다. 그는 다시 외쳤다.

"네, 선생님! 이 안에선 보위원 선생님을 반드시 '선생님'이라 불러야 합니다! 보위원 선생님은 우리의 인간개조를 책임진 혁명화 스승입니다!"

"규정도."

"네, 선생님! 허락 없이 고개를 들거나 눈을 마주치면 안 됩니다! 그땐 살해 의도로 간주돼 즉시 사살될 수 있습니다!"

성진은 빠르게 머리를 숙였다. 등줄기를 타고 식은땀이 흘러내렸다. 성진의 그런 즉각적인 반응이 마음에 들었는지 최종배의 목소리가 한결 느슨해졌다.

"여긴 정해진 형량이 없어. 나갈 때 알려주니까. 그건 나가서 세보면 되고...."

그는 깜빡 잊었던 생각을 다잡고 가리는 듯 손바닥으로 책상을 두드렸다.
"아, 제일 중요한 것! 여기선 수령님 존함을 함부로 부를 수 없다. 당의 배려로 석방될 때만, 그때만 공화국 공민의 최고 권리로 부를 수 있고 들을 수 있는 거야. 알았어?"
"넷! 선생님!"
성진의 힘찬 대답이 사무실 안 공기를 북처럼 두드렸다. 마치 그 울림에 밀린 듯, 서류 더미 위에서 아버지 사진 한 장이 사르륵, 바닥으로 미끄러졌다.
성진의 시선이 그 사진 위에 꽂혔다. 몸이 먼저 반응했다. 사진을 주우려 하자, 곁에 서 있던 검은손이 잽싸게 성진의 팔을 잡아당겼다. 우악스러운 손에 성진의 관절이 비틀렸다. 성진이는 어린 애처럼 몸을 바둥거리며 비명을 질렀다.
"이거 놔요! 선생님, 소원이 있습니다!"
'소원'이라는 단어가 튀어나오는 순간, 검은손의 손아귀에 더욱 강한 힘이 실렸다. 정치범에겐 있을 수 없는 소원이자 무례였다. 최종배는 호기심을 느꼈는지 막대기를 바닥에 툭툭 쳤다.
"⋯뭔데?"
"부모님 사진, 갖고 들어가게 해주십시오. 혁명화를 더 잘할 수 있습니다!"
성진이 목청 높여 애원했으나 최종배는 냉소 섞인 웃음을 지었다.
"이 새끼야. 여긴 어차피 추억도 감성도 까맣게 재가 되는 곳이야."
그리고는 험악해진 얼굴로 자리에서 일어섰다.

"당과 수령께 불효한 새끼한테는 자식 효도도, 부모 사랑도 없다! 이게 15호의 법이자, 형벌이야!"

싯누런 전구 하나가 천장에 매달려 힘겹게 어둠을 밀어내고 있었다. 흐린 불빛 아래 도성진은 죽은 사람처럼 누워 있었다. 그는 어젯밤 내내 기합을 받았다. 아버지 사진을 달랬다가 소원의 대가를 혹독하게 치른 것이었다. 정신을 놓은 그를 분조장 검은손이 둘러메고 왔다. 시체처럼 내던져진 그의 입엔 수건이 칭칭 감겨 있었다.

막사는 길게 뻗은 구조였다. 벽체는 흰색이었으나 지금은 말라붙은 얼룩들만 잔뜩 있을 뿐이었다. 양철 지붕에서 흘러내린 녹물이 벽을 타고 줄줄이 흘렀다. 그 자국들은 과거의 비명이 굳어 붙은 핏줄처럼 엉겨 있었다.

이곳은 쉬는 곳이 아니었다. 상처와 기억이 눌러앉아 이를 악물고 버틴 앙금의 자리였다. 안쪽에는 2단 침대들이 하모니카처럼 숨 막히게 이어져 있었다. 그 틈마다 발이 하나씩 삐죽 튀어나왔다. 냄새를 쫓아줄 창문 하나 없었다. 사회와 똑같은 바람도, 하늘도, 시간조차도 이곳에선 불법 같았다. 바닥은 땀과 피, 흙먼지와 기합이 눌러 다져놓은 검정 흙이었다.

"땡- 땡- 땡-"

금속판을 두드리는 소리가 어둠을 찢고 운동장 너머 막사 안까지 그 존재를 과시했다. 종소리였다면 그나마 추억이라도 되겠건만 그건 냉혹한 금속의 명령이었다. 정확하게 하루에 두 번씩 울리는 종소리에 이곳 사람들의 삶이 궤적을 이루었다. 밤 11시 취침 종과 새벽 6시의 기상종이었다. 그 외에도 전체집합이나 처벌, 또는 처형 같은 '즉시성'을 재촉하는 신호종으로 쓰였다. 그래서 수용자들에겐 이 세상에서 가장 듣기 싫은, 본능적으로 거부하고 싶은 소리였다.

그 금속음이 울리자, 수용자들은 마치 출발선에 줄지어 있던 사람들처럼 일제히 몸을 튕겨 일으켰다. 육체가 깨어난 게 아니었다. 이곳에선 잠든 적이 없었다. 잠든 건 오직 눈뿐이고, 육체는 물론 정신까지도 단 한 순간도 풀어진 적 없이 단단히 감기고 있었다. 여긴 시간도 흐르는 게 아니라 갇히는 곳이었다.

"기상! 기상!"

막사 안쪽 깊은 곳에서 누군가 다급하게 외쳤다. 수용자들은 마치 전장(戰場)에서 출격 명령을 받은 병사들처럼 일사분란하게 움직였다. 담요를 재빨리 걷어내고 어떤 이들은 벌써 자기 침대 앞에 서서 옷매무새와 머리 손질까지 끝냈다. 유독 도성진만이 입에 재갈이 물려 있어, 죄수 가운데 진짜 죄수 같았다. 바로 옆에서 20세의 김영민이 고참마냥 그의 등을 발로 툭 건드렸다. 별명이 '월왕령'인 그도 한달 전 '아웃마을'에서 여기로 왔다.

일반 주민들은 요덕에 위치한 정치범수용소를 15호 관리소, 수용자들을 죄수라고 불렀다. 이곳에는 2급과 3급으로 나눠진 두 개의 관리소가 있었다. 동쪽의 룡평리와 평전리는 2급 관리소로 한 번 들어가면 죽어야만 나올 수 있었다. 모두 무기수로서 석방이 없었다. 그래서 '완전통제구역'이라고 부른다. 반면에 서쪽의 립석리, 대숙리, 구읍리는 3급 관리소였다. 여기선 사회 복귀가 가능해서 '혁명화구역'이라고 했다.

월왕령은 아버지의 죄로 이웃 관리소인 2급 룡평에 있다가 한 달 전에 이곳으로 이감해온 것이었다. 9분조의 조장인 검은손이 엄한 표정을 지어 보였다. 월왕령이 신경질적으로 성진의 엉덩이를 세차게 걷어찼다. 몸을 뒤채며 천천히 눈을 뜨던 성진은 죄다 일어난 걸 보고 용수철처럼 팅겨 일어났다. 담요를 갠 후 남들처럼 침대 앞에 반듯이 설 때까지도 그는 자기 입의 수건을 인식하지 못했다. 감각이 없었던 것이다.

월왕령은 수건에 대한 아무 설명 없이 성진의 입에서 거칠게 벗겨냈다. 그제야 그는 밤새 입을 막고 있던 수건의 존재를 알고 "너였지?"하는 날 선 눈으로 월왕령을 노려보았다. 막사 안쪽 끝에서 분조별로 수번을 부르는 소리가 들려왔다.

"2작업반 4분조 6번! 7번! 8번! 9번! 끝!"

월왕령이 슬쩍 성진의 가슴께 숫자를 확인하더니 고개를 약간 기울이며 속삭였다.

"네 번호 외치고 '끝'. 이렇게 해. 7번, '끝'. 이렇게."

곧이어, 문 쪽에서 서늘한 기운이 감지되었다. 보위원 최종배가 막사 안으로 들어섰다. 그는 좌표를 찍듯 도성진 쪽에 시선을 고정했다. 점점 가까워지는 수용자들의 외침이 성진을 구석으로 몰아넣는 것 같았다.

"2번!", "3번!", "4번!", "5번!", "6번!"

도성진에게 번호의 외침만 달려오는 게 아니었다. 모든 시선도 함께 실려 왔다. 그는 간신히 입을 열었다.

"7번!"

최종배가 잘 걸렸다는 듯 실실 웃으며 다가왔다. 막대기로 성진의 배를 쿡쿡 찔렀다. 그러다 갑자기 코를 움켜쥐었다. 주머니에서 손수건을 꺼내 코를 막으며 소리 질렀다.

"이거 어느 놈 방귀 냄새야! 전체 뒤로 돌앗!"

수용자들이 일제히 뒤로 돌아섰다.

"야, 4번! 5분조 '미꾸라지'!"

"예, 선생님!"

미꾸라지는 크게 외치며 주먹을 공중으로 높이 들더니 앞으로 나왔다. 그는 사회에서 유엔DP 사무관을 지냈다. 월남한 직속 상관이 선물로 준 물건을 간직했다가 '반역동조죄'로 몰려 들어왔다. 막사 안팎 어디서든 급할 때면 최종배가 늘 불러대는 미꾸라지다. 그러면 한걸음에 달려왔다. 눌러도 미끄러지고 잡아도 미끄러지는 재주 하나는 타고난 2작업반 생존 제1인자였다. 최종배는 막대기로 도성진 주변을 가리켰다.

"이쪽 어딘 거 같아. 무조건 찾아내."

"네, 선생님."

최종배는 한 번 더 강조했다.

"이 안에서 처먹는 건 똑같은데! 이건 보통 냄새와 달라. 분명 훔쳐 먹은 냄새야. 꼭 잡아내!"

미꾸라지가 허리를 숙여 맨 먼저 도성진 엉덩이에 코를 박았다. 이어 월왕령, 그리고 그 옆은 박한석이었다. 그는 한때 황해북도 예술단 소속의 인기 만담 배우였다. 그의 육성 만담 카세트는 북한 전역을 떠돌 정도로 유명했으나 그 인기 때문에 끌려왔다. 개인의 주둥이로 당의 선전선동 기조를 어겼다는 죄명. 그래서 이 안에서 그의 별명도 '주둥이'가 되었다.

도성진은 조심스럽게 주둥이 옷자락에 붙은 숫자를 확인했다. 자기와 같은 9분조였다. 도성진은 망설이지 않았다. 손을 번쩍 들고 뒤로 돌아서며 외쳤다.

"선생님! 제가 꼈습니다! 어제 예심초대소에서 먹은 음식 냄새입니다!"

막사 안 공기가 일순 얼어붙었다. 주둥이는 고개를 비틀고 도성진을 바라봤다. 막사 안쪽 어둠 속에서 뛰어오던 2작업반 반장이 도성진을 보고 굳어졌다. 가차 없이 최종배의 손이 날아들더니 도성진의 뺨을 갈겼다. 하지만 성진은 고개를 빳빳이 든 채 눈 하나 깜빡하지 않았다.

"이 새끼만 아침 굶겨."

"네, 선생님!"

2작업반 반장이 힘차게 대답했다. 최종배는 내부를 휙 둘러보고는 밖으로 사라졌다. 막사 안에는 모든 점검이 끝나면 늘 그랬듯이 멈추었던 대화와 열린 숨통으로 흐트러졌다. 그 틈을 비집고 미꾸라지가 도성진 앞으로 미끄러지듯 달려왔다.

"야, 이 새끼야! 진짜 니가 낀 거 맞아?"

그때 주둥이가 능청스럽게 소리쳤다.

"어이, 미꾸라지. 똥내 한 번 더 맡을래?"

미꾸라지는 바닥에 침을 퉤 뱉고 달아났다.
점검이 끝나면 곧바로 아침 식사 시간이었다. 늘 배고픈 수용자들은 썰물처럼 빠져나갔다. 주둥이는 도성진 앞을 지나가다 걸음을 멈췄다.
"어, 사회방귀. 향기 아주 좋아. 이따 보자."
그는 가볍게 휘파람을 불며 자리를 떴다. 뒤따르던 9분조 대원들도 하나둘 지나가며 도성진을 슬쩍 쳐다보거나 고개를 끄덕였다. 줄의 맨 끝에 선 고수머리 청년이 유난히 오래 성진을 바라보았다. 그 눈빛엔 아침을 상실한 자에 대한 무언의 위로가 담겨 있었다. 그의 이름은 황명현. 이곳에선 '가수'로 통했다. 한때 북한이 자랑하던 만수대예술단의 테너였다. 소련 유학파 출신이었다. 아리랑 가사의 백두산을 '망명산'이라고 바꿔 불렀다가 이곳에 끌려 왔다. 가수는 윗주머니를 더듬어 무엇인가를 꺼내 성진의 손에 쥐어주었다. 그는 막사 밖으로 나가면서 자기 가슴팍을 툭 치며 번호를 가리켰다.
"내 별명은 가수야."
"가수..."
성진은 혼자 되뇌며 천천히 손을 펴보았다. 옥수수 다섯 알이 놓여 있었다.

새벽 공기는 눅눅했다. 산 아래로 뿌연 안개가 내려앉은 들녘을 수용자들은 줄을 맞춰 무거운 발걸음으로 걸어갔다. 손에는 빠짐없이 양동이나 삽 같은 작업 도구를 들었다. 축축한 새벽이슬이 뺨을 스쳤다. 성진의 심장은 아직도 낯선 공포에 두근거렸다. 길옆으로 녹슨 철조망이 끝도 없이 이어졌다. 군데군데 붉은 글씨로 쓰인 『섯! 쏜다!』 경고판이 매달려 있었다.

그 너머에 7살쯤 돼 보이는 퀭한 얼굴의 어린 꼬마 남자애가 나타났다. 그가 철조망을 넘어 손을 불쑥 내밀었다. 도성진은 흠칫 놀랐다. 아이의 눈은 오직 성진만을 향하고 있었다. 자기만 정조준하며 히죽거리는 미소에 성진의 솜털이 쭈뼛 곤두섰다. 귀신이라도 본 것처럼 성진은 걸음을 재촉했다.

한참을 걷고 나서야 철조망도 아이도 눈에 들어오지 않았다. 대신 드넓은 옥수수밭이 시야를 가득 채웠다. 어제 오후 입소할 때 봤던 옥수수밭이었다. 가까이서 보니 여물지 않은 푸른 옥수수들이 촘촘히 서 있었다. 죄수들의 굶주린 시선은 본능처럼 그 옥수수밭을 향했다. 대열 맨 앞에서 2작업반 반장의 고함이 터졌다.

"강냉이밭에 들어가는 놈들 보면 신고해! 서로 잘 감시하고!"

반장은 대열을 따라 걸으며 눈을 사방으로 부라렸다. 9분조에 다가서자 도성진과 눈이 마주쳤다. 성진은 너무 반가워 소리칠 뻔했다. 하지만 반장은 모른 척 재빨리 얼굴을 돌리며 지나쳤다. 머리를 갸우뚱하는 성진의 옆으로 주둥이가 달라붙었다.

"사회방귀. 너 아침도 못 먹었는데 배고프지?"

주둥이는 성진이 대답할 겨를도 없이 팔을 확 낚아챘다. 억센 주둥이의 손아귀에 성진의 몸은 속절없이 옥수수밭으로 끌려 들어갔다. 두 사람은 짙은 옥수수 잎 사이로 몸을 숨겼다. 서늘한 흙

냄새와 젖은 공기가 코끝을 간질였다.

"강냉이를 따면 절대 안 돼. 짐승 이빨 자국처럼 만들어야 해. 나 봐."

주둥이는 옥수수를 붙들고 껍질을 벗긴 뒤 이빨로 아래서부터 위로 거칠게 훑어 올렸다. 눈 깜빡할 사이였다. 그의 턱질에 성진도 두 손으로 옥수수를 감싸 쥐고 서툰 이빨질을 했다. 아직 어린 옥수수알은 억센 이빨질로 짓이겨져 입안에서 풋내만 짙게 풍겼다. 단맛은 별로 없었다. 그런데도 배고픈 입안은 요깃감으로 반겼다. 멀리서 꾸벅대며 졸던 경비들이 눈치를 챘는지 다급하게 소리쳤다.

"일어나! 독신자 놈들 벌써 지나갔어!"

"잘 찾아봐! 어디 숨어서 갉아먹을지 몰라!"

성진은 움찔했다. 그러나 주둥이는 털끝만큼도 신경 쓰지 않는 눈치였다. 다람쥐처럼 날래고 능청스럽게 옥수수를 털어내는 것이었다.

"저것들은 산에선 뱀도 잡아먹고 강가에선 물고기도 다 잡아먹는대."

"한 놈만 잡혀봐라. 대갈통 박살이다."

경비들이 말할 때마다 주둥이는 고개를 끄덕였다가 절레절레 흔들며 맞장구쳤다. 경비들의 발소리가 가까워졌다. 주둥이는 땅바닥에서 돌멩이 하나를 집어 들어 멀리 던졌다. 돌멩이가 허공을 가르며 옥수수밭을 흔들었다.

"누구얏!" 경비들이 그쪽으로 달려갔다.

주둥이는 입에 옥수수를 문 채 잽싸게 몸을 일으켰다. 옥수수알로 입안을 가득 채운 성진의 이마를 툭 치고는 먼저 몸을 낮춰 빠져나갔다. 성진도 허리를 숙이곤 죽을힘을 다해 따랐다. 옥수수밭을 빠져나오니 차가운 새벽 공기가 옷 속을 파고들었다. 이슬에 젖어 가랑이가 축축했다. 주둥이는 얼굴 가득히 웃음을 머금고 대열 끝으로 성진을 이끌었다.

"어제 누가 내 입에 수건으로 장난쳤대요?"

성진은 힘주어 물었는데도 월왕령은 아무 말 없이 걸었다. 가수가 옆으로 오더니 성진의 어깨에 자기 팔을 감싸며 말했다.

"아, 그 수건? 그건 신입이 들어오면 잠꼬대 실수할까 봐 우리 9분조가 해주는 특별 취침 배려야. 잠꼬대하다 당 욕하면 반역죄로 바로 쏜다니까."

가수의 설명은 고마웠지만, "쏜다"는 단어에 성진은 공포감이 들었다. 가수는 새벽 공기를 흔들고 싶었는지 목을 풀듯 "아! 아!" 하고 소리쳤다. 그러자 주둥이가 곧장 받아 뽑았다. 그의 목소리는 막걸리 한 잔에 푹 젖은 판소리 같았다.

강냉이로 유혹하고, 강냉이로 매우 쳐도
사또 양반 바지 입소! 내 이름은 춘향이오!
네 이년! 요덕으로 가겠느냐 물었더니
사또 양반 바지 벗소! 내 이름은 춘향이오!

대열 속에서 킥킥대는 소리가 터져 나왔다. 도성진도 피식 입꼬리를 올렸다. 그 미소는 이곳이 오직 공포만 도사린 곳이 아니라는 것, 살아 있다는 본능을 깨우는 작은 희망이었다. 대열은 느릿하게, 그러나 꿋꿋하게 앞으로 나아갔다. 그들의 머리 위로 동녘 하늘이 붉어지며 천천히 열리고 있었다.

도성진이 속한 제2작업반은 15호 관리소의 지휘 본부가 있는 구읍리에 소재했다. 본부 건물은 회색 콘크리트 덩어리로 길쭉했다. 처음부터 건축미는 안중에 없었다. 그렇게 설계할 리 만무했다. 개성이 아닌 통제, 곡선이 아닌 수직 명령을 고집하는 그 철골 위에는 오직 목적과 임무만이 세워져 있었다.

무미건조한 외관과 달리, 건물 2층 중앙에 자리 잡은 소장의 방은 '아방궁'으로 만들려고 작정한 듯했다. 가구 하나하나가 수용자들이 만든 예술품이었다. 작은 진열장 나무 표면도 그냥 매끄럽지 않았다. 대패질은 결마다 방향이 달랐다. 미는 각도에 따라 무늬처럼 다르게 보였다. 소파와 의자, 테이블 등 어느 것 하나 범용한 것이 없었다. 옛날 황제의 처소에서나 볼 법한 장식들로 아주 고급스러웠다. 금색만 아니었을 뿐 팔걸이며 등받이에는 바다의 파도가 음각돼 있었다. 손으로 만지면 물결이 흐를 것처럼 섬세했다.

방구석에는 팔뚝 크기의 인민군 병사들의 흉상이 병종 별로 줄지어 있었다. 방 한가운데는 짙은 옻칠이 빛나는 책상이 웅크리고 있었다. 죄수들이 일일이 손으로 깎아 만든 그 책상은 단순한 가구가 아니었다. 그 앞면에는 은빛 선으로 백두산이 새겨졌고, 아래의 숲은 나뭇잎 하나하나까지 약동했다. 자연의 일부를 옮겨와 옻칠로 붙여놓은 듯했다.

책상 위의 전화기에서 "따르릉!..."하는 소리가 울렸다. 소장은 곧바로 수화기에 손을 뻗지 않았다. 느긋하게 자리에서 일어나 방 한쪽 거울 앞으로 걸어갔다. 거울 테두리도 과했다. 누군가를 모시기 위해 특별히 제작한 액자 같았다. 첫 번째 벨이 끊기자 그럴 줄 알았다는 듯 그는 거울을 보며 미소를 지었다. 아주 익숙하고도 공들인 웃음이었다.

입꼬리는 정확히 15도 올라갔다. 눈썹은 자연스럽게 살짝 치켜 세워졌다. 제 얼굴인데도 초면처럼 새로워 보였다. 그러나 좀 더 자세히 들여다보면 솔직한 것들이 보였다. 광대뼈 아래는 굳어 있었다. 턱선에는 44년 지친 나잇살이 느슨하게 처져 있었다. 거울 속에 비친 것은 권위라는 껍데기와 체념이라는 속살이 정확히 반반씩 갈라진 두 겹의 얼굴이었다. 소장은 한참 그 틈을 찾으려다가 조용히 중얼거렸다.

"아무튼."

소장의 입버릇은 늘 "아무튼"이었다. 말반동이 태반이고, 사람 목숨도 동강 나기 일쑤인 15호 안에서 긴말이나 설명은 아무 의미가 없었다. 자신의 권위를 한마디로 대신할 때도 "아무튼"으로 충분했다. 소장에게 그보다 더 편리한 조선말은 없었다. 다시 전화기가 울렸다. 소장은 자기 자리로 돌아가 앉으며 수화기를 들었다. 건너편에서 들려오는 목소리는 다급했다.

"소장 동지. 저, 대열부장 맹인수입니다."

대열부장은 관리소 안의 하급 보위원과 수용자들의 인사기록을 관리하는 자리다.

"정치위원 동지가 후방부장에게 사망자 명단에 문제가 있다면서… 왜 62명이 빠졌냐고 물었답니다."

소장의 입술 주름이 살짝 구겨지려는 순간, 노크 소리가 났다. 곧이어 군인 하나가 여자 수용자를 데리고 방으로 들어섰다. 30대 중반쯤으로 보였다. 고려호텔 안마사로 외국인에게 달러를 받은 죄로 잡혀 왔다. 군인은 여자를 남겨두고 방문을 닫았다. 수화기 너머로 대열부장의 보고가 계속 이어졌다.

"작년 사망자들까지 올해 배급은 계속됐는데, 그 식량은 다 어디로 갔냐고 묻습니다. 그리고 내부 처형자 명단까지 내놓으라고 야단입니다."

소장은 여자 수용자에게 사무실 끝의 안쪽 문을 가리켰다.『혁명화학습실』이라는 붉은 액자가 걸린 방이었다. 여자는 그 방이 익숙한지 들어가면서 문짝에 붙은 작은 금속 문패를 살짝 뒤집어 놨다. '외출중'에서 '학습중'으로 바뀌었다. 소장은 부릅뜬 눈으로 그 문이 완전히 닫힐 때까지 지켜봤다.

"…아무튼, 이따 조직부장 집에 갈 테니까… 야, 너 창고 가서 내 차에 천연색 텔레비전 싣고. 아무튼, 점심에 내 방 들러."

그가 수화기를 내려놓았을 때였다. 노크 소리와 함께 다시 문이 열렸다. 여자 수용자를 넣었던 군인이 몸을 살짝 숙이며 조심스럽게 말했다.

"정치위원 동지 오셨습니다…"

군인의 말이 끝나기도 전에 문가에 정치위원이 들어섰다. 소장과 같은 대좌 계급. 그러나 그 존재감은 결이 좀 약했다. 소장은 혁명화학습실의 문을 힐끗 확인한 뒤 억지로 입꼬리를 끌어올렸다.
"아이구. 연락도 없이… 아무튼, 잘 오셨습니다."
그는 문 쪽으로 걸어가며 몸을 비스듬히 돌려 소파를 가리켰다. 거기는 혁명화학습실에서 가장 먼 자리였다. 정치위원이 앉자 소장은 장식장 위에 놓인 녹음기의 스위치를 켰다. 스피커에서 낡은 음질의 혁명가요가 흘러나왔다. 군가와 선동 사이 어딘가를 부유하는 도식적인 선율이었다. 정치위원은 그 소음에 눈썹을 찡그렸지만 이내 조용히 말했다.
"제가 새로 와서 잘 몰랐는데… 그 내부자 처형 명단 말입니다."
소장은 입술을 삐쭉 내밀고 손등을 문질렀다.
"여기가 혁명화구역 아닙니까? 근데 날짜를 미리 정해놓고, 사고사로 위장해서 처형하라는 게 무슨…"
"그걸 왜 제게 묻습니까? 평양 본부에 있다가 오신 정치위원 동지께서 더 잘 아실 텐데…"
소장은 일부러 말끝을 흐렸다. 정치위원은 43세였다. 인생 경험도, 관리소의 경력도 선배라는 점을 강조하려는 듯 소장은 대화의 끝부분을 숨결에 섞어 흘려보냈다.
"저야 본부 간부부에 있었으니 여기 실정을 잘 모르지 않습니까."
정치위원의 모른다고 한 말이 썩 마음에 들었다. 소장은 입가에 야릇한 웃음을 올렸다.
"아무튼, 저도 요덕의 쫄따구 아닙니까."
두 사람 사이에 짧은 침묵이 흘렀다. 녹음기만 계속 혁명의 한 길을 노래하고 있었다. 정치위원이 천천히 입을 열었다.

"그럼… 김동규도 그렇게 처리되는 겁니까?"

소장은 하기 싫은 말을 꺼내듯, 먼저 한숨을 들이 내쉰 후 대답했다.

"내년 2월 15일까지라고… 못 박았으니. 아무튼, 그때겠지요."

"아무튼이 아니라 정확한 날짜와 시간을 알고 싶습니다."

소장은 정치위원의 눈길을 피하며, 자기 손등의 두드러진 핏줄을 자세히 들여다보았다.

"젊었을 때던가요? 김동규 밑에서도 일한 경력이 있다던데…"

정치위원의 목소리는 단호했다.

"저는 김동규가 회고록 집필을 끝내는 즉시, 원고를 회수하라는 본부 정치국장 동지의 지시를 직접 받았습니다."

소장도 같은 어조로 말했다.

"나도 마치는 즉시, 영도 계승을 정면으로 반대한 그 악질 반동을 단 1초도 살려두지 말라는 본부 부장 동지의 지시를 받았소."

정치위원은 소장의 얼굴에 시선을 고정했다.

"처형 방법은요?"

소장은 몸을 한쪽으로 기울이며 허리춤으로 손을 가져갔다. 묵직한 쇳덩이를 꺼내 책상 위에 툭- 하고 내려놓았다. 권총이었다.

"아무튼, 과로사라니… 집필 현장이겠지요. 이걸로."

정치위원은 말없이 권총을 내려다보았다. 그 총구가 향할 사람은 김동규였다. 한때 국가 부주석이었던 인물이다. 도성진과 함께 트럭에 실려 구읍리로 들어온 그 노인이었다.

1969년 4월, 그는 노동당 국제비서 직함으로 프랑스를 방문한

적도 있었다. 북한 내부는 물론 해외 언론에도 꽤 알려진 인물이었다. 그러나 김정일의 후계 권력에 반대한 죄로 그는 룡평 2급 관리소로 끌려갔다.

당조직지도부는 혁명의 1세대인 그에게 수령을 찬양하는 회고록을 쓰라고 요구했다. 김동규는 처음에 그걸 거부했다. 그러나 단지 자기와 가깝다는 이유 하나로 함께 끌려온 빨치산 동지 여섯 명 중 한 명이 눈앞에서 죽자, 결심을 바꿨다. 남은 다섯 명과 그들 가족만이라도 살려 달라는 조건이었다.

조직지도부는 그 요구를 받아들이며 단 하나의 날짜에 못을 박았다. 김정일 생일인 2월 16일 전날까지 회고록을 완성하라는 것이었다. 그 대가로 완전통제구역에서 혁명화구역으로 이감되었다. 단독막사, 보안 통제, 글쓰기만 허락된 유일한 수용자인 그는 죄를 범한 자가 2급 관리소 역사에서 3급 관리소로 '내려온' 첫 사례이자 마지막 인물이 되었다. 그러나 15호가 그를 위해 준비한 진짜 특별대우는 '과로사'였다. 이곳의 혁명화란 살아 돌아갈 수 있는 이유만을 강요하는 곳이 아니었다. 김동규 같은 내부 처형자 명부에 오른 이들에게는 죽어야 할 이유를 은밀히 만들어주는 곳이기도 했다.

립석강 제방 위에서 수용자들은 무거운 돌을 가슴에 안고 같은 방향으로 달렸다. 그들을 향해 '감시반' 완장을 찬 죄수들이 막대기를 허공에 휘두르며 고함을 질러댔다.

"뛰라! 뛰라!"

"야! 너 일어나지 못해?"

그 고함들이 잦아들 무렵이었다.

"휴식! 15분 휴식!"

제2작업반 반장의 외침이 허공을 갈랐다. 9분조는 하나둘 검은 손 주위로 모여들었다. 도성진은 무거운 돌을 드느라 안으로 굽은 허리와 다리를 뻗으며 기다랗게 누웠다. 그러자 누가 발로 그의 옆구리를 툭 건드렸다.

"앉아 있어. 처맞으려고. 눕긴 왜 눕는 거야."

성진은 화들짝 놀라며 몸을 일으켰다. 15호 수용자들은 잘 때만 눕는 게 허락되었다. 휴식마저 감시하는 공간이었다.

"남이 눈에 띄지 않는 게 오래 사는 방법이야."

가수가 옆으로 와서 조용히 말했다. 그러고는 성진의 옆구리를 발로 친 아저씨를 턱으로 가리켰다.

"리종옥 부주석 동지 아들이야. 별명도 '도련님'"

그 소리를 들은 성진의 눈이 휘둥그레졌다.

"와... 정말요?"

도련님은 옷을 훌쩍 벗고, 안감에 낀 먼지를 들여다보며 중얼거렸다.

"다들 쉴 때 이 잡아. 내게 옮기지 말고."

곁에 있던 주둥이가 헛웃음을 터뜨렸다.

"도련님은 개뿔."

도련님도 무덤덤하게 고개를 끄덕였다.

"그래. 아버지는 나랏일하고, 아들은 관리소 일한다."

주둥이가 받아쳤다.

"속상해하지 마. 딱 한 글자 차이잖아. 아버지는 정치인, 아들은 정치범."

짧은 농담에 9분조 사람들의 희미한 웃음이 번졌다. 그는 정말로 현직 국가 부주석의 아들이었다. 15호에서는 모르는 이가 없을 만큼 유명인사다. 보위원의 총구보다 더 큰 경종. '그런 사람 자식도 붙잡혀오는 곳'이라는 상징이었다.

도성진처럼 평범한 가정 출신의 정치범은 15호 전체에서도 소수에 불과했다. 아는 자가 먼저 나서고 보위부도 그 맨 앞줄, 가장 눈에 띄는 사람, 그러니까 비중이 상당한 사람부터 잡아들여야 실적이 쌓였다.

국가보위부 부부장은 자신의 충성을 입증하기 위해 직접 아들을 신고해 15호에 넣었다. 그러나 도련님은 자기가 직접 지은 죄로 들어온 진짜 반동이었다. 그는 소련 유학생으로서 김일성종합대학 물리학 교수였다. 강의 도중 주체사상을 맹신하는 학생에게 말했다.

"학생이라면 전공의식을 가져야지."

그 한마디가 화근이었다. 공개적인 강의 자리에서 사상이 모든 것을 결정한다는 주체사상 원칙을 부정했다는 이유였다.

"우리 분조장은 1966년 월드컵 영웅이야. 별명은 검은손."

가수는 검은손을 말했지만, 도성진의 시선은 줄곧 한 사람, 금발에 푸른 눈의 남자에게 꽂혀 있었다.

"저... 아저씨는 외국인이에요?"

성진이 가수에게 물었는데 주둥이 목소리가 들렸다.

"조선에 인민이 부족해서 외국인을 납치해왔단다!"

'외국인'은 씁쓸하게 웃었다. 소련 남자와 조선인 어머니 사이에서 태어난 혼혈아였다. 특이한 외모로 당사회문화부의 눈에 띄어 해외파견 공작원 교육을 받기도 했다. 탈북하려다가 붙잡혀 이곳까지 끌려왔다. '옹헤야'는 9분조원들이 지어준 별명이었다. '잡종'이라는 조롱을 밀어내기 위해 그의 어머니가 즐겨 부르던 민요 옹헤야를 따른 것이었다. 그때 검은손이 진지한 얼굴로 말했다.

"그래, 이제 막내 별명도 지어줘야지!"

관례상, 별명을 지으려면 먼저 '죄'를 알아야 했다. 성진은 자리에서 발딱 일어섰다. 반동 중에 자기가 상 반동이라고 떠벌리고 싶었다. 그는 평양시 신리고등중학교 학생이었다. 16세 소년이 받은 혐의는 '간첩죄'였다. 알고 보면 전말이 단순했다. 북한과 중국 사이를 가로지르는 두만강을 건넜다는 것. 그게 전부였다.

"네, 제 이름은 도성진. 아버지가 아팠습니다. 저는 아버지 고칠 약이 중국에 있다는 친구 말을 듣고..."

"뭔 죄냐고?"

검은손이 못 참고 다그쳤다. 모두가 도성진을 바라보았다. 그동안 없던 존재처럼 가만히 앉아 있던 월왕령까지 귀를 기울였다. 성진은 좀 더 또렷이 말했다.

"네. 저는 간첩죄였습니다. 보위부 1년 예심기간..."

"앉아, 앉아."

검은손이 성진의 손목을 잡아당겼다. 다른 사람들도 '간첩죄'에 더는 흥미가 없었다. 도련님이 금방 잡은 이를 보여주자, 다들 한 방울 피를 가져간 그 죄에 더 집중했다.

"얘 별명 뭘로 할 거냐고?"

짜증 섞인 목소리의 검은손 재촉에 주둥이가 생각 없이 대답했다.

"방귀 꼈다잖아요. 그럼 사회방귀지."

"사회도 불법이야. 독신자에서 제일 어리면 '얼라반동'이지 뭐."

도련님이 이를 잡으며 아무렇게나 내뱉은 말이었다. 그 한마디로 성진의 별명은 정리가 된 듯했다. 성진은 얼굴을 붉히며 어색한 미소를 지었다. 주둥이가 자기 무릎을 탁 치며 도련님에게 돌아앉았다.

"깜빡했다. 야, 가마치 좀 먹자."

북한에선 누룽지를 가마치라고 한다. 도련님은 이거나 먹으라는 식으로 자기가 잡은 이를 내밀었다. 주둥이가 그 손을 툭 치며 말에 힘을 실었다.

"가족세대 그 여자 만나라니까. 얼마나 좋아! 다 먹으라는 거잖아."

분위기가 출렁거렸다. 사람들이 놀란 눈으로 주둥이와 도련님을 번갈아 쳐다봤다. 도련님은 그 시선들을 흘긋 훑더니 주둥이 얼굴에 대고 옷을 탁 털었다.

"꿈도 꾸지 마. 내가 부주석 아들인데."

"부주석 같은 소리 하고 있네. 지금 네 꼴 봐. 어이구, 생 거지 주제에."

주둥이가 혀를 차며 돌아서자 가수가 끼어들었다.

"가마치는 또 뭔 소리요?"

주둥이가 손가락 하나를 곧게 세워 자기 입에 물었다 뺐다.

"가족세대 여자가 자기랑 이거 하면 준대. 가마치."

도련님의 얼굴이 붉어졌다.

"아니 형! 그걸 말하면 어떡해?"

"했으면 말 안 했지. 안 하잖아!"

"나 절대 안 해."

도련님은 진짜로 토라졌는지 홱 돌아앉았다. 이를 잡는 손이 미세하게 떨렸다. 사람들이 더는 말하지 않았다. 마치 무관심이라는 합의에 도달한 것처럼 조용해졌다. 그러던 중, 성진이 눈치 없이 입을 열었다.

"여긴… 가마치 어디서 구하나요?"

도련님의 얼굴엔 꾹꾹 눌러 참는 울화가 진해졌다. 가수는 고개를 숙여 웃음을 참았다. 옹혜야는 손으로 코를 비틀어 막았다. 결국, 주둥이가 터뜨렸다.

"보위원 식당에서 일하나 봐. 그 여자 가족이."

와! 9분조에 웃음이 터졌다. 도련님은 애꿎은 도성진에게 신발을 냅다 던졌다.

"이 새끼가 정말…"

그 순간 모두가 빵하고 폭소를 날렸다.

주둥이의 말은 헛소리가 아니었다. 도련님에게 만남을 제안한 여자는 가족세대 3작업반 2분조의 박해순이었다. 그녀를 시작으로 독신자세대 9분조 남사들과 가족세대 2분조 여자들이 운명처럼 얽히기 시작했다.

15호 수용소는 명확히 둘로 나뉘어 있었다. 죄를 지은 독신자세대와 죄를 나눠 짊어진 가족세대였다. '원죄'와 '여죄'를 구분 짓기 위해 15호에선 죄진 당사자를 '장본인'이라고 한다. 독신자세대는 장본인들만 수용되었다. 가족세대는 장본인의 가족들까지 연좌돼 끌려온 사람들이었다. 그래서 15호에서는 어느 집이든 여자들의 목청이 더 높았다. 죄는 남자들이 지었고 여자들은 어이없게 끌려왔기 때문이었다.

가족세대의 남자들이 몸을 사리는 이유는 또 있었다. 북한 정치범수용소에서 연좌제는 '주범이 죽어야 끝나는' 구조였다. 그 설계는 가족을 하나로 묶는 게 아니라, 반대로 서로를 고발하고 죽이도록 만들어졌다. 그래서 아내가 남편을, 아들이 아버지를 죽이는 친족살해는 계획된 탈출이자 가장 잔인한 해방이었다.

그런데도 15호에 오래 남은 여자들은 사랑의 여신들이었다. 죽기까지 가족 곁에 남는 선택을 한 현대판 심청이요, 춘향이였다. 그녀들은 마음만 고운 게 아니었다. 15호 보위원들이 수용자들을 보며 인정하는 딱 하나가 있었다. '조선의 최고들만 모였다.'는 것이었다. 그중에서도 가장 노골적인 감탄은 '조선의 미인은 15호에 다 모였다.'는 극찬이었다. 그냥 미녀가 아니었다. 피부에 남은 여유, 표정에 남은 교양, 말끝에 남은 소양. 수용소 안에서조차 겉도는 그 미묘한 우위였다.

15호의 여자들은 화장하지 않아도 예뻤다. 그 얼굴들은 충성의 시작부터 파멸의 끝까지를 고스란히 품고 있었다. 계속 쳐다보게 되는 조선의 미녀들. 말 없는 기념비이자, 깨지지 않는 거울이었다.
　하지만 박해순은 그런 얼굴까진 아니었다. 그녀는 양강도체육단 소속 배구선수 출신이었다. 얼굴보다 두툼한 손이 먼저 눈에 띄었다. 수용소에서 그녀의 별명도 '주먹'이었다. 그 별명 그대로 그녀는 무뚝뚝했다. 시선은 늘 한 곳에 고정돼 있었고, 한 번 정한 목표에는 망설임 없이 뛰어올라 내리꽂는 성질이 있었다. 그녀가 도련님에게 꽂힌 건 반해서가 아니었다. 복수였다.
　도내 주민 식량 배급 책임을 진 량곡사업소 소장이었던 그녀의 아버지가 간부의 비리를 당중앙에 공식적으로 신고했다. 그런데 거꾸로 반역죄를 뒤집어쓰고 끝내 이곳까지 끌려왔다. 그 앙갚음 대상으로 박해순은 도련님을 골랐다.
　북한에서 수령을 제외한 최고위 간부는 부주석이니 그 아들놈이라도 짐승처럼 능욕할 계획이었다. 마치 사료 그릇에 음식 찌꺼기를 섞어 던지듯, '가마치'를 미끼로 말이다. 그녀에게 있어 바지를 내리는 부주석의 아들은 국가에 대한 복수, 당에 대한 모욕, 그리고 조선 여자로서 가장 통쾌한 승리였다.
　오전에 돌을 나르며 먼지에 파묻혔던 발걸음들이 점심시간이 되어 집으로 향했다. 마치 퇴근길 같았다. 2분조장인 장찌엔이 옆에 걷던 박해순을 슬쩍 불렀다.
　"아직 간부 놈 하나 안 걸려들었어?"
　"이게 이 안에서도 간부 행세를 하려고… 확 죽여버리고 싶다."

박해순의 말투는 사내 같았다. 장찌엔은 호탕하게 웃었다.

"우리 분조에 여걸이 두 명 있구나야. 조선 여걸. 대륙 여걸, 하하하."

그녀가 말한 것처럼 이름부터 특별했던 장찌엔은 화교 출신이었다. 그녀의 신념 속에는 애당초 자신은 조선 감옥에 갇힐 민족이 아니라는 굳건한 기둥이 박혀 있었다. 스스로 붙인 별명도 '대륙의 여걸'이었다.

그 기질은 어디에서도 굽히지 않았다. 이름을 입에 다는 것조차 불법인 15호 안에서 그녀는 가장 거리낌 없이 자기 이름을 휘둘렀다. 보위원 앞에서도 눈을 흘기며 말끝을 놓지 않는 태도는 2분조 전체의 결을 결정지었다.

2분조는 박해순 말고도 3명이 더 있었다. 그중 27세의 민유정은 조선대외연락위원회 소속 영어 통역원 출신이었다. 보위원들도 한 번쯤 돌아볼 만큼 민유정은 눈에 띄는 미모를 지녔다. 시선을 피하고자 유정은 스스로 별명을 '매덕이'라 정했다. 그녀는 동남아 순회대사였던 아버지를 따라 전 세계를 돌아다녔다. 아버지가 대사관 안전대표에게 밀고 당하면서 결국 종착지는 15호가 됐다.

그녀의 해외 경험은 주체조선의 사람들에게 온갖 상상력을 불러일으켰다. 매덕이라는 별명은 '에이즈'라는 소문으로 자라났고, 보위원들의 관심도 곧 멀어졌다. 유정의 유일한 취미는 혼자 거울 앞에서 영어로 말하는 일이었다. 영어는 진심이고, '조선말'은 거짓이었다. 조선말은 체제의 입, 억압의 혀, 현실 혐오의 문법이었다. 그녀의 모국어는 이미 "빠이, 빠이" 당한 처지였다.

유정보다 한 살 어린 윤진경 역시 외교관의 딸이었다. 어머니가 해외에서 실종되자, 당국은 체제 이탈 방조 혐의로 아버지에게 책임을 물어 딸과 함께 15호로 보냈다.

윤진경은 조선미술창작사에서 실력을 인정받은 수예 전공자였다. 얼굴도 마치 수예 실로 그려낸 듯 했다. 선은 섬세했고, 색은 은은했으며, 가까이 다가설수록 감정의 결이 촘촘히 느껴졌다. 고운 두 눈 뒤엔 한 땀 한 땀 억눌러 꿰매놓은 고요가 있었다. 입술은 자신을 조이며 버티는 매듭 같았다. 그녀의 아름다움은 화려하지 않아도 지워지지 않고 오래 남는 그림 한 장 같았다. 사람들은 그녀를 '손바늘'이라 불렀다.

2분조의 막내 김상미는 16세로 독신자세대 막내 도성진과 동갑이었다. 평양 금성고등중학교에서 무용수를 꿈꾸던 소녀는 아버지의 말실수 하나로 가족과 함께 끌려왔다. 1989년 세계 13차 청년학생축전 준비를 명목으로 김정일은 평양시 장애인들을 지방으로 내쫓으라고 지시했었다. 그 방침을 두고 친구들과 웃으며 "정신적 불구자"라고 말한 게 빌미였다. 상미는 자기 별명을 '뾰루지'라 지었다. 눈빛은 늘 미리 상처받을 준비를 마친 듯했다. 빠르고 거칠게 웃다가도 마음속엔 항상 벽을 하나 세워두는 아이였다.

2분조 여자들이 마을 입구에 이르자 똑같이 한숨을 내쉬었다. 집이라 해봐야 움푹 꺼진 토굴들이 어깨를 맞대며 다닥다닥 이어져 있을 뿐이었다. 점심 식사보다는 수다가 더 편했는지 장찌엔이 박해순을 붙들고 늘어졌다.

"가마치 준다는데도 싫대?"

박해순은 주겠다는 입장에서 더 통분하다는 표정으로 자기 가슴을 주먹으로 팍팍 쳤다.
"이게 체면은 살아서. 굶어 죽어도 간부라 이거지…"
민유정은 놀란 얼굴로 박해순을 쳐다봤다.
"정말 그렇게 말했다고?"
"사회 나가면 내가 간부 놈들 살인할 거야? 그렇게라도 농락해서 평생 깨고소해 하며 살아야지."
박해순은 어딘가를 노려보며 중얼댔다.
"병은 약으로 고칠 수 있어도 마음속 상처는 되돌려줘야 나아. 이 안에서나 간부 놈들 몸값이 똥값이지."
"그러다… 임신하면 어쩌려고?"
윤진경의 걱정에 박해순은 기지개를 켜며 말했다.
"간부 놈 종자는 오줌 싸버리면 그만이야."
그 말에 옆에 있던 김상미의 눈이 동그래졌다.
"오줌 싸면… 임신 안 되나요?"
순진한 질문에 모두가 웃음을 참느라 키득거렸다. 여기선 소리 내어 웃는 것조차 결심이 필요한 일이었다.

15호의 보위원들은 때때로 죄수들을 부러워할 때가 있었다. 사회에서 간부로 잘살았거나 외국 경험을 가졌기 때문이다. 요덕의 산과 강만 보고 살아야 하는 보위원들에게 외교부 출신 죄수들은 모든 것을 잃고 붙잡혀왔는데도 뭔가 아직 남은 놈들이었다. 해외

출장 거리가 '조선민주주의인민공화국'에서 멀어질수록 '개별 면담' 시간도 길어졌다.

최종배는 대부분의 외교관 출신들이 금방 싫증 났다. 아무리 고령의 대사 출신이라도 체류국 하나에만 한정된 경험이었다. 그러나 32살의 미꾸라지는 달랐다. 그는 북한이란 국가를 대표하는 UNDP 사무관 출신이었다. 미꾸라지는 유엔 가입국 전체를 다 돌아본 사람처럼 최종배에게 말하곤 했다. 거의 2년째 꾸며내는 이야기였다. 그 특권 덕에 그는 남들이 노역에 나가 있을 때도 혼자 최종배 턱 밑에 바짝 도사리고 있을 수 있었다.

"자, 이번엔 도미니카공화국으로 넘어가겠습니다."

미꾸라지는 자신만만한 표정이었다. 그는 착실히 준비했을 때보다 즉흥적으로 '썰'을 풀어낼 때 더 잘 된다는 신념 같은 것이 있었다. 오늘도 사람 일은 뜻대로 되지 않고, 뜻밖에 되는 것이라고 내심 생각했다.

"우리 대표단이 대통령 궁전에 들어갔는데, 미국 여자 기자가 달려와 제 손을 탁 잡더니 이러더란 말입니다. '어머나, 조선 남자들은 이렇게 다 잘 생겼어요?'"

최종배는 거짓말하지 말라는 경고로 미꾸라지의 머리통을 툭 쳤다.

"이 새끼가 진짜... 그년 생긴 건 어때?"

"인형 같습니다. 눈도 파랗고, 얼굴은 하얗고."

"야! 너 지금 미제 승냥이년을 인형처럼 곱다고 했어?"

"본 대로 말하는 겁니다."

미꾸라지는 여기서 밀리면 끝장일 것 같아 목을 치켜세웠다. 최종배는 그 얼굴에 한 대 쥐어박고 싶어 주먹을 흔들었다.

"이 새끼야. 여기 다 본 대로 들은 대로 말했다가 들어온 놈들이야."

미꾸라지는 금세 주눅 들며 목소리를 낮췄다.

"그 여자가 조용히 만나자면서 요래 요래 하더란 말입니다."

그는 한쪽 눈을 찡긋거리며 윙크를 흉내 냈다. 최종배는 그를 한참 노려보다가 진지하게 물었다.

"그래서, 했어?"

미꾸라지는 비밀을 영원히 간직할 사람처럼 입을 꾹 다물었다. 최종배는 보는 눈이 없는지 두리번거린 뒤 바닥에 담배 한 개비를 툭 던졌다. 미꾸라지는 때가 잔뜩 낀 손으로 그걸 얼른 주워들었.

9분조가 소속된 독신자 2작업반의 담당 보위원이 중위 최종배였다면 가족세대 담당은 상위 지형철이었다. 그의 얼굴은 늘 정돈돼 있었다. 화를 내지도, 웃지도 않았으며 감정은 주로 눈꺼풀 아래에 숨겨 두었다. 남의 가장 깊은 곳을 들여다보면서도 자기는 시선 하나 허투루 흘리지 않았다. 성격은 섬세했고, 믿음은 느렸으며, 상처는 길게 품었다. 그의 침묵은 너무 많은 것을 품은 사람의 마지막 자제력이었다.

그런 그에게 단 한 사람, 처음으로 속을 나누고 싶은 여자가 있었다. 2분조의 윤진경이었다. 갇힐 이유도 없고, 갇혀서도 안 될 사람이 억압까지 감내하고 있을 때, 지형철은 처음으로 질서가 아닌 사람을 보았다. 그녀는 그에게 자신이 지켜온 원칙보다 훨씬 더 정직한 인간다움의 발견이었다.

　오늘도 지형철은 남의 눈을 피해 자기 사무실에서 그녀와 함께 있었다. 창문에 걸린 커튼은 빈틈이 없었다. 그가 돌아서자 윤진경이 원피스를 입고 서 있었다. 사진 속에서 걸어 나온 듯한 미모였다. 그녀는 천천히 몸을 돌려 거울을 바라보았다. 그 눈동자엔 오랜 망각 끝에 되찾은 정체성의 조각들이 반짝이고 있었다.

　"네, 이 옷이었습니다. 제가 사회에 있을 때 제일 좋아했던, 꼭 이 옷입니다. 어머나... 어떻게 이걸... 고맙습니다."

　지형철도 만족하게 웃으며 앉았다.

　"네가 갖고 들어온 사진들에 이 옷이 몇 번 보이길래... 그렇게 좋아?"

　"네. 그리고 꼭 맞아요. 정말, 정말 고맙습니다."

　지형철은 낡은 카메라의 필름을 돌렸다. 찰칵. 찰칵. 셔터 소리가 연달아 울렸다. 윤진경은 원 없이 다 주겠다는 사람처럼, 카메라 앞에 더 가까이 섰다. 처음엔 수줍은 미소였다. 하지만 셔터 소리가 이어질수록 그녀의 얼굴은 서서히 어두워졌다.

　지형철은 카메라를 내려놓고 조심스럽게 그녀의 손을 잡았다. 그리고 두 사람은 벽거울 앞에 나란히 앉았다. 윤진경은 원피스를 입은 채 지형철의 품에 머리를 기댔다. 움직임 없는 두 사람 사이엔 말로 옮길 수 없는 것들이 흘렀다.

　"정말 이 옷 입고... 대동강 강가를 함께 걸을 날이 올까요?"

　지형철은 숨을 깊이 들이마셨다.

　"내 삼촌이 본부 부부장이야. 네 혁명화 평정서도 내가 잘 써주고 있어. 절대, 마음 약해지면 안 돼."

윤진경은 고개를 천천히 떨궜다. 눈빛은 다시 바늘 끝에 따라서는 실처럼 가늘고 무표정해졌다.

"저희 분조장 언니는… 올해가 열두 해째랍니다."

지형철은 아무 말도 안 했다. 다만 그녀를 껴안은 두 팔에, 그보다 더 많은 걱정을 실었다. 그렇게 한 시간이 흘렀을까. 지형철이 돌아섰을 때 윤진경은 이미 수용자 옷으로 갈아입은 뒤였다.

그녀는 소리 없이 울고 있었다. 그녀가 두 팔로 품고 있는 건 원피스였다. 터져 나오는 통곡을 참으려는 숨이 한 번, 두 번 끊기더니 이내 원피스 천 속으로 얼굴을 깊이 파묻었다.

"우린 안 됩니다. 잡혀 온 지 겨우… 1년인데…"

목소리는 거의 들릴락 말락 했다. 그 한마디, 한마디마다 눈물이 뒤따랐다.

"옷부터… 이렇게 다른데... 어떻게 우리가 어떻게..."

지형철은 그녀를 바라보다가 그대로 끌어안았다.

"미안해. 미안해. 내 생각만 했어. 네 생각을 하지 못했어."

그의 품에 안긴 윤진경은 더는 참지 않았다. 작게 시작된 오열이 금세 방 안 전체를 채웠다. 그녀는 엉엉 울었다. 단순히 슬퍼서가 아니었다. 그 옷은 그저 좋아했던 옷이 아니었다. 그녀가 자기의 삶만 믿고 살아가던 시절의 마지막 표식이었다. 그 시절을, 이제 두 손으로 껴안고 있었다. 하루를 고르는 옷이 아니라 그 옷 하나에도 다가설 수 없는 한 생애가 되어버린 것이었다.

"정말… 살고 싶습니다. 나가고 싶습니다… 정말 소원입니다…"

그녀는 그날, 처음으로 지형철 앞에서 "살고 싶다"는 말을 통곡 속에 섞어 꺼냈다.

"11초, 12초, 13초……"
최종배가 미꾸라지에게 기합 주며 내뱉는 소리였다. 그 모습을 보며 도련님이 신경질적으로 푸념을 쏟아냈다.
"여기 바쁜 사람 하나도 없는데 저 새끼는 맨날 시간 재고 지랄이야."
가수가 기합을 받는 미꾸라지를 고소하게 바라보며 말했다.
"저 촌놈이 세이코 자랑하려고 저러는 거야."
재일교포 출신 수용자가 입소할 때 보위원들의 첫 질문은 이름이나 죄목이 아니다. 압수 품목 중에 "세이코 있나? 없나?"였다.
15호에도 나름대로 청렴의 법이 있었다. 사람의 목숨은 함부로 거두어도 괜찮지만, 반동의 물건은 절대로 가져가면 안 되었다. 그걸 지켜야 하는 보위원들은 편법을 썼다. 빼앗는 대신 바치게 하는 방식이었다. 그들은 시계를 원했다. 시계를 손에 넣기 위해선 먼저 공포와 환심을 번갈아 작동시켰다. 위협을 느낀 수용자는 살아남기 위해 시계를 바쳤다. 보위원은 받은 것을 '충성'이라 불렀다. 그땐 시계가 아니었다. 투철한 혁명가, 당의 보위전사의 손목 위에서, 시간을 충성으로 돌리는 '세이코'였다.
"작업시작!"
그 소리와 함께 수용자들은 다시 돌을 들고 뛰기 시작했다. 최종배는 시계를 보며 가끔 막대기로 미꾸라지 머리를 건드렸다. 성진은 그의 시계가 세이코가 맞는지 궁금했다. 일부러 돌을 안고 그쪽으로 뛰어갔다.
"이 새끼야. 시작할 땐 다 벗고 뒹굴 것처럼 뜸을 들이더니, 마지막엔 뭐? 악수?"
최종배가 군화로 미꾸라지 손등을 밟으며 소리쳤다.
"아야아야. 그래도 손은 만지지 않았습니까?"
"담배까지 줬는데 악수만 했다고?"
"담배는 선생님이 버린 걸 제가 주운 거 아닙니까! 으악!"
최종배는 더 세게 미꾸라지 손을 짓밟으며 사방에 대고 외쳤다.
"뛰어라! 뛰어라! 서 있는 새끼들 내 눈에 걸려봐!"
도성진은 바투 들리는 최종배의 목소리에 기겁하며 주둥이 옆으로 달아났다. 거기는 붉은 대형 구호판이 세워진 강둑이었다.
『수령님을 따라 천만리! 당을 따라 천만리!』
빨간 글귀를 바라보며 도성진은 숨을 몰아쉬었다.
"이거 사회 구호 아닌가요? 왜 이 안에 있어요?"
주둥이는 폐 속에서 가래를 끌어내 퉤 뱉었다.
"수령님을 따라 천만리 지옥까지 왔는데, 당을 따라 천만리 또 어디로 가냐? 멀다. 멀어."
주둥이는 가는 길이 황당하다는 듯 일부러 비틀거렸다. 비워진 그 옆자리를 가수가 메웠다.
"너. 9분조니까 이렇게 말 놓는 거야. 딴 데선 반동답게 입 닥치고 있어라. 큰일 난다."

가수는 숨을 헐떡이면서도 착실히 충고했다. 반동답게 말하는 주둥이나, 반동답게 닥치라는 가수나, 성진에겐 둘 다 어쩐지 웃기는 '반동'처럼 보였다. 막내 얼라반동이 걱정스러웠는지 이번엔 옹헤야가 우측으로 달려왔다. 뒤늦게 도련님도 합류했다. 가수, 도련님, 옹헤야 그 셋은 32세 동갑내기였다. 9분조는 그렇게 결속이 남달랐다.

"아저씬 외국인인데 왜 여기 들어왔어요?"

성진의 순진한 질문에 옹헤야는 씁쓸하게 웃었다.

"여기는 아는 게 너무 많아서 들어온 사람들이야."

성진은 계면쩍은 표정으로 멀리에서 일하는 월왕령과 검은손을 바라봤다.

"우리 분조장 말이에요. 축구라면 발인데 왜 검은손이에요?"

옹헤야와 가수는 서로 마주 보았다. 막내한테 알려줘도 되는지, 눈빛으로 주고받았다. 가수는 돌을 더 깊이 끌어안았다. 그리고는 짧게 대답했다.

"우리 분조에 나쁜 놈들이 있었거든. 밀고자, 감시자."

"그런데요?"

"분조장이랑 작업 나갔다가 둘 다 죽었어."

"죽였어요?"

성진이는 저도 모르게 소리 질렀다.

"그야 모르지. 한 놈은 벼랑에 떨어져 죽고, 다른 놈은 나무에 머릴 정통으로 맞아 죽었어."

옹헤야가 힘을 주어 덧붙였다.

"그 후부터 다른 분조에서도 검은손이라 부른 거야."
그때 뒤에서 따라오던 도련님이 오금박듯 말했다.
"너도 허튼짓할 생각 마."
도련님의 그 말이 성진이 가슴에 안고 뛰는 돌덩이보다 더 무겁게 내려앉았다.
한 시간쯤 지나 2작업반 반장의 외침이 들렸다.
"점심시간! 점심시간!…"
15호의 점심은 아침에 나누어진 주먹밥으로 때웠다. 말이 밥이지 옥수수와 다진 시래기로 만든 주먹밥에 불과했다. 그런데도 수용자들은 그것을 '숟가락'으로 먹었다. 식사의 위로였다. 그 시늉이 허기를 달랬고, 도구로 먹었다는 품격이기도 했다. 15호에서 숟가락은 생명줄이었다. 가슴에 단 수번호가 '수용소의 낙인'이라면 목에 건 나무 숟가락은 '자기 손으로 만든 목숨의 한 조각'이었다. 무엇보다 그 숟가락은 나무를 깎아 만든 자서전이었다. 누가 어떤 마음으로 만들었는지 무슨 문양과 글자를 새겼는지 숟가락 하나로 그 사람의 인생을 읽을 수 있었다. 그래서 시체에서 가장 먼저 눈에 띄는 건 얼굴이 아니었다. 목에 걸린 숟가락이었다. 살아 있을 땐 생존의 도구였고, 죽고 나면 그 증거였다.
자기 몸에서 가장 가까운 숟가락인지라 안 좋을 때도 있었다. 허기진 날에는 특히 그랬다. 빈 숟가락이 살갗에 닿을 때마다 살고자 했던 의지보다 죽고 싶은 절망을 재촉했다.
성진도 아침에 검은손에게서 숟가락만 받으면서 배에서 꼬르륵 소리가 터져 나왔다. 가수는 성진에게 분조의 결속력은 점심시간의 '숟가락 풍경'만 봐도 알 수 있다고 설명해줬다. 각자 주먹밥을 따로 먹는 분조는 곧잘 싸움이 터졌다. 그중 몇 명은 그해 겨울을 넘기지 못했다. 반면, 모두의 밥을 한군데 모아 풀이나 버섯을 넣고 비벼 숟가락으로 나눠 먹는 분조는 긴 겨울도 함께 무사히 넘겼다.

오늘도 9분조 수인들은 각자 들고 온 주먹밥을 양동이에 모았다. 옹헤야가 품속에서 봉지 하나를 꺼냈다. 간밤에 보위원 식당에 몰래 들어가 훔쳐 온 생존의 양념이었다. 된장!

검은손이 막대기로 주먹밥과 된장을 골고루 섞었다. 된장 냄새가 퍼지자 모두가 코를 실룩이며 입을 다셨다. 나른한 얼굴들에 짙은 화색이 감돌았다. 15호에서는 이런 향기를 '사회냄새'라 불렀다.

"오늘 또 방귀 끼면 안 돼."

도련님이 중얼거리자 주둥이가 씩 웃었다.

"걱정 마. 사회방귀 있잖아."

그때였다. 투덜거리며 다가오는 미꾸라지의 얼굴이 보였다.

"너 왜 와?"

옹헤야가 목소리를 높였다.

"우리 5분조는 밥맛 없는 놈들만 있어서요."

"네가 제일 밥맛 없어. 가."

주둥이는 바닥에서 조그만 돌멩이를 하나 집어 들었다. 미꾸라지는 품에서 담배 한 개비를 꺼내 흔들며 약 올리듯 몸을 비비 꼬았다.

"이래도?"

15호 남자들에게 담배는 밥보다 귀했다. 사회의 향을 느낄 수 있어서. 보위원이 피우다 버린 꽁초를 놓고 다투는 일도 흔했다. 미꾸라지가 깐죽대며 흔드는 온전한 담배 한 개비를 보고 검은손은 고개를 끄덕였다. 미꾸라지는 맨 끝자리 성진이 옆에 궁둥이를 놓았다. 밥을 섞을 때는 한 사람만 가능했다. 그 주인공인 검은손의 막대기에서 비빔밥이 완성되자 9분조는 박수까지 했다. 검은손이 일어나 힘차게 외쳤다.

"자, 우리 9분조 양심식사 준비! 두 눈은 정면으로! 숟가락은 뒤로!"

모두가 허리를 펴며 숟가락을 목 뒤로 넘겼다.

"양심식사가 뭐예요?"

도성진이 작게 물었다. 가수가 귓속말로 알려주었다.

"똑같이 한 숟가락씩 떠먹는 거야. 밥 뜰 때 숟가락 보면 안 돼."

검은손이 다시 소리쳤다.

옹헤야가 된장을 얻어왔으니 순서는 옹헤야부터! 노래도 "옹헤야!" 9분조는 즉석에서 부르기 시작했다.

옹헤야, 옹헤야
어절시구 옹헤야
저절시구 옹헤야

옹헤야가 절도 있게 목 뒤에서 숟가락을 가져와 양동이의 비빔밥을 떴다. 그가 첫 숟가락을 뜨는 동안 노랫소리는 잦아들었다. 옹헤야가 맛을 보고 엄지를 치켜들자 억눌렸던 노래가 다시 솟구쳤다. 양동이는 옆으로 옮겨졌다. 각자는 자기 차례가 오면 먼 산을 바라보며 숟가락을 앞으로 가져왔다.

한 숟가락, 한 숟가락, 그 광경은 마치 신성한 의식을 거행하는 것 같았다. 그러던 중 노래가 뚝 멈췄다. 미꾸라지가 징그럽게 웃음을 날리며 목 뒤에서 가져오는 엄청난 크기의 숟가락...
"저놈은 숟가락이 아니라 밥주걱을 들고 왔네."
주둥이가 못 참고 돌멩이를 미꾸라지에게 던졌다.
"2작업반 전체집합! 집합!"
갑자기 반장의 목청이 울렸다. 동시에 감시반원들이 밥을 먹던 사람들에게 달려들었다. 수용자들은 죄다 뛰기 시작했다. 이제 겨우 한술 뜬 9분조는 황당했지만 일어설 수밖에 없었다.
성진이도 숟가락을 입에 물고 달렸다. 그들이 멈춰 선 곳에는 최종배가 버티고 서 있었다. 도착하는 분조 순서대로 일렬로 길게 늘어섰다. 2작업반 반장의 고함이 강가를 흔들었다.
"빨리들 모엿! 뛰지들 못해? 빨리 뛰어!"
9분조도 줄 끝에 섰다. 2작업반 반장의 엄포는 최종배 못지않게 독했다.
"네놈들, 이 15호 규정 알지? 죄지은 놈이나, 보고도 입 다문 놈이나, 똑같이 처벌이야!"
도성진은 옆에 선 가수에게 속삭였다.
"저 반장이 여기서 제일 센 사람인가요?"
가수는 고개를 끄덕였다.
"사회에서도 중앙당 부부장 간부였대."
도성진의 입가에 비웃음이 스쳤다. 2작업반 전체가 모인 걸 확인하자 최종배는 빈 옥수숫대를 흔들며 큰 돌 위에 올라섰다.

"아침에 작업장 올 때, 이거 훔쳐 먹은 놈 나와! 10초 준다."
최종배가 손목시계를 들여다보며 또 초침을 세기 시작했다.
"1초, 2초, 3초……"
9분조 사람들의 얼굴이 잿빛으로 변했다. 도성진이 앞으로 나서려는 찰나, 월왕령이 그의 손목을 움켜쥐었다. 주둥이도 이를 드러내며 눈으로 겁박했다. 검은손이 주먹을 들고 외쳤다.
"선생님! 작업장 올 때 오소리를 봤습니다!"
"내가 여기 온 지 몇 년인 줄 알아? 짐승 이빨, 사람 이빨도 구별하지 못할 줄 알아?"
최종배는 독이 더 바짝 올라 있었다. 당장 물을 떠 오라고 지시했다. 감시반원들이 강물에서 바케스와 양동이에 물을 퍼 날랐다. 첫 줄에 선 수용자들 앞에 그것들이 놓였다.
"그거 하나씩 다 먹여. 야, 야! 감시반은 토하거나 설사하는 놈들, 강냉이 나온 지 잘 보고."
최종배의 말이 떨어지기 무섭게 감시반원들이 바케스와 양동이를 들이댔다. 수용자들은 억지로 물을 들이켰다. 첫 줄에 섰던 몇몇은 토하거나 바지를 급히 벗었다. 미꾸라지가 자기에게 다가오는 바케스를 보더니 버럭 소리 질렀다.
"어떤 놈이야! 선생님이 용서해준다고 할 때 당장 나오지 못해?"
담배에 불을 붙이려던 최종배의 손이 멈췄다.
"누구야? 금방 내가 용서해준다는 놈이?"
미꾸라지는 울상 짓다가 결국 손을 들었다.
"방귀 낀 놈이 똥 싼다고, 야! 저놈부터 물 먹여!"

최종배의 손짓에 감시반원들이 미꾸라지를 붙잡아 바케스를 들이댔다. 그는 바케스에 빠진 '미꾸라지'처럼 허우적거리며 온갖 엄살을 다 떨었다.

이어 9분조 차례가 되었다. 검은손이 바케스를 들려고 할 때였다. 주둥이가 팔을 공중으로 쳐들었다. 월왕령은 도성진이 따라나가지 못하도록 발을 꾹 눌렀다. 최종배는 주둥이를 앞으로 불러냈다. 그리고 자기 손 대신, 물 먹은 죄수들에게 때리라고 지시했다. 바닥에 쓰러진 주둥이를 짓밟는 시커먼 무리 속에서 미꾸라지가 가장 높게 팔딱거렸다.

그 일이 있고 나서 9분조는 연대책임으로 휴식 없이 일했다. 작업량은 가히 엄청났다. 다른 분조들의 돌더미에 비해 세 배나 많은 돌이 쌓여 있었다. 주둥이에게 미안해서라도 도성진은 이를 악물고 작업했다. 다리에 힘이 풀려 무릎을 꿇으면 기어서라도 돌을 밀어냈다.

"야! 7번! 9분조 7번!"

고개를 돌리는 데도 힘이 든다는 사실을 도성진은 그제야 깨달았다. 등 뒤에서 최종배가 흔들흔들 걸어오고 있었다.

"보위원이 부르면 어떻게 대답해야 해?"

"네, 선생님!"

"늦었어, 이 새끼야. 이거 들어."

도성진은 허리를 굽혀 돌을 들려고 했다. 그러나 최종배의 군화가 그의 손등을 짓밟았다. 옆에 있는 더 큰 돌을 가리키는 최종배의 막대기에, 도성진은 떨떠름하게 손을 뻗었지만, 돌이 꿈쩍도 하지 않았다.

"들라니까!"

"……"

"못 들면 네 애비 사진 불태워 버린다."

'사진'이라는 말에 도성진은 손끝까지 힘을 모았다. 그러나 돌은 미동도 하지 않았다. 그 순간 도성진의 등에서 벼락이 일었다. 최종배의 딱딱한 막대기가 요동친 것이다.

"부르면 선생님! 돌을 들라면 선생님! 못 들어도 선생님!"

멀리서 검은손이 헐레벌떡 뛰어왔다. 성진이 옆에 차렷 자세로 섰다.

"선생님! 애가 오늘 입소 첫날인데, 용서해주십시오!"

최종배는 막대기를 멈추고 검은손을 노려보았다.

"첫날? 평생을 하루같이! 하루를 평생같이! 이게 네놈들의 혁명화야! 이게 15호야!"

15호에는 오래전부터 내려오는 '33법칙'이 있었다. 가수가 알려줘서 성진이 제일 먼저 기억한 15호 첫 문장이기도 했다.

"여기서 3개월을 버티면 생존의 희망이 생기고, 3년을 넘기면 죽음과도 친해진다."

하지만 성진의 첫날은 최종배의 그 말에 무너졌다.

"이 지독한 첫날이 내 평생이라니."

성진은 최종배가 말한 그 첫날같이! 열흘을 버티어 냈다. 그 사이 얼굴은 반쪽이 되었다. 매일 반복되는 강제노동, 먹을수록 더 허기지는 끼니, 걸핏하면 날아드는 욕설과 매질, 조금만 삐끗해도 이어지는 기합과 그보다 더 무거운 심리적 공포, 그때마다 주둥이는 청산유수였다.

"여기서 살아남자면, 매사에 척척해야 해."

때리면 병신인 척, 힘들면 울부짖는 척, 배고프면 기절하는 척, 별의별 척척을 다 가르쳐주었다. 하지만 성진에게는 살아난 척도, 죽은 척도 부족했다. 그냥 과거인 척, 내일이 없는 척, 현실과 자기 자신을 끊임없이 부정해야 했다. 아니, 그 부정조차 부정하는 척 해야만 겨우 숨을 쉴 수 있었다.

그렇게 버티던 성진은 보름 만에 끝내 쓰러졌다. 원인은 심한 허기와 탈진이었다. 길섶에 돋아난 새파란 풀을 보는 순간, 성진의 눈에는 그것이 남들이 먼저 가져갈 곡물로 보였다. 그는 대열을 이탈했다. 풀을 마구 뜯어 입에 욱여넣었다.

철조망 너머, 첫날 작업장에서 봤던 그 '꼬마귀신'의 손이 다시 튀어나왔다. 식량을 빼앗기지 않으려는 본능에 성진은 정신없이 풀을 씹었다. 월왕령과 분조장이 달려와 그의 손을 붙잡았다. 가수와 도련님이 그의 입에서 풀을 끄집어냈다. 주둥이와 옹헤야까지 합세해서 그를 꼭 붙들고 입을 틀어막았다.

그날 밤 성진은 결국 기절했다. 그의 얼굴은 검게 질렸다. 입술은 죽겠다는 의지로 꽉 닫혀 있었다. 그런 모습으로 하루가 꼬박 지나갔다. 새벽이었다. 도성진은 악몽에 시달리다 비명을 지르며 눈을 떴다.

"최종배 이 개새끼야!"

다행히 그의 입에는 수건이 감겨 있었다. 거칠게 숨을 몰아쉬며 주변을 둘러본 성진에게 옆자리 월왕령이 낮게 말했다.

"살았냐? 여기선 멀쩡한 풀은 다 독풀이라고 생각해. 먹을 수 있는 거면 남아 있지도 않았어."

성진은 수건을 벗어 던지고 숨을 몰아쉬었다. 월왕령이 담요를 끌어당겨 주며 덧붙였다.

"새벽 4시야. 더 자."

"4시인지 어떻게 알아요?"

성진이 속삭였다. 월왕령은 조용히 대답했다.

"룡평에선… 이 시간에 일어나. 거기서 8년을 살았거든. 내 몸이 먼저 기억해."

그의 말끝엔 어느 쪽도 닿지 않는 외로움이 묻어 있었다. 월왕령은 품 안에서 조심스럽게 무언가를 꺼냈다. 나무로 깎아 만든 조그마한 강아지 인형이었다. 곳곳이 닳고 어두운 광택이 배어 있었다. 성진의 두 눈이 반짝였다.

"와… 만져 봐도 돼요?"

그 말엔 아직 소년의 마음이 남아 있었다. 지옥에서도 순결을 잃지 않는 호기심이었다. 월왕령은 목에 걸려 있던 줄을 풀어 조심스레 건넸다.

"얘 이름은 '백구(白狗)'야. 아버지가 만들어줬어."

"룡평에서 아버지도 같이 왔어요?"

월왕령은 고개를 가로 저었다.

"근데 여기서도 룡평산은 보여."

그 말끝이 묘하게 떨렸다. 성진은 담요로 얼굴을 반쯤 가리고,

기어 들어가는 목소리로 말했다.

"나는 잡혀올 때 아버지 얼굴도 못 봤어요. 좀 전에도 아버지 꿈을 꿨어요."

성진은 담요 끝자락을 입에 물고 울먹거렸다. 월왕령은 말없이 천장을 바라보았다. 그의 눈빛은 도성진보다 더 깊고 멀리 울고 있는 듯했다. 그 상태로 두 사람은 기상 시간을 맞이했다.

아직 해가 온전히 뜨지 않은 6시였다. 독신자막사 운동장은 여전히 어둠에 잠겨 있었다. 수용자들은 조별로 운동장에 모였다. 9분조도 2열 종대로 어깨를 맞대고 섰다. 점심 주먹밥을 배급받는 시간이었다. 취사 담당 수용자들이 큰 대야를 들고 돌아다녔다. 수용자들은 자기 번호를 외치고 주먹밥을 받았다.

"2번!" "3번!" "4번!"

초조하게 순서를 기다리던 도성진은 입술을 깨물었다. 옆에서는 주둥이가 가마치를 두고 또 도련님을 달달 볶았다. 하지만 어른들 농담 따위는 성진의 귀에 멀었다. 오로지 눈앞의 주먹밥에만 마음이 갔다. 주먹밥을 손에 쥐자마자 성진은 막사로 달려갔다. 그의 뒷모습을 바라보던 월왕령은 미꾸라지가 그를 쫓는 걸 눈치챘다. 망설이지 않고 그쪽으로 뛰었다.

막사 안은 눅눅하고 서늘했다. 도성진은 벽 쪽에 웅크리고 앉아 주먹밥을 꺼냈다. 거칠고 터진 손이었다. 주먹밥을 입에 넣으려고 할 때였다. 삐걱, 문이 열렸다. 미꾸라지가 웃으며 성큼 다가왔다.

흡사 먹잇감을 발견한 하이에나 같았다.

"야, 그거 내놔. 처맞기 전에."

도성진은 얼른 주먹밥을 뒤로 감췄다.

"왜요?"

미꾸라지는 사냥감을 벽으로 몰았다. 성진은 등으로 벽을 더 깊이 타고 오르며 버텼다. 하지만 발끝이 힘없이 비틀거렸다. 다시 삐걱하는 문소리가 들렸다. 이번엔 월왕령이 들어왔다.

"야, 검은손이 너 찾아. 빨리 오래!"

미꾸라지는 월왕령을 노려봤지만, 검은손 이름에 꼬리를 내렸다. 침을 한 번 퉤 뱉고는 막사를 뛰쳐나갔다. 막사 안은 다시 고요해졌다. 주먹밥을 입으로 가져가는 성진의 손을 월왕령이 꽉 잡았다.

"점심은 아침과 달라. 굶으면 하루를 못 버텨."

"놔요. 내 밥이에요."

성진은 이를 악물고 월왕령을 밀쳐냈다. 그러나 그들의 다툼은 더 커지지 못했다.

"야!" 차디찬 목소리가 귓전을 울렸다. 문가에 최종배가 서 있었다. 두 사람은 흠칫 동작을 멈췄다. 최종배는 담배를 꺼내 물고 성진에게 라이터를 흔들었다. "가져와."

성진은 겁에 질린 얼굴로 최종배 앞으로 갔다. 떨리는 손으로 주먹밥을 내밀었다. 최종배는 군화 끝으로 바닥을 탁탁 두드렸다.

"더럽게. 여기 버리라고!"

도성진은 울먹이며 주먹밥을 바닥에 떨어뜨렸다. 최종배의 군화가 여지없이 짓밟았다. 흙과 옥수수밥이 처참히 으깨지고 있었다.

"팔굽혀펴기 50번."

성진은 절망에 찬 얼굴로 바닥에 엎드렸다. 팔을 굽힐 때마다 흙 섞인 주먹밥이 안면에 닿았다. 눈물이 고였다. 그때 밖에서 수용자들의 고함이 들려왔다.

"뺏어 먹으면 어떡해!"

"담에 내꺼 먹으면 되잖아, 이 개새끼야!"

최종배는 밖이 더 급했는지 성진의 머리를 군화로 툭 치고 돌아섰다.

"너 이따 보자."

문이 쾅 닫혔다. 막사 안에는 숨소리마저 가라앉았다. 성진은 흙바닥에 얼굴을 묻고 꿈쩍도 하지 않았다. 손끝으로 남은 밥알이라도 구하려 흙을 모았다. 지켜보던 월왕령은 끝내 고개를 돌렸다. 성진은 일어서 그의 등을 향해 씩씩거리며 외쳤다.

"아버지랑 같이 살았다며? 여기선 룡평산도 보인다며? 나 같으면 산만 봐도 배부르겠다!"

그리고는 울컥, 막사를 뛰쳐나갔다. 월왕령은 아프게 입술을 깨물었다. 한편, 막사 밖에서는 미꾸라지가 구석진 곳에 처박혀 주위를 두리번거렸다. 주먹밥은 뺏지 못했지만, 대신 담배꽁초 하나를 움켜쥐고 있었다. 혹시나 하는 미련으로 막사 근처를 서성대다가, 마침 최종배가 버리고 간 꽁초를 주운 것이었다. 미꾸라지는 숨이 넘어갈 듯 담배를 빨아들였다. 그 냄새를 맡고 어디선가 세 명의 수용자가 달려왔다.

"나 좀… 제발…"
"저녁에 밥 한 숟가락!"
나이 많은 수용자가 먼저 제안했다. 미꾸라지는 조롱하듯 연기를 길게 내뿜었다. 허공을 휘감은 연기는 그의 얼굴을 적셨다. 그는 눈을 감고, 그 연기를 깊숙이 들이마셨다. 굶주림보다 더 처절한 표정이었다.
"나도 한 숟가락!"
또 다른 대머리 수용자가 다급히 얼굴을 내밀었다. 미꾸라지는 다시 느긋하게 연기를 내뿜었다. 이번에는 대머리까지 휘감았다. 곁에서 지켜보던 고수머리 수용자가 단호히 말했다.
"난 저녁밥 절반!"
그 말에 미꾸라지는 선뜻 꽁초를 내밀었다. 고수머리는 두 손으로 꽁초를 받아 들고, 뜨거운 불똥을 참으며 필사적으로 빨아들였다.
"어이, 뜨겁다… 저 미꾸라지…"
15호에선 연기 냄새도 한 숟가락의 식사가 됐다. 남이 뱉은 꽁초를 밥 절반과 맞바꾸며 하루를 견디는 자들도 있었다. 담배 연기가 희망이 되고 절망이 되었다. 그런 곳에서 사람의 목숨값은 얼마나 가벼울까?

정치위원은 조용히 단독막사를 향하고 있었다. 손에 쥔 벽걸이 달력 하나, 종이보다 무거운 기억 하나가 걸음을 따라 천천히 흔들렸다. 그 발밑에서는 자꾸만 소장의 말들이 되살아났다.

"과로사." "현장에서 처형." "내년 2월 15일."...

김동규. 그 이름은 정치위원에게 지금껏 단 한 번도 '반동'이라는 말과 짝지어진 적 없었다. 그는 젊은 시절 김일성고급당학교의 군사간부 양성반 실습생이었다. 당국제부에서의 실습 3개월, 거기서 매일같이 김동규 부주석을 보았다.

부주석은 외교를 '국책의 축'이라 강조했다. 누구보다 부지런히 발로 뛴 혁명의 실무자였다. 복도에서 마주치면 실습생에게 먼저 고개를 끄덕였다. 밤을 새운 아침이면 일부러 따뜻한 말 한마디를 건넸다.

그와 인연의 마지막은 병실이었다. 실습 마감을 열흘 앞두고 급성간염으로 입원한 정치위원에게 김동규는 보약을 보내왔다. 쪽지 한 장 없었는데 정치위원에게는 '혁명의 어른'이라는 이름으로 오래 남았다. 그리고 오늘, 그 혁명의 어른과 정치위원은 죄인과 보위원으로 다시 만나게 됐다.

룡평에서 막 이감 온 날, 김동규의 첫 마디는 의외였다.

"간은 괜찮소?"

그 한마디에 정치위원은 속에서 뜨거운 것이 치밀었다. 시간도 지워내지 못한 그의 또렷한 기억 앞에서 자기 어깨의 별이 너무 가볍게 느껴졌다. 개별담화가 끝난 뒤 김동규가 조용히 부탁했었다.

"달력 하나만... 갖다 줄 수 있겠소? 내 죽는 날이나 세어보게."

그날 정치위원은 단호하게 잘랐다.

"죄송합니다. 여기 공급물자 외 사회 물품은 일체 못들이게 돼 있습니다."

소장 방에서 돌아온 정치위원은 자꾸만 달력에 눈이 갔다. 그래서 그날 처음으로 자기의 충성심이라고 믿었던 원칙을 바꾸기로 결심했다.

조심스럽게 정치위원이 노크하고 김동규의 방에 들어서자 방주인이 천천히 안경을 벗으며 고개를 들었다. 그는 앉아 있는 자체만으로도 방 안 공기를 짓눌렀다. 백발은 세월을 고스란히 담고 있었지만, 그 눈빛만은 여전히 형형했다.

이마에 깊게 팬 주름은 말 한마디 없이도 그가 지나온 역정과 고통을 증언하고 있었다. 그러나 무엇보다 인상 깊은 것은 눈빛 속에 깃든 고요한 분노였다. 동시에 이미 모든 것을 초월한 듯한 침착함과 세상의 모든 굴욕과 고통을 알고 있으면서도 꺾이지 않는 마지막 자존심만으로 지탱하는 품위가 성성했다.

71세의 원로 앞에 선 40대의 정치위원은 한동안 아무 말도 할 수 없었다. 잔주름 하나 흐트러지지 않은 대좌의 얼굴은 규율과 복종을 완벽하게 체화한 듯 단단했다. 그러나 까만 눈동자 깊은 곳에 오래전에 잃어버린 무언가를 더듬는 쓸쓸한 그림자가 비치고 있었다. 모자를 벗을 때 살짝 느려지는 손짓은 원칙에 묶여 살아왔지만 결국 기계가 되지 못한 어설픔이었다.

책상 옆에 선 그의 그림자가 전등불에 길게 드리워졌다. 정치위원은 말없이 달력을 펴서 책상 위에 내려놓았다. 김동규는 가볍게 미소를 지었다.

"제 혼자 결심으로 가져온 게 아닙니다. 회고록 집필에 꼭 필요하다고 상급기관에 전화로 동의를 구했습니다."

정치위원은 거짓말을 했다. 김동규는 그의 말보다 눈을 더 믿었다. 달력을 넘기던 그는 툭 내뱉듯 말했다.

"좋구만. 내년 2월 15일이 없으니 보기가 한결 편하구먼."

정치위원의 등으로 땀 한줄기가 흘러내렸다.

"왜 그 날짜를 언급하십니까?"

김동규는 태연하게 웃었다.

"내 룡평 경력이 얼만데. 그만한 눈치 없겠소? 여기 오는 날, 평양에서 온 조직지도부 양반들이 그러더군. 회고록은 2월 15일을 절대 넘겨서는 안 된다고. 그럼, 내 죽는 날도 그날이 아니겠소? 하하하."

김동규는 소리 내어 웃었다. 정치위원도 애써 따라 미소를 지었다.

"집필이 끝나면, 가족들 곁으로 가시게 될 겁니다."

정치위원의 그 말을 지우는 것처럼 김동규는 무심히 달력을 넘겼다.

"볼 것, 못 볼 것 다 겪으며 올라갔던 자리가 국가 부주석이오. 괜한 위로는 마오."

그는 창밖으로 시선을 돌렸다.

"이 김동규가 룡평에서 죽은 게 아니다. 혁명화 기회도 줬는데... 계승도, 심지어 탄생일도 반역했던 놈이다. 그게 2월 15일의 목적이겠지"

부주석은 흥분한 자기 목소리를 들었는지 잠시 말을 끊었다. 이어 천천히 시선을 돌려 정치위원의 눈을 마주 보았다.

"저들의 그 회고록을 쓰려고 날 여기로 내보낸 걸 아오..."
"억측입니다. 집필을 편히 하시라고 이 단독막사도..."
정치위원은 그다음 말을 잇지 못했다. 이 현장에서 처형할 걸 뻔히 아는 사람의 입장에서 다음 말은 양심이기 때문이었다. 김동규는 미소 지으며 자리에서 일어섰다.
"말을 타 봤소?"
"못 타봤습니다."
정치위원은 모자를 벗었다. 김동규는 창가로 다가가 먼 곳을 응시하며 입을 열었다.
"말을 타면 말이오. 뛰는 건 말인데, 내가 숨차게 달리는 것 같소. 그러다 말에서 내리면 걸어가는데도 멈춰 선 느낌이 들지. 권력의 말이란 그런 거요. 그 등에 오래 올라탈수록 자기 원래 걸음을 잊게 되오."
"제가 여기 정치위원이라는 걸 잊지 않으셨으면 합니다."
정치위원이 일어설 채비로 모자를 매만졌다. 김동규는 짧게 웃으며 다시 말을 이었다.
"그럼, 일 이야기나 하기요. 나는 회고록을 내년 2월 15일이 아니라 올해 12월 24일까지 끝내겠소."
정치위원은 잠시 머뭇거리다 고개를 들었다.
"왜 앞당기시려는 겁니까"
"내 마지막 날인데 내가 선택해야지. 왜 남이 정한 날에 죽겠소?"
"마지막이라 생각하신다면... 한 달 반도 인생 아닙니까? 섣불리... 그건 아닌 것 같습니다."

"마지막이라서 더 간절하오."

김동규는 담담하게 말했다.

"그걸 아는 것도 또 다른 시작이오. 왜 군이 그날인가 궁금하면 나중에, 정치위원이 알고 싶다면 꼭 말해주겠소."

정치위원은 잠시 망설이다가 입을 열었다.

"12월 24일이면… 그날 아닙니까."

그가 말한 '그날'이란 김정일의 생모 김정숙의 생일이었다. 북한은 김정일의 후계 체제를 완성한 뒤 김정숙의 생일을 국가 명절로 지정했다. 김동규는 그 모든 것이 우습다는 듯 쓴웃음을 지으며 받아넘겼다.

"그렇게라도 의미를 부여해서 허락받아 주오. 내가 더 살겠다는 것도 아니지 않소."

그의 눈빛은 더는 무언가를 바라는 것이 아니다. 이미 다 지나간 것들을 하나씩 지우고 있는 사람의 것이었다.

정치위원이 단독막사에서 김동규를 만나고 있던 그 시간, 소장은 자기 사무실 안에서 문을 잠그고 있었다. 그는 빠른 걸음으로 반대쪽을 향해 움직였다. 사무실 안에 숨겨진 작은 비밀방인 혁명화학습실로 들어갔다. 내부는 컴컴했다. 전등 대신 낮은 촛불 하나가 깜빡이고 있었다. 촛불이 흔들릴 때마다 벽과 천장에서 그림자가 기어 다녔다. 빛이 닿는 곳에는 오히려 어둠이 더 짙어졌다. 좁은 식탁 위에는 하얀 이밥 한 공기, 마른 명태 조각, 반쯤 비워진 통조림 그리고 소주병이 놓여 있었다.

그 곁에는 속옷 차림으로 다소곳이 서 있는 서련화가 있었다. 하얀 브래지어와 팬티만 입은 그녀는 마치 잘 닦아놓은 인형처럼 꼼짝도 하지 않았다. 23세의 서련화는 '기쁨조'라는 단어보다 훨씬 더 복잡한 세계에서 다듬어진 여자였다.

북한 당조직지도부 5과. 그 이름 하나로도 그 안에서의 육체는 단순한 신체가 아니라 신비의 도구였다. 그 세계에서 '선발'이란 미모의 틀이 만들어지는 나이, 열셋 즈음부터 시작되었다. 생리가 시작되며 얼굴 윤곽과 미모의 균형이 잡히기 시작한 그 나이부터 당의 소유가 되는 것이다.

6개월마다 반복되는 검진. 질병, 치아, 성장, 그리고 처녀막까지 그녀의 몸은 언제나 심사 대상이었다. 학교는 관찰소 같았고 보호라는 명분으로 선별했다. 그렇게 전국의 여자 중학교에서 수많은 소녀들이 걸러지고, 몇몇만이 살아남았다. 그 '미모 생존'의 아이들은 '5과 강습생'이라는 이름을 받는다.

강습소는 그 자체가 또 하나의 궁전이었다. 우유로 씻고, 기름기 없는 음식으로 미모를 유지했으며, 발레와 마사지를 통해 몸을 단련했다. 음악, 문학, 세계사를 배웠고, 그 모든 것 위에는 '음양오행'이라는 이름의 은밀한 철학이 수혈됐다.

그녀는 배웠다. 여자는 음이고, 남자는 양이라는 것을. 움직이지 않고 끌어당기는 힘. 입을 열지 않고 무장해제시키는 기술. 그 힘을 완성한 여자만이 김정일의 초대소에 들어갈 수 있었다.

그곳에서 7년. 그녀는 웃는 법과, 침묵하는 법, 그리고 사라지는 법까지 배웠다. 기쁨조는 23살에 사회로 배출됐다. 결혼을 원하면 당에서 직접 신랑감을 골라주는 '배려'도 있었다. 본인이 간부가 되길 바라면 당에서 재교육을 실시해 기관에 배치했다.

하지만 한 번이라도 입이 먼저 나가면, 그런 여자의 생명은 자취 없이 사라졌다. 다행히 서련화는 존재했다. 대신 끌려왔다. 가벼운 말실수 하나로 그녀는 여자독신자세대 수용자가 됐다.

소장은 찬찬히 뜯어보다 못해 몸이 서서히 서련화 쪽으로 기울어졌다. 그녀의 얼굴은 누군가 심혈을 기울여 깎아낸 조각상 같았다. 코는 매끄럽게 곧았다. 욕망도 두려움도 알지 못하는 고요한 선처럼 입술은 가볍게 다물려 있었다. 말보다 숨결이 더 어울렸다. 두 볼은 희미하게 긴장되어 있어 오히려 더 매혹적이었다. 자신과 타인의 감정을 있는 그대로 받아들이는 순수함이 잔잔하게 배어 있었다.

소장은 서련화의 그 모든 것 중에서도 유독 두 눈을 뚫어지게 살폈다. 눈빛이 깊었다. 촛불 따위에는 흔들리지도, 반짝거리지도 않았다. 그 작은 빛마저 나누지 않고 오히려 삼켜버렸다. 굳이 쳐다보지 않아도 모든 움직임을 압도하는 눈이었다.

"쯔쯔쯔."

혀를 차며 고개를 끄덕이던 소장은 이윽고 입을 열었다.

"고운 것들은 꼭 고운 대가를 치른다니까. 아무튼, 너 식당 근무로 돌리고, 빨리 나가도록 힘도 써보겠으니… 아무튼, 옆으로 와 앉아."

서련화는 처음이 아닌 듯 다가왔다. 무릎을 곱게 모으고 소장 옆에 살포시 앉았다. 한 줌도 흐트러짐이 없는 동작이었다. 숨결조차 흔들리지 않았다.

"고맙습니다. 곁에 가까이 앉혀 주셔서, 선생님."

그녀는 고개를 살짝 기울이며 부드럽게 말했다. 초면의 수줍음이나 자신을 낮추는 경계도 전혀 없었다. 소장은 손사래를 치며 툴툴거렸다.

"야야, 선생은 무슨... 밖에서 모셨던 그대로 해. 똑같이. 뭔지 알지?"

서련화는 조심스럽게 소장의 술잔을 채웠다. 그리고 촉촉하지만 끝내 다가서지 않는 눈으로 그를 바라보았다. 그 속에는 결코 범접할 수 없는 황홀함의 권위가 버티고 서 있었다.

"정말, 밖에서 모셨던 그대로 말입니까?"

서련화는 가볍게 미소 지으며 물었다. 그 웃음 속에는 '너를? 내가?' 하는 냉정한 거리감이 서려 있었다. 소장은 얼결에 대답했다.

"그래, 그래."

그러면서도 "정말 이 여자가 죄수인가? 아니, 죄수가 맞긴 한가?" 하는 생각이 저절로 스쳤다.

소장은 이미 취한 사람처럼 손을 허공에 내저었다. 벗으라는 한마디면 될 텐데 그 말 한 줄이 이토록 힘든 것은 난생 처음이었다. 술잔을 들이키는 소장의 손길은 서툴렀다. 눈은 벌써 서련화에게 흠뻑 취해 있었다.

서련화는 손가락을 술잔 속에 살짝 담갔다. 그 젖은 손이 대단한 특혜라도 되는 듯 소장의 입술 앞으로 가져갔다. 소장은 일말의 망설임도 없이 어린아이처럼 그 손가락을 덥석 물었다. 입안에서 조심스레 돌리며 사탕처럼 달콤하게 빨아들였다. 서련화는 그 반응을 뻔히 알면서도 아주 천천히 손가락을 빼냈다.
"매일 강한 것도 싫증 나지? 전부 네 아래 것들인데."
서련화의 거침없는 반말에 소장은 순간, 술이 확 깨는 것 같았다.
"밖에서 하던 대로 하라며?"
그녀가 부드럽게 쏘아붙이자 소장은 본능처럼 고개를 심하게 끄덕였다. 그의 귓가에 살결처럼 부드러운 숨을 불어넣었다.
"오늘은 내 앞에서 한 번 약해봐. 다 내려놓고."
소장의 눈동자가 떨렸다. 자기도 모르게, 처음으로 권력자가 아닌, 한 남자로서의 나약함을 느꼈다. 그게 더 찌릿했다. 서련화가 귀를 부드럽게 깨물자 그 충동이 더 커졌다.
"아프지? 나, 강하지?"
서련화의 속삭임이 천천히 그러나 확실하게 그의 가슴을 짓눌렀다. 소장은 자기도 모르게 속삭였다.
"오... 아파. 강해."
"봐봐."
서련화는 소장의 머리를 자기 가슴으로 끌어당겼다.
"네 목소리도 작아졌잖아. 내 앞에서 약해졌잖아. 그렇지?"
소장은 홀린 듯 머리를 끄덕였다.
"그래. 그래... 정말 그렇구나..."
서련화는 흐릿하게 웃었다. 그리고 아주 작게 속삭였다.
"착해. 착하니까 다 보여줄게. 216단계까지."

"216단계?"

소장은 잠시 얼어붙었다. 서련화는 눈을 똑바로 바라보며 부드럽게 고개를 끄덕였다.

북한에서 '216'은 김정일의 생일이자 절대권력의 의미였다. 김정일 최측근 차량 번호 앞자리도 216이다. 기쁨이 216개나 된다는 사실에 소장은 신기해했다.

"응. 오늘부터 하나씩. 지금 1단계부터 해볼까?"

그녀는 소장의 목을 감싸고 볼을 쓰다듬었다. 소장은 자기가 소장이라는 사실도, 서련화가 죄수라는 것도 모두 하얗게 잊어먹었다. 그저 그녀의 손길에 모든 걸 맡기고 이대로 시간이 멈춰버리길 바랐다.

"1단계는 '방긋 두 입'이야."

"방긋 두 입?"

소장은 어리둥절했다. 자기가 그 얼굴인지도 모르고 되물었다. 서련화는 입술에 엷은 미소를 그렸다.

"여자는 입이 두 개야. 위, 아래."

그 단순한 비유에 소장은 멍청히 웃었다. 여자가 순진한 자기 표정을 알아봐 줬으면 했다.

"그 두 입이 방긋 웃으려면 어떻게?"

서련화는 소장의 귀에 대고 속삭였다.

"먼저, 속부터 나눠야 해. 네 속, 내 속."

소장은 비밀처럼 물었다.

"그 속은... 어떻게 나누는 건데?"

서련화는 소장의 얼굴을 두 손 가득 끌어안고 가까이 들여다보았다.

"네 속에만 꼿꼿하게 서 있던 것, 남들에게 강하게 보이려고 감추었던 외로움 같은 것, 그게 설사 아픈 거면 아프다고 말해. 내가 엄마처럼 이렇게 어루만져 줄게."

엄마처럼! 그 한마디가 소장의 심장을 가득 채웠다. 소장은 천천히 눈을 감았다. 서련화의 젖가슴 살이 그의 뺨을 부드럽게 만져 주었다. 그 촉감은 살면서 처음 느껴보는 진짜 다정함이었다. 잊어버린 평온, 아물지 못한 상처들까지 전부 감싸 안는 포근함이었다. 소장의 감은 눈에 무엇인가 채워졌다. 그 감각을 붙들고 정말로 울고 싶어졌다. 지금 이 순간 울지 않으면 다시는 울 기회가 없을 것 같았다.

그는 먼저 술병을 통째로 들고 맹물처럼 꿀꺽꿀꺽 마셨다. 그러자 서련화도 다른 병을 집어 들고 똑같이 소리 내며 마셨다. 신비했다. 그 행동 하나였을 뿐인데도 전부를 다 받은 것 같았다. 어디까지 따라오는지 확인하고 싶었다. 술병을 끝까지 기울였다. 역시나 서련화는 도중에 멈추지 않았다. 느리지만 기어이 해내겠다는 듯 노력하고 있었다. 그러면서 눈에선 눈물이 새어 나오고 있었.

순간. 소장의 가슴이 그 눈물에 젖었다. 마치도 자기가 서련화를 따라 어딘가에 와 있는 것 같았다. 시키면 시킨 대로 오직 그녀 앞에서만, 진짜 외로움을 털어내고 싶어졌다. 술 때문에 취한 것이 아니었다. 정말로 그녀 앞에서 약해졌다. 자기가 하는 말인데도 제대로 들리지 않는 목소리가 됐다. 입과 귀가 따로따로 움직이는 것 같았다.

"내가 이 자리까지 그냥 올라왔겠냐고. 내 시작은 남들에겐 끝이었어. 명령하면 복종하고, 죽이라면 죽여야 했고. 아무튼… 이젠 나도 잔인해져 버렸어.

자식새끼한테도 걸핏하면 손이 올라가고, 죽이겠다는 소리까지 나와. 그때마다. 아무튼… 해야 해. 그래야 내 증오가 멈추고 행동도 멈춰. 혼자 있으면… 이젠 자꾸 눈물이 나. 남들 소소하게 사는 거 보면 부럽고… 부러워서 화가 나고 화나서 또 울고…"

촛불은 희미하게 흔들렸다. 그 작은 불빛 아래 한 남자가 조금씩 조심스럽게 무너지고 있었다.

뜨거운 햇살이 머리 위를 무겁게 짓누르고 있었다. 립석강 강둑을 따라 줄지어 쪼그려 앉은 수용자들은 각자 분조별로 주먹밥을 허겁지겁 먹었다. 시래기와 뒤섞인 옥수수 몇 알이라도 놓칠세라 손과 입이 쉴 새 없이 분주했다. 하지만 성진은 그 무리에 끼지 못했다. 작은 돌무더기 옆에서 혼자 고개를 떨군 채 웅크리고 있었다. 배가 고파 눈앞이 아찔하게 돌았지만 차마 일어날 수 없었다.

"아침에 그러지 말걸." 텅 빈 속을 두드리며 성진은 후회를 삼켰다. 그래서 미운 얼굴들이 더 또렷하게 떠올랐다. 최종배, 미꾸라지, 월왕령. 그 이름들이 허탈하게 머릿속을 맴돌았다. 그런 성진을 보며 분조원들과 함께 밥을 먹던 가수가 걱정했다.

"얼라반동 우는 거 아냐?"

검은손의 목소리는 거칠었다.

"냅둬. 욕심부리면 혼자 된다는 걸 배워야 해."

조금 뒤였다. 멀리 다른 분조 쪽에서 "영차! 영차!" 하는 소리가 터져 나왔다. 그 앞에선 왜소한 여자아이가 수레를 필사적으로 밀고 있었다. 가족세대 3작업반 2분조 김상미였다. 바퀴가 돌부리에 깊숙이 박혀 꿈쩍도 하지 않았다. 양손으로 밀고 당겨도 수레는 요지부동이었다. 그걸 본 독신자 남자들이 깔깔 웃으며 놀려대듯 소리쳤다.

"영차! 영차! 조금만 더! 영차!"

남자들의 광기 섞인 조롱에 김상미는 더 초조해졌다. 수레 손잡이를 부여잡고 바둥거렸다. 그 광경을 보다못해 도성진이 천천히 일어섰다. 비틀비틀, 마른 나무처럼 흔들리는 걸음이었다. 성진이 수레 뒤에 다가서자 제방을 들썩이던 남자들의 함성은 순식간에 잦아들었다.

"야 이 새끼야! 당장 오지 못해?"

정적 속에서 검은손의 외침이 일어섰다. 9분조원들만이 아니라 다른 분조원들도 긴장해서 성진을 바라봤다. 하지만 그는 들은 척도 안 했다. 수레 뒤에서 상미에게 퉁명스럽게 말했다.

"야. 밀어. 하나... 둘..."

그러면서 힘껏 밀어주었다. 몇 차례 시도 끝에 수레가 덜컥 돌틈에서 빠져나왔다. 김상미가 수줍어하며 고맙다고 입술을 떼기도 전에, 반대쪽에서 번개처럼 고함이 터졌다.

"야! 7번! 9분조 7번!"

최종배였다. 도성진은 수레에서 몸을 떼며 고개를 돌렸다. 그의 고함과 강렬한 눈빛에 성진이 당황했다. 최종배는 성진이 앞에까지 잰걸음으로 다가왔다.

"왜 남의 혁명화를 도와줘? 네가 저년 대신 살아줄 거야? 이 안에서. 그게 불법인 줄 몰라?"

도성진은 입을 열지 못했다. 그게 불법인 줄 몰랐다. 오히려 돕는 건 좋은 일이라고 생각했다. 김상미는 수레 뒤로 덜덜 떨며 몸을 숨겼다. 최종배가 고개를 홱 돌리며 외쳤다.

"식사 그만! 전체 일어섯! 바로 작업!"

짧은 명령에 강둑 위에 남아 있던 마지막 숨까지 싸늘하게 얼어붙었다. 그 사건까지 겹치며 그날은 성진이가 15호에 입소한 뒤 가장 고된 하루가 됐다.

"점심은 아침과 달라. 굶으면 하루 못 버텨."

아침 막사에서 월왕령이 했던 말이 돌 하나하나를 들 때마다 무겁게 체감되었다. 하지만 그것이 고통스러운 것은 아니었다. 김상미의 혁명화를 도왔다는 죄 아닌 죄로 기합도 따로 받았다.

그것이 전부가 아니었다. 점심 식사 시간을 빼앗긴 2작업반 수용자들의 분노는 쉽게 가라앉지 않았다. 도성진을 에워싸고 주먹을 휘두르려는 분조도 있었다. 옹헤야가 제 때에 막아주지 않았다면 성진의 하루는 피로 끝났을지도 모른다.

어느새 해가 서서히 룡평산 너머로 기울기 시작했다. 2작업반 반장의 외침이 다시 터졌다.

"15분 휴식!"

짧은 구령 하나에도 9분조원들은 거의 본능처럼 검은손 주변으로 모여들었다. 성진이 때문에 더 힘든 작업이었지만, 그렇다고 불평하는 조원은 없었다. 저마다 가쁜 숨만 몰아쉬며 엎어지듯 달려왔다. 맨 마지막에 도착한 주둥이는 털썩 주저앉으며 어딘가를 손으로 가리켰다.

"얼라반동, 저기 왜 혼자 있어? 강냉이밭 노리는 거 아냐?"

장난스럽게 내뱉은 그의 말에 9분조원들의 시선이 그 방향으로 집중됐다. 붉게 타오르는 저녁노을 아래 옥수수밭은 핏빛 강물처럼 일렁이고 있었다. 황혼에 물든 그 잎사귀들은 바람결에 가볍게 흔들렸다. 그 소리가 밭의 신음처럼 귓전을 울렸다. 주둥이는 옥수수 잎이 유난히 풍성한 한 구역으로 길게 팔을 뻗었다.

"저기가 시체가 많이 묻힌 곳이야."

도련님이 콧방귀를 끼었다.

"치, 지가 묻혀봤나?"

"봐봐. 딴 데보다 강냉이가 잘 자랐잖아. 여기 비료가 있어? 뭐가 있어?"

주둥이의 말에 9분조원들은 아무도 반박하지 않았다. 검은손이 나뭇가지를 주워들며 조용히 말했다.

"그쪽은... 겨울에 묻힌 사람들이고."

말끝이 이내 엷어지더니 가지 끝으로 옥수수가 듬성듬성 자란 허전한 구역을 가리켰다.

"저쪽은 가을 되면... 저기 몇이 묻힐 거야."

도련님이 고개를 돌리며 물었다.

"가을이요...? 뭘 보구요?"

검은손은 담담하게 설명했다.

"저긴 강냉이가 아에 없거나 다른 데보다 덜 자랐잖아. 봄에 씨앗을 뿌리지 않고 몰래 먹어버린 거지. 강냉이 분조는 가을까지 자기 밭을 책임지게 해. 저기만 비었으니 맞아 죽든 구류장 가든 처벌이 뻔하지."

그의 말에 9분조 수용자들의 눈빛이 하나같이 침울해졌다. 누구 하나 소리 내어 말하지 않았지만 다 같은 감정을 느꼈다. 옥수수 잎들이 붉은 노을을 머금고 끝없이 흔들렸다. 죽음을 기억하려는 땅의 울렁임처럼 보였다. 파란 본색을 빼앗긴 실존들이었다.

멀찍이 떨어진 돌무더기 옆에는 도성진이 홀로 웅크리고 앉아 있었다. 목 끝까지 차오른 울컥거림을 참으려 고개를 푹 숙인 모습이었다. 배고픔은 이미 감각이 아니었다. 절망이 점점 더 아래로 꺼지다 못해, 그 맨 밑바닥에 남은 한숨으로 느껴질 정도였다. 생각하는 것도 사치였다. 머릿속엔 그저, 끝났으면 좋겠다는 막연한 감정만 떠다닐 뿐이었다.

그의 발끝 곁으로 개미 한 마리가 빠르게 기어가고 있었다. 그 조그만 생명조차 자신보다 더 강해 보였다. 성진은 살점이 찢겨 피가 마른 손바닥을 새삼스럽게 들여다보았다. 그런데 시야에 불쑥 나타나는 다른 손이 있었다. 그 손바닥 위에는 절반의 주먹밥이 놓여 있었다. 도성진은 고개를 들었다.

그 고마운 사람은 월왕령이었다. 순간 울어야 할 이유가 밀려왔다. 그게 뭔지 딱히 몰라서 눈물이 먼저 흘렀다. 목 안이 따끔하고 숨이 턱 막혔다. 입이 떨리고 소리가 새어 나왔다.

"형... 설마, 안 먹고... 나 주는 거예요?"

월왕령은 처음으로 웃었다.

"미쳤냐? 난 절반도 배불러."

성진의 눈에서 눈물이 왈칵 쏟아졌다. 그것은 주먹밥이 아니었다. 생존이었다. 몸이 아니라 영혼이 먼저 채워졌다. 그 고마운 한 입, 한 입이 어루만져 주고 위로해주고, 달래주며, 그렇게 씹을수록 눈물이 났다. 성진이 울면서 먹는 동안 월왕령은 옆에 앉아 주었다.

태양을 마주하고 둘은 나란히 앉았다. 붉게 물든 하늘 위 룡평산 능선에 해가 반쯤 걸쳐 있었다. 붉은 산등성이가 꿈틀거리며 숨 쉬는 듯했다. 월왕령이 헝겊이나 다름없는 장갑이지만 성진의 손에 얹어주었다.

"나 손 안 아파요."

성진이 장갑을 거절하니 월왕령은 자기 손바닥을 펼쳐 보였다. 거칠게 갈라진 손바닥, 빛바랜 굳은살이 얹힌 그 손은 흙과 돌을 쥐고 살아온 축적의 시간 그 자체였다.

"봐봐, 내 손. 얼마나 단단한가."

성진은 신기하다는 듯 그의 손바닥을 쓸어 만졌다. 까끌까끌한 굳은살 사이로 어린 손끝이 조심스럽게 스쳤다.

"와... 이거 다 굳은살이에요?"

월왕령은 슬쩍 웃었다. 한 번도 뽐낸 적 없는 생존을 처음으로 누군가에게 내보이는 뿌듯함이었다.

"찔러도 피가 안 나. 룡평 손이라서."

"정말요? 찔러 봐요?"

성진은 어린애처럼 웃었다. 월왕령도 따라 피식 웃었다. 성진은 한참 망설이다가 조심스레 입을 열었다.

"형이라 불러도 돼요?"

말을 꺼내고도 스스로 민망했는지 성진은 멋쩍게 웃었다. 월왕령은 담담하게, 그러면서도 깊은숨을 묻은 목소리로 대답했다.

"……부르고 싶으면 부르든가."

그 단순한 허락에 성진은 어설픈 안도감으로 다시 밝게 웃었다.

"형, 난 형이 부러워요."

"뭐가?" 되묻는 월왕령의 어투에는 이미 모든 것을 잃어본 자 특유의 무심함이 깃들어 있었다. 성진은 두 손으로 무릎을 감싸 안고 허공을 바라보다가 아주 순진한 얼굴로 말했다.

"저 산이요. 아주 가깝잖아요. 소리쳐도 들릴 것 같아요."

그의 말에 월왕령도 고개를 들었다. 노을에 잠긴 룡평산은 가까워 보였지만 걸어서는 결코 닿을 수 없는 아득한 거리였다. 아득하고 슬프도록 먼 거리였다. 성진은 다시 입을 열었다.

"형 아버지도 아마 저 산 너머에서 형 생각하고 있을 거예요."

그 말에, 월왕령의 눈빛이 떨렸다. 그 눈동자 안에 맺힌 것은 당혹감이었다. 기억이 아니라 늘 숨겼던 깊은 속이 드러날까 봐, 마음을 급히 닫는 초조함이었다. 채 닫히지 않은 그 틈으로 가만히 기억들을 떠올렸다. 어머니가 눈을 감던 날부터 아버지가 아기를 품고 집집마다 젖을 얻으러 다니던 저녁, 짐을 싣고 15호로 향하는 군인 트럭을 따라오다 먼지 속으로 사라지던 작은 강아지... 월왕령은 숨소리가 가늘게 떨렸다.

"1분 후 작업시작!"

또다시 2작업반 반장의 작업 지시 고함이 멀리서 터졌다. 그러자 성진이 벌떡 일어났다.

"형!" 그는 월왕령의 팔을 덥석 잡아당겼다.

"형이 소리치면 아버지가 들을지도 몰라요. 나 봐요."

그리고는 룡평산을 향해 목청껏 외쳤다.

"작업시작!"

순간, 제방 위 남자들이 모두 쳐다봤다. 최종배가 담배를 피우다 켁켁 기침을 터뜨렸다.

"저게 돌았나?"

성진은 머뭇거리지 않았다. 표정까지 간절하게 월왕령을 재촉했다. "형, 어서요!"

성진이의 강요에 못 이겨 일어선 월왕령의 눈은 이미 젖어 있었다. 천천히 두 손을 모았다. 그리고 붉은 하늘을 향해 가슴이 터져라 힘껏 외쳤다. "작업시작!"

그 외침은 룡평산을 넘어 노을 속으로 메아리쳤다. 성진과 월왕령. 두 사람은 나란히 아버지에게 닿기를 바라며 다시 외쳤다.

"작업시작!"

메아리는 바람을 타고 핏빛 하늘 아래로 길게 퍼져나갔다. 그 메아리 끝에서 두 사람은 아주 잠시, 자유로웠다.

2
                # 룡평

 15호에도 그 나름의 평등은 있었다. 사회와 똑같이 이곳 수용자들도 생활총화를 한다는 것이었다. 북한 사람들의 생활총화는 8세에 시작해 평생 계속된다. 그야말로 '요람에서 무덤까지' 이어지는 조직생활인 것이다.
 15호도 조직생활을 강요했다. 그 구조는 일반 사회와 본질적으로 다르지 않았다. 초등학생부터 노인까지 직업 유무를 막론하고 매주 조직 앞에서 자신의 죄를 고백하고 또 타인의 과오를 지적했다.
 그 반성이 곧 사상성의 증명이며 그런 삶으로 충성심을 드러내 보여야 했다. 차이가 있다면 밖에서는 반성하면 살아남지만, 이 안에서는 반성해도 언제 죽을지 모른다는 점이었다. 15호에선 죄의 실질적 유무에 상관없었다. 존재 자체가 죄였다. 숨 쉬는 것조차 반성의 의무가 됐다. 이곳에서의 평등이란 누구에게나 죽음이 똑같이 열려 있다는 의미일 뿐이었다.

15호의 생활총화는 일주일에 한 번씩 토요일에 진행했다. 이날 수용자들의 노역은 평소와 달리 오후 3시로 끝났다. 이런 노역 감소 때문에 그들에겐 일주일 중 가장 기다려지는 휴일이었다. 그 대신 정신적 공포의 '생활총화'를 견뎌야 했다. 정치 권력으로 의례화한 자백과 질타는 결국 개인을 철저히 지우는 절차였다.

생활총화는 독신자세대 운동장에서 열렸다. 말이 운동장이지 숨소리조차 조심해야 하는 침묵의 공터였다. 담장처럼 ㄷ자 형태의 막사들에 둘러싸여 있었다. 감시탑에서는 기관총과 조명이 늘 아래를 감시하고 있었다.

개인이 뛰거나 걷는 운동장이 아니었다. 때로는 수용자를 심판하는 형벌의 광장으로 사용되거나, 그 집단도 예외가 되지 않는 보위부의 놀이터로 쓰였다. 운동장 정면에는 벽돌 다섯 단을 층층이 쌓아 만든 조그만 콘크리트 무대가 있었다. 무대 뒤로 망루처럼 나무 기둥이 하나 뻗어 있었다. 그 중간에 투박한 전등을 매달았다. 맨 꼭대기에는 나팔 모양의 스피커가 붙어 있었다.

오늘처럼 2작업반 200여명이 조별로 모두 모이면 비판과 고발의 무대가 된다. 비상소집이 떨어지는 날이다 싶으면 처벌과 처형의 살벌한 무대로 변했다.

그렇게 '평화로운' 생활총화의 날이 찾아왔다. 성진에게는 사회와 생판 다르게 이름을 부르지 못하게 하면서도, 자기의 과오를 공개적으로 토로하게 하는 15호의 질서가 괴이했다.

2작업반은 빠짐없이 운동장에서 분조 별로 앉아 대기했다. 총화 지도 간부가 늦게 온다는 통지가 날아왔다. 생활총화를 앞둔 공기는 무겁기 마련인데 기다림은 언제나 약간의 여백을 허락했다. 주둥이가 평소처럼 무게 없는 농담으로 9분조의 분위기를 간질였다.

"야, 얼라반동, 네 또래 여자 보니 보위원도 좆 같았어? '작업시작!' 그것도?"

터지는 웃음들. 그 흑암 속에서도 스스로 웃는다는 사실에 성진은 뿌듯했다. 주둥이 얼굴엔 늘 뭔가가 묻어 있었다. 말장난을 치기 위해서거나 그걸 준비하는 속셈 때문이었다. 그 특유의 표정으로 도련님에게 또 트집을 잡으려고 시선을 돌렸다.

도련님은 아무 생각이 없는 사람처럼 앉아 있었다. 무심하게 하늘을 보며 입으로는 가끔 쩝쩝 소리를 냈다. 생각이 없거나 감정이 없는 사람이 아니었다. 한번 표정을 드러내면 그 안에 묻혀 있던 자존심과 억울함, 그리고 두려움까지 모두 한꺼번에 토해낼 것 같아서 도련님이라는 가면을 눌러 쓰고 있었다. 그의 구부정한 어깨에는 과거의 체면과 지금의 수치심이 나란히 걸쳐져 있었다. 주둥이는 생글생글 웃으며 길게 뻗고 있는 발로 그의 등을 툭툭 건드렸다.

"도련님. 도련님."

그가 들은 척도 하지 않자 이번엔 그의 어깨를 흔들어댔다.

"야. 야. 너도 얼라반동한테 좀 배워. 남자가 이래야지. 내일부터 가족세대랑 공동작업 붙는다잖아. 가마치 어쩔 거야? 다 썩잖아!"

도련님이 다시는 그 말을 듣지 않으려고 작심했는지 돌아앉아 말했다.

"그래, 좋아. 부주석은 떼내고 내 몸값만 얘기하자. 내가 가마치 값이냐고?"

"그것도 안 되니까 준다는 거잖아. 그 여자도 아는 거야. 넌 그냥 받기만 하면 된다니까."

도련님은 주둥이를 흘겨본 뒤 옹헤야에게 물었다.

"너 같으면 하겠냐?"

"하지. 하구 말구."

옹헤야는 망설임 없이 대답했다. 가수도 합세했다.

"그럼. 하지. 나는 한다."

주둥이는 자기 무릎을 탁 쳤다.

"이게 민심이라니까. 나라의 도련님이라면 민심을 받들어 해야지!"

그리고는 도련님의 얼굴을 향해 손가락질했다.

"너 이게 반동이야. 동지들 다 배신하는 거잖아."

주둥이의 성화를 피하고 싶어 도련님은 아까부터 검은손과 수군대던 월왕령에게 작은 돌을 던졌다.

"룡평 얘기해?"

월왕령은 고개만 끄덕였다. 검은손이 대신 대답했다.

"여기가 더 힘들대."

9분조원들의 시선이 모두 월왕령에게 쏠렸다. 도련님이 제일 놀라는 얼굴이었다.

"3급인데 힘들어?! 룡평 비하면 여기는 천국이잖아?"
"룡평은 평생 탄광 일만 하니까 마음 둘 곳이라도 있어요."
월왕령의 말에 누구보다 가수가 제일 어이없어했다.
"마음 둘 곳?"
"네. 바깥은 보위부 세상, 갱도 안은 죄수들 세상인데 여긴 그런 게 없잖아요."
분위기가 가라앉자 주둥이가 손을 들며 가로챘다.
"자, 우울한 얘기는 그만하고 다들 내 손 잡아. 낼 맛있는 거 가져올 거니까"
조원들이 처음엔 망설이다가 행여나 싶어 하나둘 그의 손등에 자기 손들을 태웠다.
"다들 따라 해. '우리 9분조는…' 어어- 안 해?"
"9분조는"
주둥이의 선창에 따라 모두가 합창했다. 주둥이는 거만하게 말을 이어갔다.
"약속한다."
"약속한다."
"절대, 혼자 먹지 않는다."
도련님이 못 참고 짜증 내며 손을 뿌리쳤다.
"그게 뭔데?"
다들 기대하며 쳐다보는 가운데 주둥이는 교활하게 웃으며 속삭였다.
"가마치."

그 말에 모두가 동시에 도련님을 쳐다봤다.
"아 진짜, 안 된다니까."
도련님이 자리에서 벌떡 일어섰다. 그 옆에서 검은손이 피식 웃고 말았다. 그 순간, 2작업반 반장의 우렁찬 목소리가 운동장을 찢었다.
"생활총화 준비! 각 조별, 2열 종대로!"
웃음은 단숨에 증발됐다. 모두가 무거운 몸을 일으켜 세웠다.

수용자들이 생활총화의 두려운 시간을 준비하던 그 밤, 소장은 조직부장 집에서 단둘이 술잔을 나누고 있었다. 둘이서 먹기엔 과할 정도로 푸짐한 상차림이었다. 기름기 번득이는 돼지머리, 붉게 절인 명태 무침, 큼지막한 삶은 닭이 술상에 그득했다. 부리에는 만 엔짜리 일본 지폐 두 장을 꽉 물렸다. 삶을 때부터 물고 있었던 것처럼 잘 어울렸다.
소장의 잔에 술을 부어주는 남자의 이름은 주상익. 나이는 42세. 소장보다 낮은 상좌 계급이었다. 그러나 그는 15호 관리소의 조직부장이었다.
북한의 조선로동당 '조직지도부'는 좀처럼 드러나지 않는 권력이었다. 그들의 서류가 움직이지 않으면 돌아가는 게 아무것도 없었다. 김일성 노동당 총비서가 '조선의 얼굴'이라면 김정일 조직비서는 몸통이었다. 세포와 핏줄을 하나로 잇는 모든 조직관리부터 정책 결정에 이르기까지 조직지도부가 관장했다. 15호 관리소를 운영하는 국가보위부도 당 조직지도부 직속 기관이었다.

15호 관리소의 조직부장은 명목상으로 정치부에 속해 있었다. 그렇다고 조직부장이 정치위원의 방문을 두드리는 일은 거의 없었다. 조직부장 주상익에게 '윗선'은 상급기관인 본부 조직부였다. 그 위로 더 올라가면 노동당 조직지도부가 있었다. 이렇듯 유일 노동당이라고 하지만 북한에는 실제로 두 개의 당이 존재하는 셈이었다. 하나는 '이념당'인 노동당, 다른 하나는 '실권당'인 '조직지도부당'이다.

북한은 당과 국가행정이 맞물려 돌아가는 나라가 아니었다. 당과 당이 겹쳐 돌아가는 체제, 즉 '당-당 시스템'이었다. 대부분의 공산권 국가들이 '당-국가 시스템'인 것과 달리 당 안에 또 하나의 당을 만든 셈이다.

그날 밤 소장의 접대를 받으며 웃고 있는 조직부장 주상익은 그 구조의 내부에서 아주 조용하고 교활하게 자신의 몫을 챙기고 있었다. 주상익 부장의 얼굴은 기억에 남지 않는 평범한 인상이었다. 누구에게도 시선을 오래 주지 않았다. 그렇다고 눈을 피하지도 않았다.

그의 눈빛은 무표정한 기록지 같았다. 모든 것을 적으면서도 아무것도 말하지 않는 실눈이었다. 그 흔한 권력자의 탐욕이나 위세도 전혀 흘리지 않았다. 하지만 묘하게도 누가 방 안에 앉아 있든 간에 그가 중심처럼 느껴졌다. 그건 굳이 자리를 빼앗는 힘이 아니라 모든 자리를 위협하는 자만이 갖는 냉기였다.

그의 얼굴은 평소 잘 웃지도 화내지도 않았다. 그런데도 관리소 간부들은 모두 그를 두려워했다. 남 눈치 보는데 개의치 않는 사람이라는 것, 그리고 눈 하나 까딱 안 하고도 사람을 흔적 없이 사라지게 할 수 있는 자라는 것을 모두가 알고 있었기 때문이다.

"우리가 결혼식 올릴 땐 고추가 물려 있었는데… 아무튼, 그땐 우리한테 고추밖에 없었으니까. 하하하."

소장은 소리 내어 웃으며 품 안을 뒤적였다. 그 속에서 나온 건 일본 엔화 3장이었다. 그는 그것을 삶은 닭 부리에 꾹꾹 밀어 넣었다.

"아무튼, 이제 변했소. 우리 아이들 때엔 이렇게 외화를 물려줘야 하니 말이오. 하하하"

"아니, 지금 닭이 입에 물고 있는 것만도 많은데 왜 또 이러는 겁니까."

겸양을 입에 올리고 있는 부장에게 소장은 잔을 들며 대꾸했다.

"많이 물려줘야, 아무튼 뜯어먹는 우리도 덜 미안하잖소. 하하하"

닭고기를 두고 한 말이었지만, 받은 만큼 잘하라는 계산서 같았다. 조직부장은 일부러 벽 쪽으로 깊은 시선을 보냈다. 거기에는 미군 탱크를 향해 수류탄을 입에 물고 돌진하는 두 팔 모두 잃은 병사의 그림이 걸려 있었다. 과장된 용기, 넘치는 충성, 그리고 사라진 이름이었다. 조직부장은 그 그림을 보며 당 강연 때 써먹던 말투를 사용했다.

"간고했던 시련과 고난을 헤쳐 온 우리 혁명의 위대한 역사를 돌아보면 정말로 눈물이 납니다. 전쟁도, 전후복구도 맨손으로 이루어내며…"

말이 흘러나왔지만 정작 그의 표정은 그림 바깥 어딘가에 걸쳐 있었다. 듣다못해 소장은 닭 모가지를 비틀어 잡아 뜯었다. 그 힘은 마치 가식의 숨통을 끊어내듯 짧고 거칠었다. 이어 닭 다리를 뜯어내 조직부장의 그릇 위에 척 올려놓았다.

"아무튼, 맏아들 결혼식에 필요한 건 뭐든지, 우리 조직부장 동무가 부탁만 하면 아무튼 뭐든지 내가 구해오리다."

"아니요, 오늘 이 돈이면 충분합니다. …작년에 소장 동지 조카가 일본 애들이랑 무역을 잘했나 봅니다?"

조직부장의 그 말 속엔 약간의 무게가 실려 있었다. 농담처럼 들렸지만 웃지 않았다. 질문처럼 흘렸어도 대답을 강요하지 않았다. 오히려 그 침착함이 말보다 더 많은 것을 요구하고 있었다. 소장의 입꼬리가 미세하게 움직였다. 닭의 기름이 묻은 손가락을 입에 넣어 쭉쭉 빨았다.

"아무튼, 우리 부장 동무가 정보력 하나는 기가 막히오. 그놈이 보내온 약초 목록이란 게… 세신, 백복령, 버섯… 뭐 전부 이런 풀떼기요. 아무튼, 이 요덕 5개 리 다 합쳐봤자 에잇…."

"쯔쯔쯔 그럼 제가 얼마라도 다시 돌려드려야 하지 않겠습니까?"

이번엔 조직부장이 하나 남은 닭 다리를 뜯어 소장의 그릇에 슬쩍 올려놨다. 한편 소장은 술병을 들어 조직부장의 잔에 가득 부어줬다.

"당정일치! 이게 무슨 뜻이겠소? 당과 행정이 마음이 통하면 아무튼 화끈하게 주고, 또 받고. 아무튼 그 말 아니겠소? 하하하!"

소장은 소리 내어 웃었다. 그 웃음은 조금 과장됐고, 술기운에 실린 듯 가벼웠다. 조직부장은 대답인지 약속인지 애매한 의미로, 잔을 들어 입안에 털어 넣었다.

운동장 무대 위에는 심판대처럼 엄숙한 책상이 하나 놓여 있었다. 그 책상을 지키듯 중위 최종배와 상좌 대열부장이 나란히 앉아 있었다. 이윽고 대열부장이 일어서 천천히 무대 중앙에 섰다. 동시에 운동장 전체가 환해졌다.

조명이 밝아졌다는 사실보다 더 강렬한 것은 그 밑에 드러난 광경이었다. 모두 허리를 반듯하게 세우고 무릎 위에 올려진 손들은 흔들림이 없었다. 어깨와 어깨 사이, 무릎과 무릎 사이의 간격까지 완벽하게 일치했다. 표정들은 벽처럼 굳어 있었다. 그것은 마치 200명의 사람이 앉아 있는 게 아니라, 200개의 조각상들이 진열된 것 같았다.

살아 있는 사람의 형상이라곤 오직 무대 한가운데 서 있는 대열부장뿐이었다. 잔잔한 바람도 유독 그에게만 몰려가는 것 같았다. 그는 그 자리를 지배하는 존재요, 나머지는 그 지배를 증명하는 침묵의 형상들이었다.

"시작해!"

대열부장의 말이 끝나기 무섭게 미꾸라지가 튕긴 공처럼 일어섰다. 바짝 마른 얼굴에 구석구석 경건한 표정을 구겨 넣은 모습이었다. 그 얇은 피부 속에는 근심과 충성심이 혼재하고 있었다.

"선생님! 5분조 4번입니다. 이번 주 저의 과오와 결함을 한 치의 거짓도 없이 통렬하게 반성하겠습니다. 먼저 당의 유일사상체계 8조 6항! 혁명 과업 수행에 투신하고, 노동에 성실히 참가하며…."

미꾸라지의 공허한 웅변을 틈타 도성진이 뒤에 앉은 월왕령에게 고개를 살짝 돌렸다.

"형, 여기 생활총화도 사회에서처럼 반성하고 결의를 하는 거야?"

월왕령은 표정 한점 흐트러뜨리지 않고 오로지 입만 열었다.

"난 사회 몰라!"

세상 밖을 모른다는 월왕령의 무표정한 대답에 성진은 순간 뜨끔했다. 애잔한 감정이 성진이의 등을 타고 흘러내렸다. 그때 성진 앞에 자리 잡은 가수가 얼굴을 반쯤 돌려 작은 목소리로 속삭였다.

"쟤처럼 하기만 하면 돼. 저런 건 저놈이 표준이야."

도성진은 고개를 끄덕이며 다시 미꾸라지를 바라보았다. '통렬한 반성'을 단 몇 마디로 끝낸 미꾸라지가 눈빛을 번뜩이며 이쪽을 쏘아 보았다.

"저의 결함은 이상과 같습니다. 다음은 호상 비판하겠습니다. 9분조 5번."

자기 번호를 지목당한 가수는 이유를 알 수 없다는 표정으로 엉거주춤 일어섰다. 미꾸라지는 가수를 보고 자기 반성할 때보다 더 크게 소리 질렀다.

"잘못한 사람 얼굴이 지금 그게 뭡니까? 지난 수요일, 밤 11시 18분! 막사 밖에서 왜 남몰래 외국 노래를 불렀습니까? 이거 사대주의 아닙니까? 수정주의 아닙니까?"

순간 분위기가 조여들었다. 대열부장의 목소리가 그들 사이를 날카롭게 파고들었다.

"너는 그만 입 다물고. 대신 너!"

그는 가수를 향해 손가락을 길게 뻗쳤다.

"저놈이 지난 수요일 밤 들었다는 그 노래, 그거 한번 해봐."

가수는 갑작스러운 요구에 당황했다. 목이 타들어가고 눈동자가 흔들렸다. 동작이 굼뜬 걸 본 2작업반 반장이 단숨에 뛰어와 그의 뺨을 후려쳤다.

"그 입 빨리 열지 못해?"

도성진이 반장을 째려보았다. 그 눈빛은 신입의 것이 아니었다. 동료 죄수의 눈도 아니었다. 그를 언제든 처벌할 수 있고, 심지어 죽일 수도 있다는 보위원의 매서운 눈초리 같았다. 그런 성진의 표정을 눈치챈 2작업반 반장은 슬그머니 고개를 돌리며 무대 옆으로 다가갔다. 이윽고 그 모든 시선의 무게를 의식한 가수가 천천히 입을 열었다. 수용자들이 조용해졌다. 독일어 노래가 시작되었다.

Guten Abend, gute Nacht

Mit Rosen bedacht, mit Näglein besteckt...

브람스의 '자장가'였다. 가수가 평소에도 좋아했던 곡이었지만, 아들을 낳은 날부터는 입에 달고 살던 노래였다. 고위 간부의 딸과 결혼했던 덕에 그는 자동이혼이라는 특혜를 받아 독신자세대에 배속되었다. 그렇지 않았으면 가족세대로 잡혀 왔을 것이다. 그는 힘들 때마다 이 노래를 부르며 아들의 얼굴을 떠올렸다. 그 노래에 마음을 기대어 하루하루를 겨우 버텼던 그였다.

"야! 저 새끼가 반동 노래를 저렇게 정성스럽게 불러! 무슨 노래야?"

대열부장의 고함이 화살처럼 날아왔다. 가수의 노랫소리가 뚝 끊겼다. 공기 중에는 여전히 마지막 음절의 떨림이 희미하게 떠돌았다. 가수는 마음속으로 이어 부르는 양 고집스럽게 입을 다물고 있었다.

"저 새끼가? 야, 저거 당장 구류장 집어넣어!"

무대 옆에서 총으로 지켜섰던 병사 2명이 가수를 끌어내려고 할 때였다. 도련님이 주먹을 들며 일어섰다.

"당에서도 이 노래를 명곡이라고 했습니다."

가수는 두 눈을 깜빡였다. 9조원들도 무언가 잘못 들은 듯 고개를 돌렸다.

"고위 간부들이 해외 나가서 외교 망신이나 한다고…"

도련님은 말을 잠시 멈췄다. 그리고 대열부장을 깨우쳐줄 속셈으로 설명을 이어 갔다.

"당에서 선물한 1호 간부학습용 녹음테이프에도 들어있던 곡입니다"

북한에서 '1호'란 수령을 가리키는 말이었다. 실제로 그 이름 하나를 위해 15호가 존재하는 첫 번째 이유가 되었다.

"우와. 1호래 1호!" 주둥이가 '이때다' 싶어 입을 나불거렸다. 그 말은 곧바로 운동장 전체로 번졌다. 침묵으로 단단히 조여 있던 정적이 살짝 비틀렸다. 대열부장이 머뭇거리며 헛기침을 했다. 혼자 무대 위에 앉아 있는 최종배는 고개 숙여 손목시계를 들여다보고 있었다.

"사회에서나 명곡이지, 네놈들에겐 감성의 자유도 없어! 여기가 사회야?"

대열부장의 한 마디 한 마디는 짐승을 때리는 채찍 처럼 바닥을 쳤다. 수용자들은 어깨를 움츠렸다. 그들의 그림자도 엎드려 있었다.

"계속해" 하는 대열부장의 말이 끝나기 바쁘게 주둥이가 자리에서 발딱 일어섰다.

"이번 주 저의 잘못을 비판하겠습니다…"

그의 목소리만으로도 웃음이 나오는지, 그를 바라보는 9분조 사람들의 얼굴엔 빛이 돌았다. 대열부장의 목소리는 억압의 통제였으나, 주둥이의 목소리는 익살의 통제였다. 다른 분조에서도 비슷한 공기가 퍼졌다. 그의 말솜씨를 알아서가 아니었다. 익숙한 만담 기억 때문도 아니었다. 대열부장의 목소리를 들을 때와는 전혀 다른 리듬, 틀린 감정, 무언의 동조와 은근한 과시였다. 한마디로 아무 말 없는 집단 저항 비슷한 것이었다.

"이번 주간 저의 잘못은 이상과 같습니다. 다음은 호상비판입니다. 5분조 4번!… 5분조 4번!"

주둥이의 목소리가 운동장에 울려 퍼졌다. 두 번째 부름 끝에야 미꾸라지는 가만히 일어섰다. 마치 일어나야 할 사람이 아닌 것처럼, 일어난 사람이 자신이 아닌 것처럼.

"저 4번은!"

주둥이는 숫자를 한 번 더 강조했다.

"저 4번은 자기의 하루 혁명화 목표는 작업이 아니라, 담배꽁초를 집는 것이라고 했습니다."

"내가 언제?"

미꾸라지의 동공이 커다랗게 튀어 올라왔다.

"심지어는 꽁초를 못 주운 날에는 보위원 선생님 등에 대고"

주둥이는 최종배를 향해 깍지에 엄지가 낀 주먹을 들어 보였다.

"이런 짓까지 하고 말입니다."

주둥이는 마지막 말을 특히 힘주어 강조했다. 시계를 보던 최종배가 고개를 버쩍 들었다. 미꾸라지는 억이 막혀 자기 분조원들을 둘러보았다.

"야 저 새끼 생사람 잡네"

그 뒤로 이어진 9분조의 '호상 비판'은 소용돌이였다. 옹혜야, 월왕령, 도성진까지 "4번"을 잇달아 불렀다. 제일 마지막에 느릿느릿 일어선 도런님은 아예 자기반성에 미꾸라지를 억지로 끼워 넣었다.

"저는 저 4번처럼 어떻게 하면 꾀부릴까. 담배도 척 척 마음대로 피울 수 있을까. 부럽다 못해 심지어 존경했던 저 자신이 정말 부끄럽고…"

"저 새끼는 저거 또 뭐야"

미꾸라지는 울상이 되어 중얼거렸다. 대열부장이 소리쳤다.

"오늘 보니 진짜 문제는 저놈이구만. 저 새끼 일주일 동안 아침 굶겨!"

15호에서의 한 끼는 수명을 잇는 세월 같은 것이었다. 밥이 곧 생존인데 이건 동시에 유일하게 허락된 인격의 존엄을 뺏는 처벌이었다. 단순히 음식을 거두는 정도가 아니었다. 존재 자체를 도려내는 매질보다 더 아픈 폭력이었다.

"잘못했습니다! 선생님! 그러나 저는 억울합니다!"

미꾸라지의 외침은 구차한 변명이 아니었다. 절망의 고백이었다. 대열부장이 허리춤에서 권총을 뽑으며 자리에서 일어섰다.

"억울? 이 15호에 억울이란 말이 있었어?!"

탕! 탕! 탕!...

밤하늘에 일곱 발의 총소리가 울려 퍼졌다. 대열부장은 직접 운동장 바닥으로 내려갔다. 미꾸라지를 향해 다가오는 그의 군화는 마치 죽음의 북소리처럼 묵직하게 바닥을 울렸다. 그 걸음이 옆을 지날 때마다 줄 맞춰 앉은 수용자들의 어깨가 하나둘씩 움찔움찔 떨렸다. 군홧발 소리가 멎자마자 미꾸라지는 대열부장의 군화 앞에 고개를 박고 연신 절을 올렸다.

"죽을죄를 지었습니다. 맞습니다! 그런 말은, 여긴 없습니다. 있어도 안 됩니다. 제가… 제가 정신이 나갔었습니다."

대열부장의 한 발이 돌처럼 바닥에 깊이 처박힌 미꾸라지의 머리통 위로 올라갔다. 손가락은 날카롭게 룡평산을 가리켰다.

"잘 들어. 네놈들을 왜 저 룡평 밑에 두는 줄 알아?"

두리번거리던 대열부장의 시선이 9분조에 멎었다.

"거기 룡평서 온 놈 하나 있지? 저번 달에! 일어나!"

말이 떨어지자 9분조의 어둠 속에서 한 그림자가 천천히 일어났다. 월왕령이었다. 몸은 무겁게 일어서도 그 움직임엔 단 한 치의 망설임도 없었다.

"앞으로 나와!"

대열부장의 고함에 그는 묵묵히 발자국을 옮겼다. 뒤에서 도성진이 조용히 속삭였다.

"형. 허리 펴요. 아버지가 보고 있어요."

월왕령은 대꾸하지 않았다. 대신 허리를 곧게 세우고 대열부장 앞으로 걸어 나갔다. 그 뒷모습을 바라보며 도성진은 힘을 보태듯 주먹을 불끈 쥐었다. 대열부장의 군화가 다시 무대로 향했다. 월왕령 옆에 선 그는 고개를 획 돌려 수용자들을 향해 외쳤다.

"다들 똑똑히 봐! 여기 15호는 천국이야. 천국! 당의 배려로 집도 주고, 가족끼리 붙어살게 해줘! 이게 혁명화야? 그냥 이사 온 거지. 이사!"

수용자들 사이에는 무겁게 고개를 떨구는 이들이 있었다. 이사라는 단어에 입술을 피나게 깨무는 사람도 있었다. 대열부장은 월왕령을 향해 손가락질했다.

"이놈을 똑똑히 봐. 룡평 가족세대였던 놈이야. 애비 잘못 만난 죄로 거기서 어떻게 산 줄 알아? 룡평에 들어간 그 첫날부터 8년 동안! 딱 하나 담장 사이에 두고도 지 애비 얼굴 한 번도 못 봤어! 그런데 여기서는 보는 걸 넘어 가족이 함께 살잖아. 함께, 함께!"

"못 보다니…?" 도성진의 눈이 갑자기 커졌다. 그의 미간이 구겨지고 숨소리가 거칠어졌다. 그 말이 방금 어디서 들어왔는지도 모를 만큼 도성진의 의식은 짧게 멎었다. 하지만 대열부장은 멈추지 않았다. 오히려 더 크게 외쳤다.

"너희들 속 편한 줄 알아. 이놈은 운이 좋았던 거야! 애비가 일찍 죽었으니 당의 배려로 여기 나온 거지. 룡평은 살아서도! 죽어서도! 생이별이야!"

"죽었다…?" 그 말이 꽂히는 순간 도성진의 귀엔 다른 말이 더는 들어오지 않았다. 청각이 찔린 듯이 머릿속에서 윙—하는 소리가 울렸다. 그 소리가 그대로 두 눈으로 흘러들어와 눈물로 고였다. 그는 입술을 꼭 다물었지만 속은 이미 울고 있었다. 그 울음을 한 입 가득 물고 간신히 중얼거렸다.

"형… 미안해… 정말 미안해… 형… 미안해요…"

바닥에 앉았던 수용자들도 모두 침통한 표정으로 월왕령을 바라보았다. 그들의 눈빛은 한 사람에게로 향했지만, 그 슬픔은 자기들 몫이기도 했다. 그런데도 대열부장은 멈추지 않았다. 그는 200명의 가슴에 비수처럼 날 선 말들을 찍어 넣었다.

"혁명의 배신자는 자신과 가족을 함께 배신하는 놈이야! 그렇게 혈육의 정이 오히려 혈육의 심판이 되게 하는 게. 그게 바로 룡평이야!"

"룡평이야!" 그 메아리는 운동장을 휩쓸고 하늘까지 치솟아 흔들었다. 그 소리에 보름달조차 구름 뒤로 몸을 숨겼다.

대열부장의 말처럼 룡평수용소는 가족세대 수용자들을 갈라놓는 곳이었다. 수용소 한복판에는 하늘조차 가려지는 높은 담이 있었다. 감히 올려다볼 엄두도 내지 못하게 높았다. 담장 위로는 고압 전류의 전선들이 가득했다. 담벼락은 단순한 구조물이 아니었다. 그것은 김정일의 언어로 태어난 분리의 존재, 사람의 힘으로서는 도저히 넘나들 수 없는 좌절의 괴물이었다.

"조선인민군대가 체제 대립의 휴전선을 지키는 국가의 수호자라면, 국가보위부는 사상 대립의 38선을 지키는 이념의 수호자이다."

김정일의 그 말은 곧바로 장벽과 감시탑을 만들었다. 사람과 사람 사이의 시선을 끊어 놓는 칼이 되었다. '공화국'에는 두 개의 휴전선이 있다. 하나는 민족의 허리를 동강 내는 체제의 선이고, 다른 하나는 내부를 찢어 놓는 이념의 선이다.

룡평의 장벽 위에선 날던 새조차 하늘이 달라진 듯 날개를 접었다. 사람들은 그 벽을 '통곡의 벽'이라 불렀다. 벽 너머 저편에선 처자를 부르는 오열이, 이편에선 아버지를 찾는 통곡이 동시에 하늘을 울렸기 때문이다. 세월이 흐를수록 그리움은 더욱 깊어졌다.

어떤 이들은 차라리 죽어서라도 마주 잡는 영혼의 손이 되고자, 그 벽에 스스로 머리를 찧어 목숨을 끊었다. 하지만 그 결단조차 쉬운 일이 아니었다. 자살마저 목숨으로 반항하는 반역죄에 해당한다. 죽으면 끝나는 일이 아니었다. 남은 수명까지 자식이 이어서 죄인으로 살아야 했다.

살아도, 죽어도 목숨이 제 것이 아닌 룡평의 죄인들은 어쩔 수 없이 '숨 쉬는 자살'을 택할 수밖에 없었다. 그 숨은 한 번으로 끝나는 죽음이 아니었다. 산 채로 지옥을 경험하게 하는 두 번의 죽음이었다. 처음 들어온 사람들이 '통곡의 벽'이라 불러도 오래 버틴 사람들은 '조각상'으로 칭했다. 서로를 마주 보던 얼굴들이 그대로 새겨져 남은, 세상에서 가장 선명하고 가장 마음 아픈, 비극의 예술품이었다.

가족의 그리움조차 완전히 끊기 위해 룡평은 하루 24시간도 반으로 쪼갰다. 장본인은 새벽 4시부터 밤 11시까지, 그의 가족들은 정반대로 밤 11시에 막장으로 내몰려 다음 날 새벽 4시에 나왔다.

그들이 갱도에 들어가면 하루를 잊고, 한 달이 지나면 계절을 잊었다. 석탄만 봐야 하는 시커먼 1년을 넘기면, 사람들은 자신의 이름마저 잊어먹었다. 가족과 생이별을 당하고 살아야 한다는 것, 영영 가족을 볼 수 없다는 것은, 실상 살았으나 죽었다는 것, 삶의 의미가 죄다 박제된 것이나 마찬가지다.

그 무명의 사지(死地) 같은 세월 속에서도 가족을 향한 몸부림은 활로(活路)를 조성했다. 어쩌면 가정은 인간이 아닌 신이 만든 것일지도 모른다. 막장 벽의 틈을 파서 빛을 만들려고 시도한 개척자가 있었던 것이다. 도망치려는 게 아니었다. 단지, 한 줌의 숨결을 저장할 구멍 하나가 필요했을 뿐이었다. 그렇게 생겨난 룡평 막장 속 구멍들은 수용자들에게 혈육의 정을 담는 커다란 우체통이 되었다. 거룩한 축복이었다.

보위부는 룡평의 24시간을 반 토막 냈어도 수용자들에겐 하루가 25시간이었다. 그 한 시간은 물리적인 시간이 아니었다. 시간과 세월을 초월한 인간 정신의 창조물이자, 가족애의 서정시였다. 막장에서 만나볼 수 없는 가족을 껴안는 눈물의 상봉 서사시가 시작되었다. 수용자들은 막장 곳곳에 작은 구멍을 파 놓고 편지나 물건을 넣어 혈육의 정을 나누었다. 월왕령의 목에 늘 걸려 있던 나무 인형 백구도 바로 그런 구멍에서 만난 것이었다.

그건 월왕령의 아버지가 만들어준 우체통이었다. 처음에 그의 아버지는 매일 편지로 사랑을 전했다. 그 편지에서 가장 많이 썼던 단어는 "살아라"였다.

"내가 죽어도, 너는 꼭 살아야 한다."

그는 자신의 수명까지 아들에게 건네주고 싶어 했다. 아버지와 아들은 순간도 떨어진 적 없다고, 집에서 기르던 강아지 백구도 우리 곁에 있다고 했다. 그 말을 끝으로 편지가 더는 오지 않았다. 텅 빈 날들이 쌓일수록 영민은 울부짖었다. 사실 그때 아버지는 더는 편지를 쓸 수 없게 되었다. 그리움도 죄가 되는 룡평에선 편지를 쓰다 발각되면 처벌로 두 손목을 잘랐다.

아버지는 그날부터 글자 대신 사랑을 깎기 시작했다. 손이 잘린 자리에 헝겊을 묶고서 붉게 맺힌 상처로 나무토막을 끌어안았다. 손이 잘려 아무것도 쥘 수 없었지만, 이빨로 뜯어 씹고 혀로써 다듬었다. 나뭇결마다 아들의 얼굴을 떠올렸고 한 번 물때마다 "살아라"는 목소리를 심었다. 고통은 아프지 않았다. 오직 남기고 싶은 것 하나 백구! 그 사랑을 유물로 남기고 싶은 강렬한 부성애뿐이었다.

아버지는 병마에 신음하면서도 자신의 남은 시간을 천천히 갈아 넣었다. 그렇게 완성된 나무인형 백구를 만났을 때 김영민은 처음으로 '기뻐서 우는 눈물'이 있다는 걸 알게 됐다. 하지만 그 시각 그의 아버지는 숨을 거두었다. 죽어서도 인간의 형상을 허락하지 않는 룡평의 원칙에 따라 그는 봉분도 없이 평토장으로 묻혔다.

그렇게 '죄를 진 장본인'이 죽은 뒤 룡평은 당의 크나큰 은덕이라며 아들 김영민을 지옥에서 '해방'시켜 주었다. 배려라 해봤자 2급 관리소에서 3급 관리소로 단 한 걸음 밀어내는 게 전부였다. 룡평에서 구읍리로 오는 길에는 월왕령(越王嶺)이라는 고개가 가로놓여 있었다. 옛날의 왕조차 넘지 못했다 하여 붙여진 이름이었다. 15호 사람들은 '지옥의 령을 넘은' 김영민에게 기꺼이 '월왕령'이라는 별명을 부여했다.

생활총화가 끝나 숙소로 돌아온 월왕령은 성진이와 긴 밤을 소곤소곤 나누었다. 월왕령도 성진도 두 눈이 촉촉이 젖었다. 남들이 곤히 자는 새벽녘에 둘만의 대화를 비추는 막사 안의 전등은 그날 밤만큼은 한 번도 깜빡이지 않았다. 도성진은 백구를 손에 꼭 쥐고 울먹였다.

"나도 아버지 사진 갖고 왔는데... 최종배, 개새끼..."

그리고, 그들의 대화를 처음부터 끝까지 엿듣는 귀가 있었다. 담요 밑에서 미꾸라지가 음험한 웃음을 날리고 있었다.

과연 주둥이 말대로였다. 다음날 립석강 제방의 작업장엔 여자들까지 가세해 북적였다. 립석강 강둑 공사는 단순한 하천 정비가 아니었다. 이 물줄기는 곧장 터널을 지나 산기슭에 세워질 거대한 수력발전소로 이어질 예정이었다.

"국가에 손 내밀지 않고 관리소 자력으로 전기를 생산하겠다."

평양 본부의 결정 아래 3년째 이어지는 혁명화 사업이었다. 누구도 이유를 묻지 않았다. 무너지면 쌓고, 멈추면 매를 맞았으며, 넘어진 자 등 위로 발이 올랐다. 배관엔 '집수량'이니 '전력손실'이니 쓰여 있었지만, 수용자에겐 전부 하나의 단어로 귀결됐다. 전기! 하지만 자기들의 것이 아닌 탈출을 더 정밀하게 막기 위한 감시의 전기였다.

하늘에서 천둥이 울렸지만 비는 내리지 않았다. 먹구름은 금방이라도 쏟아질 듯 벼랑 끝에 매달려 있었다. 그러나 그 벼랑은 쉽게 무너지지 않았다. 고개를 뒤로 한껏 젖히고 주둥이가 중얼거렸다.

"비 말고, 그냥 콱 무너져라."

"내가 뭐 어쨌다고?"

자기 속마음이 들킨 것 같아 주둥이는 기겁했다. 미꾸라지였다. 굶주림으로 퀭한 눈, 그 눈이 크게 보이는 얼굴이었다.

"내 하루 혁명화 목표가 뭐라고? 담배꽁초 줍기라고?"

주둥이는 시비를 피하려 아무 돌이나 집어 들고 뛰기 시작했다. 하지만 미꾸라지는 바싹 붙어 떨어질 줄 몰랐다.

"이 안에 매일 주울 꽁초가 어디 있는데?"

주둥이가 무시하자 미꾸라지가 다시 따졌다.

"말해봐. 여기가 꽁초가 그렇게 흔한 곳이냐고!"

주둥이는 소리쳤다.

"선생님! 여기 맨손으로 뛰는 사람 있습니다!"

미꾸라지가 허겁지겁 돌을 찾아 집었다. 그사이 도망치는 주둥이를 멀리서 지켜보던 월왕령이 말했다.

"주둥이 아저씨한테도 뭐라고 하나 봐."

옆에 선 도성진이 비웃었다.

"아까는 가수 아저씨한테도 막 욕했어요."

옹헤야는 미꾸라지가 감히 범접할 수 없는 대상이었다. 주먹은 둘째치고 금발 머리 자체가 이미 미꾸라지에겐 '금지구역'이었다. 자기 분노의 시작과 끝은 색다르다고 말없이도 경고하는 것 같았다. 게다가 도성진을 보호하는 그 끈기에도 틈이 없는 철저한 자였다. 빈혈에 눈동자가 한 바퀴 돌아가던 미꾸라지의 시야에 도련님이 걸러들었다. 그는 가족세대 쪽을 넌지시 바라보며 혼자 히죽거리고 있었다.

"나 하나만 진심으로 묻자."

도련님이 돌아보며 미소를 거두었다. 미꾸라지는 뛰어가는 도련님 뒤에 끈질기게 딱 붙었다.

"내가 어딜 봐서 부러웠는데? 왜 존경했는데?"

"음… 가끔 그렇게 보이던 때가 있었지. 내가 지금 좀 바빠서…."

"강제노동인데 뭐가 바빠? 내가 늘 편했던 적이 언제냐고?"

"아 글쎄, 존경스런 면이 있었다니까."

"거짓말하지 마. 부주석 아들이 왜 나 같은 걸 존경하냐고!"

도련님은 부주석 아들답게 뚝 멈춰 섰다. 들었던 돌을 쾅 내던졌다. 뒷짐 지고 천천히 몸을 돌려 미꾸라지를 노려보았다.

"다음 주 생활총화 때 너희들 두고 보자!"

호기롭게 말을 걸었던 미꾸라지는 입속으로 욕하며 달아났다. 그래도 도련님의 시선이 계속 따라오자 그걸 확인하다가 그만 돌에 발을 걸어 채였다. 아픈 발을 끌어 쥐고 배고픔까지 통탄할 때였다. 멀리서 혼자 일하는 월왕령이 눈에 들어왔다. 그쪽으로 쏜살같이 달려갔다. 미꾸라지는 성난 표정으로 월왕령 앞을 막아섰다. 그 귀찮은 '어른'을 비켜서자 미꾸라지는 기어이 옆으로 다시 옮겨가며 그의 앞을 막아섰다.

"내가 부주석 자식 놈은 못 잡아도 너 새끼는 죽일 수도 있지."

월왕령이 그를 쳐다보았다. 차가운 시선으로 쏘아붙였다.

"호상비판 보복하면 구류장 가는 거 몰라요?"

미꾸라지는 꿈쩍도 하지 않았다. 오히려 입꼬리가 귀까지 치솟았다.

"구류장? 웃기지 마. 너 목에 걸고 다니는 그거, 반역자 애비 유물 맞지? 어젯밤 들었지롱. 신고할 거야."

그 말에 월왕령의 눈빛이 처음으로 흔들렸다. 그걸 본 미꾸라지는 더 신나서 지껄였다.

"반동 유물 감추면, 같은 반동 되는 거 몰라? 오늘부터 네 점심 주먹밥 갖고 와. 그럼, 입 다물어 줄게."

그때 멀리서 성난 목소리 하나가 달려왔다.

"야! 이 개새끼야!"

젠장! 또 그 금발 머리였다. 9분조의 선을 긋던 '금지구역'이 직접 찾아오기까지 하다니!

"잘 생각해봐."

그 말을 남기고 미꾸라지는 웃으며 도망쳤다.

그날, 작업장은 다른 날과 달랐다. 여느 날과 똑같은 무게의 돌인데도 수용자들의 발걸음엔 어딘가 모르게 탄력이 붙어 있었다. 누구도 대놓고 웃진 않았지만 뛰는 각도와 팔 동작이 예전보다 조금씩 경쾌했다. 몇몇은 헛기침하며 일부로 시선을 돌렸다.

강가 제방 아래쪽, 멀찍이 떨어져 돌을 나르고 있는 여자들이 보여서였다. 그들과 같은 공사 구간을 공유한다는 이유만으로도 남자 수용자들의 피로는 잠시 뒤로 밀렸다. 무너진 돌 틈 사이로 언뜻언뜻 비치는 여자들의 그림자가 수용자들의 맥박을 조금 더 빠르게 만들었다.

여자들과 함께 일한다는 건 단순한 성적 긴장이 아니었다. 보위부의 채찍을 잠시 잊고 같은 죄수끼리 같은 사람끼리 마주 선다는 새삼스러운 평등 의식이었다. 그리고 그 속에서 은밀히 고개를 드는 건 지워졌던 남성성이 다시 회복되는 본능이었다.

그런 남자들보다 오히려 더 노골적으로 이쪽을 자주 건너보는 여자가 있었다. 가족세대 3작업반 2분조 박해순이었다. 그녀의 시선은 처음부터 뚜렷했다. 단 한 명만 주목하고 있었다. 독신자 9분조의 도련님이었다.

도련님의 관심은 전혀 다른 방향에 꽂혀 있었다. 저만치서 담배를 급히 빨며 어디를 집요하게 주시하는 최종배였다. 당장 달려갈 기세로 막대기를 잡는 걸 보니 다른 손에 있는 꽁초가 곧 떨어질 것 같았다. 늦으면 놓친다. 아니 남에게 빼앗기는 것이다. 도련님은 최종배에게로 냅다 달려갔다. 판단과 행동이 적중했다. 도련님이 도착하는 걸음에 딱 맞춰 최종배가 누군가에게 "야!" 하며 뛰어갔다. 정말로 담배꽁초도 버렸다.

도련님은 담배꽁초를 얼른 주웠다. 주머니 속에서 움켜쥔 손끝에 금방 꺼진 불의 온기와 기분 좋게 남은 연초의 묵직함이 생생히 전해졌다. 그는 곧장 제방 아래로 내려갔다. 남몰래 담배를 꺼내 보았다. 꽁초인 줄 알았는데 아니었다. 무려 새끼손가락만큼이나 실한 놈이었다. 눈을 의심하며 다시 확인해 보아도 횡재가 분명했다. 9분조 앞에서 자랑할 수준이었다.

"여보세요!"

갑작스러운 목소리에 도련님은 반사적으로 몸을 움츠렸다. 매를 피하듯 머리부터 감싸 쥐었다. 그 두 팔 짬으로 돌아보니 여자였다. 박해순! 도련님은 놀랐던 티를 감추려 머리카락을 툭툭 털며 일어섰다.

"할 거예요? 말 거예요?"

박해순의 말엔 서론도, 설명도 없었다. 도련님은 간부처럼 뒷짐을 졌다. 고개를 약간 들고 표정은 가당찮을 정도로 거만했다.

"하는 건 좋다 이거야. 홀딱 반하면 막 들이댈 수도 있지. 근데 말이지, 가마치가 뭐냐고."

"반하긴…"

박해순은 코웃음을 쳤다.

"준다는데 뭐가 불만이요?"

"주는 것도 좋다 이거야. 줄 수 있지."

도련님의 말투도 상당히 건방졌다.

"근데 예의란 게 있지. 뭔가 정중히 요구할 땐 상대방 품격도 좀 고려해가며…"

"꽁초나 주워 피는 주제에."

박해순은 그 한마디를 던지고 획 돌아서 뛰어갔다. 도련님의 표정이 굳어졌다. 거만한 웃음은 입가에 아직 남았는데 소용없고 눈썹이 슬쩍 치켜 올랐으나 거기서 멈췄다. 뜨끈한 뭔가가 좀처럼 식지 않고 온통 그의 주변에서 떠돌고 있었다. 주둥이와 도성진이 도련님에게로 뛰어왔다.

주둥이는 박해순이 사라진 쪽을 돌아보며 물었다.

"날짜 잡았어?"

도련님은 두 손을 툭툭 털었다.

"와서 하도 치근덕거려 욕을 콱 뱉어 쫓아버렸지."

도련님은 뒷짐 지고 흔들흔들 제방 위로 올라갔다. 거기서 최종배의 시선에 걸렸는지 넙죽 엎드려 돌을 찾아들고 뛰었다. 강둑 아래 도성진이 주둥이에게 물었다.

"그럼 우리 가마치 못 먹는 거예요?"

"저게 진짜···"

머리를 굴리듯 주둥이의 눈동자가 빠르게 돌아갔다.

오전 간부 조회 시간이 끝나기 바쁘게 관리소 정치위원 사무실로 불려온 이가 있었다. 상좌 계급의 후방부장이었다. 그는 15호 관리소 보위원과 죄수들의 식량과 물자 배급을 총책임지는 자였다. 정적을 가르는 소리는 종이를 넘기는 바스락거림뿐이었다.

책상 앞에 선 후방부장은 뻣뻣하게 허리를 세우고 자꾸 책상 위

서류를 피해 눈을 돌렸다. 그 맞은편, 정치위원 최덕철은 얇은 서류철을 빠르게 넘기고 있었다. 그의 이마에는 짙은 주름이 고랑 타고 있었다.

"12월 24일부터 2월 15일까지 계산하면, 김동규 몫으로 남은 식량이 얼마나 되나?"

"하루 150그램이니 그래 봤자…"

후방부장은 계산하기도 귀찮다는 표정이었다. 정치위원은 속으로 날짜와 그램 수치까지 계산했다.

"그럼 김동규 앞으로 매끼 강냉이 하나씩 넣어주시오. 당장 오늘 점심부터,"

후방부장은 반발 비슷한 어조로 말했다.

"그건 불법입니다. 정치위원 동지. 남은 배급은 국가에 반납하는 게 규정입니다."

정치위원은 서류에 시선을 둔 채 물었다.

"그럼 지금까지 사망자, 처형된 자들의 배급은 어쨌나? 다 반납했나?"

그 질문은 후방부장의 정곡을 찔렀다. 그는 당장 집행하겠다며 급하게 방을 뛰어나갔다. 그 문이 닫히자 정치위원은 책상 위로 고개를 돌렸다. 거기에 놓인 달력 위로 희미한 햇살이 번졌다. 12월 24일. 붉은 펜으로 동그라미 쳐진 그 날짜는 총구멍처럼 보였다.

점심시간, 단독막사에서 김동규 부주석도 책상 위 달력을 내려다보고 있었다. 그 역시 12월 24일을 바라보고 있었다. 책상 위에는 옥수수 하나가 놓여 있었다. 김동규는 그 옥수수를 내려다보왔다. 두 눈엔 금세 물기가 번졌다. 그는 고개를 숙이며 어깨를 떨었다. 하지만 우는 것이 아니었다. 이내 얼굴을 천장으로 치켜들더니 소리 내어 웃었다. 슬픔도, 분노도, 미련도 모두 비껴간 웃음이었다. 이미 알고 있었던 운명을 조용히 받아들이는 그런 웃음이었다.

그때 창밖으로 단독막사를 찾아오는 정치위원이 보였다. 김동규는 서둘러 바닥 한구석에 놓인 대야의 물로 세수를 했다. 문을 두드리는 소리가 들렸다. 김동규는 수건으로 얼굴을 닦은 뒤에야 "누구요?" 물었다.

문이 열리며 정치위원이 들어섰다. 그는 금방 세수를 마친 김동규를 보고 주춤했다. 방안은 적막했다. 책상 위에는 누가 보더라도 눈에 띄게 옥수수 하나가 올려져 있었다. 정치위원은 김동규의 맞은편이 아니라 옥수수 앞에 앉는 느낌이 들었다.

"왜 안 드셨습니까?"

"혹시 살면서 말이오, 이 강냉이 하나에 알이 몇 개나 되는지 세어 본 적 있소?"

김동규의 목소리는 밝았다. 정치위원은 대답하지 않았다. 시선을 피했다.

"이걸 뜯어보니 450알에서 500알 사이가 되더구만."

잠시 침묵이 흘렀다. 김동규는 옥수수를 바라보다가 마치 자기 자신에게 말하듯 이어갔다.

"내 시간들도 이렇게 틈틈이 세어봤다면 어땠을까 싶소. 요즘 그런 생각이 드는 걸 보면 나도 마음이 약해졌나 보오. 국가 부주석의 말년에 남은 게 이 강냉이 하나뿐이니 말이오. 하하"

그는 소리 내어 웃었다. 짧고 허전한 웃음이었다. 정치위원은 고개가 자꾸 밑으로 향해졌다. 차라리 서 있는 것이 가야 할 이유가 될 것 같았다.

"무슨 용건이 있어서 온 게 아니었소?"

"본부에서...12월 24일 제안을... 허락했습니다."

김동규는 고개를 끄덕이며 쓰겁게 웃었다.

"이미 알고 있었소."

벽을 보던 정치위원의 시선이 김동규로 돌아왔다.

"날 가둔 그 사람들 심리를 내가 왜 모르겠소. 정량 식사 외에 이렇게 강냉이를 더 줄 때… 아, 이것도 정치위원이 배려해주는 거구나. 그것도…"

정치위원은 자기부터가 이 현실을 부정하고 싶었다.

"날짜는 정해졌더라도 회고록이 우선이니, 언제든 되돌릴 수 있습니다."

"아니, 아니."

김동규는 완고하게 고개를 저었다.

"12월 24일이면 모든 게 완벽하오. 정치위원도 더 난처할 일이 없을 테고. 서로에게 좋은 날짜요."

정치위원은 다시 고개를 숙였다.

"혹시 또 다른 부탁이 있다면 언제든…"

김동규가 웃으며 손을 내저었다.

"됐소. 바쁜데 어서 가보시오. 아무리 정치위원이라도 반동과 너무 오래 앉아 있으면 의심받는다니까."

그가 소리 내어 웃자, 정치위원도 의미 없는 미소를 억지로 지었다.

"제 걱정은 안 하셔도 됩니다."

"아마 나처럼 날짜가 정해진 사람들이 더 있을 거요. 그들도 한 번씩은 들러보시오. 각자 사연이야 다르더라도 그 작은 관심 하나가 얼마나 고맙겠소."

김동규의 말에 정치위원은 쓰고 있던 모자를 저절로 벗게 됐다. 그로부터 십 분쯤 지나 정치위원은 단독막사에서 나왔다. 그를 기다리던 30세의 운전병이 달려 나와 차 문을 열어주었다.

뒷좌석에 앉은 정치위원의 얼굴빛은 어둡고 굳어 있었다. 다른 사람들도 만나보라던 김동규의 마지막 말이 귓가에 맴돌았다. 그는 가방에서 수첩을 꺼내 펼쳤다. 수첩에는 정갈한 글씨로 적혀 있는 이름들이 있었다.

『하반기 배급 종료 대상 명단』

그 아래로 이름과 소속이 빼곡하게 적혀 있다.

황진철, 구읍리 3작업반 3분조 7번-배급 종료: 9월 25일

김현옥, 대숙리 1작업반 1분조 4번-배급 종료: 10월 2일

박명순, 립석리 5작업반 2분조 2번-배급 종료: 10월 7일

최인철, 대숙리 4작업반 6분조 8번-배급 종료: 10월 11일

강인석, 구읍리 2작업반 4분조 5번-배급 종료: 10월 14일

정치위원은 잠시 그 이름들을 내려다보다 수첩을 탁 닫았다.

"주머니에 담배 얼마나 있어?"

운전병이 백미러로 그를 슬쩍 쳐다보며 대답했다.
"네? 한 갑 있습니다."
"있는 대로 다 줘봐. 일단 3작업반부터 가자."
"네, 알겠습니다."
운전병은 차 열쇠를 돌려 시동을 켰다.

소장은 보위원식당에서 괜히 심술을 부리며 먼저 나왔다. 쟁반을 나르는 여자 수용자 중 한 명이 어릴 때 자기를 괴롭혔던 옆집 아줌마처럼 생겼다는 생트집이었다. 질긴 닭고기가 쟁반을 나르는 여자들처럼 늙었다며 불평도 길게 쏟았다.

동석했던 대열부장과 조직부장도 수저를 놓고 쫓아 나왔다. 소장이 그들을 이끌고 향한 곳은 강둑 작업장이었다. 작업장엔 수용자들로 넘쳐 있었다. 소장은 여자 독신자세대가 있는 쪽으로 자연스럽게 발길을 돌렸다. 여자 보위원 하나가 잽싸게 달려와 경례를 붙였다.

"소장 동지, 여자독신자 3중대는…"
"됐어, 됐어."

소장은 손을 휘휘 저으며 말을 끊었다. 그리고는 서련화가 있는 줄을 슬쩍 확인했다. 우연을 가장하며 그 앞에서 발을 멈추고 먼 산을 바라보았다. 서련화를 비롯한 여자독신자들은 고개를 숙였다. 소장은 여전히 산을 바라보며 푸념을 흘렸다.

"이 작업이 빨리 끝나야 산에 들어가지… 아무튼, 본부는 우리

실정도 모르고 전화질만 해대니… 나와 보라고 할 수도 없고… 들어가면 절벽이고…"

그 한탄이 길어질수록 조직부장의 시선은 젊은 여자들을 훑었다. 눈길이 서련화에 고정됐다. 그는 그녀의 얼굴 여기저기를 천천히 뜯어보았다. 가볍지도 노골적이지도 않았지만 보는 눈길이 길었다. 소장은 그제야 여자 수용자들이 눈에 들어온 것처럼 혀를 찼다.

"얼굴들은 반반한데, 죄짓고 들어와서 말이야. 쯧쯧."

소장의 말에 조직부장은 좀 더 깊은 눈으로 서련화를 들여다봤다.

"그 고운 손으로 쟁반이나 들고 다니면 모를까. 돌이 뭐야, 돌이? 쯧쯧."

소장은 더 볼 것도 없다는 듯 발길을 돌렸다. 그러나 조직부장은 아직 시선을 거두지 않았다. 한 발짝 뒤처져 서련화를 다시 돌아봤다.

"대열부장."

"네."

"식당, 젊은 애들로 바꿔. 소장 동지 밥맛도 없다는데… 아까 저 애는 어때?"

"누구 말입니까?"

"저기, 저 키 큰 애. 쟤."

"아, 네."

"오늘 저녁부터 당장 바꿔."

소장은 슬그머니 돌아섰다. 조직부장의 등 뒤에서 한쪽 눈을 감고 그가 가리키는 손끝을 슬며시 따라가며 확인했다. 이어 뒷짐을 지고 느릿느릿 걸음을 옮겼다.

"조직부장 동무도… 어지간히 밥맛이 없긴 없었던 거구만."

간부들이 흔들흔들 작업장을 빠져나가자, "점심시간!" 하는 목소리가 여기저기서 들렸다

점심 주먹밥은 늘 그렇듯 너무 빨리 끝났다. 옥수수 껍질이 혀에 아직 붙어 있었지만 9분조는 하나둘 자리를 떴다. 도련님이 주워 온 담배를 피우기 위해서였다.

9분조는 제각기 나뭇가지며 마른 장작을 들고 제방 아래에 모였다. 불을 피운다기보다 불을 흉내 냈다. 그들에게 불보다 더 중요한 건 연기였다. 담배 연기와 나무 연기를 섞어 보위원의 눈을 속이려는 참이었다. 첫 순서는 역시나 공을 세운 자의 몫이었다.

바닥에 엎드린 도련님은 신중하게 불씨에 바람을 넣었다. 그러나 두 번째 입김은 뿜는 것이 아니었다. 바닥에 숨겨 둔 담배를 재빨리 집어 들고 한 모금 깊이 빨았다. 들숨이 너무 강했던 탓에 진짜 나무 연기까지 폐로 쓸어 들어와 켁켁거리며 기침을 쏟아냈다.

늘 바위 같던 검은손도 담배 앞에선 의외로 민첩했다. 순서가 오자 납작 엎드려 담배를 힘껏 들이마셨다. 옆에서 주둥이는 불에 손바람을 일구는 시늉을 하며 말했다.

"히야. 우리 9분조는 연기랑 친해. 담배 연기, 혁명화 연기, 충성 연기…"

그렇게 돌아가며 월왕령까지 다 피우고 난 뒤였다. 물을 뜨러

갔던 도성진이 뺨을 어루만지며 걸어왔다. 검은손이 힐끗 쳐다봤다. 도드라진 붉은 자국에 부풀어진 볼이 선명했다.

"미꾸라지가 때렸어?"

검은손의 목소리는 당장 달려갈 기세였다.

"아뇨. 종배 놈이요. 자기를 선생님이라 안 불렀다고."

가수가 코웃음 쳤다.

"배운 것도, 세상 물정도 모르는 놈들한텐 선생님이란 말도 아깝지. 난 차라리 아예 말을 안 하고 산다."

도련님이 능청스레 웃으며 일어섰다.

"촌놈들 때문에 입 다물고 살아? 나처럼 해."

"어떻게?"

9분조원들의 일제히 물었다. 도련님이 자신만만하게 주둥이를 불렀다.

"형, 날 불러 봐."

"4번!"

도련님은 모른 척 딴청을 피우며 주둥이 옆으로 지나갔다.

"봐봐. 여기 각 분조별 4번이 수십 명이잖아."

도련님의 설명에도 모두가 "에이…" 하며 고개를 가로저었다. 주둥이가 이번엔 더 정확하게 외쳤다.

"2작업반 9분조 4번!"

"이럴 땐 잘 봐."

도련님이 갑자기 무릎 꿇고 주둥이의 옷에 매달렸다.

"죽을죄를 지었습니다. 제가 또 무슨 잘못을 범했습니까…"

주둥이는 같지 않다는 듯 확 밀어버렸다. 그러자 도련님은 아예 두 다리를 끌어안고 설명했다.

"이렇게 정신 산만하게 마구 달려들잖아? 그럼, '야야 내 말 들어 봐. 잘못 따지려는 게 아니고, 야야야~' 하면서 이놈들 스스로 무너진다니까."

9분조원들이 더 크게 "에이!" 하며 조롱하자 도성진이 무릎을 털고 일어서며 엄하게 불렀다.

"야, 4번! 선생님이라고, 규정대로 안 해?"

딱 걸렸다는 듯 다들 쳐다보았다. 일일이 마주 보던 도련님도 말문이 막히는지 어물거렸다.

"그럼...?"

그 침묵이 길어지자 주둥이가 뚝 끊었다.

"그냥 기절해. 기절. 다 준다는데도 못 가져오는 가마치인데..."

"또 그런다. 또"

도련님이 주둥이를 흘겨보았다. 주둥이는 더 짓궂게 들러붙었다.

"가져올 거야? 너 대신 우리가 선생님이라 할게."

"됐어. 기절할 거야."

"에잇, 이 반동새끼."

주둥이가 도련님에게 주먹을 쳐들고 다가갈 때였다. 9분조원들이 일제히 벌떡 일어났다. 모두 고개를 깊숙이 숙였다. 소장이었다. 그 뒤로 대열부장과 조직부장, 세 사람의 그림자가 제방 위에 드리워졌다.

"이놈들, 일이나 하고 쉬는 거 맞아?"

소장의 말투엔 격이 없었다. 젊은 보위원들처럼 억압적이지도 않았다. 명령에 놀리고, 절차를 따르며, 이 세상 한 바퀴 다 돌고 온 사람처럼 여유가 넘쳤다. 한마디로 지겨운 듯 말했고, 지배하듯 물었다. 그 담담함이 오히려 더 위압적이었다.

"여기 분조장이 누구야?"

검은손이 앞으로 나섰다. 힘이 들어간 어깨였다. 손끝엔 각이 박혔다.

"2작업반 9분조 1번입니다."

소장은 고개를 돌려 땅바닥을 천천히 둘러보았다. 그리고는 비교적 크고 반반한 돌 하나를 찾아 그 위에 풀썩 앉았다. 그때 어디 숨어 있었는지 미꾸라지가 달려들듯 나타났다. 흙모래를 튀기며 9분조 사이에 끼어들더니 고개를 푹 숙였다. 같은 분조도 아닌데 너무도 자연스럽게 자리 잡는 모습이었다.

검은손이 흘겨보았다. 분조원들도 미워하는 눈빛을 나누었지만, 미꾸라지는 그런 시선쯤은 개의치 않았다. 되레, 같은 분조원인 양 얄밉도록 순박한 표정을 짓고 있었다.

소장이 다리를 쭉 뻗었다. 기다렸다는 듯 미꾸라지가 소장의 군화 앞에 철푸덕 앉았다. 군화에 숨을 불어넣고 얼룩진 옷소매로 공들여 문질렀다. 손놀림엔 굴욕이나 자존심이 한 푼도 없었다. 오직 기회를 얻은 자의 포만과 그걸 잃지 않으려는 속도만 있었다. 그런 행동도 그걸 묵인하는 소장의 태도도 15호에선 이상할 게 없는 일반 풍경이었다. 소장은 제대로 닦고 있는지 군화를 힐끗 확인한 뒤 검은손을 향해 혀를 찼다.

"내가 국제축구대회 8승 경기할 때 아무튼, 라디오 옆에서 네놈 응원 얼마나 했는지 알아?"

옆에 있던 대열부장이 웃으며 거들었다.

"제 보기에도 아까운 놈입니다."

조직부장의 눈썹이 치켜 올라갔다. 소장의 시선도 옆으로 틀어졌다.

"여기 아까운 놈이 어디 있어. 아무튼, 쯧쯧."

말끝이 바람에 섞여 흩어졌다. 소장의 눈길이 천천히 흘러가다 도성진에서 멈췄다.

"뭐야, 저놈은?"

그의 눈이 가늘어졌다.

"너 몇 살인데 독신자야?"

그건 단순한 궁금증이 아니었다. 이름조차 사라진 체제 밖의 아이를 바라보는 오래된 권력가의 진짜 질문이었다. 느닷없는 질문에 성진의 머릿속이 하얘졌을 때 옆에 있던 가수가 팔꿈치로 그의 옆구리를 쿡 찔렀다. 그 힘에 밀리며 도성진의 목소리가 튀어나왔다.

"네, 선생님! 열여섯 살입니다!"

소장의 미간이 더 좁혀졌다.

"열여섯? 이게 나라가 큰일이야. 요즘 들어오는 것들 보면 반동들 나이대가 점점 어려지니... 아무튼 뭣 때문에 들어온 놈이야?"

대열부장이 고개를 숙이며 소장 쪽으로 한걸음 내짚었다. 귓속말로 무언가를 전하려는 찰나 도성진이 먼저 입을 열었다. 간부 앞에서 자기 무죄를 주장하고 조금이라도 진실을 들어줄 호소의 기회처럼 절박했다. 그의 목소리가 숨이 모자랄 정도로 이어졌다.

"네, 선생님! 저는 아버지 약을 구하려고 잠깐 중국에 넘어갔는데, 알지도 못하는 무슨 비밀조직 연락병으로 미국 대사관에 갔다면서 간첩으로 몰려서."

"야!"

하지만 성진의 답변을 뚝 잘라낸 건 소장이었다.

"죄짓고 들어왔으면 아무튼 입 다물고 가만히 살아. 뭔 말이 그렇게 많아?"

그러고는 손등으로 그를 밀치다 못해 툭툭 쳤다. 시선도 곧장 다른 곳으로 회피했다.

"그치, 너. 야야야, 너!"

소장의 손이 가리킨 건 도련님이었다. 하지만 그는 마치 그곳에 없는 사람처럼 고개를 돌리고 있었다. 시선은 최대한 멀리, 가능하면 국경 너머까지 도망치고 싶은 간절함이 배어 있었다. 그의 한쪽 볼이 미세하게 떨렸다. 턱선 아래로 땀 한 줄기가 굼뜨게, 눈치도 없이 흘러내렸다. 소장이 참다못해 폭발했다.

"야! 너! 너 이 새끼야!"

도련님의 어깨가 움찔했다. 그는 무너질 마지막 자존심을 어떻게든 붙잡고 있었다. 그러다가 끝내 허물어지며 과장되게 무릎을 꿇고 팔까지 허우적거렸다.

"저는, 정말, 죽고 싶습니다! 반동 아들을 둔 제 아버지가 얼마나 부끄럽겠습니까! 차라리 죽고 싶어 어제도 강물을 계속 보며…"

9분조원들의 어깨가 들썩였다. 좀 전에 떠벌리던 '선생님 회피법'대로 진짜 연기를 해서였다. 웃음이 허벅지들 아래를 눌렀고, 고개들은 바닥에 꽂혔다. 이건 분명히 참는 쪽이 더 고통이었다. 그런데 도련님의 말이 과연 맞았다. 소장은 그의 구구절절한 넋두리에 팔을 휘저으며 스스로 무너졌다.

"허어, 참, 이런, 이런. 한심한 놈이네!"

소장은 체념을 지나 어딘가 진심 어린 근심으로 굳어 있었다. 그 걱정은 도련님에게 있지 않았다. 현직 부주석, 그의 아버지 쪽에 닿아 있었다. 귀찮은 파장을 미리 떠안은 자의 무거운 시선이었다. 주둥이가 타이밍을 놓치지 않고 도련님의 등을 툭툭 두드렸다.

"왜 또 그래. 마음 약해지지 말라고 그랬잖아."

소장이 한숨을 쉬며 대열부장을 돌아보았다.

"저놈 저거, 속대가 원래 저렇게 약했어? 엥?"

대열부장 대신 조직부장이 뒤에서 목소리를 보탰다.

"이놈아. 자살은 목숨으로 반항하는 반역죄야. 밖에서 그 짓 하다 여기 들어온 놈들, 보고도 그래?"

소장이 다른 발을 내밀었다. 미꾸라지는 옮겨가 군화를 닦았다. 자기 수고를 강조하려고 괜히 땀을 닦는 척했다. 주둥이가 각을 잡고 차렷 자세를 취했다.

"너무 걱정하지 마십시오. 우리 9분조는, 혁명화를 끝까지 완수하여 새 인간으로 다시 태어나겠습니다!"

소장은 모범적인 수용자라도 발견한 것처럼 짐짓 큰 소리로 칭찬했다.

"그래, 이놈 씩씩하다. 이래야지!
그리고 짧게 되물었다.
"아무튼, 넌 뭐 하다 왔어?"
"황해북도 예술단 만담꾼이었습니다!"
소장은 피식 웃었다.
"너, 그 주둥이 잘못 놀리다 들어왔지?"
"네, 선생님! 별명도, 주둥입니다!"
말끝이 채 가시기도 전에 대열부장이 슬며시 몸을 기울였다. 소장의 귓가로 얼굴을 바짝 가져가 속삭이는 것이었다.
"전에 소장 동지 생일 때 틀었던 전국에 유행했던 그 만담 카세트, 그 주인공입니다."
소장의 입은 벌써 웃고 있었다. 조급한 마음으로 주변을 둘러보다가 운전병을 향해 손을 휘저었다.
"야! 내 차에서 건빵 한 봉지 갖고 와! 오늘 이놈 만담이나 들어보자. 아무튼, 야! 다들, 여자세대, 가족세대도 전부 이리 오라고 해!"
명령은 기침처럼 예고 없이 튀어나왔는데 그 반응은 빨랐다.
"전체집합!" 전달하는 목소리가 빠르게 이어졌다.
15호에서 '전체집합'은 공포의 전주곡이었다. 목숨 걸고 달려야 하는 생사의 호출이었다. 그러나 그날 점심은 달랐다. 소장이 소집한 데다가 시발점이 독신자세대의 유명한 광대란 소식이 퍼지며 사람들은 밝은 얼굴로 모여들었다.
서련화가 있는 여자 독신자세대도 몰려오는 모습들이 보였다.
제방 위에 앉은 소장은 무표정을 가장했다. 자신이 이 모든 흐름을 허락하고 제어하며 언제든 놓아줄 수도 있다는 권위로 자리를 채웠다. 그걸 강조하고 싶었는지 무대의 주인공인 주둥이를 손짓해 가까이 불렀다. 마치 명확한 경기규칙을 제시하듯 농담과 약간의 폭력성을 함께 담아 속삭였다.

"날 웃기면 건빵, 못 웃기면 주먹빵이다."

9분조는 눈빛으로 웃었다. 꽉 쥔 주먹들을 남몰래 부딪히며 기뻐했다. 도성진은 9분조원들 사이를 뛰어다니며 희열을 대놓고 뿌려댔다. 오직 월왕령만이 수심에 찬 눈으로 소장 밑의 미꾸라지를 훔쳐봤다. 그는 이번엔 조직부장 밑으로 옮겨가 구두를 닦았다. 도련님은 조직부장 앞을 아무렇지 않게 마구 지나쳐 뛰어갔다. 그리고 비굴한 얼굴로 주둥이에게 애원했다.

"형. 건빵이래. 사회 맛 좀 보자. 응?"

"내가 건빵이면, 넌 가마치 가져올 거지?"

도련님은 먹고부터 보자는 심산으로 세차게 고개를 끄덕였다. 그런데 9분조의 그 가냘픈 희망을 조직부장이 싹둑 자르고 말았다. 그는 주둥이를 따로 불러 오금을 박았다. 만담은 허용하되, 대신 제목을 "자기비판서"로 하라고 했다. 주둥이의 얼굴은 소장의 주먹빵을 상상하고 있었다.

립석강 강둑 아래 수용자들이 가득 모였다. 작업 도구들을 놓은 손, 걸어오는 빈 몸. 편한 자기 숨, 분위기도 자유로웠다.

"이렇게라도 쉬는 게 어디야…"

"전에 소장 선생이 노래도 시켜서 작업 시간 줄였다더라…"

"간부가 역시 틀려…"

무수한 잡음들 속에서도 유독 서련화의 입은 닫혀 있었다. 말을 섞을 이유조차 없는 단절의 태도였다. 자세는 흐트러지지 않았다. 등줄기가 곧았다. 두 손은 무릎 위에 가지런히 모으고 있었다. 이따금 눈을 깜빡일 뿐 하나의 그림처럼 조용히 그 자리에 놓여 있었다.

소장은 무심한 척 군중을 훑어보다가 슬쩍 여자세대 쪽으로 시선을 흘렸다. 서련화의 얼굴을 보기 위해서였다. 까마귀 무리 속의 백조 한 마리처럼 같은 죄수복, 같은 수번호를 달았어도 그녀는 확실히 달랐다. 뭔가 혼자만의 기품이 돋보였다.

그녀는 천천히 고개를 돌려 마주 보았다. 그 눈빛은 단정했고 도도했다. 잠시 시선을 주고는 곧 다시 외면했다. 마치 무엇인가를 반쯤 내주었다가 순식간에 그 이상을 거두어 간 것처럼 보였다. 소장은 자신도 모르게 숨을 삼켰다.

여자 수용자들 중에서 장찌엔의 목소리가 제일 크게 들렸다. 한담을 나누어도 소리 내어 웃고 감히 손뼉까지 쳤다. 찌엔의 그 기운에 2분조 여자들의 기분도 덩달아 들떠 보였다. 반면, 박해순은 주둥이에만 매달려 있는 도련님의 등에다 대고 입안으로 욕을 쏟아냈다.

옆에 앉은 김상미도 박해순과 같은 시선이었다. 혼자 키드득 웃음을 터뜨렸다. 독신자세대 9분조 쪽에서 정신없이 돌아다니는 도성진을 봐서였다. 바쁜 걸 보니 자기 분조에서도 제법 사랑받는 놈인가 싶었다. 민유정과 윤진경은 나란히 앉아 소곤소곤 이야기를 나누고 있었다. 그들의 말소리는 작아도 표정엔 생기가 깃들어 있었다. 그러다 주둥이가 강둑 위로 올라서자 민유정의 시선이 딱 그쪽으로 고정됐다.

강둑 위를 무대 삼아 우뚝 선 주둥이는 먼저 조직부장에게 시선을 돌렸다. 마치 저놈 탓이라는 듯 끈질긴 시선을 놓지 않고, 입을 열었다.

"오늘 제 만담 제목은... '자기비판서'입니다."

순간 어색한 정적이 흘렀다. 9분조 쪽에서 먼저 박수가 터졌지만, 억지스럽게 들렸다. 그것마저 곧 사라졌다. 추임새 삼아 따라치는 손뼉들이 없었다. 대신 우웅! 하는 실망의 잔파도가 넓게 퍼졌다. 그때 장찌엔의 대범한 목소리가 들렸다.

"그래 어디 들어나 보자."

그게 더 웃겼는지 수용자들은 와! 하고 웃음이 터졌다. 어쨌거나 '만담'은 시작도 하기 전에 흥이 터진 셈이었다. 소장은 자기가 만든 무대에 찬물을 끼얹은 조직부장을 흘겨보았다.

"웃기랬더니 자기비판 아무튼 쯔쯔."

소장이 혀를 찼다. 대열부장도 한껏 편을 들었다.

"그러기나 말입니다. 에잇"

마침내 주둥이가 턱을 하늘로 높이 쳐들었다. 자신에게 주문이라도 거는 것처럼, 한 박자 늦게 만담꾼의 자세를 취했다. 들어 올린 턱은 마치 웃음을 그쪽에서 끌고 오겠다는 신호 같았다. 진짜 배우는 그렇게 시작했다. 몸이 먼저였고, 다음엔 표정이 따랐으며, 마지막에야 말이 나왔다.

"내 엄마가 그랬어! '넌 주둥이야. 타고났어.'"

그 첫 마디에 벌써 밑에서는 킥킥거림이 번졌다. 사람들은 벌써 다음 문장을 기다리고 있었다.
"태어날 때 너희들은 다 울었지? 나는 아예 말했어. '엄마 젖 맛이 좀 달라. 다음엔 왼쪽 젖으로 줘.'"
주둥이의 뻔뻔한 입놀림에 작은 웃음이 흐물흐물 번지기 시작했다. 고개들을 푹 숙이고 어깨가 들썩였다.
"남들은 기저귀에 똥 싸면 울었대. 난 그냥 소리쳤어. '와서 기저귀 좀 바꿔줄래요?'"
더 큰 웃음이 터졌다. 무릎을 끌어 쥐고 웃음을 참으려다 오히려 더 새어나가는 사람도 있었다.
"크면서 점점 말이 늘었어. 학교에 가니까, 선생이 혼자 다 말하더라. 처음 봤어. 나보다 말 많은 사람. 그래서 손들고 말했지. '선생님, 좀 조용합시다!'"
제방 아래가 들썩였다. 사람들은 다음 말에도 웃을 준비가 되어 있다는 듯 모두가 주둥이의 입에 집중하고 있었다.
"그날… 선생님한테 죽도록 맞았어. 나처럼 말한 놈이 없었대. 막 때리는 거야. 그때 알았지. '아하. 주둥이는 내 건데 말은 남의 것이구나.'"
사람들의 웃음이 조금씩 잦아들었다. 허리를 펴며 숨을 고르는 자들도 있었고 얼굴에 웃음의 여운으로 굳어진 이들도 있었다.
"까짓거. 어차피 남의 말인데 이제부터 막 쓰자. 그래서 달려갔지. 체육 선생한테. '선생님, 음악 여선생 좋아하지요? 내가 대신 고백해드릴까요?'"

제방 아래가 터졌다. 소장도 웃었다. 장찌엔은 "아이고" 무릎을 쳤다. 민유정의 두 눈은 경탄으로 빛났다.

"그날 또 피 터지게 맞았어. 그땐 또 내 말이더라. 그래서 다시 알았지. '내 말도 내 주둥이도 결국 다 내 게 아니구나.'"

제방 아래가 잠시 고요해졌다. 조직부장의 눈이 날카로워졌다.

"그날 결심했지. '십팔, 내 것도 아닌데 그냥 남 다 줘 버리자.' 예술단 배우 선발한다길래 찾아갔지. 심사위원이 자기를 웃겨보래. 그래서 난 진짜 진심으로 말했어. '내 주둥이 가져가세요. 갖고 가서 웃으세요.' 근데, 정말로 웃는 거야. 합격이 된 거야."

다시 웃음이 터졌다. 이번엔 박수까지 터졌다. 그 순간만큼은 모두가 주둥이라는 이름을 잠시 사랑하는 기운이 퍼졌다.

"그날부터 난 인민의 주둥이가 되었어. 우와. 규모부터 틀리더라. 매표소에 줄이 쫘악. 객석에도 2층까지 쫘악. 무대에 나가니 난 말도 안 꺼냈는데 단체로 '하하하.' 조직적으로 '하하하.' 나도 '하하하.'"

주둥이의 말끝을 따라 수용자들도 함께 "하하하!" 웃었다. 제방 아래가 잠시나마 진짜 공연장이 된 듯싶었다. 다들 허기와 고통을 잠시 잊었다. 그러다 주둥이의 말투가 바뀌었다. 그는 두 팔을 공중으로 펼쳤다.

"내 친어머니는 매 맞는 주둥이만 주었는데…"

말을 멈추고, 두 팔을 더 높이 들어 올렸다. 고개가 뒤로 젖혀졌다. 눈이 하늘을 향했다. 말투가 시 낭송하듯 느려지고 무거워졌다.

"아, 어머니 노동당이시여! 그대는 나에게… 전체 인민이 웃는 주둥이를 주셨으니!"

순간, 웃음이 멈췄다. 풍자와 체제 찬양이 뒤섞인 그 외침에 사람들은 어디까지가 연기이고 어디까지가 진심인지 분간하지 못했다. 유일하게 서련화만 입을 가리고 어깨가 심하게 흔들렸다.

주둥이는 천천히 고개를 내렸다. 조직부장을 바라보다 시선을 바닥으로 떨구었다.

"분발해야 하는데… 충성해야 하는데… 어느 날부터 교만했습니다. 결국, 주둥이로 살다가… 주둥이로 망했습니다."

그렇게 만담은 끝났다. 수용자들의 웃음은 끝난 뒤에 박수와 함께 더 컸다. 그날 9분조는 건빵 한 봉지를 받았다. 소장의 손에서 직접 받은 것은 아니었다. 보위원이 죄수에게 음식을 건네는 것은 규정 위반이었다.

소장은 자신이 앉았던 자리에 건빵을 슬쩍 놔두었다. 그리고 그걸 잊고 일어선 것처럼 걸음을 옮겼다. 9분조의 도성진이 도둑처럼 다가가 그것을 주워들었다.

소장은 수용자들 사이를 지나가며 혼자 웃었다. 뒤따르던 대열부장도 싱글벙글 웃고 있었다.

"교활한 놈. 자기비판을 그렇게 비틀다니… 아무튼, 그놈은 살아서 나갈 놈이다."

대열부장이 미간을 찌푸리며 물었다.

"그걸 어떻게 장담하십니까?"

"내가 여기 소장이야. 아무튼, 상판만 봐도 알아. 이놈은 자살하고, 저놈은 맞아 죽겠구나."

소장은 주변이 다 듣게끔 일부러 큰 소리로 던졌다.

"여자는 두 입을 잘 놀리고 남자는 두 대가리 잘 굴려야 살아!".

멀어지는 소장의 뒷모습을 향해 장찌엔이 침을 확 뱉었다.

"두 입? 넌 대가리가 둘인데도 왜 그 모양이냐…"

소장이 주둥이의 만담에 웃고 있던 그 시간에 정치위원은 김동규처럼 배급이 끊긴 자들의 개별담화를 가졌다. 1작업반에 들어선 정치위원이 담배를 꺼내 책상 위에 올려놓았다. 한 대 빼물고 불을 붙인 후 가벼운 기침을 토했다.

담화실의 벽은 푸석했다. 속을 비운 석회가 껍질처럼 부풀어 오르다 군데군데 터져 있었다. 창문도 없는 방에 사방이 눅눅했다. 방 한가운데에 양강도 혁명사적관 관장을 맡았던 여자 죄수가 서 있었다. 반쯤 무너진 그녀의 신발 뒤축이 눈에 들어왔다. 여인은 아무 말 없이 입술을 깨물고 있었다. 아니, 깨문다기보다 버티고 있었다. 입술을 눌러 실언이 새지 않도록, 눈물이 더는 흐르지 않도록 애쓰는 모습이 무척 안쓰러웠다.

"제가 한 짓이 아닙니다… 전기 사고로 불탄 겁니다… 관장인 제가 왜… 저를 쫓아내려고 도당 선전비서와 보위부장이 방화 구실로 모함한 겁니다."

지치고 갈라진 목소리였다. 말끝마다 손끝이 덜덜 떨렸다. 변명이라기보다 간청에 가까웠다. 하지만 그녀 자신도 알고 있었다. 이 방에선 어떤 말도 진실에 닿지 않는다는 걸. 그래선지 눈물을 자꾸 흘렸다. 울지 않으려고 애쓰는 것 같았지만 굴욕처럼 떨어지곤 했다. 그녀는 결국 범하지 않은 죄에 대해 증명할 방법이 없다는 것을 몸으로 실감하고 있었다.

정치위원은 그 말을 묵묵히 들었다. 수용자가 앉을 의자도 없는 방은 말 그대로의 '담화'를 위한 방이 아니었다. 개별담화가 형식에 불과한 통과의례라는 사실을 정치위원도 잘 알고 있었다. 그녀 자신도 그걸 모를 리 없을 것이다.

정치위원은 가슴이 아팠다. 그녀는 자기와 나이도 같았다. 이미 운명이 정해진 자들인지라 함부로 미련을 주는 말도 해줄 수 없었다. 창문이라도 있는 방이라면 숨 쉬며 내다볼 수 있겠는데 그조차 꽉 막혀 있었다. 벽 어디에도 위로는 없었다. 남자라면 담배라도 권하겠지만 여자라서 정치위원은 그저 고개만 끄덕이다 나올 수밖에 없었다.

다시 그 길로 정치위원의 차는 립석리로 향했다. 5작업반에서 담화한 사람도 30대 초반의 여성 수용자였다. 책상 너머에 앉아 있는 그녀의 얼굴은 예쁘장했다. 두 손을 무릎 위에 모으고 입술을 꽉 다문 자세였다. 하지만 울음을 삼키는 입꼬리는 이미 떨리고 있었다.

"저는... 도당 조직부장 동지랑 5년 동안 애인 관계였을 뿐입니다. 그 죄밖에 없습니다... 나중에 임신했다니까... 그 사람 아내가 보위원이랑 짜고... 없는 죄를 만든 겁니다..."

그녀는 한 손으로 눈가를 훔쳤다. 이미 말라 있던 눈물이 다시금 번들거렸다.

"부장 동지 사무실 문건이요...? 손을 댄 적 없습니다. 그건 정말 아닙니다... 제발 믿어주십시오."

정치위원은 그녀를 똑바로 바라보지 못했다. 자기 손등에 시선을 잠깐 고정한 뒤 고개를 돌려 벽의 금 간 자국을 바라봤다. 그녀가 그 금을 따라가며 자기 운명도 꿰뚫어 그 끝에서 정치위원을 쳐다볼 것 같았다. 하지만 끝내 그녀는 고개를 들지 않았다. 숨쉬기가 좀 쉬워진 것은 이곳 담화실에는 창문이라도 있었다. 정치위원은 그 유리에 반사되는 자기 얼굴이 거울을 보는 것처럼 부끄러웠다.

또 다른 대숙리의 면담자는 기관당 책임비서를 했던 중년의 남성 수용자였다. 차분한 얼굴이었지만 의외로 눈빛이 날카로웠다. 그는 고개를 빳빳이 세우고 앉아 있었다. 정치위원이 준 담배를 네 개비째 피고 있었다.

"이런 거나 던져준다고... 내가 당신들이 강요하는 죄를 인정할 것 같소? 내가 간첩이라고? 그걸 수사하던 보위원을 죽였다고?"

그의 말투는 조롱도 반항도 아니었다. 오히려 포기, 냉소, 그리고 피로에 젖은 정의감이었다.

"나는 위에서 시키는 대로 했소. 근데 그 책임을 나한테 다 뒤집어씌웠지. 그게 어머니 당이요?"

정치위원은 시선을 피하지 않았다. 오히려 오래 바라보았다. 그 눈빛은 한 인간에 대한 동정이 아니었다. 어쨌거나 그는 사람을 죽였다. 위에서 누가 시켰다 해도 본인이 책임져야 할 죄였다. 정치위원은 그에 관해서는 다른 생각을 했다. 정치범의 반발 가능성과 체제 유지의 위협 요소의 경중을 따지는 직업적 판단으로 쳐다봤다.
 끝으로 정치위원의 지프 차는 본부가 있는 구읍리 담화실 앞에서 멎었다. 50대 중반의 남성 수용자는 앉는 것조차 힘겨운지 허리를 구부렸다. 고문당한 상처들이 여기저기 남아 있었다. 잠시 앉아 있었는데 옷은 식은땀으로 푹 젖었다. 담배 한 대도 겨우 폈다.
 정치위원이 한 개비 더 권하자 가져가도 되느냐고 묻고는 주머니에 넣었다. 그렇게 그는 내일을 챙겼다. 그의 끝을 알고 있는 정치위원은 담배를 입에 물었다.
 "그때... 제가 집에서 술을 마신 게 아니었습니다. 부부장동지 장인이 사망해서 간 거였고... 증인도 있어요... 근데... 그날이..."
 그는 더 말을 잇지 못했다.
 "...조직비서(김정일) 동지의 현지 지도 나가시는 날인 줄을 어찌 알았겠습니까. 아무도 말 안 해줬는데... 제가 어떻게 압니까... 전 호위국 사람도 아닌데... 그런데도, 제가 다 뒤집어썼어요. 정치적 책임을..."
 중앙당 과장이었던 그의 목소리는 점점 잦아들었다. 목소리와 자세, 숨결마저도 식어가고 있었다. 정치위원은 그를 바라보다 눈을 지그시 감았다. 문밖에는 그를 기다리는 군인들이 서 있었다. 정치위원은 자신에게 계속 물었다.
 "내가 이 사람을 보내는 게, 정당한가?"
 남도 아닌 자신에게조차 끝내 대답하지 못했다. 군인에게 끌려가는 그 뒷모습을 오래도록 지켜보았다.

취침 점검을 기다리는 막사 근처는 어둠에 완전히 잠겨 있었다. 그림자조차 허용되지 않았다. 그 앞, 한구석에 도성진이 혼자 앉아 있었다. 어깨는 푹 내려앉아 있었다. 팔은 무릎 위에 힘없이 걸쳐진 모습이었다. 고개를 들어봤자 사방이 산으로 둘러싸여 하늘도 좁았다. 고요함도 갇혀서 소리를 못 내는 것 같았다. 도성진은 한숨을 내쉬었다.

그 모습을 멀리서 지켜보던 김동규가 천천히 다가왔다. 발걸음은 마치 누군가의 꿈을 밟지 않으려는 사람처럼 조심스러웠다. 다정함도 연민도 아니었다. 그는 이미 수용소 어둠의 끝을 아는 사람이었다. 말없이 어둠 안으로 들어가는 법을 알고 있었다. 곁에 다가선 김동규가 측은한 음성으로 물었다.

"분조원들이 괴롭힌 거구나."

도성진은 고개를 돌리지 않았다. 다만 아주 살짝, 눈동자만이 그를 힐끔 바라보았다. 눈엔 경계도 호기심도 없었다. 철들기 전에 수용소를 먼저 안 16세의 무기력한 반응이었다. 누구를 쳐다본다는 건 뻔히 안 좋은 결과였다. 그래서 자기 속에 있는 말만 길게 중얼거렸다.

"우리 조에… 룡평에서 온 형이 하나 있는데요. 아버지가 죽었대요. 그런 형에게 내가 전에 막 뭐라고 야단쳤어요."

스스로를 탓하는 말이면서도, 누군가 들어줬으면 하는 바람이 깊었다. 김동규는 그 말을 다 듣고도 한동안 응수하지 않았다. 어린애의 말이라도 그 무게를 가볍게 듣지 않으려는 어른의 기다림이었다.

"자기 분조원 걱정해 한숨도 쉴 줄 알고… 착하구나. 어디 보자, 우리 구면 같은데."

김동규가 눈을 가늘게 뜨고 도성진을 바라봤다. 기억을 더듬는 표정이었다.

"알아요. 여기 15호에 같이 들어왔잖아요."

그 말에 김동규가 눈을 크게 떴다.

"이 녀석! 알면서도 인사도 안 했단 말이야?"

도성진은 시선을 살짝 돌리며 엷게 웃었다. 그 웃음엔 늦게나마 가진 미안함과 수줍음이 담겨 있었다.

"저도 그 입소 첫날이 싫은데… 할아버지는 오죽하시겠어요. 피차 괴로울 뿐인데요."

그 말에 김동규는 갑자기 소리 내어 웃었다. 도성진은 잠시 어리둥절했다. 그 이유를 알 수 없어 고개를 갸웃했다.

"왜 웃어요?"

김동규는 웃음을 가라앉히며 말했다.

"할아버지란 말이 참 듣기 좋아서. 숨이 다 쉬어지는 것 같다."

"그렇게 좋아요? 매일 불러줄 수 있는데요."

도성진의 그 말에 김동규는 잠시 마주 보았다. 그 시선은 따뜻했다. 시간과 고통을 넘어 누군가를 '손자처럼' 바라볼 수 있다는 간절함이 배어있었다.

"그럼 우리 약속할까? 이렇게 와서 잠깐씩 말동무 해주면… 이 할아버지가 매일 너에게 강냉이를 줄게."

도성진은 입을 삐죽 내밀며 대꾸했다.

"치. 여기서 먹을 걸로 장난치면 안 돼요."

인상까지 쓰는 도성진에게 서둘러 확인시켜주고 싶었는지 김동규의 손이 바빴다. 주머니 속에서 정말로 옥수수를 꺼냈다. 도성진의 입이 저절로 벌어졌다.

"할아버지, 이거… 정말 저한테 주는 거예요?"

"그럼. 오늘부터 계속 줄 수 있지. 네가 약속만 지켜준다면."

도성진은 옥수수를 손에 쥐고도 선뜻 믿지 못하는 눈치였다. 동그랗게 커진 눈망울로 김동규를 뚫어지게 쳐다봤다. 놀람과 의심이 깃들어 있는 시선이었다. 그중에서도 가장 짙은 것은 갈망이었다.

"이거… 어디서 훔쳐 오는지, 나한테도 알려줘요. 진짜 비밀로 할게요."

"어허, 이 녀석. 날 어떻게 보고…"

"그러면…"

도성진은 손에 든 옥수수를 흔들며 웃었다. 눈동자는 여전히 맑았다.

"지금 이거, 제정신으로 주는 거 맞죠?"

김동규는 짐짓 엄한 표정을 지었다.

"참, 이 녀석. 말동무 해달라 했더니, 말을 아주 고약하게 하네."

"매일 준다면서요? 고작 말동무가 다라구요?"

"그럼! 약속할 거지?"

김동규가 손가락을 내밀었다. 굵고 주름진 손가락, 말보다 먼저 마음을 내미는 손짓이었다. 도성진은 머리를 갸웃거리다가 이내 자기 손가락을 걸었다. 차가운 공기 속에서 두 손가락이 얇은 고리처럼 맞물렸다.

같은 시간 운동장 한 귀퉁이 조명 아래에서는 미꾸라지와 월왕령이 마주 서 있었다. 빛은 약했고 그림자는 길었다.

"아무리 생각해봐도 말이야… 백구인지 뭔지 그거 뺏기는 것보다 주먹밥 한 덩어리 내놓는 게 더 낫지 않냐?"

미꾸라지의 목소리는 그림자보다 더 얄밉게 늘어졌다. 허세도 아니고 겁도 아니었다. 그저 자기 방식대로 설득하려는 수작이었다. 그러나 월왕령의 눈빛은 단단했다.

"백구를 신고하면… 밤에 잘 때 아저씨를 죽일 거예요."

목소리는 작아도 예리한 단도 같았다. 미꾸라지는 오히려 웃었다.

"어이구나, 무서워라. 내가 이럴 줄 알았지?"

월왕령은 고개를 들고 또박또박 말을 이었다. 눈동자도 흔들리지 않았다.

"저한텐… 9분조 아저씨들이 있어요. 내가 다치는 날에는 그분들이 아저씨를 짓뭉개 버릴 거예요. 이 말 하려고 나온 거예요. 다신 나한테 말 걸지 말아요."

월왕령의 말이 끝나기도 전이었다. 어디선가 도성진이 달려왔다. 그는 보란 듯이 월왕령의 팔짱을 다정하게 끼었다. 둘은 한 몸처럼 딱 붙어 걸어갔다. 그 옆에서 성진은 일부러 콩콩 뛰며 걸었다. 팔을 공중에 높이 뻗치기도 했다. 흔드는 그 손엔 큼직한 옥수수 한 개가 쥐어져 있었다. 그걸 본 미꾸라지는 침을 꿀꺽 삼키면서도 눈빛은 끝내 식지 않았다.

아침 시간, 보위원 식당은 한적했다. 야간근무한 보위원 여섯이 줄지어 앉아 밥을 먹고 있었다. 규율 속의 긴장처럼 그들의 식사는 조용했다. 숟가락 하나 드는 동작에도, 어깨도 일제히 각을 유지했다. 앉아서도 차렷 자세처럼 모두 허리를 곧추세우고 밥을 먹었다. 그때 식당 출입문이 열렸다. 소장이 느릿한 걸음으로 들어섰다.

"군관 동무들 전체 일어섯!"

그중 한 군관이 자리에서 벌떡 일어나 외쳤다.

"소장 동지! 당직 군인들 야간 근무 마치고…"

"앉아, 앉아. 먹어."

소장은 손을 대충 내저으며 말을 잘랐다. 눈은 식당 안을 대수롭지 않게 훑었다. 그의 시선이 식탁을 닦고 있던 서련화에게 멎었다. 그녀는 고개를 숙이며 정중히 인사했다. 하지만 소장은 아무 표정 없이 자리에 가 앉았다.

"밥은 천천히. 물부터 줘."

소장은 서련화가 아닌 다른 사람에게 말하듯 했다. 서련화는 배식구 안으로 들어가 물컵 하나를 조심스럽게 쟁반에 얹었다. 그런데 아까 소장에게 경례하던 그 군관이 잽싸게 달려왔다. 서련화 손에서 쟁반을 빼앗아 들고 아첨까지 얹은 걸음으로 소장 앞으로 달려갔다. 소장은 컵을 내려다보다 눈길을 들지 않은 채 말했다.

"군복 입은 놈이 왜 이런 걸 들고 다녀? 이게 네 일이야?"

소장은 컵을 들어 그대로 바닥에 물을 쏟아버렸다. 군관은 차렷 자세를 취하고는 몇 발자국 뒷걸음질 치다가 밥 먹던 테이블로 빠르게 이동했다. 잠시 후 소장 앞에 서련화가 물컵을 들고 다가왔다. 쟁반 위에서 조심스럽게 식탁으로 옮겨놓으며 속삭였다.
"선생님, 물 갖고 왔습니다."
그 작은 목소리가 물 이상의 것을 주는 것 같았다. 공손하게 인사하고 돌아서는 그녀의 등에 대고 소장이 느긋하게 또 한마디를 던졌다.
"물 한 잔 더 갖고 와."
서련화는 말없이 고개를 숙이고 다시 배식구로 향했다. 소장은 그녀의 뒷모습을 슬며시 바라보았다. 곧이어 서련화가 다시 보일 때쯤은 창밖으로 고개를 돌렸다. 서련화는 이번엔 쟁반 위에 아침 식사와 함께 물컵을 하나 더 얹어 왔다.
"선생님. 아침 식사, 여기에 물도 갖고 왔습니다."
소장은 대꾸 없이 숟가락을 들어 국물부터 떠보았다. 소장의 목소리가 한 번 더 울렸다.
"싱겁다. 소금 갖고 와!"
식사하던 군관들이 슬그머니 고개를 돌렸다. 그 시선을 등 뒤로 의식한 소장은 엄하게 소리 질렀다.
"밥 다 먹었으면 빨리들 일어나서 일해!"
군관들은 허겁지겁 숟가락을 내려놓고 모자를 챙기며 우르르 밖으로 빠져나갔다. 문이 닫히고 식당이 다시 조용해졌을 때 서련화가 소금을 들고 돌아왔다.
"선생님, 소금 갖고 왔습니다."
그 뒤의 말은 아주 작게 속삭였다.
"…고맙습니다." 서련화는 고개 숙여 인사했다. 몸을 돌려 배식구로 향하려는 순간 등 뒤에서 또 한 번 목소리가 들렸다.

"국 하나 더 갖고 와!"

소장은 평소와 다르게 구내식당에서 식사 신간을 오래 잡았다. 날이 밝고 운전병이 찾아와서야 군용 지프 차에 올라탔다.

요덕의 하늘은 흐렸다. 짙은 구름이 산맥 위로 무겁게 깔려 있었다. 산 중턱으로 지프 2대가 먼지를 일으키며 멈춰 섰다. 대기하던 병사들 옆에는 군견들이 사납게 짖어댔다.

앞차에서 내린 소장의 군복 상의는 풀어 헤쳐져 있었다. 뚱뚱한 배가 꽉 조여 맨 혁대 밑으로 흘러 내려와 있었다. 두툼한 목에는 망원경이 느슨하게 매달려 있었다. 소장 얼굴에는 짜증이 얕게 깔려 있었다. 뒤차 문이 열리며 조직부장과 40대의 작전부장이 내렸다. 조직부장은 군화가 땅에 닿기 바쁘게 산 아래가 내려다보이는 곳으로 걸어갔다. 거기서 망원경을 들어 산 아래를 훑었다.

"작전부장 동무, 작업 지역 여기까지 개방해도 정말 큰 문제 없겠소?"

작전부장은 작전지도라도 펼쳐놓은 것처럼, 군인다운 말투로 지형을 읊기 시작했다.

"요덕은 산줄기 북대봉을 중심으로 사방이 둘러 막힌 분지입니다. 립석리, 구읍리, 대숙리, 평전리, 룡평리… 어디로 탈출하든 결국은 이 안에서 맴돌 수밖에 없습니다."

그의 말대로 15호 수용소는 다섯 개 리를 묶어 조성한 거대한 폐쇄구역이었다.

1960년대 중반까지만 해도 요덕은 인민보안성 정치감찰국 산하의 작은 소규모 수용소에 불과했다. 주로 김일성의 단일권력 구축에 방해되는 권력층 간부들을 간첩이나 반혁명분자로 몰아 가두는 용도였다. 그러나 1970년대 초반, 김정일이 후계권력을 장악하면서 당조직지도부 안에 국가보위부가 창설되었다. 그때부터 요덕은 다섯 개 리 규모로 급속히 확대됐다. 수령의 주체사상과 유일지도체제 확립을 명분으로 개인의 작은 말실수 하나, 행동 하나까지 반동으로 몰아붙였다. 개인의 생명권을 정치적 생명권과 연결시키는 전체주의가 강요되면서 1980년대 들어 수용 인원은 무려 5만 명을 넘겼다.

소장은 담배를 꺼내 물었다. 대열부장이 준비하고 있던 라이터로 얼른 불을 받쳐 들었다. 소장은 한 모금 길게 빨았다. 연기를 뱉으며 혼잣말로 중얼거렸다.

"주면 얌전히 앉아서 처먹기나 하지… 쯧쯧."

조직부장은 다른 쪽으로 망원경을 돌리며 다시 물었다. 어조는 단호했다. 확인이 아니라 추궁처럼 들렸다.

"작년 장마 때 파괴됐던 전기 철조망. 함정이나 지뢰는 복구됐어?"

숨을 고르던 작전부장은 소장과 눈빛을 나누고 힘주어 답했다.

"네. 빈틈없습니다. 모두 원상 복구했습니다."

소장은 조직부장의 등을 째려봤다. 담배 연기는 길게 흘렀다. 그 끝에서 조직부장이 망원경을 거두지 않자 그가 보고 있는 그 지역을 소장이 직접 설명했다.

"립석강 하류는 물살이 세고 수심도 깊지? 아무튼, 룡평천 상류는 아예 턱도 없고… 아무튼 그쪽은 무력부 군단사령부 근처 아닌가?"

작전부장이 소장의 의도에 숫자로 채워 대답했다.

"네. 다섯 개 리 전체가 깊은 강과 산으로 꽉 둘러 막혀 있습니다. 조직부장 동지 보시는 그쪽은 해발고 600미터인 우리 위치보다 훨씬 높은 1236미터의 강계산과 제비산입니다."

소장은 더 확인할 필요도 없다는 결기로 담배를 바닥에 비벼 껐다. 그리고 짧게 지시를 내렸다.

"내일 당장 경비 인원 늘리도록 해. 오늘 중으로 경비대 대대장에게 통보해."

작전부장과 대열부장이 간부들의 대화 자리를 피해 병사들 있는 쪽으로 이동했다. 산비탈을 내려다보며 소장은 손을 허리에 얹었다. 조직부장이 그 옆으로 다가왔다.

"근데… 암만 생각해도 여기까지 작업 범위를 늘릴 필요가 있겠습니까?"

소장은 먼저 주위를 둘러봤다. 병사들과 군견이 주변에 없는 것을 확인하고 나지막하게 말했다.

"일본 애들이 좋아하는 다릅나무가 말이요… 아무튼 그게 해발 500미터에서 제일 잘 자란다더군."

조직부장은 눈을 가늘게 떴다. 소장의 말은 '경비'나 '노동력'이 아닌, 전혀 다른 차원의 의중을 품고 있었다. 소장은 호기 차게 덧붙였다.

"내 조카 놈 하는 말이… 요덕은 그냥, 외화 돈덩어리라는 거요."

"그렇군요."

그 말에 조직부장도 가볍게 미소를 지었다. 둘은 먼 산을 바라보았다. 그 눈빛엔 무언가 빠르게 돌아가는 계산이 어렸다. 단순한 '보고서'로는 담을 수 없는 기회였다. 그들은 이제 철조망 너머를 감시나 통제가 아니라 투자의 시선으로 내려다보고 있었다. 그 시선을 거두지 못하고 있는 조직부장을 남겨두고 소장은 지프 차 쪽으로 걸어갔다. 차 옆에 서 있던 대열부장이 소장 앞으로 급히 달려왔다. 그는 경례도 생략하고 소장 앞에서 다음 지시를 기다렸다.

"가는 길에 작업 현장에 들려보자. 내가 가끔 나타나 줘야, 이놈들 정신 바짝 차리지."

그 말이 끝나자마자 대열부장은 차 문을 열어주었다. 소장이 차에 올랐다. 그 순간 멀리서 천둥소리 한 줄기가 하늘을 가르며 울려 퍼졌다. 무지막지하고도 길게 뼛속까지 스며드는 울림이었다.

구름이 무겁게 깔린 제방 공사장은 무겁고 축축한 공기에 휩싸였다. 땅 아래에서 지열이 은근히 올라와 굵은 습기로 발목을 잡았다. 하늘은 낮고 땅은 숨을 쉬지 않았다.

수용자들은 옮기는 돌뿐 아니라 제 몸의 무게에 깔려 가쁜 숨을 몰아쉬고 있었다. 작업 대열이 군데군데 벌어져 있었다. 작업장 한끝에서 돌을 파내던 월왕령의 손이 멈췄다. 미꾸라지가 또 성가시게 들러붙었기 때문이다.

"왜 또 그래요. 비켜요."

월왕령의 목소리엔 짜증보다 피로가 가득했다. 미꾸라지의 얼굴은 벌겋게 달아올라 있었다. 그의 눈빛은 들끓는 울분으로 일그러져 있었다.

"이 새끼야. 너 내가 여기 왜 들어온 줄 알아?"

그의 목소리는 자기 홧김에 떨고 있었다. 분노와 억울함으로 운명이 뒤엉킨 소리였다.

"남조선으로 도망친 내 부장이 줬던 만년필! 그거 그냥 갖고 다녔다고, 반역동조죄로 몰려 들어온 거야."

미꾸라지는 월왕령 주위를 돌며 말투를 높였다. 꽉 쥔 주먹에 턱을 쳐들고 목소리가 점점 더 거세졌다.

"그 만년필로 내가 나중에 월남 음모 편지까지 썼대! 난 고작 만년필이었어. 개새끼야. 지금 너새끼는 더 하잖아."

그는 월왕령의 목을 가리켰다. 햇빛 아래 번들거리는 백구 나무 인형과 그 끈이 미세하게 흔들렸다.

"너새낀, 네 애비 반역자의 유물. 이거, 이거 모가지에, 목숨줄처럼 걸고 다니잖아!"

미꾸라지의 얼굴은 모멸감과 폭력의 흥분에 완전히 취해 있었다. 월왕령은 아무 말 없이 고개를 숙였다. 숨을 쉬는 것이 아니라 견디고 있었다. 설명할 수 없는 상처와 인내가 그의 어깨를 짓눌렀다. 그의 눈꺼풀은 마치 울음을 눌러 막고 있는 듯 내려앉아 있었다. 미꾸라지의 말이 다시 교활하게 작아졌다.

"좋아. 주먹밥은 양보할게. 대신! 날 비판한 죄로 오늘 다섯 대만 얌전히 맞자."

그리고 그는 손바닥을 높이 들었다. 월왕령은 그를 용인한 듯 고개를 숙였다. 첫 번째 뺨에서 찰싹! 소리가 났다. 월왕령은 아무

소리 없이 고개를 더 깊이 숙였다. 두 번째 뺨의 아픔에선 입술을 깨물며 눈을 지그시 감았다. 세 번째에서는 자존심을 으깨는 처참한 복종까지 그냥 견뎌야 했다.

작업장 멀리서 허리를 펴던 검은손이 눈살을 찌푸렸다. 그 광경은 작업장 이곳저곳으로 퍼져나갔다. 삽질을 멈춘 손들이 얼어붙었다. 돌덩이를 들던 어깨들이 멈칫했다. 9분조원들이 달려왔다. 그런 줄도 모르고, 미꾸라지는 월왕령에게 더 바투 붙어섰다.

"아직 두 대 남았다. 날 엿 먹일 땐 좋았지?"

미꾸라지가 다시 손을 높이 쳐들 때 분조장의 발이 그의 등에 꽂혔다. 미꾸라지는 맥없이 꼬꾸라졌다.

"이 십팔…!"

미꾸라지가 욕설을 내지르려는 찰나, 이번엔 옹헤야의 주먹이 날아들었다. 주먹은 곧장 미꾸라지의 턱을 후려쳤다. 짓밟고, 마구 때리는 9분조원들 속에 분노로 성장한 성진도 끼어 있었다. 미꾸라지의 비명이 작업장 끝까지 번졌다.

"아이고 사람 죽인다. 9분조가… 아악!"

"동작 그만!"

2작업반 반장의 목소리가 번개처럼 꽂혔다. 미꾸라지는 반장의 다리를 붙잡고 기어오르며 귀에 바짝 붙어 무언가를 속삭였다. 그 사이 검은손은 월왕령에게 달려가 어깨를 툭 쳤다.

"넌 왜 맞기만 해? 왜 9분조 망신을 시켜?"

월왕령은 부끄러워 그 자리를 피하고 싶었는지 뒷걸음쳤다. 9분조가 그에게 다시 몰려가 이유를 캐물었지만 끝내 입을 열지 않았다. 오히려 붙잡는 손들을 뿌리치며 기어이 혼자 어디론가 빠져나가려고 힘썼다.

"야! 너 거기 서 봐."

2작업반 반장이 뛰어가 그런 월왕령을 돌려세웠다. 그리고 그의 목걸이를 확 낚아챘다. 끈이 끊어지며 백구가 땅바닥에 떨어졌다. 그 순간 월왕령이 돌변했다. 미꾸라지에게는 뺨을 때리는 대로 맞기만 하던 그가 반장에게는 성난 짐승처럼 달려들었다. 그 작은 몸에 들어있던 모든 분노가 터져 나오고 있었다.

곧 감시반원들이 달려와 그를 끌어안았다. 여럿의 팔에 붙잡힌 월왕령은 발버둥치며 저항했다. 돌려받기 전에는 물러서지 않을 각오가 눈속에 충혈돼 있었다. 보다 못한 검은손이 앞으로 나섰다. 그는 땅에서 백구 나무인형를 줍는 반장의 손을 덥석 붙잡았다.

"반장, 이것만은 그냥 넘어가 줘. 응? 내가 알아서 처리할게."

"알고 있었어?"

반장은 눈을 치켜뜨며 단호하게 손을 뿌리쳤다.

"이게 우리 2작업반 전체에 어떤 피해를 줄지 몰라? 같이 죽자고? 내 선에서 처리하겠으니 이 손 놔."

그리고 그는 백구를 바닥에 내던지며, 발을 들어 그것을 짓밟으려 했다. 바로 그때였다. 도성진이 달려들었다. 그는 반장을 온 힘으로 밀쳐내고 땅에 떨어진 백구를 두 손으로 덥석 감쌌다.

"이 새끼, 넌 뭐야? 안 내놔? 죽고 싶어?"

반장이 있는 힘을 다해 고함 질러도 도성진은 한 치의 물러섬도 없이 오히려 앞으로 다가섰다. 주먹을 더욱 강하게 움켜쥐었다.

미동도 없는 눈빛으로 정면을 뚫어져라 응시했다. 그리고는 낮고 뾰족한 목소리로 속삭였다.
"우리 서로 잘 알잖아요. 왜 모른 척해요?"
반장의 동공이 살짝 흔들렸다. 도성진은 한 발 더 내짚었다.
"내가 알던 반장과 지금 반장이 다르던데요. 나쁜 소문 싫으면… 이거, 모른 척해줘요."
그 말은 창끝처럼 예리하고 깊었다. 그것은 무모한 배짱이 아니었다. 오히려 누군가를 위해 일어선 자의 집요한 신념이 있었다. 반장은 아무 대꾸도 하지 못했다. 입술을 달싹였지만 어떤 말도 나오지 않았다. 그 태도를 바라보던 9분조원들의 눈엔 혼란이 맴돌았다. 도대체 무슨 일이 벌어진 건지, 왜 반장이 밀리는 건지 그 이유가 먼저 궁금했다.
그런데, 뒤에서 서늘한 목소리가 모두를 놀라게 했다.
"야. 그거 가져와. 다들 집합."
모두가 일제히 고개를 돌렸다. 서슬 퍼런 최종배가 다가오고 있었다.

하늘은 그새 더 두터워졌다. 천둥이 연거푸 땅을 흔들었다. 하지만 아직 빗방울은 떨어지지 않았다. 강가의 진흙밭 위에는 독신자세대 2작업반 수용자들이 둥글게 큰 원을 그리고 서 있었다. 그 한가운데는 흙탕물 위에 두 사람이 무릎을 꿇고 있었다.
한쪽은 여전히 눈을 치켜든 채 분노를 머금은 월왕령, 다른 한쪽은 입을 벌리고 두려움과 긴장에 얼어붙은 미꾸라지였다.

그들 앞에서 최종배는 백구 나무인형을 이리저리 보고 또 돌려보았다. 그 눈빛은 잔혹한 결과를 빚어낼 준비로 스스로를 신인 양 착각하는 자의 냉정함이었다.

"좋아. 9분조 6번."

그가 입을 열었다. 월왕령은 천천히 고개를 들었다. 그의 눈동자엔 결기와 두려움이 엉겨 붙어 있었다.

"이거, 다시 갖고 싶으면…"

최종배는 곁에 놓여 있던 나무막대기를 들더니 그 끝으로 미꾸라지의 머리를 툭툭 두드렸다.

"이놈 죽이고, 내 앞으로 와."

말이 무책임하다는 표정으로 미꾸라지는 벌떡 고개를 들었다. 미꾸라지의 얼굴은 최종배의 군화 밑에 뭉개진 진흙보다 더 일그러졌다. 최종배는 태연하게 걸어가 바위에 걸터앉았다. 담배를 입에 물고 라이터로 불을 붙였다. 그 모든 동작이 지독하게 느긋했다. 그리고는 불붙은 담배를 길게 빨아 뿜어댔다.

"그리고 너."

그는 미꾸라지를 막대기로 가리켰다.

"내 앞으로 와."

미꾸라지는 네 발로 기어왔다. 흙탕물을 튀기며 엎어지듯 최종배 앞에 무릎을 꿇었다. 그 눈엔 살인 충동으로 가득 차 있었다. 최종배는 그의 귀에 바싹 얼굴을 들이댔다.

"저 역적의 씨 종자가 너를 넘어서 내 앞까지 못 오게 때려죽여.

그럼 저놈 밥까지 한 달 줄게"

말이 끝나자마자 최종배는 손가락 사이에 끼웠던 담배를 바닥에 떨어뜨렸다. 반쯤 타다 남은 꽁초가 미꾸라지 앞에 뚝 떨어졌다. 그는 떨리는 손으로 담배를 주워들었다. 그리고는 한 모금, 깊고 길게 빨아들였다.

타들어가는 꽁초 꼬리처럼 그의 눈빛도 진해졌다. '자유'를 움켜쥔 자처럼 입에는 웃음이 그려졌다. 단순히 아이 하나를 때려눕히려는 어른의 자신감만이 아니었다. "쟤 밥까지 한 달 동안 내가 먹는다." 의 무게를 똑똑히 이해한 짐승의 눈빛이었다.

연기를 내뱉은 미꾸라지는 담배를 진흙에 비벼 끄고 두 손바닥에 침을 퉤 뱉었다. 그리고 악 소리를 내지르며 월왕령을 향해 전력으로 돌진했다. 맞은편 월왕령도 소리 지르며 달려왔다. 그의 얼굴은 분노보다 큰 것이었다. 잃어버린 존엄을 되찾겠다는 생사의 각오였다.

도성진이 먼저 "쳐라!"하고 소리치니 삽시간에 일어서는 수용자들의 고함과 발소리가 땅을 진동했다. 먼저 넘어진 쪽은 미꾸라지였다. 월왕령의 주먹이 정확히 그의 얼굴을 강타했다. 9분조원들의 외침 속에서 누구보다 도성진의 눈빛은 활활 불타고 있었다. 하늘에서 번개가 크게 번쩍였다.

곧이어 억수 같은 비가 쏟아졌다. 비에 젖은 미꾸라지와 월왕령은 흙탕물 속에서 뒤엉겼다. 빼앗긴 '한 번'과 그걸 되찾으려는 '두 번'의 의지는 강도가 달랐다. 월왕령이 미꾸라지를 타고 앉아 '룡평의 주먹'으로 내리치려고 할 때였다.

픽! 최종배의 군홧발이 월왕령의 옆구리를 걷어찼다. 월왕령은 옆으로 굴렀다가 흙탕물이 줄줄 흘러내리는 몸으로 재빨리 일어났다. 그들은 다시 맞붙었다. 이번엔 미꾸라지가 주먹을 퍼부었다. 비가 사방을 덮쳤다. 흙탕물은 연신 튀고 숨소리들은 거칠었다. 응원의 열기는 그 위로 쏟아지는 폭포 같았다. 이미 지쳐 흐느적거리는 미꾸라지에게 월왕령이 이를 악물고 주먹을 날렸다. 그리고 그때였다.

"탕! 탕! 탕!"

총성이 세 차례 울렸다. 수용자들은 일제히 고개를 쳐들었다가 숙일 때도 동시에 한 동작이었다. 폭우는 사정없이 위세를 떨었다. 그 빗속을 뚫고 우비를 입은 검은 물체가 등장했다. 소장이었다. 옆에는 조직부장, 대열부장 그리고 총을 든 병사들이 줄지어 서 있었다. 그들을 태우고 온 지프 차의 엔진이 으르렁거렸다.

감시반원들이 실신한 미꾸라지를 질질 끌어냈다. 그의 얼굴은 흙과 피, 빗물에 범벅이 돼 있었다. 최종배가 백구 나무인형 조각을 들고 소장에게 달려갔다. 소장은 그것을 대충 살펴보며 입을 삐죽였다. 소장의 손에서 그것을 넘겨받은 조직부장의 시선은 날카롭게 일어섰다. 월왕령을 향해 시퍼렇게 꽂힌 그의 눈빛을 강조하듯 하늘에서 번개가 번뜩였다.

"대열부장."

"네, 조직부장 동지."

"이 증거만으로도 룡평 재입소 근거는 충분하지?"

"예. 이미 룡평에서부터 규정을 어긴 자입니다. 지금 바로 조치 가능합니다."

소장은 미소를 흘리며 말을 덧붙였다.

"질긴 놈이야. 룡평에서도 살아나왔으니 억수로 재수 좋은 놈이고… 그래도 선택권은 줘 볼까요? 저놈 운도 시험해 볼 겸."

조직부장은 대열부장의 귀에 무언가를 속삭였다. 그러면서 손에 들고 있던 백구를 질척이는 진흙 위에 냅다 던졌다. 조직부장의 지시를 받은 대열부장은 큰 돌 하나를 바닥에서 찾아 주워들고 월왕령에게 다가갔다. 그 몇 걸음은 짧았지만 그걸 지켜보는 사람들에겐 한 인생이 결정되고 준비되는 시간처럼 길었다. 수용자들 중에서도 9분조의 얼굴들이 가장 어두웠다. 대열부장은 갖고 온 돌을 월왕령 발밑에 툭 던졌다.

"이 돌로 저걸 깨면 여기 남고, 안 그러면 룡평 다시 가야 해!"

대열부장은 조직부장 옆으로 되돌아가면서도 계속 뒤를 돌아보았다. 그의 행동에서 다들 짐작하는 게 있었다. 9분조의 어깨 위로 내리는 빗방울은 타들어가는 듯했다. 검은손은 이를 악물며 참고 있었다. 주둥이는 자기 어깨를 끌어안고서 고개를 떨구었다. 가수는 헛기침으로 긴장을 덮으려 했다. 도련님은 나무 백구와 월왕령을 번갈아 보았다. 누구보다 도성진의 얼굴엔 없던 근육이 돋아 있었다. 그의 두 손에는 월왕령이 줬던 작업장갑이 꼭 쥐어져 있었다.

이런 9분조에 한 번쯤 눈길을 줄 법도 하건만 월왕령은 독하게 먹은 마음이 약해지는 게 싫었다. 그에게 백구 나무인형은 단순히 아버지가 남기고 간 물건이 아니었다. 8년 세월 온기가 담긴 아버지의 손이었다. 절대 놓지 않으리라 다짐했던 자신이라는 존재의 마지막 자락이었다. 월왕령은 주저하지 않았다. 돌을 넘어 비에 젖는 백구 앞으로 한 걸음. 두 걸음 걸어갔다.

"탕! 탕! 탕!"

총성이 다시 한번 천둥처럼 울렸다. 그의 발치에 박힌 세 발의 총알은 땅을 깨운 것이 아니라 사람들의 심장을 겨눴다. 굵은 빗방울은 마치 총탄처럼 흙 속으로 무수히 박혀 들어갔다. 이번에는 소장이 직접 움직였다. 허리춤에 권총을 집어넣고 월왕령에게로 직접 내려왔다. 젖은 흙탕물을 밟는 그의 군화가 진흙을 짓이기며 묵직한 소리를 냈다. 그 걸음엔 짜증과 권위와 이상한 연민이 뒤섞여 있었다. 하지만 월왕령 앞에 선 소장의 목소리는 근엄했다.

"이놈아. 너 이대로 룡평 들어가면 안 돼. 그럼 예전처럼 가족세대 신분이 될 수 없어. 이번에는 장본인으로 들어가는 거라고. 죽을 때까지 못 나와. 아무튼, 마지막 길이야 마지막!"

월왕령이 천천히 고개를 들었다.

"저건… '아버지 유물'입니다."

소장은 한숨을 내쉬며 한참을 눌러 뭉쳐있던 말을 쏟아냈다.

"아니야. 우리 법으로는 '반동의 대물림'인 거야. 아무튼, 나도 자식 가진 아비다. 네 아비가 지옥에서 보고 있다면… 저 하찮은 물건보다 네가 살아남기를 더 원할 거야. 아무튼, 쓸데없는 오기 부리지 말고…"

그때, 월왕령이 소장의 얼굴을 뚫어지게 쳐다보며 큰 소리로 물었다.

"아버지라면서요?"

소장의 동공이 크게 열렸다. 그렇게 묻는 월왕령의 눈빛은 흙탕물과 피에 젖은 얼굴보다 더 진하게 젖어 있었다.
"금방 그렇게 말했잖아요. 자식 가진 아버지라고…"
월왕령은 다시 한번 백구에게 향했던 시선을 거두어 소장으로 돌렸다. 그리고 절규했다.
"난… 아버지가 있는 아들이예요!"
바로 그때, 꽈르릉… 꽝! 하늘에서 천둥이 울렸다. 그 소리는 소장의 가슴을 두들겼다. 하늘 아래의 모든 침묵을 흔들었다. 월왕령은 단호히 소장 앞을 지나쳤다. 자신을 향한 수많은 시선을 등에 지고 백구가 누워있는 진흙탕 위로 걸어갔다. 그리고 주저 없이 허리를 숙였다. 피가 흐르는 손으로 백구를 들어 올렸다. 남이 쥐여 주는 돌이 아니라, 자기 스스로 쥐는 백구를 선택했다.
소장은 고개를 돌렸다. 백구가 있던 자리에 머물렀던 그의 시선은 월왕령의 어깨로 이어졌다. 저만치서 병사가 지프 차 문을 열었다. 월왕령은 지체하지 않았다. 그 문을 향해 뚜벅뚜벅 걸었다. 손에 든 백구 아래로 붉은 피가 뚝뚝 떨어졌다.
더는 못 참고 쫓아가려는 도성진을 검은손이 붙잡았다. 옹헤야는 그의 몸을 끌어안고 입을 막았다. 어른들의 두 팔 사이로 도성진의 손끝이 짧게 삐져나왔다. 그 손끝으로 장갑을 흔들었다. 옹헤야의 손에 막힌 성진의 입에서는 울음 섞인 신음이 새어 나왔다.
"형! 룡평 손은… 피가 나지 않는다며!!!"
절규는 산허리를 넘었고, 강둑을 적셨다. 지프 차에 오른 월왕령. 문이 닫히고, 그 차는 서서히 멀어졌다.

3
기억

 밤이었다. 독신자세대 막사 운동장 한끝에서 도성진이 쭈그려 앉아 울고 있었다. 어깨가 들썩일 때마다 억눌렀던 숨결이 터져 나왔다. 손에 쥐고 있던 룡평의 장갑이 눈물에 젖고 있었다. 그의 곁에는 김동규가 앉아 있었다. 그는 성진의 어깨를 다독였다. 그 손은 세상의 모든 슬픔을 만져본 온기였다. 성진의 손에는 다른 날보다 큼직한 옥수수가 들려 있었다.
"너무 슬퍼하지 마라."
 그의 목소리는 자갈을 밟듯 거칠었지만 따뜻했다.
"제 발로 룡평 갈 정도면, 에이... 거기서도 잘 살 거야."
 도성진은 고개를 떨구며 말했다.
"거긴 2급이에요... 전과 달라요. 이젠 '장본인'으로 갔다구요. 영영 못 나와요."

김동규는 고개를 끄덕이며 시선을 하늘로 가져갔다. 보름달이 유난히 밝았다.

"저 달을 봐라. 넌 여기 있고 룡평 형은 거기 있잖아? 머리 들면 같이 볼 수 있는 달이다."

성진은 김동규를 보다가 그 눈으로 하늘을 우러렀다. 김동규는 옛말을 들려주는 음성처럼 또박또박 말했다.

"거기 보위원들은 목숨이 하나지만, 룡평 사람들은 두 개야."

김동규의 눈이 작게 떨렸다.

"하나는 미리 땅에 묻어놓은 목숨, 나머지 하나는 그 배짱으로 살아가는 목숨."

성진은 옥수수를 쥔 손등으로 눈물을 훔쳤다.

"형이 왜 그랬는지 알 것 같아요. 저도 그래 봤어요. 예심 받을 때 날 보고 미국 대사관에 들어갈 목적으로 강을 넘었다고 도장 찍으래요. 전 1년이나 버텼어요."

김동규의 목소리는 등까지 두드려주는 것 같았다.

"바로 그거라니까. 보위원들한테는 '총'이 있지. 우리한텐 그 '정신'이 무기야."

성진은 장갑으로 눈물을 마저 닦았다. 후- 하며 한숨도 내쉬었다. 김동규는 그의 손에 쥔 장갑을 바라보았다.

"이게… 그 애가 너에게 주고 간 거냐?"

"네."

도성진은 자랑하듯 장갑을 내밀었다. 김동규는 그걸 매만지며 혼잣말처럼 속삭였다.

"제 운명까지 다 주고 간 애구나…"

작게 말했는데도 성진은 눈을 동그랗게 떴다.

"운명이 뭐예요?"

김동규는 작은 미소를 지었다.

"운명… 네 손에 쥐어져 있는 거다. 봐봐"

그는 성진에게 돌아앉으며 그의 손을 잡았다.

"살자고 하면 네 손이고, 죽자고 하면 살인 도구지. 네가 네 손을 믿는 게 운명이다."

"날 믿는 게 운명이라고요…?"

"월왕령, 그 애가 너한테 또 뭘 주고 갔는지… 이 할아버지가 그것도 말해줄까?"

도성진은 말없이 김동규를 바라보았다. 그의 눈동자에 작은 불이 깃들기 시작했다. 그 불씨에 한 겹 심지를 더하듯 김동규는 힘주어 입을 열었다.

"나는 아버지 유골이 묻힌 곳으로 가지만… 너는, 기어이 살아나가서 부모님을 만나야 한다."

"땡! 땡! 땡!"

막사에서 울리는 금속성의 취침점검 종소리였다. 매일 듣던 그 소리인데 오늘은 성진의 마음에 전혀 다른 결로 울렸다.

새벽 4시. 그 시간이 되자 성진이 제일 먼저 눈을 떴다. 아직 어둠은 짙었다. 막사의 공기는 눌려 있었다. 그 속에서 성진의 눈빛은 작고 확실하게 빛났다. 이 시간이면 수용자들 모두가 가장 깊은 잠에 빠져 있었다.

악몽에 쫓기던 자도, 상처에 뒤척이던 자도, 배고픔에 침을 굴리던 자도, 모두 이 시각만큼은 마치 빈 자루처럼 축 늘어져 있었다. 울분을 삼키며 잠든 자는 그대로 굳혔고, 모멸을 견디다 잠든 자는 눈물 자국마저 바짝 마른 채였다.

하루 내내 혁명화의 깃발처럼 바람에 펄럭이던 고통도 이 시간만큼은 젖은 빨래처럼 무겁게 접혀 있었다. 이곳에서의 잠은 몸의 회복이라는 낭만적 개념과는 거리가 멀었다. 필사적인 휴식이라 부르기에도 과했다. 그건 단지, 기상과 취침 사이 체제가 허락한 잠깐의 면죄부. 깊은 잠이 아닌 말 그대로 기절의 연습이었다.

"후… 후… 후…"

막사 안에는 생존의 리듬처럼 일정한 간격으로 고르게 이어지는 코골이들의 합창이 리듬을 탔다. 그러나 그 속에서 유독 불협화음을 내는 하나의 소리가 있었다. 미꾸라지였다. 꿈에서도 그는 숨 가쁜 상황인 것 같았다. 남의 보따리를 훔치고 도망치다 잡혔는지 숨이 뚝 멎었다. 입은 반쯤 벌어졌고, 혀끝에는 숨이 걸려 있었다. 다시 후- 내쉬며 손아귀에서 빠져나와 질주하는 것 같았다. 그 숨은 누군가가 장난으로 미꾸라지를 놓아주고, 다시 붙잡고, 또다시 끌려가며 지칠 때까지 무한 반복되는 것 같았다. 월왕령에게 맞은 왼쪽 볼은 간헐적으로 미세하게 떨렸다. 갈비뼈 언저리는 잘 때도 찌르는지 이따금씩 움찔거렸다.

"후우웁… 으흐읍… 아아아… 흐흐흐…"

잘 때도 초조한 그 얼굴 위로 담요가 덮쳤다. 담요는 그의 꿈속 보자기처럼 잽싸게 머리를 둘둘 말았다. 그 한 장만으로는 부족했던지 또 다른 담요가 따라 올라와 똑같이 감겼다. 수박처럼 부풀어진 그 머리 위로 시커먼 발들이 쏟아졌다.

쿵!

퍽!

질컥—!

담요는 비명도 꽉 막았다. 마구 밟던 발들은 나타날 때처럼 사라질 때도 순식간이었다. 담요 속에서 길을 잃은 미꾸라지는 허우적거렸다. 맞을 때처럼 팔은 팔대로, 다리는 다리대로 방향을 모르고 허공을 긁었다. 그 모든 혼란을 제치고 간신히 담요를 벗겨냈을 때 그의 얼굴은 폭풍이 휩쓸고 간 자리였다. 머리카락은 태풍의 강도를 증명하고 있었다. 눈동자는 뽑혔다가 다시 박힌 것처럼 초점이 없었다. 이성도 반쯤 날아간 듯 시선은 허공을 맴돌았다. 초점이 돌아오자 그는 사방을 두리번거렸다.

분명히 맞았다. 그런데 때린 놈들은 없었다. 흔적도 없이 사라졌다. 사람들은 다들 자고 있었다. 잔다는데 깨워서 물어볼 수도 없는 노릇이다. 미꾸라지는 앞줄에서 잠자고 있는 9분조를 하나씩 살펴보았다.

검은손은 등을 보인 채 잠들어 있고, 주둥이는 팔짱 끼고 코를 고는 모습이었다. 도련님은 주둥이의 배 위에 다리를 걸치고 평화롭게 누워 있었다. 가수는 담요에 파묻혀 얼굴조차 보이지 않았다. 유난히 눈에 띄는 금발은 자는데도 눈 뜬 것처럼 보였다. 제일

만만한 그 옆자리를 눈 빠지게 주시했다. 쪼그만 얼라반동은 미동도 없이 엎드려 자고 있었다. 모두가 우리는 자고 있으니 건드리지 말라고 윽박지르는 것 같았다. 그게 더 억울했다. 화내기도, 따지기도, 의심조차 할 수 없는 이 기묘한 밤이 벌써 며칠 째란 말인가? 미꾸라지는 담요를 깨물며 울음처럼 터뜨렸다.
"…같이 살면서 왜들 그래요! 이게 며칠째냐구요!…"
"조용해, 개새끼야!"
지은 한숨과 내뱉은 하소연에 욕을 먹는 것도 서러운데 막사 안쪽에서 신발짝까지 날아왔다.

"작업중단!"
웬일로 한창 작업해야 할 오전 시간에 2작업반장이 외쳤다. 곧이어 "작업반별 대열정리! 대기!"라는 소리도 여기저기서 들렸다. 15호에서 대기란 말은 다들 꼼짝말라는 경고였다. 그 뒤엔 항상 가슴 조일 일이었지만, 어쨌거나 고된 작업 중에 한숨이 쉬어졌다. 그 덕에 하루가 휴일 같은 가장 고마운 말처럼 들리기도 했다.
남녀 독신자세대와 가족세대 수용자들이 작업반 및 분조별로 모여들기 시작했다. 강둑 아래로 집결하는 그 줄은 길고 무거웠다. 허리를 두드리며 걷는 자, 신나서 지껄이는 자, 삽자루를 지팡이 삼는 자, 굳은 손등으로 목덜미 땀을 문지르는 자 등 그 행태들이 다양했다.
늘 그렇듯이, 장찌엔의 분조가 가장 시끄러웠다. 그녀는 어제 잡은 쥐 추격전을 풀어놓고 있었다. 옆 분조들도 힐끔거리며 귀를 세웠다. 말을 잘해서가 아니었다. 쥐인지 호미인지, 무엇을 잡았는지도 명확하지 않았다. 이야기 속엔 주어도 맥락도 없었다. 결말은 고기였기에, 다들 놓지 못하고 그 끝을 기다리고 있었다.

"쥐가. 날 돌아보길래 내가 '에라'하고 내려치니까 부러졌는데 돌아보진 않고, 근데 맞고 눈 딱 마주친 거 있지?"

수용소에 막 들어왔을 때였다면 인상을 썼을 법한 말이었다. 그러나 민유정과 윤진경은 웃고 있었다. 박해순은 돌아앉은 채 여전히 9분조를 노려보았다. 도련님이 슬며시 그녀 쪽을 보다가 딱 걸렸다. 박해순과 눈이 마주치자 흠칫 놀라며 고개를 제 자리로 돌렸다. 그게 더 기분 나빴는지 그녀의 주먹에서 우드득, 손가락 꺾는 소리가 났다.

"어쭈. 아 저게 진짜…"

장찌엔이 그 옆에 털썩 주저앉았다.

"그 간부놈 상판이나 보자. 어디야?"

"제대로 걸려든 다음에 말할게요."

"뭘 그리 오래 걸려? 정하기만 해. 내가 모가지 비틀어올게."

장찌엔은 손에 묻은 흙을 툭툭 털고서 김상미 쪽으로 돌아앉았다. 상미는 9분조 쪽을 보며 혼자 웃었다.

"얘는 또 왜 이래?"

장찌엔이 얼굴을 들여다보는데도 상미는 그 시선을 의식하지도 못했다. 옆 분조 여자가 더 못 참고 장찌엔에게 소리쳤다.

"아, 그래서! 끝이 뭐냐고? 쥐는 잡은 거냐고!"

장찌엔은 자기 분조로 돌아앉았어도 쥐 이야기는 아직 공중에 떠 있는 것 같았다. 9분조 남자들은 무언의 약속이나 한 것처럼 한결같은 시선을 유지하고 있었다. 절대 미꾸라지를 쳐다보지 말자는 것이었다. 안 그래도 미꾸라지는 아까부터 줄곧 그들의 얼굴을 하나하나 더듬고 있었다. 그 눈빛 하나로 9분조의 가려진 감정을 훔치고 건져낼 기세였다. 주둥이는 그 속을 조롱할 심산으로 미꾸라지 옆 사람을 계속 쳐다봤다. 심지어 목소리를 높였다.

"야, 너희 분조는 왜 자면서도 그렇게 시끄럽냐?"

도성진은 고개를 숙이고 땅바닥에 놓인 작은 돌을 손끝으로 굴렸다. 도련님은 가족세대 쪽으로 또다시 시선을 돌렸다. 이번에도 박해순에게 또 걸려들었다. 고개를 너무 돌린 탓에 가수 얼굴 앞에서 멎었다.

"아, 진짜… 안 하겠다는데 왜 자꾸 저러는 거야…"

당황한 혼잣말이다 보니 크게 들렸다.

"누구야? 얼굴이나 좀 보자니까."

가수가 들이대자 도련님은 얼굴을 찡그렸다.

"그럼 내가 떠벌린 꼴이 되잖아. 점잖지 못하게."

주둥이는 도련님 앞으로 다가앉았다.

"정말. 가만 생각해보니까 이게 진짜. 가마치! 너 약속했잖아"

바로 그때, 멀리서 소장과 대열부장이 죄수들 앞으로 걸어왔다. 그 발견 즉시 최종배의 명령이 터졌다.

"독신자 전체, 이 열 종대!"

가족세대 쪽에서도 지형철의 고함이 울렸다.

"가족세대 전체, 이 열 종대!"

수용자들이 재빨리 몸을 일으켰다. 그 분주함을 틈타 주둥이가 미꾸라지에게 손짓했다. 그는 불러주는 것만도 황송한 듯 잽싸게 9분조 쪽으로 달려왔다. 오자마자 애원했다.

"9분조가 범인인 거 다 알아요! 제발요… 이게 며칠째냐고요!"

주둥이는 그의 귀에 대고 살짝 속삭였다.

"첫날엔 맞아. 우리 9분조가 했어. 근데, 다음날부턴 다른 분조야."

미꾸라지의 눈이 휘둥그레졌다. 눈썹까지 쭉 곤두섰다. 주둥이 말을 확인시키듯이 뒤에선 분조들의 목소리가 이어졌다.

"2작업반 2분조 정렬 끝!"
"2작업반 3분조 정렬 끝!"
"2작업반 4분조 정렬 끝!"
"2작업반 5분조 정렬— 야, 이 개새끼야! 미꾸라지!"

그제야 정신을 차린 미꾸라지가 황급히 자기 분조로 달려갔다. 5분조에 가서도 9분조를 계속 돌아보았다. 그 시선엔 여전히 묻고 싶은 게 남아 있었다.

그 사이, 소장과 대열부장이 제방 위에 섰다. 그날 "전체집합!"이라는 명령이 다시 울려 퍼진 건 단순한 점호가 아니었다. 수용자들의 감시반을 새로 짜기 위한 집합이었다. 그 원인은 '월왕령 사건'이었다.

지난주 간부세포총회에서 이 사건은 심각한 실패로 규정했다. 룡평에서 내려온 지 한 달 넘게 '백구 목걸이'를 간직하게 놔두었다니! 그걸 두둔한 9분조도 중범죄 사안으로 다뤘다.

조직부장은 연대책임으로 9분조의 1개월 구류장 처벌을 제안했다. 구류장은 수용자들에게 공개처형 직전의 예비 무덤이었다. 쓰러질 때까지 세워두고, 다시 일어서고 싶을 때까지 눌러두는 곳이었다. 일정한 리듬으로 주어지는 매질은 거의 규칙적인 끼니 같았다. 구류장 앞문이 열리면 살았다는 환호가 울릴 정도였다.

진짜로 무서운 건 그 이후였다. '혁명화평정서'였다. 그 서류에 "구류장 1개월 처벌"로 기록되는 순간, 언제든 1년으로 연장될 수 있었다. 그 한 줄로 인해 영영 해방되지 못하는 사람도 허다했다.

사회에서는 '간부문건'이라 불리는 평정서에 과오가 기록되면 '출세율'이 낮아졌지만, 15호에서는 '생존율'이 낮아졌다. 바깥이 억제와 구속을 숨기려는 '사회주의 사회'였다면, 15호는 그 모든 것을 노골적으로 말하고 무자비하게 실행하는 '감옥 사회'였다.

철조망은 단지 경계가 아니라 하나의 국경이었다. 그 안에 사회처럼 리(里)와 마을, 농장과 공장, 광산과 학교가 존재했다. 여기에도 계획과 평가도 있고 생활총화와 정치행사는 군대보다 더 정밀하게 작동했다. 단 하나의 차이는, 바깥은 '충성으로 조작'되고, 이곳은 '형벌로 작동'한다는 점이었다.

구류장 처벌에서 공개처형에 이르기까지 그 결정은 언제나 15호 간부회의실의 담배 연기 속에서 이루어졌다. 그날도 조직부장이 '반역동조죄'라며 목소리를 높였다. 간부들 대부분도 담배를 비벼 끄며 피할 수 없는 결정처럼 태연했다.

하지만 단 한 사람, 소장은 달랐다. 다른 분조였다면 눈 하나 깜빡하지 않았을 그였지만, 이번만큼은 망설였다. 문제는 도련님이었다. 정말로 언제라도 목숨을 끊어버릴 것 같았다.

소장은 마치 9분조의 대변자인 양 그들은 아무것도 몰랐다고 단언했다. 심지어 월왕령과 단둘이 나눈 대화에서 자신이 직접 확인했다며 거짓말까지 했다.

결국, 처벌 수위는 낮아져 3개월 '하밥'으로 결정되었다. 하밥은 먹이면서 주는 형벌이었다. 15호 수용소는 끼니에도 등급을 매겼다.

수용자들의 식사는 3등급으로 나뉘었다. '상밥'은 정량에 한 숟가락 더 얹어 그릇 위로 봉긋하게 올라오는 밥이었다. 표창받은 수용자들을 위한 밥이었다. '중밥'은 정량으로서 일반 수용자들의 일상적인 분량이었다. '하밥'은 그저 먹었다는 기억만 주는 식사였다. 바닥이 그대로 보이는 상징적인 밥그릇에 가까웠다. 징계받은 수용자들 몫으로 하밥이 장기적으로 차례지면 영양실조로 이어져 죽는 경우도 있었다.

대열부장은 간부회의에서 내려진 결정과 그 사유를 조목조목 낭독했다. 그리고는 사무적으로 외쳤다.

"9분조, 3개월 하밥 처벌!"

그 순간, 9분조 모두가 고개를 숙였다. 가족세대 구역에 앉아있던 박해순도 고개를 돌렸다.

"뭐야? 부주석 아들도 굶기는 거야?"

그녀의 입에서 미끄러져 나온 말이었다. 다른 여자들에게서도 조금씩, 그러나 분명히, 잔물결 같은 동정과 위로가 번졌다. 주둥이의 유쾌한 만담, '자기비판서'가 만들어준 여파였다. 만담이 끝났어도 그가 남긴 큰 웃음 속에 주둥이란 인간은 세워져 있었다.

민유정은 주둥이를, 김상미는 도성진을 애처롭게 바라보았다. 그 눈길엔 동정의 연대가 담겨 있었다. 누구보다도 분조장인 검은 손의 어깨가 무겁게 가라앉아 있었다. 그걸 본 주둥이가 도련님을 향해 돌아섰다.

"너. 가마치 안 가져오기만 해봐."

모두가 절박하게 한 사람을 쳐다봤다. 도련님의 얼굴엔 시름이 짙어졌다. 다른 때 같으면 절벽이었겠지만 고개를 푹 떨구었다. 이어서 반동 색출에 실패했다는 이유로 기존 감시반이 전면 해체되고 새 감시반 명단이 호명되었다. 대열부장의 부름과 우렁찬 대답. 그 거침없던 목소리들이 어느 번호 앞에서 멎었다.

"3분조 6번! 어디 있어? 6번"

대신 누군가의 목소리가 메마르게 터졌다.

"어젯밤 사망했습니다!"

대열부장이 소장에게 묻듯 고개를 돌렸다. 소장은 한 생명이 삭제된 것보다 그 번호가 아직 명단 위에 있다는 사실에 더 화가 났는지, 최종배를 노려보았다. 강둑 아래 서 있던 최종배가 고개를 숙였다. 감시반 명단은 적어도 3일 전 보고가 끝난 상태였다.

최종배는 어젯밤 사망할지 몰랐다는 억울한 표정이었다. 소장이 손짓 하나로 그를 불렀다. 최종배가 숨도 쉬지 않고 달려 올라갔다. 소장은 눈빛으로 추궁하면서도 입으로는 물었다.

"전번 룡평 이송 보낼 때 말이야. 그놈이랑 싸우던 놈, 어때?"

"신체도 허약하고 잔꾀를 많이 부리는 놈입니다. 자기 분조에서도 미움 꽤나 받는 놈입니다."

소장은 최종배의 그 판단에 더 만족했다.

"물려본 개가 물 줄도 아는 거지."

그들이 위에서 감시반의 운명을 논의할 동안 강둑 아래서는 9분조의 시름이 깊어졌다. 3개월이라면 그 안에 영양실조가 생길 게 뻔했다. 미꾸라지는 하밥 처벌을 받은 9분조를 향해 놀리듯 웃으며 얄밉게 바라보았다. 검은손이 땅에 있던 돌을 주워들었다. 그의 손짓 하나에 미꾸라지가 정색하며 돌아섰다.

"5분조 4번! 어디 있어? 야, 미꾸라지!"

최종배가 수번(囚番)이 아닌 별명으로 부르자 미꾸라지는 일순 사색이 되었다. 자기를 부르는 이유가 남에게 있을 때는 항상 안 좋은 일만 따라왔기 때문이었다. 그러나 이번만큼은 달랐다. 지금은 감시반을 새로 뽑는 시간이 아닌가. 그 사실이 머릿속을 번쩍 스쳐 갔을 때 굳어 있던 그의 얼굴 위로 기묘한 광채가 번졌다. 눈동자와 허리에 힘이 들어갔다. 그는 발뒤축까지 세우며 주먹을 높이 치켜들었다.

"네! 5분조 4번, 여기 있습니다!"

미꾸라지의 그 주먹은 땅으로 내려오지 않았다. 버쩍 하늘로 치솟았던 그 힘 그대로 9분조를 향했다. 그냥 주먹도 아니었다. 깍지 낀 손에서 튀어나온 엄지 하나였다. 그 뒤에서 미꾸라지의 얼굴은 충분히 웃고 있었다. 9분조 모두가 한순간에 얼어붙었다.

9분조원들이 낡은 작업 도구를 무심히 닦고 있었다. 왼 종일 돌에 찔리고 눌린 손등은 갈라져 있었다. 삽자루엔 남은 피와 진흙이 굳어 있었다. 그들의 어깨 위로 내려앉은 어둠은 더 깊어 보였다. 조명이 켜져 있는 운동장에서 유독 활기 띤 목소리가 들려왔다.

"여섯! 일곱! 여덟!"

소리는 필요 이상으로 우렁찼다. 9분조의 시선이 저절로 한 방향으로 쏠렸다. '감시반장'이라 쓰인 붉은 완장을 찬 미꾸라지가 아닌가. 감시반원들에게 팔굽혀펴기를 시키고 있었다. 그 오합지졸들 앞에서 미꾸라지는 보위원처럼 행동했다. 뒷짐에 없는 배를 내밀며 오락가락 걸었다. 그는 자기 권한을 과시하고 싶었는지 발끝으로 돌을 세게 찼다. 그러나 그 돌이 의도치 않게 자신의 발가락에 튕겨 돌아오자 얼굴을 찡그렸다. 그러면서도 목소리를 짜냈다.

"스물! 스물하나! 스물셋! 아니, 스물둘…"

도성진은 코웃음을 쳤다.

"저놈, 우리 보라고 우정 저러는 거예요."

미꾸라지는 시선들을 의식했는지 더욱 목청을 돋우었.

"소장 동지께서 우리에게 준 특권! 조별 작업계획 분담 권한!"

그 말은 곧, 자기가 9분조를 괴롭힐 수 있다는 엄포였다.

"식사 금지 및 기합 권한! 중대장 동무에게 직접 보고할 수 있는 독대 권한까지!"

가수가 씁쓸하게 웃었다.

"간덩이가 붓다 못해 아주 배 밖으로 나왔구나. 이젠 다 동지. 동무란다."

그때였다. 저만치서 두 개의 그림자가 삐걱대며 다가왔다. 최종배였다. 그 앞에는 고개를 축 숙인 새 수용자가 걸었다. 주둥이가 벌떡 일어나 폴짝폴짝 그쪽으로 달려갔다. 어느 때보다 깊이 허리를 숙이며 입을 열었다.

"선생님, 혁명화 제자 하나 여쭈어도 됩니까?"

"뭔데."

"저기… 원래 저 4번 말입니다."

그는 흘깃 미꾸라지를 가리켰다.

"저 사람이 혹시, 중대장 선생님하고 동창생이십니까?"

"누가? 누구?"

"아니 저기요… 새 감시반장 된 저분 말입니다."

주둥이의 손끝이 향한 곳에서는, 미꾸라지가 온갖 장(長) 흉내를 다 내고 있었다. 감시반원의 다리를 툭 걷어차는 것까지 틀림없는 보위원이었다. 최종배가 보기에도 정말 어처구니없는 광경이었다. 그는 쓴웃음을 지으며 미꾸라지처럼 주둥이의 정강이를 걷어찼다.

"저런 놈을 감히 어디에 갖다 대는 거야."

주둥이는 움찔하면서도 꿋꿋했다.

"소문 다 돌았습니다. 저 반장이… 15호 권한 다 받았다고…소장 동지, 중대장 동무… 이러면서 말입니다."

최종배의 눈빛이 싸늘해졌다. 그는 곧장 미꾸라지에게 성큼성큼 걸어갔다.

"야! 야! 너 이 새끼! 당장 내 앞으로 뛰어와!"

미꾸라지는 생각 없이 가볍게 뛰어왔다. 출세와 보답의 일념이었다. 하지만 그 착각은, 곧 최종배의 주먹과 발길질 속에서 산산조각나고 말았다.

"소장 동지? 중대장 동무? 이 새끼야, 팔에 뭐 하나 차니까 이젠 다 비슷해 보여? 내 앞에서 다시 해봐! 동지? 동무?"

"잘못했습니다! 사회 때… 입버릇이었습니다!"

미꾸라지는 고개를 조아리며 비명을 질렀다. 그 말은 오히려 불쏘시개가 되었다.

"실수해서! 들어온 놈이! 아직도 못 고치면! 맞아야지! 죽어야지!"

주둥이는 매질을 확인하며 9분조 자리로 돌아왔다. 감시반장이 맞는 광경은 수용자들에게 익숙하면서도 묘하게 낯설었다. 옹혜야가 엄지손가락을 높이 들어 보였다.

"동지 팔았지?"

주둥이는 손해만 봤다는 표정을 지었다.

"소장 동지한테 비싸게 팔려다가… 중대장 동무한테 싸게 줬어…"

9분조 옆에 서 있던 신입 수용자도 어정쩡하게 웃었다. 모든 시선이 그에게 쏠리자 그는 짧게 고개를 숙이며 인사를 건넸다.

그때였다. 저만치서 누군가 넘어질 듯 달려왔다. 신입 수용자 앞에 멈춰 선 그는 눈에 힘을 주며 갑자기 차렷 자세를 취했다. 그리고는 팔을 쭉 뻗어 반듯하게 거수경례를 올렸다.

"사령관 동지! 작전참모 독고명철입니다!"

그 한마디에 막사 앞은 얼음처럼 굳어졌다. 도성진은 자기도 모르게 자리에서 벌떡 일어났다. 9분조원들도 하나같이 눈이 동그래졌다. 신입은 '사령관'이란 말이 민망한지 작전참모의 팔을 잡아 내렸다.

"독고명철 동무, 여기 있었구만."

"사령관 동지, 여긴 어쩐 일이십니까? 이게 말이 됩니까?"

"동무도 왔는데, 내가 뭐 특별하오? 반갑소"

작전참모를 끌어안은 그는 조선인민군 해군사령관 방철갑이었다. 김일성이 "조선의 바다를 방어하는 철갑이 되라"며 친히 지어주었다는 이름이다. 그 이름 아래 그는 조선 삼면의 바다를 지키는 북한 해군의 상징이 되었다.

문제는 사소한 데서 터졌다. '육해공군'이라는 김정일의 표준 용어 대신, 그는 사령부 회의에서 '해육공군'이라고 말했다. 바다로 둘러싸인 조선해군의 역할을 강조하려 했던 의도였다. 그 단어 하나가 그를 요덕으로 끌고 왔다. 육군을 앞세운 김정일의 주체 군사전략에 감히 도전했다는 것이었다. 작전참모가 사령관 동지를 연발하고 있을 때 그 둘 사이에 최종배가 불쑥 끼어들었다.

"네놈들 오늘 동짓날이야?"

그리고는 막대기로 방철갑의 가슴을 툭툭 건드렸다.

"이놈이 사령관 동지면 나는 뭐야? 똥별이야?"

그 말이 끝나기 무섭게 작전참모의 뺨에 최종배의 주먹이 쏟아졌다. 퍽, 퍽, 퍽. 차마 피하지 못한 독고명철의 얼굴에선 코피가 터졌다. 방철갑의 눈이 이글거렸다. 이를 악다무는 소리가 났다. 주먹을 틀어쥐었다. 주변의 죄수들도 긴장했다.

"야, 반장! 다들 모옛! 싹 다 모옛!"

최종배의 고함이 운동장 끝까지 퍼졌다. 막사 문이 열리며 죄수들이 쏟아져 나왔다. 단 2분 안에 운동장엔 수용자들이 분조별로 줄을 맞춰 섰다.

수용자들 앞에는 두 남자가 마주 서 있었다. 해군사령관 출신 방철갑과 그의 작전참모였다. 지금은 둘 다 같은 수인복을 입고 있었다. 최종배는 독기어린 얼굴로 수용자들을 둘러보았다. 손엔 갈색 막대기를 들고 있었다. 그는 천천히 방철갑 쪽으로 다가가 그의 얼굴 양쪽 볼을 건드렸다. 먼저 왼쪽 볼을 지그시 눌렀다.

"여기 맞으면, 저는 사람이 아닙니다."

오른쪽 볼은 가볍게 두드렸다.

"여긴 혁명화로 다시 태어나겠습니다. 맞을 때마다 넌 그렇게 외쳐야 해."

그리고 소리쳤다.

"시작!"

하지만 작전참모는 미동도 없었다. 눈빛의 흐트러짐이 조금도 없이 주먹만 떨고 있었다. 최종배는 막대기를 호되게 내리쳤다. 작전참모의 등이 휘는가 싶더니 맥없이 땅에 주저앉았다. 그걸 본 방철갑의 손이 부르르 떨었다. 그러나 그는 고개를 들지 않았다.

"시작!"

최종배의 외침이 다시 한번 운동장을 흔들었다. 피범벅이 된 얼굴로 작전참모는 일어섰다. 그 눈빛에서 수용자의 굴복을 찾아볼 수 없었다. 군인의 결기가 활활 타오르고 있었다. 이번엔 최종배의 구두가 그의 옆구리를 세차게 가격했다. 곧이어 두 명의 경비대 병사가 달려와 개머리판으로 그의 몸과 얼굴을 사정없이 내리쳤다. 작전참모는 다시 쓰러졌다. 그 자리에 피가 고였다. 최종배는 운동장 앞 단상으로 올라서며 소리쳤다.

"오늘 저 새끼가 버티면 너희 전부 저녁 굶는다!"

수용자들의 어깨가 일제히 움찔했다. 다른 때 같았으면 모든 탓을 덮어놓고 죄수에게 돌렸을 그들이었다. 하지만 지금의 경우는 달랐다. 이건 처벌이 아니라 공개처형 같았다. 그런 판단으로 수용자들의 얼굴은 공포도 분노도 아닌 돌처럼 굳은 무표정이었다. 최종배도 수용자들의 색다른 공기를 느꼈는지 코웃음 치며 손목시계를 들여다보았다.

"시간 잰다. 10초 안에 안 움직이면 전체 기합!"

그래도 수용자들은 동요하지 않았다. 분단국인 북한은 의무 병역의 나라였다. 사회에서 직업은 달랐어도 북한 남자라면 모두가 군에서 제대된 사람들이었다. 그들은 보위부의 3대 멸족 연고자들이기 전에 군인의 연고자들이었다. 동조하는 순간 진짜 죄인이 되고 인간이기를 포기하는 것과 같았다. 운동장을 덮고 있던 공기는 공포가 아니라 수치심이었다. 한 명이 아니었다. 모두가 같이 무너지는 것이었다.

"4초. 5초. 6초...."

최종배가 시계를 보며 분초를 세는 사이 방철갑은 주저앉은 작전참모를 일으켜 세웠다.

"명령이다. 나를 때려라."

그 목소리는 낮았지만, 군인의 기개가 물씬 풍겼다. 작전참모의 두 눈엔 눈물이 가득했다.

"죄송합니다…"

그는 떨리는 손으로 방철갑의 뺨을 스쳤다. 찰싹. 방철갑의 외침은 단호했다.

"저는… 사람이 아닙니다."

다시 작전참모는 반대편 뺨으로 손을 옮겼다. 그의 손에 묻은 피가 방철갑의 얼굴에 빨간 선을 그었다.

"혁명화로 다시 태어나겠습니다."

운동장 앞줄에서는 고개를 돌리고 눈을 질끈 감았다. 그러나 최종배는 멈추지 않았다.

"약해! 약해! 때리는 놈도 세게! 맞는 놈도 더 크게!"

방철갑은 눈을 부릅떴다.

"이놈아! 조선 해군의 손이 그게 뭐냐! 피 터지게 쳐! 쪽팔리게 하지 마!"

"죄송합니다… 사령관 동…"

작전참모는 이를 악물고 다시 손을 들었다. 그리고, 뺨을 후려쳤다. 그때마다 방철갑은 폭풍처럼 외쳤다.

"저는 사람이 아닙니다!"…

퍽!

"혁명화로 다시 태어나겠습니다!"…

퍽!

"저는… 사람이 아닙니다!!"

퍽!

한 사람은 주먹으로 울고, 다른 이는 외침으로 반항하는 소리가 운동장에 그득했다.

독신자세대 담당 최종배가 남자들 앞에서 보위원 중위의 위상을 높이고 있을 때 가족세대 담당 상위 지형철은 한 여자 앞에서 자기를 낮추고 있었다.

"조금만 더 기다려봐."

"네"

사무실 창문으로 스며드는 달빛이 바닥에 길게 눕고 있었다. 그 고요 속에서 지형철이 옷 단추를 채우는 미세한 손놀림 소리가 들렸다. 윤진경은 눈을 감고 자신을 바라보고 있는 애인의 기척을 느끼고 있었다. 지형철의 낮고 부드러운 목소리가 다시 들렸다.

"됐어. 이젠 눈 떠 봐."

천천히 눈을 뜬 윤진경은, 순간 숨이 멎는 듯했다. 그는 더는 보위원이 아니었다. 군복 대신 칙칙한 수용복을 입고 서 있었다. 단정히 채워진 단추들, 그래서 바짝 깎고 왔던 머리였던가. 여전히 굳센 자세였다. 하지만 옷 하나가 모든 걸 바꿔놓고 있었다. 윤진경은 달라진 자기 남자의 모습에 두 손을 포개 입을 막았다. 지형철이 어색하게 웃으며 말했다.

"이러니 우린 이제 똑같지? 내 마음은 항상 너랑 이렇게… 같은 옷을 입고 있을 거야."

윤진경은 차마 말을 잇지 못했다. 손이 떨리는 것도 모른 채 그냥 서 있었다. 안기려고 달려간 것이 아니었다. 서둘러 그의 상의 단추를 하나씩 풀며 울먹였다.

"어울리지 않아요. 그리고… 더 슬퍼요. 내 남자까지 이런 옷을 입으면 안 돼요."

눈물이 목울대까지 차올랐지만, 그녀는 마음을 다져 흘리지 않았다. 그저 단추 하나, 또 하나를 풀며 그 슬픔을 누르고 있었다.

"싫어요. 제발… 빨리 갈아입어요. 이게 얼마나 아픈 옷인데…."

윤진경이 말을 끝내기도 전에, 지형철이 그녀를 와락 끌어안았다. 팔 안에서 윤진경의 작고 가녀린 어깨가 떨렸다. 사랑이자 절망의 떨림이었다. 오직 그들만이 나눌 수 있었던 잔인한 현실이었다.

오늘은 해발 500미터의 산에서 작업하는 날이다. 소장과 조직부장이 사전에 점검하고 경비대를 늘리라고 지시했던 그 부근이었다. 각 분조별로 산을 뒤져 다릅나무를 채취해 산밑으로 모으는 일이었다. 다릅나무는 습하고 바람 많은 비탈진 골짜기에서 특히 잘 자랐다. 줄기는 유난히 단단해 수분이 적어 마르면 금세 돌처럼 굳었다. 나이테가 촘촘하고 결이 곧으며 갈라짐이 적어 일본에서 수요가 많았다.

소장의 조카가 무역 실적을 위해 부탁하고 조직부장도 아는 혁명화 외화벌이 현장이었다. 작업량은 각 분조가 하루 5통씩 다듬어 담요에 싸서 메고 내려오는 것이다. 최종배는 수용자들을 산 위로 내몰며 밑에서 고함쳤다.

"너희들 목숨보다 귀한 나무야! 잘— 모셔와라."

그는 나무 일곱 통이면 상밥, 다섯 통이면 중밥, 그 아래면 하밥이라고 강조했다. 채찍 대신 '밥'을 쥐고 흔드는 그의 손에 수용자들은 다들 어이없어했다. 9분조는 산 중턱에서 멈춰 섰다. 남들이 잘 찾지 못하는 으슥한 바위 뒤였다. 검은손은 자리가 마음에 드는지 바위를 주먹으로 두드렸다.

"다들 앉자. 우린 어차피 하밥이야. 오늘 우리 작업량은 두 통. 배고픔도 아껴야 살 수 있어."

9분조는 검은손을 중심으로 반원을 그리며 앉았다. 잠시 정적이 흘렀다. 검은손은 둘러보다가 작은 나뭇가지 하나를 집어 들었다.

"내가 너희들보다 여기 오래 살았잖아. 배고픔보다 무서운 게 뭔 줄 알아? 생각이 비워지는 거야. 짐승이 되는 거야. 이 안에선… 사람이 돼야 살아."

주둥이가 고개를 끄덕였다. 장난기가 많은 얼굴에도 그 말은 깊이 새겨들었다. 검은손은 룡평산 능선을 한참 바라보았다. 바람결에 흔들리는 나무들의 실루엣은 마치 말 없는 유령 같았다.

"월왕령… 마지막 본 게 뒷모습이었지. 그래서 그런가, 얼굴이 잘 생각 안 나더라. 그냥… 잘해줄걸. 그 생각만 계속 나."

말을 마친 그는 손바닥으로 머리를 빗질하듯 쓸어넘겼다.

"이 안에서 진짜 거울이 뭔지 알아?"

그의 음성은 그늘져 있었다.

"남의 얼굴이야. 죽음까지 들여다보는 거울… 월왕령은, 진짜 멋졌어."

그 말에 도성진의 눈빛에는 살짝 온기가 돌았다. 다른 분조원들은 말없이 고개를 숙였다. 그 순간만큼은 모든 조원의 마음에 똑같은 얼굴 하나가 떠올랐다. 그 침묵을 도련님이 먼저 깼다. 주둥이에게 돌아앉으며 장난스럽게 말했다.

"형 얼굴 보면 말이야… 그냥, 주둥이밖에 안 보여."

짧은 웃음이 흘렀다. 허기진 배에 떨어지는 짭조름한 국물 한 모금 같았다. 도련님은 더 가까이 다가앉았다.

"형, 내 관상 좀 봐줘. 이 도련님 상은 어때?"

주둥이는 눈을 가늘게 떴다. 한 번은 크게, 또 한 번은 천천히 반쯤 감았다. 턱을 돌려 목선까지 살핀 후 고개를 끄덕이며 진단을 내렸다.

"암만 봐도… 가마치밖에 안 보인다."

모두가 웃음을 제대로 터트렸다. 그 소리에 등이 따가웠는지 도련님이 슬며시 검은손을 바라보았다.

"형… 나 이 별명 바꾸고 싶어. 도련님인데 현실은 거지잖아요. 그래서 더 화나."

검은손은 쓸쓸하게 웃었다.

"여긴 말이지, 한 번 별명이 붙으면 그게 진짜 이름이 돼. 그리고 그 이름대로 얼굴도, 운명도 바뀌는 곳이야. 희한하지…?"

그는 말끝을 흐리며 자신의 손바닥을 내려다보았다.

"이 안에선… 진짜 자기가 누군지 잊게 돼. 사람들이 뭐라 부르느냐가 결국 그 사람을 만들어. 시간이 지나면 그 이름대로 죽는 거고…"

그 말을 듣던 도성진의 입술이 불만으로 부풀었다.

"난 얼라반동이잖아요."

검은손이 들고 있던 막대기를 우지직— 소리 나게 꺾었다.

"넌 강해져야 살아. 별명이 장난 같아도 여기선 그게 운명의 줄 자야. 그러니까 너희도 기억해. 무슨 이름으로 불리든 스스로를 잊진 마라. 남이 만든 얼굴 속에 너를 잃으면… 그게 진짜 끝이니까."

그 말이 끝나자 9분조는 조용해졌다. 검은손이 말한 생각, 얼굴, 거울, 그 모든 말들이 하나로 이어지는 결론처럼 들렸다. 그랬다. 수용소라는 데는 운명은 물론, 타고난 얼굴도 바꾸는 곳이었다. 단지 바람에 마르고, 햇볕에 타고, 영양이 부족해 뺨이 꺼져서가 아니었다.

진짜 변화는 안에서부터 시작되었다. 이곳에서 2년을 넘기면 사람은 자기가 어떤 생각을 하며 살아왔는가에 따라 얼굴이 확연히 달라졌다. 악의를 품은 자는 눈매가 뾰족해지고, 소망을 품은 자는 눈동자가 허옇게 비워졌다. 우울한 자는 입꼬리가 무너져 내렸다.

얼굴은 더는 자기 자신을 비추는 표면이 아니었다. 그건 내면의 감정이 표류해 이식된 바깥의 살이었다. 살려는 자, 버티는 자, 무너진 자, 잊는 자… 그렇듯 각자의 내면이 자기만의 표정을 만들었다. 그러고 나서 이 지옥 속에서의 '생존의 가면'을 완성했다. 그 위에 낙인처럼 남들에 의해 찍히는 게 별명이었다.

이곳은 말하자면 거대한 태아였다. 살을 먹고, 시간을 삼키고, 생각과 표정을 소화한 뒤 기이한 얼굴로 재출산하는 지하의 자궁이었다. 도성진은 불쑥 일어섰다. 작은 주먹을 그늘 속에서 천천히 흔들었다.
"살자고 하면 내 손이고. 죽자고 하면 살인 도구지요. 내가 내 손을 믿는 게… 그게 운명이지요."
검은손을 비롯한 9분조 모두가 신기한 듯 서로 마주 보았다. 그리고 일제히 "우와…" 막내를 쳐다보았다.

가족세대 2분조도 오늘은 독립 작업조였다. 그녀들이 찾고 있는 약초는 세신이었다. 험준한 고산지대에서만 나는 귀한 뿌리 약재였다. 기침. 코막힘, 오한, 두통, 염증성 기관지염에 특효다. 특히 뿌리엔 땀을 내고 통증을 덜어내는 기운이 응축돼 있었다. 일본에서는 향료와 전통 민간약의 원료로 쓰였다. 입욕제와 화장품 성분으로도 수요가 많았다. 소장의 외화벌이 품목에 포함된 전략 수출품이었다.
"그거 아니야. 잎 모양이 족두리처럼 생겼어. 줄기는 짧고, 뿌리는 가늘게… 이렇게 S자로 꼬여 있어야 해."
민유정이 하는 설명이었다. 자기 바구니에서 세신 뿌리를 꺼내 윤진경의 얼굴 앞에 내밀었다.
"이게 진짜야. 이 냄새… 코가 뚫릴 만큼 맵지?"
윤진경은 코를 가까이 가져갔다. 맵싸한 향이 콧속을 휘돌다 머릿속까지 맑게 치고 올라왔다.

"응. 진짜 뚫릴 것 같아."

윤진경은 눈을 깜빡이며 코끝을 문질렀다. 장찌엔은 호미를 손가락 사이에 끼고 빙글빙글 돌리며 퍼질러 앉아 있었다.

"좋다야… 돌보다. 산에 오니 쌍놈들 보위원도 안 보이고…"

그런 2분조 여자들을 나무 뒤에서 훔쳐보는 두 남자가 있었다. 주둥이와 도련님이었다.

아까 도성진의 '운명 명언'은 김동규 이야기로 넘어갔다. 성진이 얻어먹기만 한다고 불평스럽게 말했다. 성진의 말에 검은손이 선언했다.

"좋다. 오늘은 '약초 구걸 작전'이다."

그 말을 듣자 도련님은 기다렸다는 듯 손을 들었다.

"그래도 이 도련님이 구걸하는 게 더 낫겠지요."

입은 도련님이 나선다고 해놓고, 실상은 입담 좋은 주둥이를 꾀어냈다. 바람도 마음을 품으면 길이 된다. 도련님은 약초보다 그 마음의 방향으로, 굳이 박해순이 있는 2분조 쪽을 향해 산 중턱까지 내려왔던 것이다.

"형. 할 수 있지?"

주둥이는 시선을 여자들 쪽에 묶어놓고는 무겁게 고개를 끄덕였다.

"내 이 주둥이로 약초를 뱉어낼게"

뒤늦게 따라온 도성진이 작은 목소리로 끼어들었다.

"여기서 뭐해요?"

두 사람은 화들짝 놀랐다. 도련님이 급히 자기 입에 손가락을 세웠다.

"조용. 넌 왜 왔어?"

"내 할아버지잖아요."

도련님이 무릎을 털며 일어섰다.

"자. 출전하자."

주둥이가 그의 옷자락을 붙잡았다.

"무대 등장은 그렇게 하는 게 아냐."

잠시 후 '무대' 위로 먼저 도성진이 달려나갔다. 아이는 무작정 장찌엔의 등 뒤로 숨었다.

"살려주세요! 나를 때리려고 해요!"

뒤따라 달려온 주둥이와 도련님이 도성진의 팔을 양쪽에서 잡아당기기 시작했다.

"내가 캔 보약 다 처먹었지?"

"오늘 너 아침도 굶었는데 저녁까지 굶어 봐라!"

둘 다 소리만 컸지 힘은 주지 않았다. 여자들 바구니를 넘겨 보는 눈에 더 힘을 주고 있었다. 오히려 성진이 중간에서 양팔을 기껏 벌리며 정말로 찢겨나갈 것처럼 비명을 질러댔다. 장찌엔이 자리에서 벌떡 일어났다.

"야! 쥐똥만한 놈을 죽이자고? 엣다. 이거나 갖다 처먹어, 애 못 놔?"

그녀는 바구니를 통째로 집어 던졌다. 풀떼기가 와르르 쏟아졌다. 두 남자는 다 가진 통쾌함으로 바구니에 동시에 머리를 들이밀었다. 한참을 뒤적이던 주둥이가 이게 통째로 던져준 이유냐고 따지는 눈빛으로 쳐다보았다.

"…전부 잡초잖아?"

"잡초? 히야…"

짱찌엔이 헛웃음을 터뜨렸다.

"정말 약초 같은 건 하나도 없네."

도련님도 바구니를 들춰보다가 아예 뒤집었다. 장찌엔의 등 뒤에서 도성진도 슬며시 목을 빼고 건너보았다.

"고사리 같은 것도 없어요?"

짱찌엔이 도성진을 돌아보며 두 손바닥에 침을 탁 탁 뱉었다.

"뭐야, 요놈은? 한패였어?"

주둥이는 그 틈에 민유정의 바구니까지 넘겨다봤다.

"혹시 그쪽은? 백복령이나 송이버섯, 산삼 같은 것도 없고?"

장찌엔이 자기 바구니를 다시 낚아채며 말했다.

"산삼 같은 거?. 히야 깜빡 속을 뻔했네. 어떻게 사기를 쳐도 벼룩의 간을 빼먹겠다고…"

민유정은 주둥이를 보자 유명인을 마주한 것처럼 눈이 반짝였다.

"어머. 맞죠? 자기비판서?"

주둥이와 도련님이 동시에 민유정을 바라보았다. 성진은 유정이 앞으로 쪼르르 달려갔다.

"맞아요. 소장이 건빵 준 그날, 저 아저씨. 주둥이!"

만나자고 작정하면 초면은 생략되고 구면부터 시작된다. 드디어 9분조 남자들과 2분조 여자들은 어색하게, 그러나 아주 낯익은 듯이 마주 앉았다. 주둥이가 코만 벌름거려도 민유정과 윤진경은 까르르 웃었다. 도련님만 좌불안석으로 계속 두리번거렸다. 옆에서 도성진이 슬그머니 도련님 귀에 입을 가져갔다.

"아저씨, 그 여자 찾죠? 가마치"

도련님의 입꼬리가 파르르 떨렸다. 으르렁거리는 사자처럼 거칠게 숨소리를 내쉬었다. 그런데도 성진은 한 발 더 들어왔다.

"오늘 가마치 먹나요?"

도련님은 천천히 고개를 돌렸다. 노려보며 잘근잘근 씹듯 말했다.

"안 먹는다."

그 눈빛에서 몽둥이도 튀어나올 것만 같았다. 성진은 재빨리 주둥이 옆으로 달아났다. 만담꾼 앞에서 민유정은 눈도 입도 웃고 있었다.

"알아요? 만담 때? 내가 제일 박수 많이 쳤잖아요."

주둥이는 허세를 더 세우며 유정이를 향해 손가락을 흔들었다.

"야, 그때. 정말 인상 깊었어."

"어떻게요?"

민유정은 눈을 동그랗게 떴다.

"뭐랄까… 보석처럼?"

주둥이는 갑자기 말을 더듬었다.

"아, 맞다. 내 이름은 박한석인데…"

민유정은 더 흥분해서 몸을 반쯤 일으켰다.

"어머나! 정말요? 그 박한석? 그 카세트 만담 박한석?"

"히야… 모르는 사람이 없구만. 이렇게 유명하니 여기다 집어처넣었지."

"우와! 사회에 있을 땐요. 박한석 만담 카세트 들으며 얼마나 배꼽 잡고 웃었는지 몰라요!"

장찌엔이 옆에서 더 놀랐다.

"카세트가 뭐야?"

도성진은 장찌엔보다 목소리가 더 컸다.

"카세트도 모른다구요? 원시인이예요?"

"야 이 새끼야. 내가 15호 원주민인데 원시인이지!"

도성진은 자기 미래를 보듯 눈이 퀭해졌다. 주둥이는 여전히 자기 흥에 겨웠다.

"세상 참 좁다. 그걸 돌린 입이나, 들은 귀나… 다 여기 들어왔으니. 바깥은 냄새 맡는 보위원 코만 남지 않았겠어?"

그 통쾌함에 주둥이와 민유정은 손바닥을 마주치며 웃었다. 그 웃음은 아주 잠깐 수용소 바깥세상을 되살리는 희미한 환기 같았다. 윤진경은 그 둘을 번갈아 보았다. 주둥이만 들썩이는 시간이 지겨웠는지 도련님이 슬쩍 장찌엔에게 말을 건넸다.

"여기 분조는… 사람이 적네? 이게… 다야?"

그러자 장찌엔이 갑자기 허파 깊숙이서 숨을 기껏 끌어올렸다. 두 손으로 배에 기합 주며 힘을 모으기까지 했다. 이상한 그 행동에 남자들의 시선이 쏠렸다. 왜 저러나 싶었는데 장찌엔이 난데없이 폭발했다.

"2분조!! 이리 모엿!!"

그 고함은 숲을 가르고 하늘을 때렸다. 새들이 황급히 날갯짓했고 풀잎들도 움찔거렸다. 2분조 여자들은 매일 있는 일이라는 듯 무덤덤했다. 그러나 남자들은 전원 쓰러졌다. 도성진은 귀를 막고 눈을 질끈 감았다. 주둥이는 동공이 진동했다. 도련님은 풀밭에 벌러덩 넘어졌다가 솔잎 몇 개 붙은 상체를 일으켰다. 그리고 장찌엔을 한동안 멍하니 바라봤다. 입은 다물고 있어도 눈이 확실히 말하고 있었다.

"…이게, 무슨 여자냐…?"

하지만 그 격한 호출 때문인지 산 아래에서 올라오는 김상미와 박해순이 보였다. 그쪽을 누구보다 먼저 본 도련님의 입술에 미세한 미소가 스쳤다. 그는 무리에서 몇 발자국 옆으로 옮겨가 자리를 넓게 잡았다. 아무렇지 않은 척 왼쪽으로, 아니 오른쪽으로 돌아앉았다. 그런데 성진의 목소리가 터졌다.

"아저씨, 저기 그 이모 와요!"

도련님의 등이 움찔했다. 먼 산을 보며 볼이 씰룩거렸다. 박해순과 김상미는 주둥이 얼굴을 보자마자 기분이 좋아졌다. 김상미는 도성진을 향해 해쭉 웃었다. 박해순은 두리번거리다 혼자 떨어져 돌아앉은 도련님을 발견했다. 늘 저 모양인 그 등짝을 보자 입 안이 부풀었다. 주변에 확 끼얹는 찬물처럼 내뱉었다.

"저 사람은 뭔데 저러고 있대요?"

그녀의 그 큰 목소리가 주변을 일순간 싸하게 만들었다. 그래도 도련님은 못 들은 척하며 허리를 멋있게 곧추세웠다. 그러면서 작게 혼잣말처럼 중얼거렸다.

"여기 오라니까… 만나준다니까…"

그런데 뒤에서 웃음소리가 들렸다. 주둥이의 입에서 또 뭔 짓이 터진 모양이었다. 한편 도성진과 김상미는 따로 만났다. 앞에서 걷던 상미가 돌아섰다.

"너, 그때 왜 나 도와줬어?"

상미가 웃으며 물었다. 성진이 무뚝뚝하게 대답했다.

"불쌍해서."

"그랬구나…"

순간 상미의 표정이 새침해지더니 이내 발끈했다.

"넌 안 불쌍한 줄 아니?"

"이게…"

도성진이 한발 다가서자,

"그래. 이게 뭐?"

김상미도 한 발 내디뎠다. 도성진은 몸을 틀어 주둥이 쪽으로 돌아갔다. 상미도 두 팔을 냅다 휘저으며 따라갔다. 그 모습을 곁눈질로 훔쳐보던 도련님의 입술이 일그러졌다.

"저 쬐꼬만 것들도 만나는데…"

슬그머니 뒤돌아보니 박해순이 노려보고 있었다. 도련님은 화들짝 놀라 고개를 다시 돌렸다. 나뭇가지로 땅을 파기 시작했다. 중얼거리며 손에 힘을 주었다.

"오면, 진짜, 만나준다는데…"

박해순의 목소리가 다시 일어섰다.

"근데 저 사람은 혼자 지금 저기서 뭐해요?"

주둥이의 목소리가 편드는 건지, 갈라놓으려는 건지 크게 들렸다.

"아, 김일성종합대학 교원이거든. 지금 풀뿌리 연구 중이야. 뭐 꽂히면 저렇게 한 구멍만 판다니까."

그 말에 도련님의 손이 더 빨라졌다. 마음 같아선 당장 일어나 끼어들고 싶었지만 "한 구멍만 판다"는 칭찬이 발목을 붙잡았다. 다시 여자들의 웃음소리가 터졌다. 이번엔 눈만 마주치면 진짜로 그 앞으로 가야겠다! 결심하며 도련님은 고개를 홱 돌렸다. 그러나 박해순은 이미 소장을 흉내 내는 주둥이의 성대모사에 정신이 푹 빠져 있었다. 민유정은 물론이고, 옆에 앉은 여자들까지 손뼉을 치며 웃음을 터뜨렸다. 주둥이의 그 꼴을 보며 도련님은 입꼬리를 씰룩였다.

"...오늘 저 주둥이를 데려오지 말았어야 했는데..."

휘어지는 바람 끝에 가느다란 먼지가 운동장 바닥을 스치며 흩날렸다. 독신자 막사 뒤편 어두운 구석에 9분조원들이 모여 있었다. 말이 새는 막사 안에선 할 수 없는 이야기들이 이곳에서만 조심스레 풀려났다. 오늘 밤의 중심은 도성진이었다. 그를 향한 허탈함과 의심이 섞여 있는 분위기였다.

"2작업반장이 진짜 그런 놈이었다고?"

도련님이 먼저 입을 열었다. 몸은 삐딱하니 대충 기울어져도 시선은 집요했다. 영락없는 도련님 자세에 호기심은 죄수였다.

"중앙당 부부장 출신이라던데?"

가수는 언제나 말보다 성대의 울림으로 한 번 더 쳐다보게 했다. 도성진은 그들의 관심이 뿌듯했다.

"중앙당 돼지목장 초급당비서였어요. 예심 초대소 때 바로 내 옆방이었다니까요. 그 여자 죽인 건 확실해요. 뇌물 엄청 많이 주고, 지장 찍고, 딱 3개월 만에 나갔어요."

그의 말은 차분했다. 증오도 분노도 없었다. 그저 확인. 목격자로서의 진술이었다.

"맞바람 피워놓고… 보위부에 신고한다고 협박해서 죽였대요."

성진은 목소리를 낮췄다.

"둘이 김일성 욕하면서 놀았대요, 예심 보위원이 직접 말하는 걸 들었어요. 그 여잔 자살로 처리됐대요."

"와, 저게 사람이냐…"

가수가 어이없어했다. 도련님은 정치범이 자랑이나 되는 것처럼 발끈했다.

"여기가 살인자 받는 데야? 어디 감히 우리랑 섞어 놔? 이것들이"

듣고 있던 검은손의 입꼬리가 씁쓸히 올라갔다. 성진은 목소리를 더 낮췄다.

"반장이… 무슨 부탁이든 들어준댔어요. 제발 소문내지 말라고. 조용히 나가고 싶대요."

주둥이는 그 말이 끝나자 손바닥을 쳤다.

"지금까지 돼지우리 반장한테 줄줄이 당한 여러분! 축하합니다. 우리 막사는 그야말로 돼지우리였습니다!"

분조원들 사이에서 웃음인지 헛웃음인지 모를 숨소리들이 번졌다. 검은손이 조용히 일어섰다.

"어쨌든 관리소에서 임명한 반장이긴 하지. 이제 앤 우리 쪽 사람이야. 약속했으면 지켜야지."

그는 시선을 한 바퀴 돌렸다.

"옹혜야는 어디 갔어?"

아무도 대답하지 않았다. 검은손이 도성진에게 작은 꾸러미를 건넸다.

"곧 점검이다. 얼른 다녀와라."

도성진은 뛰어갔다. 그의 뒷모습을 9분조원들이 오래도록 바라봤다. 어린놈치고 경험도 많은 게 가히 정치범수용소에 들어올 만했다.

도성진이 달려온 곳은 김동규의 단독막사였다. 하지만 그 창문 앞에서 몸을 숨겨야만 했다. 안에서는 조직부장의 엄격한 얼굴이 정면에 있었다. 그 뒤로 군복 차림의 병사들이 막사의 서랍과 침대를 분주히 들쑤시고 있었다. 기묘한 건 그 모든 소란에도 불구하고 방 한가운데에 앉아 있는 김동규였다. 그는 꿈쩍도 하지 않았다. 안경을 쓰고 뭔가 쓰기만 했다. 보위원 앞에서 앉아 있다니! 도성진은 몸을 바짝 웅크렸다. 심장이 빨라지며 눈썹 끝이 떨렸다.

그때였다. 단독막사와 이어진 2작업반 사무실 벽 근처에서 기척이 났다. 도성진은 고개를 돌렸다가 깜짝 놀라 손으로 입도 막았다. 옹혜야였다. 그는 벽 뒤에 몸을 바짝 붙이고서 사방을 살피고 있었다. 그리고는 곧바로 최종배 사무실 쪽으로 파고들었다.

"뭐 하는 거지…?"

반신반의할 틈도 없이 또 다른 그림자가 시야에 들어왔다. 이번엔 최종배였다. 그는 이쪽을 향해 빠르게 걸어왔다. 옹혜야가 들킬 것이 분명했다. 도성진은 심장이 마구 뛰는 것도 잊은 채 재빨리 최종배 앞으로 달려갔다.

"중대장 선생님!"

"이 새끼가 왜 여기 있어?"

최종배의 목소리는 날카로웠다. 숨을 골라가며 도성진은 말뚝처럼 섰다.

"왜 있냐고, 여기! 묻잖아, 이 새끼야!"

소리와 동시에 막대기가 그의 어깨를 향해 날아들었다. 하지만 도성진은 피하지 않았다. 지금 옹혜야가 안에 있다. 출구는 하나뿐이다. 최종배가 완전히 사무실을 등지도록 시야를 조금씩 돌려 세워야 했다. 그때마다 날아드는 매를 꾹꾹 참고 받아냈다. 온갖 궁리를 다 하면서 최종배의 분노를 유도했다.

"왜 왔냐고 개새끼야!"

끝내 대답하지 않았다. 그대로 도망칠 듯 크게 움직였다. 최종배는 지구 끝까지라도 쫓아갈 기세로 따라 돌아섰다. 그러자 사무실 문이 찔끔 열렸다. 성진은 마구 소리쳤다.

"선생님 죄송합니다. 이유가 있어서 왔습니다!"

"그러게 그 이유가 뭐냐고 묻잖아. 이 개새끼야!"

"이유는 딱 하납니다."

"그 하나가 뭐냐고 이 쌍놈의 새끼야"

최종배는 막대기를 아예 내던지고 팔소매를 걷어붙였다. 성진의 비명이 요란했다. 그 사이, 옹헤야는 최종배 등 뒤에서 문을 닫았다. 벽을 스치며 옆걸음으로 빠져나갔다. 그의 발소리를 덮기 위해 성진은 아무 말이나 목청껏 내뱉었다.

"선생님 한 번만 보여주십시오. 아버지 사진이 보고 싶어 왔습니다. 한 번만 보여주십시오"

"이 새끼가… 진짜 하다하다…"

최종배는 말을 마치기도 전에 막대기를 땅에서 다시 집어 올렸다. 성진은 맞는 와중에도 옹헤야가 끝까지 사라지는 것을 훔쳐보았다. 그의 그림자가 사라지자 성진은 곧바로 꼬리를 내렸다.

"선생님! 잘못했습니다! 다시는 안 그러겠습니다!"

그제야 최종배도 팔을 멈추었다.

"하, 짐승새끼들은 꼭 맞아야 말을 들어. 막사 복귀!"

도성진은 얻어맞은 뒷덜미를 잡으며 달렸다. 그의 발자국이 점점 멀어지는 동안 막사 뒤쪽 그늘로 옹헤야가 완전히 몸을 숨겼다.

"쬐꼬만 놈이라고 봐주니까…"

최종배는 욕지거리를 늘어놓으며 관리실 안으로 들어갔다. 그는 무심하게 의자에 몸을 묻고 앉았다. 습관처럼 시선을 돌리던 그의 눈이 바닥에 멈췄다. 바닥에 흙먼지가 널려 있었다. 입자 굵은 산 흙이었다.

"이 새끼 진짜 몰래 들어왔던 거 아냐?"

그는 눈빛을 번뜩이며 벌떡 일어섰다. 책상 뒤 캐비닛 앞으로 다가가 문을 열었다. 서류들을 거칠게 헤집었다. 손끝에 사진 한

장을 잡고 멈췄다. 사진 속에선 웃고 있는 도성진의 아버지가 있었다. 성진의 그리움과 효도도 가둔 게 확실했다. 그는 다시 바닥을 내려다봤다. 자세히 보니 자기 군화에도 같은 흙먼지가 잔뜩 묻어 있었다. 길을 걷다 들고 온 흙이 분명해 보였다.

"…젠장."

사진을 보며 그는 다시 의자로 돌아와 앉았다. 캐비닛까지 가기 귀찮은지 사진을 서랍 안에 대충 밀어 넣었다. 최종배의 그 행동은 불 켜진 창문을 통해 환하게 보였다. 어둠 속에서 그 모습을 지켜보던 옹혜야가 일어섰다.

한편, 도성진은 막사 밖에 서 있었다. 그가 기다리던 그림자가 조용히 나타났다. 옹혜야는 가쁜 숨을 내쉬며 도성진 앞에 멈췄다.

"아저씨 때문에 나 맞았잖아요"

옹혜야는 성진의 머리를 쏙쏙 문질렀다. 숨을 고르는 그의 이마에는 땀이 번들거렸다.

"고마워… 먹을 거 훔치러 들어갔었어."

옹혜야는 돌아서려는 성진의 어깨를 붙잡았다.

"…아무한테도 말하지 마. 우리 9분조에게도."

도성진은 크게 고개를 끄덕였다.

혁명화학습실 안엔 고소하고 진한 냄새가 허기진 공기를 휘감았다. 상 위엔 김이 모락모락 피어오르는 삶은 닭이 놓여 있었다. 살짝만 숨을 들이켜도 목 안이 따뜻해지는 기분이었다. 살코기 속에서 배어 나오는 단내는 한참 굶주린 사람의 뼛속까지 자극하는 정직한 향이었다.

서련화의 시선은 음식이 아닌 촛불에 가 있었다. 런닝셔츠 차림인 소장은 상에 팔꿈치를 짚었다. 그 자세는 위압적이면서도 동시에 무장 해제된 것처럼 보였다.

서련화는 그 맞은편에 앉아 있었다. 희미한 불빛 아래 그녀의 알몸을 감싸고 있는 건 빨간 실크 한 장뿐이었다. 젖가슴의 윤곽과 꼭지까지 아슬하게 드러나 있었다. 그 실크 옷은 소장 자신이 직접 준비한 것이었다. 지금은 그게 그를 가장 긴장시키고 있었다. 빨간색은 그녀의 피부 위에서 약하게 떨리고 있었다. 하지만 그녀는 떨지 않았다. 자세를 무너뜨리지 않은 채 등을 꼿꼿이 세우고 앉아 있었다. 조금의 노출은 있었으나, 한치의 노골도 없었다. 살결이 아니라 도도함으로 자신을 벗기고 있었다. 그 방에서 가장 드러난 사람은 오히려 소장이었다.

"전에는 네 말에 내 속이 벌떡 일어섰다."

그 말 뒤 짧은 미소 한 자락이 스쳤다. 자기는 속도 겉도 자신 있다는 말 같았다.

"그게 1단계면, 다음은 뭐지?"

그는 상 위의 촛불 너머로 그녀를 지그시 바라봤다. 말이나 손보다 눈빛이 먼저 끌어안았다. 서련화는 그 시선을 다 빨아들이며 말했다.

"날 위해 준비한 상 아니었어? 같이 먹으면 안 될까?"

소장은 잠시 서련화를 바라보았다. 자기의 말은 언제나 끝맺는 것들이었다. 빈틈조차 허락하지 않는 명령이었다. 귀에 들리는 말들도 늘 그 경쟁의 언어뿐이었다. 아니었어? 안 될까? 그에 반해 서련화의 말끝은 조용히 매듭이 풀려 있었다. 열어둔 문 같았고, 건너가는 다리 같았다. 무엇보다 '같이'라는 그 한마디는 부드러운 손길처럼 피부에 닿는 촉감까지 새로왔다. 자기 입도 의심하며 혼자만 살아온 소장에게 '같이'란 오래전에 스스로 지운 단어였다. 소장은 젓가락을 들면서도 여전히 그 눈으로 서련화를 길게 바라보고 있었다.

"그래. 널 위해서였지. 같이 먹자."

소장은 젓가락을 닭고기에 가져갔다. 한 번 뒤집고, 두 번 놓치고, 닭살 한 점을 제대로 집기도 전에 손끝에 묻은 국물이 팔목까지 흘렀다. 서련화는 소장의 형편없는 젓가락질에 고개를 벽 쪽으로 돌렸다. 그 옆에 대고 살짝 웃었다. 딱딱하게 묶였던 결이 조금 편해지는 얼굴이었다. 소장도 그 웃음을 슬쩍 쳐다보았다. 뭔가 놓았고 동시에 얻는 기분이 들었다.

"난 말이다… 음식을 남에게 권할 일이 없었어. 아무튼 줘도 손으로 줬지… 젓가락으로 이러는 건… 아무튼 조상님 이후로 네가 처음이다. 하하하."

소장의 웃음은 처음 겪는 부끄러움 속에서 터져 나온 작은 방어였다. 자기도 어색했는지 곧 입을 다물었다. 묵묵히 손으로 고기 담긴 접시와 술 한잔까지 채워 그녀 앞에 놓았다. 서련화는 젓가락이 아니라, 시선을 들었다. '같이'라는 약속을 지키기 위해 소장도 함께 젓가락을 쥐기 원하는 것 같았다. 한줄기 그 고집은 오히려 어떤 말보다 깊게 닿았다.

그날 밤 혁명화학습실엔 혁명도, 학습도, 충성도 없었다. 오직 두 몸만 있었다. 벗다가 만 여자의 슬픔과 차마 그 앞에서 벗을 수 없는 남자의 동정이었다. 서련화는 13세 때 동심이 멈추고, 23세까지는 자기 웃음을 지워야 했던 기쁨조에 대해 말했다.

"그때는 웃음이 갇혔고, 지금은 눈물도 갇혔지…"

서련화는 잔을 들어 천천히 술을 입에 넣었다. 술이 아니라 오래 참아온 말 한 모금을 삼키는 것 같았다. 그녀의 목선이 천천히 뒤로 젖혀지며 촛불에도 선명하게 반사됐다. 그 선은 흔들리지 않으려 애쓰는 슬픔의 기둥 같았다. 소장은 조심스레 주전자를 들어 그녀의 잔을 채웠다. 그리고 자기 술잔에도 부으려는데 서련화가 그의 손을 잡았다. 순간 멈칫했던 주전자가 그녀의 손과 함께 기울어졌다. 술이 떨어지는 소리, 두 사람 사이를 오가는 작은 숨결 하나조차 커다란 울림으로 번져나갔다.

"2단계는 방긋 두 볼이야."

아까 같았으면 그게 뭔지 소장이 되물었을 것이다. 그러나 지금 그는 듣기만 했다.

"여자에겐 두 볼이 있어. 얼굴에 보이는 두 볼, 몸에 감춘 두 볼."

그녀는 천천히 자리에서 일어났다. 그리고 소장 앞으로 걸어왔다. 빛을 머금은 천은 서련화의 살결과 감정을 동시에 비췄다. 그 얇은 실크가 닿기도 전에 소장의 심장을 간질였다. 서련화는 더 가깝게 다가섰다.

"남자는 얼굴의 두 볼을 기억하지만, 여자는 가슴과 엉덩이의 두 볼을 기억해. 보이는 건 거짓일 수 있지만, 감춘 건 진심이니까. 넌 어떤 방긋을 원하는데?"

자리에 앉은 채로 올려다보던 소장은 시선을 떨궜다. 말문이 막혀서라기보다 대답에 무게가 좀 있어서였다.

"…둘 다."

그 소리는 작고 소심했다. 욕망과 이해, 연민과 지배 사이에서 헤매는 한 사내의 유약한 맨살이었다. 서련화는 허리를 낮추었다. 깃털처럼 가볍게 소장의 무릎 위에 앉았다. 연약한 두 팔이 허리를 감았다. 나중에 닿는 젖가슴은 더욱 깊게 느껴졌다.

"여자는 수줍음이 많아. 좋아하는 사람 앞에서 벗을 때도. 그때도 남자 앞에서 벗는 게 아냐. 자기에게 물어보며 벗는 거지…"

소장은 그녀의 입술을 바라보며 자신 없는 음성으로 물었다.

"너는 지금… 아무튼 나한테 방긋 두 볼이야?"

그의 손은 봉긋한 가슴 위로 조심스레 더듬어 올라가고 있었다.

"아니."

단호한 서련화의 대답은 소장의 손을 멈추게 했다.

"여자는 보이는 두 볼, 감춘 두 볼. 그게 모두 같이 웃을 때 비로소 마음도 벗어."

소장은 그녀를 더 강하게 끌어안았다. 마치 그 꿈을 이루어줄 남자인 것처럼, 그 힘을 느끼게 해주려는 손처럼 거칠었다. 서련화의 목소리가 서늘하게 일어섰다.

"지금 날 가지겠으면 가져. 그러나 그렇게 다 웃는 여자는 아닐 거야. 겉과 속이 다 웃는 그 한 여자."

소장의 손은 잠시 주춤했다. 실망인지, 체념인지, 그녀의 말끝에서 미끄러지듯 내려갔다. 그러나 그 손은 곧 다시 솟구쳤다. 내친김에 저지르고야 말겠다는 용단처럼 급했다. 그의 손바닥이 닿은 곳은 그녀에게서 아직 아무 말도 하지 않고 기다리던 내면의 살결이었다. 그는 가슴을 움켜쥐었다. 서련화의 숨이 얕아졌다. 눈썹의 가는 떨림이 소장의 손끝을 지나 가슴과 뇌리까지 전해졌다.

그는 서련화를 바닥에 눕혔다. 내려다보이는 얼굴은 황홀함이 쏟아진 것처럼 가득해 보였다. 양쪽으로 벌어진 붉은 실크 사이로 드러난 살결은 눈부실 만큼 하얬다. 젖가슴은 작지도 크지도 않았다. 두 개의 봉긋한 선은 눈길을 피하지 않았다. 소장은 그 위로 자기 몸을 실었다. 젖가슴 위에 그의 입술은 서툴게 덮었다. 마치 서련화의 상처 위에 욕망을 얹는 미안함 같았다.

서련화의 하얀 손은 그의 등을 감싸지 않았다. 맥없이 바닥에 내려져 있을 뿐 거둘 생각조차 없었다. 어딘가 허용이었고, 어딘가 한계였다. 그 손을 본 소장은 마음을 확인하고 싶어 입술을 그녀의 입가로 가져갔다. 서련화는 고개를 돌렸다. 그 거절은 행동이어서 더 단호해 보였다. 소장은 상체를 일으켰다. 서련화는 마음을 닫듯 붉은 실크로 몸을 덮었다.

"이건 방굿 두 볼 아니야. 넌 금방, 영혼 없는 시체를 만졌을 뿐이야."

'시체'. 그 말이 소장을 무너뜨렸다. 그건 그의 삶이었고, 그의 직업이었으며, 그가 매일 붙들고 있던 가장 익숙한 낱말이었다. 그 모든 기억과 감정이 한꺼번에 가차 없이 욕정을 짓눌렀다.

"밖에서 하던 대로 하라며? 겨우 2단계인데?"

바닥에서 들리는 서련화의 목소리가 천장까지 닿았다. 훑어진 머리는 소장이 저질러놓은 먹물처럼 바닥에 뿌려져 있었다. 서련화는 천천히 몸을 일으키며 소장의 손을 잡았다.

"내 몸이 흥분하는 방긋 두 볼, 정말로 알려줄까?"

소장은 미련을 못 버리고 고개를 끄덕였다. 서련화는 두 손으로 소장의 두 볼을 감싸 쥐며 입술보다 깊은 눈으로 속삭였다.

"내 속에 진짜 네 속이 들어오는 거야. 너에게 있는 진짜 너."

그녀의 눈빛이 소장의 두 눈을 뚫고 안쪽 깊이까지 파고들었다. 살면서 단 한 번도 받아본 적 없는 눈빛이었다. 그 강렬함 앞에서 소장은 깨달았다. 이렇게까지 누군가에게 묻고 싶은 순간은 살면서 처음이라는 것을.

"나에게서… '나'는 뭐냐?"

서련화는 흐트러졌던 자세를 모아 허리를 똑바로 세웠다.

"말소!"

그 말에 소장의 눈동자가 흔들렸다. 서련화의 숨결은 그의 입술에 닿을 만큼 가까웠다.

"넌 항상 '아무튼'으로 도망쳤어. 도망치고 싶었겠지. 이런 곳, 이곳에서 주운 그 별이라면…"

그녀는 멈추지 않았다. 단둘만의 고백처럼 절절했다.

"감정도, 책임도, 기억도, 그 '아무튼'으로 다 지우려 했어. 그러면서 너까지 사라졌어. 네가 가장 많이 썼던 그 말 안에 결국 네가 제일 없었던 거야."

한동안 말을 잃었던 소장이 입을 열었다. 목소리는 낮았지만 무언가를 끌어올리듯 묵직했다.

"그럼… 너에게서 너는 뭐냐?"

"소환."

짧지만 긴 울림이었다. 그 울림 끝까지 오래 듣는 듯 소장은 쳐다보기만 했다. 서련화는 소장의 두 손을 잡았다.

"네가 '아무튼'으로 말을 마쳤을 때 그 말을 이어주는 여자. 그 '아무튼'으로 버린 너의 조각들을 찾아주는 여자. 그 궁합이 맞았을 때 우리 같이 벗자. 그때가 내 방긋 두 볼이야. 내일의 나는 내일로 미루더라도 오늘 나는 여기에 있어. 지금 여기에 있는 나는… 네 꺼고, 너는 내 꺼야."

소장은 숨을 들이켜지 못했다. 평생 말끝마다 아무튼을 던지며 도망치던 그 단어가 지금 서련화의 입을 통해 처음으로 문장이 되어 돌아오고 있었다.

15호에서 보위원들이 두려워하는 것은 자기 이름이었다. 수용자들이 복수심에 실명을 품기 때문이었다. 수용자들은 그것들을 숨겨진 명부처럼 서로 주고받았다. 그래서 보위원들에겐 자기 이름이 가장 큰 공포였다. 자신이 저지른 폭력이 구체적일수록 그 이름은 더 오래, 더 깊게 기억되었다.

아무리 두려워해도 숨길 수는 없었다. 수번이 없는 보위원의 이름은 어디선가 흘러나오게 되어 있었다. 서류에, 구호에, 호출에,

어딘가엔 반드시 남고, 다시 퍼져나갔다.

홍신영. 가족세대 여자 담당 보위원. 15호 구읍리에서 가장 악명 높은 이름이었다. 사람을 죽인 숫자까지 다른 리(里)의 수용자들도 다 기억했다.

가족세대 남자 담당 보위원인 지형철은 상대적으로 '칭찬'처럼 불렸다. 그는 오히려 자신의 이름을 수용자 앞에서 대놓고 말했다. 숨기지 않았고 무언가를 감추지도 않았다. 그 정면성은 의외의 명성이 되어서, 윤진경이 그를 남자로 보게 된 첫 번째 이유였다. 그는 보위원 같지 않았다. 그 '같지 않음'이 15호 안에서는 유일한 인간성처럼 느껴졌다.

15호의 보위원들도 자유롭지 않기는 매한가지였다. 특히 수용자를 만날 때에는 반드시 '개별면담'이라는 형식을 빌려야 했다. 시간은 30분 이내로 제한되고 횟수가 많아지면 면담이 아니라 '만남'으로 의심받았다. 그 순간부터 감시와 추적의 대상이 되고, 그 추적은 기록으로 남았다.

소장이라고 예외가 없었다. 오히려 간부들일수록 보초가 배치되고 거쳐야 할 절차도 많아 더 자유롭지 못했다. 면담 기록부에는 시간과 횟수, 대화의 목적까지 남겨야 했다. 보위원이 수용자를 따로 만나야 할 이유는 오직 하나 추궁 또는 추적뿐이었다. 그래서 면담이 잦은 수용자일수록 늘 한쪽 다리를 구류장 안에 걸쳐놓고 살아야 했다.

그러나 윤진경은 달랐다. 그는 2분조의 결속력 덕분에 지형철을 몰래 만날 수 있었다. 그 은밀함은 고립된 공간 하나로는 불가능한 일이었다. 혼자가 아닌 여럿의 움직임, 동행과 동석의 증인들이 있어야 가능한 일이었다.

오늘도 윤진경은 2분조의 보호 속에 지형철의 사무실로 들어섰다. 거울 앞에 지형철과 윤진경이 나란히 섰다. 그들은 같은 색의 옷을 입고 있었다. 죄수복도 사회복도 아닌 그저 평범한 파란색 티셔츠였다. 어쩌면 그것 하나가 이 세계에서 유일하게 두 사람을 같은 호흡으로 엮어주는 인간 표지 같았다. 윤진경은 그의 품에 와락 안겼다. 몸 전체가 스며들 듯 파고들었다. 지형철은 웃으며 물었다.

"이 옷이 그렇게 좋아?"

윤진경은 고개를 들지 않았다. 대신 그의 가슴께에 볼을 붙인 채, 조용히 말했다.

"네. 서로 다르지도 않고… 정말 함께 있는 것 같아 너무 좋습니다."

그 말은 짧았지만, 누구에게도 뺏기고 싶지 않은 감정이었다. 지형철은 그녀의 이마를 한번 쓸어 만졌다.

"진경아. 이렇게 우리가 만나는 이 시간만은 15호에 갇혔다고 생각하지 마. 오히려 내가 너에게 갇혔으니까."

그 말은 사랑의 고백이라기보다 체념의 고백이었다. 여기선 미래를 말하면 고문이고 절망이 된다. 오로지 눈앞의 현재만 말하는 것이 최선이다. 공간의 의식만 가능한 감정의 세계였다. 이곳에서의 남녀의 사랑이란 숨을 나누는 일이었다. 지형철은 보위원으로서 목숨 건 숨을 주고, 윤진경은 수용자로서 전부의 숨을 내어주는 셈이었다.

둘은 오랜 시간 껴안고 있었다. 지형철은 그녀의 체온과 숨소리가 오랜 시간 어둡던 자신의 내면을 따뜻하게 덥히는 느낌이 들었다. 그러나 그의 등 뒤에서 윤진경은 눈을 감고 있었다. 그녀의 손엔 지형철이 준 참빗이 들려 있었다. 머리를 빗을 때마다 자기 손처럼 생각하라는 그의 말에 눈물이 북받쳤다. 남자는 자기 여자 앞에선 모든 걸 잊게 되지만 여자는 사랑 앞에서 더 많은 생각을 하게 된다. 그 둘은 서로 다른 사랑을 껴안고 있었다. 지형철은 꿈꾸는 사랑을, 윤진경은 현실처럼 무거운 사랑을.

같은 시간, 독신자세대 운동장 어둠 속에서도 두 사람이 앉아 있었다. 도성진과 옹헤야였다. 도성진은 초승달을, 옹헤야는 최종배 사무실 쪽을 보고 있었다. 옹헤야는 입가에 나뭇가지 하나를 물었다. 도성진은 옹헤야의 시선을 따라 슬쩍 사무실 쪽을 바라봤다. 불 꺼진 창문 안에서 오히려 최종배가 이쪽을 노려보며 감시할 것만 같아 소름이 끼쳤다.

"아저씨. 내가 뭘 또 도와드릴 일 없나요?"

그 말에 옹헤야가 미소 지었다. 말은 없었지만, 눈매가 먼저 풀렸다. 성진은 옹헤야의 옆모습을 찬찬히 바라보았다.

"왜 그렇게 쳐다봐…?"

"아저씬 외국인이죠? 우리나라 사람 아니죠?"

"정말 외국인이고 싶다."

옹헤야의 시선은 정면에 고정돼 있었다.

"또 최종배 사무실에 몰래 들어가려는 거죠?"

옹혜야는 정색하지도 부정하지도 않았다.

"아저씨 이름도 특별나요. 한 글자. 길인."

그 말에 나뭇가지를 씹던 그의 입술이 멈췄다. 눈빛은 그 이름이 시작된 어딘가로 향하는 듯 밤하늘 어느 한 점에 오래 머물고 있었다. 도성진이 말한 그 이름 하나가 생기기까지의 시간으로 달려갔다. 옹혜야는 다섯 살 때까지 이름이 없었다. 출산이 축복이지만 그의 어머니에겐 비난이었다. 갓난아이를 안고 지나갈 때마다 동네 여인들의 눈빛이 차가웠다.

"눈알이 파랗대. 뭔 아기가 괴물처럼, 코도 내 손가락만 하대."

"백인이 아니고, 탄 덩이 같은 흑인이래. 엄마 젖도 까만 젖이 나온다며?"

"어이구나, 주체의 나라에서 외국 놈이랑 엉덩방아를 찧고 잡종까지 낳아? 저런 년은 왜 안 잡아가?"

아줌마들의 그 뒷방아들이 형벌처럼 가혹했다. 그때마다 옹혜야의 엄마는 아이를 더 깊게 끌어안고 입술을 깨물며 고개를 숙였다. 밤길에만 외출했던 그 그림자는 누구보다 더 검고, 더 길었다.

옹혜야 외할아버지는 당 간부였다. 집도 당에서 준 평양시 고급 아파트였다. 넓고 어두운 거실 한쪽엔 훈장이 빼곡히 걸린 인민복 한 벌이 벽을 지배하고 있었다. 그 안에 들어설 때마다 옹혜야 어머니는 딸인데도 무릎을 꿇었다. 아들의 이름을 받기 위해서였다.

"내 가문에 쏘련 놈의 씨가 말이 돼? 이름 못 지어준다."

외할아버지의 그 한 마디는 주체사상 가문의 선언이었다. 태어난 아이가 아니라, 태어나서는 안 되는 피에 대한 부정이었다. 하지만 엄마는 물러서지 않았다.

"내각에서 지시하는데… 어떻게 해요. 제게 쏘련말 배우라 한 것도 아버지잖아요. 아버지가 먼저 강요하신 거잖아요."

어느 날 외할아버지와 외할머니는 우연히 이름 없는 손자의 처지를 보게 됐다. 5년 만에 딸의 집을 찾아오는 두 노인의 손엔 보자기가 들려 있었다. 그들은 아파트 현관 앞에 있는 놀이터 안을 잠시 보게 됐다. 그들의 시선 끝에 누가 봐도 혼혈아인 옹헤야가 서 있었다. 금발 머리에 회색빛 눈동자. 그는 모래를 손에 쥐고 있었다. 그 아이 주변으로 또래 아이 셋이 모여들었다. 가장 먼저 다가선 여자아이가 말했다.

"내 이름은 최진순, 얜 박철남, 쟤 이름은 강성민."

그리고 마지막 금발의 아이를 가리키며 고개를 갸웃했다.

"얘 이름은… 잡종."

웃음이 퍼졌고, 아이들은 잡종이라며 놀려댔다. 나중에는 아무도 남지 않은 그 자리에 옹헤야만 홀로 서서 울고 있었다. 뒤늦게 뛰어온 어머니는 억지로 웃으며 아이를 품에 안았다. 아이의 말은 가슴을 찢었다.

"엄마, 난 언제 이름이 생기나? 이름이 없으니까 자꾸 잡종이래."

그 말에, 옹헤야의 등을 껴안고 있던 엄마 손이 떨렸다. 아들의 뒤에서 엄마도 울었다. 그걸 본 옹헤야 외할아버지는 이름을 준다며 집으로 불렀다. 옹헤야 어머니는 기쁜 마음으로 친정에 들어섰다. 외할아버지는 손자의 얼굴보다 노동신문을 보는데 더 눈 두고 있었다. 5살의 옹혜야도 외할아버지란 안길 수 없는 절벽 같은 존재였다.

"아버지…5년 만에 외손자 이름 지어준다는 게, 기껏… 외자예요? 뭐가 다르다고! 외자로! 그것도, 왜 사람 인(人)자 하나로 끝내냐고요!"

옹혜야가 이름을 가지는 그날은 엄마에겐 통곡, 외할아버지에겐 분노였다.

"길! 길이다. 내 성을 허락한 것도, 이미 내가 크게 양보한 거야! 주체의 이 조선에서, 저 금발로 태어나서 뭘 할 수 있냐? 당원이라도 되겠냐고? 그냥… 사람인(人), 길인(吉人)이다."

그렇게 얻어진 이름 길인! 그 한 글자마저 왜 사람의 의미밖에 가지지 못했는지를 옹혜야는 썩 나중에 알게 됐다. 그것도 어머니의 입이 아닌 글에서. 일기장에서 몰래 훔쳐본 것이었다. 수용소에 와서도 엄마의 일기장은 시도 때도 없이 옹혜야의 눈앞에 어른거렸다. 그걸 지우고 싶어 옹혜야는 16세 성진이 앞에서도 이름의 사연을 흘리는데도 주저하지 않았다.

"그 한 글자도 5년 만에 가진 거다."

도성진은 아무 말도 하지 못했다. 어둠 속에 잠긴 옹혜야의 얼굴이 처음으로 가까이 보였다. 잠시 침묵이 이어졌다. 그 끝에서 옹혜야가 또박또박 말했다.

"내 이름은 말이다… 죽어도 내 갈 길을 끝까지 가는 인간, 그런 길인이다."

그의 말소리는 작아도 묵직하게 밤공기를 때렸다. 성진의 가슴에도 옮겨오는 무게였다. 성진은 옹혜야의 손등에 자기 손을 얹었다. 그 온기에 서로 조용히 웃는데 검은손이 달려왔다. 그의 손에 작은 주머니가 들려 있었다. 검은손은 그걸 주면서 빨리 갔다 오라는 눈짓을 했다.

김동규는 도성진이 내민 작은 주머니를 조심스레 받았다. 주머니 속에는 백복령이 들어 있었다. 그는 입을 열지 않고 한동안 그것을 바라보았다. 작고 하얀 덩어리, 마치 오래된 은처럼 빛을 머금은 흙의 심장 같았다.

"이 귀한 백복령은… 어디서 났냐?"

도성진은 밝게 웃었다.

"우리 9분조 아저씨들이요… 이거 구하느라 진짜, 얼마나 비굴했는지 몰라요. 팔팔 끓는 물에 타 마시면 피가 맑아진대요."

아무 말이 없던 김동규는 간신히 입을 열었다.

"그런데… 어쩌냐."

그의 목소리는 떨렸다. 그 속엔 이미 무언가를 보내는 사람의 이별이 준비돼 있었다.

"나는 약초 과민반응이 있다. 나한텐 이게… 독이다. 조원들이랑 나눠 먹어라. 얼른 가."

그는 옥수수 3개를 도성진의 주머니에 담아주며 손을 내저었다. 도성진은 더 간절하게 김동규의 옷자락을 붙잡았다.

"할아버지. 오늘은 더 길게 말동무 해줄게요"

김동규는 부드럽게 눈을 내리깔았다.

"내가 오늘은 좀… 할 일이 있어서."

그 말에 담긴 고통을 아이가 이해하기엔 너무 아득한 것이었다.

"조원들에게 고맙다고… 꼭 전해줘."

"…네, 그럼 갈게요."

도성진은 꾸벅 인사를 하면서도 허탈했다. 받기만 하고 돌아서는 발걸음이 절름발이 같았다. 멀어져 가는 그의 뒷모습을 향해 김동규는 겨우 손을 들어 흔들었다. 성진이를 보내고 김동규는 막사 안으로 들어섰다. 문을 닫고 낡은 벽에 몸을 기대었다.

"내가… 그 백복령만큼만 살아도…"

그 말은 누구에게 한 것도 아니었다. 살고 싶어 꺼내 보는 말도 아니었다. 오로지 자신의 심장에만 되뇌어야 하는 매일 똑같은 유언이었다. 그 한 줄 유언마저 삶의 연습이었다. 마지막 그날까지. 하루를 한 생처럼. 이날도 한 생처럼이었다. 그의 눈 초점이 달력으로 모아졌다. 달력 속의 매 날짜엔 X가 선명하게 그어져 있었.

그 X는 그가 새벽에 눈 뜨면 제일 먼저 손으로 하는 '혁명화'였다. 그건 자신만의 기록이자 저항의 언어였다. 하루라는 시간이 목숨처럼 무거웠어도 그는 밤이 아니라 아침에 그 하루를 지워버렸다. 아직 살아 있을 때 X로 그 하루를 먼저 죽였다. X는 거짓의 회고록을 써야 하는 집필의 시간만 부정하는 것이 아니었다. 부주석으로 살아온 자신과 그 조국, 그 수령, 그 후계자의 역사. 모두를 함께 지워버리는 일필의 부정이었다.

원고지 위에서 달리던 펜은 그에게 있어 그냥 길고 날카로운 꼬챙이에 불과했다. 진짜로 자기 영혼을 눌러 쓴 글자는 달력에 있었다. 그가 원고지에 수천수만의 글자들로 채워가는 회고록은 가짜였다. 그의 진짜 회고록은 단 한 자. 그 X였다. 그 X로 자기의 과거를 찢고, 거짓을 경멸하고, 세월을 꺾었다. 그 달력이 곧 김동규의 진짜 회고록이었다.

그렇게 김동규의 'X' 속에서 15호의 시간과 하루, 세월이 흘렀다. 어느새 12월도 끝나가는 15호의 아침이 밝았다. 그 아침은 이상할 정도로 붉었다. 핏덩이처럼 일어나는 해가 수용소의 철조망 위를 물들였다.

그날은 12월 24일이었다. 요덕에서 보냈던 지난 수개월의 아침들처럼 김동규는 그날도 달력 앞에 서 있었다. 숫자 '24'는 유난히 까맸다. 지옥의 입구처럼 보였다. 그 옆의 하얀 여백들과 다른 숫자들은 차례로 죽어갈 사람들의 대기표 같았다.

평소처럼, 그 하루를 X로 지으려던 김동규의 손이 멈추었다. 이제 그에게 내일은 오지 않을 것이다. 그가 그어오던 X는 올가미처럼 조여오던 내일에 대한 조롱이자 항거였다. 그러나 이제 내일이란 더는 존재하지 않는다. 12월 25일도, 그에겐 없다. 오늘만큼은, 눈을 뜬 채로 마주해야 할 시간이었다. 오늘만큼은, 정말로 한 생애처럼 살아야 할 하루였다.

죽기 전 하루. 이 하루의 마지막을 아는 인생으로서 과연 뭘 해야 할까? 죽음의 내일을 아는 자의 오늘은 과연 어떤 24시간이어야 할까?

김동규는 창문에서 시선을 거두고 책상 위로 돌아섰다. 좀 전에 식당 당번 수용자가 갖다 놓은 아침 식사가 놓여 있었다. 그 옆에 놓인 단 하나의 옥수수. 김동규의 얼굴엔 미소가 번졌다.

"점심도 저녁도… 나의 오늘은 있다. 옥수수 3개…"

부주석의 마지막 하루는 길었다. 어둠도 그에 못지않게 길었다. 김동규는 독신자세대 작업대가 들어오는 입구 부근에 서 있었다. 하루 내내 그 자리에 얼어붙은 사람처럼 서서, 다시 한번 시간의 의미를 되묻고 있었다. 뒷짐 진 손에 작은 헝겊 주머니를 들고 있었다. 그 안에는 옥수수 3개가 들어 있었다. 그 주머니는 가만히 있지 못하고 자꾸만 흔들렸다.

마지막이라는 생각에 손에서 조바심이 난 것이다. 한 생의 마지막 짐을 들고 있는 노인의 손은 떨렸다. 그러면서도, 최후의 날에 누군가를 이렇게 애타게 기다릴 수 있다니! 시간의 끝자락에 아직 남은 게 있다니! 그는 그런 자신에게 가장 놀라고 있었다.

마침내, 멀리서 시커먼 작업대의 형체들이 보였다. 김동규는 자기도 모르게 손을 버쩍 들어 흔들었다. 그 속에서 너무도 고마운 얼굴 하나가 자연스럽게, 본능처럼, 자신을 향해 달려오고 있었다. 도성진이었다.

순간, 김동규의 눈에서 눈물이 왈칵 쏟아졌다. 전혀 예상하지 못한 눈물이었다. 너무 반가워서, 너무 늦어서, 너무 끝에 있어서였다. 숨 대신 오열이 터져 나왔다. 웃으며 달려오는 그 아이의 얼굴에서 비로소 그는 자신의 마지막 시간도 보았다.

저 어린 것 하나조차 끝내 지켜주지 못했던 부주석으로서의 참회와 반성도 그 얼굴 위에 겹쳐 보였다. 그는 얼른 눈을 닦았다. 다 들킬 것 같았다. 지금만은 강해 보여야 할 것 같았다. 두 팔을 활짝 벌렸다. 더 크게, 더 확실하게, 아직 살아 있는 목소리로 불렀다.

"성진아!"

할아버지의 처음 보는 그 격한 반응에 도성진은 평소보다 훨씬 밝은 얼굴로 웃었다. 아이는 몰랐다. 그 품이 오늘이 마지막임을! 그 부름이 더는 소리 나지 않을 것임을! 그래서 옥수수 주머니만 덜렁 내미는 김동규가 살짝 서운했다. 얼른 받고 빨리 가라는 말투와 건네는 주머니, 아니 그 손길 자체를 거부했다. 그게 김동규에게는 마음의 유산이었는데도 말이다.

그의 삶! 그의 무게! 그의 마지막 하루까지 한 생의 전부였다. 아이의 손에 쥐여주려는 건 옥수수가 아니었다. 남기고 가는 김동규의 마지막 언어였다. 하지만 도성진은 아무것도 모른 채 삐져서 돌아섰다.

"치. 오늘도 또 가라구요?"

성진의 목소리는 얇았지만 기대어 온 마음이 가득했다. 그 말에 김동규는 고개를 살짝 숙이며 대답했다.

"내가 오늘은 바쁘다. 이제 여기로 사람들도 올 거야, 얼른 가."

"그럼… 내일은요? 내일은 긴 시간 약속할 거죠?"

'내일'이란 그 말에 김동규는 멈칫했다. 그 작은 단어 하나가 마음 한가운데를 후려쳤다. 그의 등이 더 굽은 것처럼 보였다. 두 손은 불안하게 어둠 여기저기를 붙잡았다가 놨다.

"할아버지, 왜 그래요? 오늘 무슨 일 있어요?"

도성진은 김동규의 구부정한 아래로 얼굴을 들이밀었다. 그 눈은 아무것도 모르면서도 아는 척하려는 철부지의 눈빛이었다. 김동규는 속으로 탄식했다. 그게 그대로 흘러나왔다.

"허허… 내가 이러면 안 되는데… 어쩌지…"

그리고는 억지로라도 밝게, 예전처럼 말했다.

"그래. 그러고 보니 오늘이 제일 한가하구나. 우리 저기 앉자."

두 사람은 어둠의 한구석, 사람들이 잘 보지 못할 곳에 나란히 앉았다. 겨울 공기는 차가워도 그 자리만큼은 두 사람의 온기로 데워지고 있었다. 김동규는 앉자마자 시원하게 웃었다.

도성진이 아무 생각 없이 "할아버지" 하고 운을 뗐기 때문이었다. 그 웃음은 그의 마지막 하루에 예기치 않게 찾아온 아이의 큰 선물 같았다. 성진이가 그 웃음을 자기에게 일부러 크게 주어서 더 밝게 따라 웃었다.

"할아버진 무서운 게 없는 사람 같아요. 우리랑 표정이 완전 달라요."

"그래?"

그 말에 김동규가 미소를 지었다.

"성진아. 공포란 말이다…"

그는 말끝을 길게 끌었다.

"뒷걸음질 칠수록 달려드는 미친개 같은 거야."

도성진은 그 말의 비유가 낯설었는지 두 눈을 동그랗게 떴다.

"그래도… 우리를 죽이려면 언제든 죽일 수 있는 보위원 놈들이 잖아요."

김동규의 눈동자엔 죽음도 정면으로 마주 보는 고요한 여유가 있었다.

"무서움보다 더 무서운 게 공포고, 무서움보다 더 태연한 게 용맹이야."

"…용맹."

그 단어는 성진의 입속에서 저절로 굴러 나왔다. 아직은 완전히 닿지 못한 곳, 하지만 언젠가 가닿을 거기서 꺼내 들 비상의 무기처럼 속에 담았다. 그러다 도성진은 무릎을 탁 치며 말했다.

"아, 진짜. 나 오늘 자랑할 게 있어요."

"그래. 뭔데?"

"최종배 보위원 놈이 날 보고 엄청 큰 돌을 들라는 거예요. 내가 못 들면 우리 분조 저녁 굶긴대요."

"그래서? 어떻게 했는데?"

"기어이 살아서 아버지 만나겠다! 이렇게 악쓰며 번쩍 들었어요."

"하하하 네가 이겼구나!"

성진은 더 깊은 말을 놓친 것처럼 이번엔 자기 머리까지 쳤다.

"아 정말. 그리고 우리 분조장이 할아버지 생일 꼭 알아 오라고 했어요."

그 말에 김동규의 입에서 웃음이 서서히 사라졌다. 자기에게 '생일'이라는 단어도 있었구나 싶었다.

"그건 나중에…"

그는 그 말로 스스로를 덮었다. 그건 자신에게는 다시는 오지 않을 과거였다. 김동규는 하염없이 도성진을 바라보았다. 이제 막 누군가를 믿기 시작한 눈, 진실에 닿고 싶어 안간힘을 쓰는 입술, 세상의 말을 듣고자 살짝 열기 시작한 귀, 그 모든 것을 가슴에 담고 가려는 듯 정성스레 뜯어보았다.

"성진아."

그가 낮은 목소리로 불렀다.

"너한테… 이 할아버지가 부탁 하나 해도 될까?"

도성진은 눈을 반짝이며 크게 고개를 끄덕였다.

"뭔데요? 전 할아버지랑 한 약속은 꼭 지킬 수 있어요. 맹세해요."

김동규는 잠시 허공을 쳐다보았다. 말이 나오기까지 속에서 무언가를 오래 씹고, 삼키고, 다짐했다. 그러고 나서 조심스럽게, 꼭꼭 눌러 담아 꺼냈다.

"만약에 말이다… 네가 나중에 사회에 나가서, 혹시나… 이 김동규 할아버지 책을 보게 된다면 말이다."

도성진은 고개를 갸웃했다.

"할아버지 이름이… 김동규예요?"

김동규는 그 질문에 무겁게 고개만 끄덕였다. 그 이름을 입 밖으로 내는 일조차 그에겐 한 생을 거슬러 오르는 일이었다.

"그렇지 않을 수도 있지만… 혹시나 보게 된다면 말이다. 그 책이 평양에서 쓰인 게 아니라고… 여기, 이 15호에서, 보위원들이 총 들고 있는 이 관리소에서, 억지로, 강제로, 쓰게 된 거라고 기억해 줘."

말의 무게를 도성진은 제대로 받아들이지 못했다. 그저 멀뚱히 김동규를 쳐다보다가 콧등을 찡긋했다.

"치. 기억이 무슨 부탁이에요. 딴 거요, 할아버지."

도성진은 더 큰 것을 원하는 눈빛이었다. 김동규는 잠시 눈을 감았다가 무겁게 입을 열었다.

"내 부탁이… 그 '기억'이다."

도성진은 말없이 김동규를 바라보았다. 그 눈엔 아직 아무것도 모르는 아이의 해맑음이 있었다. 그 투명함을 바라보며 김동규는 소리 없이 작게 웃었다. 그가 성진에게 몰래 넘겨준 자기 개인의 회고록은 종이 위의 글자가 아니었다. 그건 동지들의 생존을 위해 어쩔 수 없이 써야 했던 거짓의 회고록일 뿐이었다. 그 참회의 마지막 맺음말은 바로 지금! 15호에서 가장 어린 성진에게 '기억'으로 남긴 '부탁'이었다.

정치위원은 걸음을 멈췄다. 방금 소장 방에서의 대화가 귓가에 맴돌았다.

"조직부장이 내 방에 또 왔다 갔소. 본부에서도 퇴근하지 못하고 기다린다오."

"아직 24일입니다. 조금만 더 기다립시다… 지금 회고록 마지막 장을 쓴다고 해주십시오."

단독막사로 오는 내내, 정치위원은 몇 번이나 발걸음을 멈추었다. 누군가의 마지막을 향해 간다는 것은 길이 아니었다. 걸음도 아니었다. 막사 앞에서 더 가야 할지, 멈춰야 할지 몰라 서성이고 있을 때였다. 어디선가 얇고 평온한 목소리가 들려왔다. 김동규와 도성진. 두 사람이 막사 앞에 나란히 앉아 있었다. 도성진은 손에 누렇게 익은 옥수수 세 개를 쥐고 있었다.

정치위원의 얼굴은 벌겋게 달아올랐다. 그 어린놈 앞으로 성큼

성큼 걸어가 손목을 끌어다 쥐었다.

"네 손에… 왜 이게 있어?"

도성진이 겁을 먹고 움츠리자 김동규가 미소를 지었다.

"내가 준 거요. 주고 싶어서."

그 말에 정치위원의 손이 풀렸다. 도성진은 뒷걸음질 쳤다. 달아나기 직전, 김동규가 다정히 불렀다.

"성진아… 그동안 고마웠다. 할아버지라고 불러줘서."

도성진은 이별처럼 말하는 김동규를 의아하게 바라보았다. 그러고는 할아버지에게 허리를 깊이 숙였다. 옥수수를 주머니에 쑤셔 넣은 아이는 뛰어가면서도 한 번 더 돌아보았다. 정치위원의 시선이 그 아이에게서 김동규로 옮겨졌다. 그는 아이가 완전히 사라질 때까지 그냥 손을 흔들었다. 끝내 어둠만 남은 그곳을 좀 더 서서 지켜보았다.

"오늘은… 잡수시지 그러셨습니다."

정치위원의 목소리였다. 그는 김동규를 따라 막사 안으로 들어서면서 그 말이 제일 편했다. 김동규는 자리에 앉으며 깊은숨을 내쉬었다. 삶의 무게를 다 내려놓는 홀가분한 소리였다.

"내가… 그 군복 입은 사람한테 이런 말 하게 될 줄은 몰랐소, 정말 고맙소."

정치위원은 고맙다는 말이 더 부끄러웠다.

"참 위안이 되는구려. 마지막 가는 날에. 누구 손에 뭔가 줄 수 있다는 게…"

김동규는 잠시 눈을 감았다가 천천히 고개를 들었다.

"이 끝에 선 사람 심리가 뭔지… 궁금하지 않소?"

정치위원은 대답하지 않았다. 그저 묵묵히 마주 앉았다. 김동규는 시선을 허공 어딘가에 고정한 채 말을 이었다.

"미련일 줄 알았소. 후회일 줄도 알았고… 겁이겠지 싶을 때도 있었소."

그는 앞에 놓인 회고록을 천천히 끌어당겼다. 마치 아무 소용이 없는 종잇조각처럼. 그 위에 먹물 묻힌 펜 끝으로 작은 점 하나를 찍으며 말했다.

"이 끝에 와 보니 말이오, 죽음이 점인 줄 알았는데… 쉼표 더구만."

김동규는 한 박자 숨을 쉬었다.

"나 대신 살아줄 사람들의 추억, 기억, 그리움… 그리고 나 대신 살아줄 그 소망까지."

그러고는 펜을 다시 들어 종이에 곡선 하나를 그리며 웃었다.

"삶이 더 애매하고 짧더구만. 이 물음표처럼."

정치위원의 눈이 김동규의 손에서 아무렇게나 낙서 되는 회고록으로 내려앉았다. 김동규는 먹물을 다시 진하게 묻혔다. 이번엔 종이에 크게 하나의 부호를 그려 넣었다.

"이 느낌표 말이오… 한 생을 끝맺는 감탄표가 뭔지 아시오?"

정치위원은 입을 굳게 다물고 펜 끝을 지켜보았다. 김동규는 확신에 찬 목소리로 말했다.

"평온이요. 이만큼 살았으니, 이대로 가도 되겠다 하는 마음. 난 덤으로, 성진이란 그 애에게 뭔가 남기고 가니 내 감탄부호는… 그 옥수수요."

정치위원은 모자를 벗었다. 숨을 깊게 내쉬어야만 했다. 이내 그 숨이 부끄러워지며 고개를 숙였다. 김동규는 먹통을 끌어다 회고록 옆에 바투 갖다 붙였다.

"근데 말이오. 그 마지막을 모르는 오만한 이 펜대란 놈은 말이오… 먹물의 감사함은 잊고,"

그는 회고록의 갈피를 대충 손으로 훑었다.

"자기 혼자 이걸 다 쓴 것으로 착각하지."

오른손에 들린 마른 펜대를 들어 허공에 흔들었다.

"그러다 먹물이 떨어지면… 그땐 이렇게 종잇장에 화풀이하는 흉기로 변하지."

그는 그 펜으로 회고록의 종이 위를 깊이 찔렀다. 그리고 좌우로 거칠게 찢었다. 회고록도 펜도 다 훼손되었다. 그의 얼굴엔 말로는 다 쓰지 못한 회한이 침묵보다 깊게 번지고 있었다.

"이 15호에 갇힌 사람들은… 종잇장이오."

김동규는 정치위원을 쳐다보았다.

"그리고 당신처럼 그 옷 입은 사람들은 먹물이고… 먹물은 고갈되거나, 실수로 이럴 수도 있고."

그는 손등으로 책상 위의 작은 유리병을 밀었다. 먹물 병이 넘어졌다. 먹물은 서서히 회고록 위로 퍼졌다. 글자 위에 스며들었고, 날짜 위에 번졌고, 누구도 다시는 읽을 수 없을 페이지까지 적셨다. 자신이 쓴 회고록 위에 자기 손으로 먹물을 쏟아부은 김동규의 얼굴은 결연했다. 정치위원의 놀란 눈은 책상 위에서 그 얼굴로 옮겨졌다. 김동규는 천천히 자리에서 일어섰다.

"자신이 시커먼 양심이 못 된다 싶으면… 차라리 미친 척해서라도 맹물로 사오. 그게… 제 인생을 다 사는 방법이오."

밖에서 개 짖는 소리가 들려왔다. 어디선가 몰려오는 기척이었다. 김동규는 먹물이 뚝뚝 떨어지는 손으로 달력 앞에 가 섰다. 정치위원도 천천히 모자를 쓰며 일어섰다.

"…왜 굳이 이날을 선택하셨습니까? 개인적으로 묻는 겁니다."

김동규는 대답 대신 미소를 지어 보였다.

"이젠… 시간이 다 됐겠구만."

정치위원이 시계를 들여다보았다.

11시 59분 57초.

초침은 정확하게 움직였다.

58.

59.

0!

"이젠 24일이 지났습니다."

정치위원은 힘들게 대답했다. 그러자 24일을 넘긴 그 초침 앞에서 김동규는 먹물 묻은 손을 쳐들었다. 달력의 '12월 24일', 그 위에 굵고 검게 X 하나를 그었다. 그것은 달력에 기록하던 김동규 회고록의 마지막 한 문장이었다.

"…기다려줘서 고맙소."

그는 마지막으로 정치위원을 바라보며 말했다.

"주체 조선의 부주석이었던 이 김동규가 죽고 싶었던 날은… 실은 24일이 아니오."

그는 25일 날짜를 손끝으로 가리켰다.

"오늘이오. 진짜 신(神)이 태어난 12월 25일, 이날이오."

정치위원의 두 눈이 굳어졌다. 말을 끊은 사람과 말을 잃은 사람이 마주 보았다.

그때였다. 문이 뜯길 듯 거칠게 열렸다. 차가운 바람과 함께 조직부장이 먼저 들어섰다. 그 뒤로 자동소총을 든 두 군인이 잰걸음으로 뒤따라 들어왔다. 구두가 바닥을 긁는 소리가 튀었고, 방 안의 온기도 금세 사라졌다.

조직부장은 엄숙하게 방안을 둘러보았다. X로 가득 찬 달력. 먹물이 흘러내려 검게 번진 회고록. 그 흔적들 위로 아직 마르지 않은 의미들이 조용히 흘러내리고 있었다. 조직부장은 아무 말도 하지 않았다. 대신 손에 들고 있던 가죽장갑 한 짝을 흔들었다.

그 순간 정치위원은 고개를 돌렸다. 그 정면에 김동규의 감탄표가 아직 떠 있었기 때문이었다. 총성이 터졌다. 어지럽게 불꽃이 정치위원의 얼굴로 번졌다. 눈꺼풀 사이를 지나, 입술 위로 흩어졌다.

뚜-뚜-뚜-뚜-뚜—!

그 총성이 15호의 밤을 흔든 뒤 한 시간쯤 지나서였다. 처형의 울림은 사라지고 흔적을 지우기 위한 작업만이 남았다. 김동규가 인생의 감탄부호처럼 자부했던 옥수수! 그 옥수수가 맺어준 인연이었던가. 마지막 배웅자로 9분조가 지정되었다. 정치위원이 도성진과 김동규의 관계를 알아서 배려해준 것이 아니었다. 15호에서는 우연마저도 미움과 앙심으로 굴절된 필연이었다. 먼저 '시체처리작업' 지시를 받은 자는 미꾸라지였다. 신난 얼굴로 막사로 돌아온 그는 곧장 9분조를 깨웠다. 검은손은 하밥 먹는 분조라며 항변했어도 미꾸라지에겐 그것도 이유였다.

"그럼, 성진이만이라도…"

그 말이 채 끝나기도 전에 미꾸라지의 발이 자고 있던 성진의 엉덩이를 세게 걷어찼다. 어쩔 수 없이 9분조는 남들이 모두 잠든 그 시간에 '시체처리작업'에 동원되었다. 그들은 삽과 곡괭이를 들고 늘 작업장으로 오가던 길목, 독신자구역 경계 철문 앞으로 향했다. 그곳엔 군인 넷이 총을 들고 서 있었다. 그 옆에 최종배가 기다리고 있었다. 희미한 새벽어둠 속에서도 그의 그림자는 금속처럼 서늘하고 분명했다.

최종배는 담뱃불을 들어 무언가를 가리켰다. 그 불빛이 가리키는 곳에 들것 하나가 놓여 있었다. 새벽의 어둠이 다 그 위에 모여 있는 것처럼 그 형체는 유독 꺼멓고 묵직하게 보였다. 시신이었다.

검은 천으로 얼굴을 단단히 싸매 가렸고, 몸 위엔 가마니짝이 아무렇게나 덮여 있었다. 그 아래로는 두 발이 불쑥 나와 있었다. 그 중 왼발엔 신발이 없었다. 맨살이었다. 그 하얗고 텅 빈 왼발이— 오히려 죽은 사람의 얼굴 같았다.

성진은 고개를 돌려 외면했다. 그가 늘 찾고 기대하던 '옥수수 할아버지'였는데도 말이다. 어젯밤 자신을 기다리며 막사 앞에 서 있던 그 자리에— 지금은 굳은 채로 누워있는 김동규였는데도 말이다. 그러나 성진이만 몰랐던 것이 아니었다.

9분조원들 모두 마찬가지였다. 매일같이 옥수수 세 개를 건네주던 그 손이, 이제 더는 움직이지 않는다는 사실을 알 수가 없었다. 그래도 9분조는 결국, 김동규를 묻는 동지가 되었다. 말없이 들것을 들고, 침묵만 가득한 그 어둠을 향해 걸음을 옮겼다.

손전등을 든 최종배가 앞서고 다른 군인들은 불을 밝히며 그 뒤를 따랐다. 그 빛은 주변의 안개를 밀어내지 못하고, 오히려 그 안에 갇힌 채 허우적거렸다. 땅을 밟을 때마다 누군가의 발아래에서 얼음 조각들이 툭툭 부서졌.

성진은 그 소리들이 마치 시체에서 나는 소리 같았다. 입도 닫지 못하고 아직 열려 있는 마지막 비명처럼 들렸다. 하지만 삐죽 나온 왼발은 맨살로 고요했다. 살아 있는 자들의 무감각을 탓하지 않는다고 거듭 흔들어 위로하는 것 같았다.

그렇게 15분쯤 걸었다. 최종배가 불쑥 멈추라고 지시했다.

"이쯤 어디, 아무 데나 묻어."

최종배의 손전등이 계곡을 대충 휘저었다. 먼저 검은손이 주변을 둘러보며 곡괭이로 땅을 두드렸다. 그나마 평평한 곳을 고르고 있었다. 이윽고 그는 한 곳에 멈춰 곡괭이를 힘껏 내리쳤다. 눈과 흙이 뒤섞인 너른 땅이었다. 삽을 쥔 성진의 손이 떨렸다. 그것은 추위나 배고픔 때문이 아니었다. 눈앞에 놓인 이 잔혹한 역할, 누군가를 묻는 자로서의 무력하고도 냉정한 사명. 그것들이 땅에서 올라와 손끝까지 아프게 해서였다.

곡괭이 날이 박힐 때마다 딱—딱— 파열음이 새벽 공기 속을 찢었다. 불꽃처럼 튄 얼음 조각 하나가 성진의 뺨을 스쳤다. 그 순간, 시체가 일어서 손을 뻗은 것처럼 등골이 서늘해졌다. 그 죽은 사람 옆에서 그들은 말없이 땅을 팠고, 보위원들은 잡담을 나눴다.

"이거 봐. 야광이라 파랗게 다 보이지? 봐봐."

최종배는 손목을 들어 몰려든 경비병들에게 시계를 자랑하고 있었다.

"어디, 저도 좀 봅시다."

"진짜 신기합니다. 이거 어느 나라 겁니까?"

"그냥 봐봐, 손전등 댔다가 치워봐. 더 환하지?"

"우와. 전지 약 들어가는 것도 아닌데, 이게 어떻게 가능합니까?"

죽은 이를 묻는 곁에서, 빛나는 시계를 자랑하는 그들. 죽은 자의 체온은 사라졌는데, 그들은 빛도 아닌 그 푸른 점들에 열을 쏟고 있었다. 도련님이 뒤를 돌아보자, 최종배는 시계에 대한 자부심까지 던지며 성질을 부렸다.

"야, 빨리 안 해? 다들 증오하면서 묻어. 혁명화도 안 되고 죽는 놈은, 죽어서도 반동이니까!"

그 말이 끝나기가 무섭게 주둥이의 곡괭이가 땅을 쾅, 쾅, 내려쳤다. 날이 박힐 때마다 그는 소리쳤다.

"원수를 묻자! 원수를 기억하자! 원수를 증오하자!"

9분조원들이 하나가 되어 소리쳤다. 공기 속으로 퍼져나간 그 울림은 단순히 묻힌 자의 한을 대신하는 소리만은 아니었다. 그건 살아남은 이들 각자에게 되돌아와 스스로를 다짐하게 만드는 목소리였다.

"이젠… 묻자."

검은손의 목소리에 주둥이와 옹헤야, 도련님은 들것 쪽으로 다가갔다.

"더 깊게 파야 하지 않나요?"

도성진이 조심스럽게 물었다.

"묻는 규정이 있어."

가수가 짧게 대답했다. 주둥이와 옹헤야가 시신을 옮겨 두 손을 가지런히 모아 가슴 위에 올려주었다. 마지막 존엄이나 이름도 없이, 다만 정리되는 자세였다.

"잠깐만."

분조원들이 삽을 다시 드는데 분조장의 목소리가 막아섰다. 그는 허리를 굽혀 시신의 풀어진 단추 두 개를 차분히 채워주었다.

"이젠… 묻자."

그의 말은 묵념처럼 들렸다. 성진은 남의 죽음이 신성해야 혹시나 자기가 묻힐 때도 묻는 손에 한 줌이라도 더 부탁할 수 있을 것 같았다. 도성진의 턱에서 땀방울이 뚝, 뚝 떨어졌다. 거의 흙에 골고루 가려지자, 분조원들이 하나둘 허리를 펴며 고개를 숙였다. 그들의 얼굴은 묻어주고도, 묻힌 자에게 사과하고 있었다.

"손등이 보여요. 흙을 더 덮어야 하지 않나요?"

도성진이 뒤를 돌아보며 다시 말했다. 그 말에 모두의 시선이 그를 향해 돌았다. 15호는 사람이 묻히는 곳이지만 묘의 봉분은 하나도 없었다. 죽어도 사람이 아니기 때문이었다. 그래서 무덤은 '평토(平土)'라 불렸다. 죽어서도 편히 묻히지 못하는 시체였다.

삽과 곡괭이를 든 사람들이 자리를 뜨면 언젠가, 냄새를 따라 짐승들이 몰려왔다. 살점은 물어뜯기고, 뼈는 세월의 눈비에 녹았다.

평토는 죽음에도 법을 만든 보위부의 작품이었다. 그 법은 시신을 숨기기 위한 법. 저들의 만행과 역사를 지우기 위한 법이었다. 15호는 그런 땅. 그런 평토였다. 그 평토를 밟으며 9분조는 말없이 막사로 돌아갔다. 저벅, 저벅, 그 새벽만큼은, 땅에 붙은 9분조의 발바닥이 묻을 때의 감각을 놓지 못했다. 그 속에서 성진은 손에 남은 흙을 툭툭 털었다. 방금 일을 손끝에서 떨쳐내고 싶은 듯이 옷에 문대기도 했다.

"막사복귀!"

철문 안으로 들어서며 최종배가 마지막 명령을 던졌다. 그와 헤어진 뒤였다. 무심히 단독막사 쪽을 돌아보던 성진은 걸음을 멈췄다. 한겨울인데 문이 활짝 열려 있었다. 늘 단단히 닫혀 있던 그 막사의 문이, 텅 비어 벌어진 채, 어딘가를 향해 열려 있었다. 그런데도 불이 켜져 있는 것이 더 이상했다.

성진은 천천히 마치 무언가에 이끌리듯 문 쪽으로 다가갔다. 창문 옆에 섰다. 조심스럽게 안을 들여다보았다. 가장 먼저 눈에 들어온 건 톱밥 위에 번진 피였다. 그 바닥에 신발 한 짝이 있었다. 딱 봐도 왼쪽 신발이었다. 도성진의 눈이 조금씩 뜨거워지며 심각해지기 시작했다. 숨이 막혔다.

가슴 안에서 무언가가 부서졌다. 금방 자신이 묻었던 그 시신 하나가 누구였는지, 쏟아지는 눈물이 먼저 말했다. 뒤따라 온 9분조도 그제야 함께 알았다. 시신의 주름 깊던 그 손이 자기들에게 옥수수를 주었던 그 손임을 상기했다. 성진은 자기가 온 길을 다시 되돌아봤다. 숨을, 울음을, 삼키려다 목놓아 소리쳤다.

"……할아버지!"

그 목소리는 막사에 부딪혔고 언덕 위 돌벽에 부딪혔다. 그리고 차디찬 새벽하늘로 튕겨 올라 메아리로 되돌아왔다.

"할아버지―!"

도성진이 그렇게 불렀기 때문이었을까, 아니면 김동규 스스로 회고록을 훼손한 여죄 때문이었을까. 분명한 건, 김일성은 자신의 회고록『세기와 더불어』전권 속에서 김동규에 대해 단 한 글자도 언급하지 않았다는 사실이다.

평북 어느 농민의 이름은 장황히 남기면서도 함께 무장을 들고 만주를 누볐다는, 해방 후 최초의 혁명 공산정권을 함께 세웠다는 동지는 지워졌다. 그는 혁명 1세대로 국가 부주석이었다. 북한 역사 속 가장 오래된 이름 중 하나였다. 하지만 그 이름은 사라졌다. 기록에서, 사진에서, 회고에서 지워지고 배제되었다. 한 소년의 외침만이 그를 다시 부르고 있었다. 그 외침은 세상 어디에도 남지 않은 이름 하나를 얼어붙은 수용소 담장 너머로 단 한 번 되살려내고 있었다.

4
2월의 사람들

살아남는 게 기적인데 그 기적이 매일 필요한 15호였다. 오늘도 변함없이 사람들은 힘에 부치는 돌을 안고 립석강 제방 위를 뛰었다. 아무런 생산성이 없는, 이 반복적인 징벌성 노역에 그들의 영혼은 쇠약해 갔다. 겨울이라 더 고통스러웠다. 여름의 돌은 무겁지만, 겨울의 돌은 아프기까지 했다. 손에 잡는 순간 냉기가 손바닥에서 손목을 타고 올라 뼛속까지 파고들었다. 둥그런데도 바늘처럼 찔렀다. 얼어붙어 있다 떨어질 땐 살점을 뜯어냈다. 돌은 분명 땅의 일부인데도 사람을 무너뜨렸다.

그것도 울면서 허리를 숙이게 만들고 굽히지 않던 무릎까지 꺾게 했다. 심지어 들지 않아도 아팠다. 얼음보다 더 차가운 그 기운에 전염되면 종일 온기가 돌아오지 않았다. 끝내 체온이 멀어지면 자다가 죽기도 했다. 15호의 혁명화 겨울은 그냥 춥다고 말할 수 있는 계절이 아니었다. 매일 사람을 상하게 하거나 죽게 하는 적혈석심(滴血石沁)의 설묘였다.

그런 겨울을 도성진은 어른들과 똑같이 견뎌야만 했다. 어린 시절 성진의 동심 속 소원은 단 하나였다. 마술 막대기의 주인이 되는 것. 아버지가 들려주던 옛이야기 속에서는 소원이 참 쉬웠다. 막대기를 세 번만 흔들면 뭐든 이루어졌다. 그런데 15호에 들어와 한 살 더 늘어 열일곱이 된 성진의 소원이 바뀌었다. 마술 막대기에서 현실 속의 돌이 되었다.

"제발, 남이 들라고 하지 않게. 옮기라고 하지 않게. 아예 보이지 않게 해달라."

이제 성진은 자기의 생각과 몸이 모두 돌이 된 것 같았다. 아침부터 무거운 돌을 들고 뛰다 보니 어깨는 어느새 바위보다 단단해졌다. 하얗게 얼어붙은 손가락 끝은 이미 지문도 체온도 남아 있지 않았다. 생각은 진작 동사 당해도 움직임은 멈출 수가 없었다. 멈춤은 의심이자 곧바로 처벌이었다. 그때마다 성진은 김동규 할아버지의 말을 곱씹었다.

"살자고 하면 내 손이고, 죽자고 하면 살인 도구다. 내가 내 손을 믿는 게 운명이다."

"뛰어라. 뛰어라."

최종배의 목청이 들렸다. 그는 불 피운 드럼통 앞에 서 있었다. 목을 가다듬더니 다시 고함을 터뜨렸다.

"내일이면 민족 최대 명절이다. 오늘은 충성으로 달려야 한다! 내가 서 있는 요 앞까지, 정확히 15분 안에 쌓지 못하면…"

그의 목소리는 바람을 타고 계곡 너머까지 메아리쳤다. 차디찬 공기 속에서도 이상하리만큼 선명한 울림이었다. 그의 말은 돌을 긁어내는 손톱처럼 사람들의 신경까지 그으며 지나갔다.

작업장 한 끄트머리에서 도련님은 팔짱을 낀 채 두 손을 겨드랑이 속에 밀어 넣고 있었다. 돌을 들기 전 마지막 체온을 짜내는 허용된 몸짓이었다. 그게 한겨울 작업장의 유일한 예열이었다. 그는 제방 위 불 옆에 서 있는 최종배를 쳐다보며 낮게 투덜거렸다.

"그래, 이 촌놈의 새끼야… 저놈 시계는 고장도 안 나나?…"

그 옆에 서 있던 주둥이의 눈에 살짝 힘이 들어갔다. 그는 작심한 표정으로 돌을 번쩍 들어 올렸다. 처음에 손으로 들고 옮길 때는 소매 천을 장갑 삼아 그 위에 올려놓았다. 돌을 들고 뛰는 그의 얼굴엔 묘한 긴장이 어리기 시작했다. 무언가를 응시하는 눈빛이었다. 정확히 어떤 균열을 노리는 태도였다.

저쪽에선 도성진이 돌에 걸려 앞으로 고꾸라질 뻔했다. 옹혜야가 제때에 그의 등을 붙잡아주지 않았다면 큰일 날 뻔했다. 작은 발걸림 하나에도 이곳에선 몸이 유리처럼 깨질 수 있었다. 언제나 불행이 사고 보다 빠른 이곳에서, 처벌은 이유보다 앞서 있었다. 옆에 누가 항상 있어 주는 것이 수용소의 의리였다.

"10분 남았다! 뛰어! 뛰어! 춥다! 추우니 뛰어!"

최종배의 외침이 다시 바람을 찢었다. 도련님은 그 소리가 더 짜증 났는지 돌을 앞으로 냅다 던졌다. 그리고 다시 팔에 안으며 그 돌에 대고 중얼거렸다.

"아, 너나 혼자 콱 얼어 죽어라. 촌놈의 새끼야…"

주둥이는 돌을 안고 최종배 쪽으로 다가갔다. 걸음은 빠르게 시선은 고개 숙인 반성처럼 바닥에 떨어져 있었다. 하지만 그의 눈은 정확히 최종배의 군화로 향하고 있었다. 그 밑에는 육중한 그의 몸을 떠받치고 떨고 있는 뜨거운 불돌이 있었다. 그건 미꾸라지가 불 피운 드럼통에서 꺼내 갈아주는 돌이었다. 그 불돌 아래에는 균형을 맞추려고 끼워 넣은 막대기가 있었다. 그 온기에 자만해서 최종배의 목소리가 더 높아졌다. 그의 발이 땅을 더 세게 구를수록 그 막대기는 돌에서 조금씩 밀려나고 있었다.

"8분 남았다! 땀 나도록 뛰어!"

최종배가 시계를 들여다보며 다시 외치자 도련님은 멀리서 울고 싶은 웃음을 내뱉었다.

"이 무식한 새끼야. 땀이 어디 있냐."

주둥이는 빈손으로 돌아가는 길에도 다시 한번 최종배 쪽을 아첨의 시선으로 쳐다보았다. 하지만 정작 그가 보는 것은 군화였다. 돌 위에 선 그의 중심은 미세하게 흔들리고 있었다. 돌 아래에 쌓이던 긴장감은 마치 활시위처럼 팽팽해져 갔다. 그는 이제 정확히 그 균열의 순간으로 달려갈 결심이 섰다. 그 실행의 도구로 먼저 왼손에 작은 돌 하나를 감췄다.

"5분 남았다!"

최종배의 고함이 다시 퍼졌다. 도련님이 그를 보며 이를 갈았다.

"히야 저 촌놈의 새끼. 누가 네 시간이 궁금하대? 이 상놈의 새끼야."

마침내 주둥이는 최종배를 정조준하고 달려갔다. 최종배는 온기를 즐기듯 발끝을 굴렀다. 그가 딛고 선 불돌은 그 움직임에 점점 더 신경을 곤두세우고 있었다. 그 돌 밑에 끼워져 있던 허약한 나무막대기는 이미 도망치거나 부러질 준비를 마친 상태였다. 주둥이는 최종배 옆을 스치며 발끝으로 그 막대기를 정확히 걷어찼다. 불돌이 기울었다. 하늘도 기울었다.

공기 한 점이라도 붙잡으려고 최종배의 두 팔이 허공에서 허우적거렸다. 중심을 완전히 잃고 뒤로 자빠지려는 찰나에 주둥이가 뒤에서 돌을 쥔 손으로 그의 팔목을 덥석 잡았다. 둘은 함께 벌렁 뒤로 넘어졌다.

"선생님! 다치지 않으셨습니까?"

주둥이의 목소리는 한없이 진지했다. 그 어떤 군인보다 충성스러웠다. 심지어 목소리 끝에는 떨림까지 있었다. 걱정이 아니라 정교한 연기였다. 땅에 넘어진 최종배는 주둥이가 몸에 있는 이라도 옮긴 듯이 심하게 옷을 털며 일어섰다. 주둥이는 바닥에 주저앉은 채 더욱 절절하게 되물었다.

"선생님, 정말 하나도 다친 데가 없습니까? 제가 온몸으로 막아냈습니다."

그러더니 갑자기 신음하며 허리를 잡았다.

"잘했어. 잘했어. 야, 너 이제부터 네 활개 맘껏 펴고 쭉 쉬어"

"몇 시까지 쉬면 됩니까?"

"음…"

시계를 들여다보던 최종배가 팔을 든 채로 굳어졌다. 시간이 없어졌다. 좀 더 정확히는 시계의 유리판은 아예 사라져 안의 문자판도 누가 일부러 거눈 것처럼 찌그러져 있었다. 당황한 최종배는 시계를 벗어들었다. 그러자 조각난 부속들이 손가락 사이로 모래처럼 흘러내렸다.

허리를 굽혀 그 잔해들을 줍던 최종배는 고개를 들었다. 눈앞에선 아무 일 없다는 듯 수용자들이 돌을 들고 뛰고 있었다. 게다가 한 놈은 드러누워 있었다. 하얀 눈 위에 네 활개를 쫙 펴고 쉬는 주둥이였다. 미꾸라지가 제대로 걸려들었다는 웃음으로 달려왔다.

"야, 이 새끼 딱 걸렸네."

주둥이는 한쪽 눈만 게으르게 뜨며 중얼거렸다.

"중대장 선생님께서 쉬라고 했어. 네 활개를 쫘아아악 펴고."

미꾸라지가 돌아보니 최종배는 아무런 말도 하지 못했다. 말을 삼켰다기보다 말을 낼 자리를 잃어버린 얼굴이었다. 혼자 기껏 달아올랐지만 냉혹하게 버려진 불돌 같았다.

그날 밤 막사로 복귀하는 작업 대열은 어느 때보다 웃음소리가 높았다. 주둥이가 말할 때마다 웃음이 일어 몸을 데워주는 온기가 됐다.

"그놈 얼굴 봤어? 시계 깨졌는데 무슨 지애비 죽은 표정이야."

옹헤야의 말에 도련님이 속 편하게 웃다가 발끝을 헛디뎠다. 옆에 섰던 도성진이 아까 옹헤야가 자기에게 해줬던 것처럼 도련님의 등을 잡아줬다.

"내가 명색이 국가 부주석 아들인데 달랑 시계 그거 하나 가진 촌놈 때문에 에잇. 그놈 자기 시계 자랑질하려고 우리 매일 뛰게 한 거잖아."

이어서 도련님은 주둥이에게 삿대질을 했다.

"그렇게 잘할 거면 미리 좀 하지. 앞으론 제 때에 해. 알았어?"

도련님은 칭찬도 투정처럼 흔들어댔다. 주둥이는 그의 말을 무시하며 도성진의 어깨에 손을 얹었다.

"그놈 오늘 처벌은 불경죄 때문이야. 전번 김동규 어른 묻을 때도 자세가 영 안 좋았어."

도성진은 주둥이를 올려다보았다.

"그놈 악질이잖아요. 내일부터 더 할 거예요."

"우리는 살아야 할 이유라도 있지. 그놈 하루는 이제 아무 의미가 없어."

주둥이의 그 말에 모두가 또 한 번 최종배를 약 올리듯 무작정 수긍했다.

"자, 막사까지 멀지 않았다. 힘내자!"

대열 앞에서 2작업반장의 목소리가 날아들었다. 예전 같으면 다들 눈치 봤을 그 목소리였지만 분위기가 상당히 풀어졌다. 사람들은 그가 최근에 달라졌다고 수군거렸다. 전에는 막대기였는데 이제는 맨살 같은 곳이 있다고 칭찬하는 사람도 생겼다.

검은손은 반장과 눈이 마주칠 때마다 알았다. 그도 비밀을 약속한 성진을 믿지 않는다는 것을 말이다. 먼저 시선을 피하고 9분조 근처로 오려고 하지 않았다.

반장을 독하게 만든 것은 비겁한 자신 때문이었다. 지금 그를 본래의 '자리'로 되돌릴 수 있는 이는 말 한마디 없는 성진이었다. 존재만으로도 벅찬 아이. 눈이 마주치면 숨이 막히고 등을 보이면 오히려 안도하게 만드는 성진이었다. 검은손은 혼자 웃으며 손바닥으로 괜히 막내의 머리를 한번 쓱 만졌다.

바로 그때였다. 대열 뒤편에서 귀를 찢는 경적이 길게 울렸다. 동시에 한 줄기 강한 빛이 어둠을 가르며 달려왔다. 눈발이 일었고 언 땅이 꿀꿀 울렸다. 5톤 트럭 한 대가 달려오고 있었다. 이곳에서는 '풍차'라 불리는 차량이었다. 적재함은 차가운 재질의 쇠로 꽁꽁 가려진 차였다.

"뽈밥차다!"

그 외침은 불씨가 되어 대열 곳곳에서 다른 말들로 번졌다.

"평양에서 온 거래."

"아냐, 청진이래."

"와봤자 보위원들 처먹을 것만 한가득이지."

"난 굶어 죽어도 상관없어. 내일 해제명단에만, 제발 내 이름만 있으면…"

희망을 말하기도 하고 비관을 씹기도 했다. 성진은 옆에 있던 가수에게 물었다.

"왜 뽈밥차예요?"

가수는 눈도 돌리지 않고 대답했다.

"내일 명절이잖아. 밥그릇 위로 밥이 뽈처럼 뽈록 올라온다고 뽈밥."

그는 왼쪽 손바닥을 펼치고 오른손으로 밥 산을 그렸다.

"일 년에 두 번. 김일성 생일, 김정일 생일. 4월 15일, 2월 16일. 그날만 흰쌀밥이 나와. 국도 준다. 명태 대가리 들어간 동태국."

그 말에 성진은 눈물이 핑 돌았다. 쌀밥이라니! 기억 속에서도 흐릿해진 단어였다. 그러나 사람들을 더 설레게 하는 건 동태국도 쌀밥도 아니었다.

"말린 명태 세 마리도 줘."

가수는 그 말을 할 때 유난히 목에 힘을 주었다. 그건 사회에서 명절 때면 배급되던 돼지고기처럼 '당의 특별공급'으로 내려온 말린 생선이었다. 수용자들은 매년 단 두 번, 세 마리씩 총 여섯 마리를 받았다.

이 귀중품은 껍질, 꼬리, 심지어 눈알 하나까지도 값이 정해졌다. 그 여섯 마리는 그들의 전 재산이고 거래 수단이었다. 무언가를 얻고 싶을 때, 누군가의 손을 빌리고 싶을 때, 수용자들은 주저 없이 명태를 돈처럼 활용했다. 생일로 어김없이 찾아오는 '수령'이기 때문에 그 신용이 확실했다.

풍차가 온 다음 날이면 받는 즉시 떼이는 자가 있었다. 빼앗은 자는 그것으로 자기만의 생존 가능성을 넓혀 나갔다. 보위부는 수령의 최고 존엄을 강요해도 수용자들에겐 자기들 거래의 최고 보증자일 뿐이었다.

15호에서 풍차는 또 다른 의미가 있었다. 명절엔 기쁨을 싣고, 평일엔 공포를 실어 왔다. 만약 풍차가 평일에 나타나면 뒤이어 "전체집합!" 명령이 떨어졌다. 대중이 모이면 풍차에서 입에 재갈 물린 죄수가 내려지고, 모두가 보는 앞에서 공개총살을 했다. 그러니까 풍차는 한 번은 '배려'를, 또 한 번은 죽음을 나르는 운반차였다. 기쁨과 공포의 차. 사람들은 그 풍차를 같은 얼굴로 맞이해야 했다.

"내일 사람들이 나가는 날이에요?"

성진의 물음에 가수는 비웃는 표정으로 대답했다.

"일 년에 딱 한 번. 출소자 명단 발표하는 날."

그 말이 아직 공기를 다 덮기도 전이었다. 주둥이의 목소리가 불쑥 튀어나왔다.

"그거 기다리다가는 미치거나 정신병자 돼. 차라리 저 뽈밥차 기다리는 게 낫지."

대열은 평일과 다르게 끊임없이 묻고 답하며 수용자들의 온갖 경험들이 쏟아졌다. 도성진의 눈이 철조망에 꽂혔다. 길옆의 『섯! 쏜다!』붉은 경고판이 여느 날처럼 노려보고 있었다.

그것뿐만이 아니었다. 수용소 내 모든 게시 글자들은 볼 때마다 뚜렷했다. 말이 없는 곳에선 글자가 대신 엄포를 놨다. 그런데 오늘의 철조망은 무언가 허전했다. 언제나 그 자리에 있던 꼬마가 보이지 않았다. 늘 철망 너머로 자기가 가진 전부인 웃음을 줄 테니 뭐라도 달라는 식으로 손을 내밀던 아이였다.

꼬마가 밟고 선 땅은 가족세대 지역이었다. 철책선이 가족세대와 독신자를 갈라놓고 있었다. 그 손과 웃음이 오늘만큼은 없었다. 도성진은 뒤를 돌아보았다. 발자국 너머 어둠 속을 속속들이 살폈지만 꼬마는 끝내 보이지 않았다. 그사이 대열은 독신자 막사 입구를 향해 나아갔다. 회색 철문 너머 안쪽은 수용자들의 밤이 머무는 곳이었다. 특히나 2월이면 혁명화 해제의 꿈들을 가두는 구역이었다.

도착지점엔 낯선 얼굴들이 보였다. 풍차에서 내린 후방국 군관 한 명이 초소에 앉아 있던 경비 군관과 한담을 나누고 있었다. 그 옆에서 초소 병사가 종이를 들고 풍차 운전석으로 다가가 서류를 건넸다. 풍차의 시동이 무겁게 켜졌다. 옹혜야는 슬그머니 뒤로 빠져 신발 끈을 고쳐 매는 시늉을 했다. 시선을 밑에 단단히 고정시키고 대화를 엿듣기 위해 귀를 쫑긋 세웠다.

"술 한잔하고 새벽에 출발할 거지?"

"해야지. 이따 와. 들쭉술 두 병 챙겨왔어."

단순한 말들이었다. 그러나 옹혜야는 그 짧은 교환 속에 무언가를 읽어냈다. 그는 일어서 다시 대열로 합류했다. 두 눈은 풍차의 뒷모습을 기어이 따랐다. 풍차는 마당을 지나 독신자 관리소 안으로 조용히 빨려 들어갔다.

대열 속 도성진의 시선은 단독막사 쪽에 멈춰 있었다. 발길은 이어져도 눈은 그 막사에 붙들려 있었다. 그 막사 안에서 김동규 할아버지가 아직도 웃고 있는 듯했다.

그가 해준 말들이 나무처럼 심겨 있는 느낌이었다. 눈에 남은 잔상이 천천히 옅어지며 도성진의 눈은 촉촉이 젖었다. 빠른 걸음으로 9분조 대열에 합류한 옹혜야는 성진이와 같은 시선이었지만 날카롭게 곤두서 있었다. 그의 눈길은 단독막사 옆에 있는 최종배의 사무실 창문을 겨누었다. 옹혜야는 혼자 무언가를 계산하고 있었다. 단지 창문이 아니라 그 너머의 무엇이었다.

작업대가 운동장에 들어서자 독신자 막사 앞에는 드럼통들이 놓여 있었다. 그 안에선 불이 활활 타오르고 있었다. 불통 옆에는 꺼멓게 구워진 돌들이 수용자들을 기다리고 있었다. 사람들은 그 돌 앞에 줄지어 서 있었다. 각자 분조별로 자기 차례를 기다리며 들것을 움켜쥐고 있었다. 그 얼굴들은 온기보다 차가움이 잠시 덜 해질 수 있다는 안도의 표정들이었다.

"분조별 돌 두 개씩!"

2작업반 반장의 목소리가 어둠을 가르고 울렸다. 반장의 눈이 무심히 흘러가다 도성진의 눈과 마주쳤다.

"저 9분조는 세 개 줘."

말이 떨어지기 무섭게 불조 조원이 삽을 들어 뜨겁게 달아오른 돌을 퍼 담기 시작했다. 가수와 주둥이가 양쪽에서 들것을 들고 다 가섰다. 삽 끝에 실린 시커먼 돌이 들것 위로 옮겨질 때마다 작은 금속음과 함께 김이 피어올랐다. 눈을 녹이는 김은 아무 냄새도 없지만 잠시라도 손끝을 녹일 수 있는 향처럼 모두의 시선을 빨아당겼다.

막사로 들여온 그 돌로 몸을 덥히는 방법은 간단했다. 우선 침대 위에 들것을 통째로 올려놓았다. 그런 다음 분조원들이 담요를 뒤집어쓰고 그 돌 주변에 모이는 것이다. 그 열기 하나에 9분조도 담요를 이어 붙이고 앉았다. 작은 천막처럼 만들어낸 그 아래서 사람들은 서로의 숨결을 느끼며 몸을 녹였다. 비록 담요 안은 비좁았어도 함께 한다는 따뜻함은 넉넉했다.

"어, 얼라반동. 빽이 쎈데."

좋은 일이 있을 때면 도련님이 항상 먼저 반응했다.

"발이 아파요."

도성진이 응석받이처럼 말했다. 가수는 그런 성진의 발끝을 힐끗 곁눈질했다.

"발 얼면 잘라야 해."

"우리 조는 아직 햇병아리들이야. 10년 넘은 조에선 발가락 숫자가 제일 적은 놈이 분조장 맡아."

주둥이 말에 담요 안에서 킥킥대는 숨죽인 웃음이 번졌다. 도성진은 검은손의 발끝을 흘깃 바라봤다. 발가락이 다 있었다. 검은손은 발을 곰지락거렸다.

"축구선수에겐 발이 얼굴이야. 난 목숨으로 지켰지."

잠시 침묵이 흘렀다. 가수가 불쑥 물었다.

"근데… 옹헤야는 왜 안 보여?"

그 시각 옹헤야는 운동장 한구석에 있었다. 이상하게 균형이 맞지 않는 한 사람과 마주 서 있었다. 팔짱을 끼고 뭔가 '있는 척'하는 미꾸라지였다. 반면 옹헤야는 팔 하나만 들어도 바람 방향이 바뀔 것 같았다.

미꾸라지는 발끝으로 바닥을 톡톡 쳤다. 눈빛은 아래에서 위로, 다시 위에서 아래로 자꾸 움직였다. 실은 어디를 봐야 할지 몰라 계속 시선이 방황하는 것이었다. 그 짧은 키로는 옹헤야의 어깨까지 겨우 보였다. 그 때문에 더 열심히 고개를 까딱이며 까치발로 존재감을 내보이고 있었다. 옹헤야는 움직이지 않았다. 팔을 허리에 자연스럽게 얹고 그냥 서 있었다. 그게 다였다. 그런데도 어쩐지 '벽' 같았다.

"너를?"

미꾸라지가 먼저 큰 소리로 물었다. 옹헤야는 헛기침하며 고개만 끄덕였다. 말하지 않았는데도 미꾸라지 목소리보다 더 크게 공기를 흔들었다.

"그래. 너희 감시반에 들어가고 싶어. 니가 반장이잖아. 힘 좀 써."

미꾸라지는 상대의 생각을 짜내려는 듯 눈을 가늘게 떴다. 그러고는 눈집게로 끄집어냈다는 눈웃음을 지었다.

"왜? 9분조를 극진히 보살펴주려고?"

옹헤야는 단숨에 받아쳤다.

"못이 아니라, 너처럼 망치가 되고 싶어서."

그 말에 미꾸라지가 잠깐 눈을 껌뻑였다. 자기를 정말로 존경하는 것으로 착각하는 눈빛이었다.

"네 눈에도 망치가 멋있어 보였어?"

이에 옹헤야는 망치로 그의 정수리를 한 대 때리는 말투로 응수했다.

"넌 솜방망이잖아. 나 같은 주먹이 있어야 너도 어디 가서 안 맞고 다니지."

그 말이 정말로 아팠는지 미꾸라지는 딱 3초간 침묵했다. 그러고는 안 아픈 척, 아무렇지 않은 척 입꼬리를 최대한 들어 올렸다.

"싫은데!"

미꾸라지는 잘난 놈처럼 두 손을 바지 주머니에 쑤셔 넣고 몸을 홱 틀어 뛰어갔다. 마치 그 행동은 휴식종이 울리자 제일 먼저 교

실문을 박차고 나가는 초등학생 같았다. 저만치서 바짓단이 발에 걸려 넘어질 뻔했다. 그때부터는 팔을 크게 휘저으며 뛰어갔다. 옹헤야는 그런 뒷모습을 말없이 지켜봤다. 잠시 시선만 따라가다가 결국 코끝이 한 번 들썩였다. 그건 '야, 저걸 때려서 말 듣게 할까'하는 표정이었다.

그 길로 옹헤야가 향한 곳은 최종배 사무실 앞이었다. 풍차가 서 있는 곳이었다. 옹헤야는 자기 그림자까지 어둠에 숨기며 조심스럽게 행동했다. 재빨리 몸을 굴려 차 밑으로 들어갔다. 그는 손을 뻗어 차체 하부 곳곳을 더듬었다. 만져보고, 힘껏 당겨보기도 했다.

그때 군화 한 쌍이 바로 옆으로 걸어왔다. 운전병이었다. 옹헤야는 반대편으로 기어가려다가 그쪽에서도 다가오는 또 다른 군화에 막혔다. 최종배와 후방국 군인이었다. 둘의 발소리는 가까워졌다. 차체를 스치는 그림자와 함께 낮은 목소리들이 귓가에 닿았다.

"간부들이야 뭔 걱정이야. 집에 전화가 있으니 비상 연락망 전화 따르릉 하고 한번 울리면 그만인데. 밑에 놈들 사정은 어디 그러냐고? 자전거 고장 나서 뛰어갔는데 연락받을 놈은 술 처먹고 정신도 없어. 또 누구는 계집질 갔는지 밤새 안 들어오지…"

최종배의 불평이었다. 옹헤야는 숨을 고르고서 뒤쪽으로 발끝 방향을 가늠했다.

"상위 동지, 몇 시 출발하겠습니까?"

"여기서 새벽 3시는 출발해야 해. 내일 열 시까지 본부에 도착해야 하니까."

후방국 군인은 대답하다가 라이터를 떨어뜨렸다. 그걸 보는 옹헤야의 눈동자가 긴장했다. 그러나 다행히도 손만 내려와 라이터를 집어 올렸다.

"종배야. 너흰 두 시간이면 빨리 모인 거야. 우리 부댄 비상 연락망 발령 떨어진 그날 네 시간 걸렸어."

술병을 든 운전병이 따라붙고, 최종배와 군관은 웃으며 걸어갔다. 그들의 발소리가 흙길 저편으로 사라졌다. 차 밑에서 바퀴를 따라 옹헤야가 굴러 나왔다.

그는 이번엔 최종배 사무실 안쪽으로 스며 들어갔다. 방 안에 들어선 그는 움직이지 않고 잠시 숨을 죽인 채 주변을 둘러보았다. 정리된 것 같았으나 어딘가 무질서가 은밀하게 눌려 있는 공간이었다. 시선이 책상 위를 스쳤다. 그는 소리 없이 다가가 서랍의 손잡이를 조심스럽게 잡았다.

그 안에 작은 상자가 들어있었다. 뚜껑을 열어보니 부서진 세이코 시계였다. 시간이 완전히 멈춰 있었다.

서랍 안쪽엔 줄 처진 양식지에 최종배가 자필로 쓴 노동당 입당 청원서도 있었다. 그 밑에는 또 다른 종이 뭉치가 있었다. 외국 잡지에서 뜯어낸 낯선 종이 재질이었다. 마치 창피하다는 듯이 어설프게 반으로 접혀 있었다. 펼쳐보니 여자 나체 사진들이었다.

누렇게 빛바랜 사진 한 장도 있었다. 도성진의 가족사진이었다. 사진 속 아버지의 눈빛은 서글펐다. 그 옆에서 웃고 있는 어린 성진은 귀여웠다. 또 다른 서랍을 열던 옹헤야의 손이 멈췄다. 15호 관리소 5개 리 전체가 표시된 지도였다. 지뢰 매설 구간, 철조망, 감시초소, 잠복초소들이 빠짐없이 표시돼 있었다.

바로 그때였다. 쾅, 쾅— 바깥에서 군화 소리가 들렸다. 창밖을 확인하니 최종배가 돌아오고 있었다. 술을 마시던 중에 시계 소리가 불쑥 튀어나왔기 때문이었다. 후방국 군인은 청진의 유명한 시계 수리공이 자기 옆집에 산다고 했다. 그에게 평양에서도 시계 고치러 간부들이 찾아온다고 자랑했다.

최종배는 사무실 문 앞에서 열쇠 뭉치를 꺼냈다. 열쇠를 구멍에 넣고 돌렸다. 자물쇠가 헛도는 감각이 들었다. 그의 동공이 한순간 멈췄다. 뭔가 이상했다. 그는 문을 조심스럽게 밀고 들어왔다. 방안에 들어선 그는 불을 켰다. 밝아진 조명 속에서 의심 가득한 눈으로 방 전체를 훑었다. 반듯한 책상, 높지 않은 침대, 구김 없는 커튼, 그 모든 것들이 오히려 더 인위적으로 정돈된 것 같았다.

한편, 옷장 안에 숨은 옹혜야는 숨을 참으며 틈 사이로 방안을 주시하고 있었다. 그의 시야에 들어온 최종배는 책상 쪽으로 다가가더니 서랍을 열었다. 그리고 시계 부속이 담긴 작은 상자를 꺼내 확인하고 있었다. 돌아서서 나가려던 그가 문턱 앞에서 문득 옷장을 바라봤다. 옷장 문틈 아래로 아주 가느다란 물줄기가 흘러나오고 있었다. 그 물은 옷장 안에 있는 옹혜야의 신발에서 눈이 녹아내린 흔적이었다.

순간, 전화벨 소리가 울렸다. 옷장으로 다가오던 최종배가 화들짝 놀라며 책상 위의 전화기로 향했다. 눈은 계속 옷장 앞에 두고 있었다.

"네, 조직부장 동지! 중위 최종배 전화 받습니다!"

긴장한 목소리와 차렷 자세로 시선은 정면으로 돌아갔다. 수화기 너머의 목소리는 낮고 느리게 흘렀다.

"그래… 너 입당 청원서 제출했었나?"

"정치부에서 아직 연락받은 게 없어서 입당 청원서만 써놨습니다."

"이런… 그럼 이 조직부장을 미리 찾아왔어야지."

옹혜야의 귀에도 수화기 속의 목소리가 또렷했다. 숨소리는 더 가늘어지고 손끝은 무릎 위에서 굳어 있었다. 그는 문틈 사이로 전화기 앞에 서 있는 최종배를 바라보았다. 수화기에서 새어 나오는 목소리에도 귀 기울였다.

"그 전에 말이야, 요즘 정치위원에 대한 안 좋은 소문이 돌아서… 내부 처형자 명단 놈들을 담화하면서 빵이나 담배를 준다던데… 그런 거 들은 적 있어?"

"저의 작업대에 아직 담화 오지 않았습니다."

"그래. 이젠 입당해야지. 언제 내가 부를게."

"고맙습니다. 조직부장동지! 정치위원 동지가 오면 잘 살펴보겠습니다. 그리고 기다리겠습니다."

수화기를 내려놓은 그의 손이 주먹으로 바뀌더니 곧이어 탄성도 터졌다.

"아버지! 이 최종배가 드디어 당원이 됩니다!"

그 외침은 방 안에 공허하게 맴돌았다. 최종배는 갑자기 문턱을 넘으려다 다시 돌아와 책상 위의 시계 상자를 들었다. 그것을 품에 안고서 방에서 빠져나갔다.

군화 소리는 멀어지다 끊겼다. 정적이 내려앉았다. 옷장 문이 스르르 열렸다. 어둠 속에서 옹혜야의 얼굴이 살며시 드러났다.

아침이었다. 하늘은 흐릿하게 맑았다. 관리소 지휘부 건물의 창문들은 무표정했다. 전봇대에 매달린 나팔 모양의 회색 스피커에서는 여자 선동원의 목소리가 터져 나왔다. 높고 낮은 음조로 훈련된 음성은 혼자 울고 웃으며 시를 낭송하듯 외쳐댔다.

"오늘은 민족 최대의 경사로운 명절, 2월 16일입니다! 수령님의 대를 이어 조선 혁명의 계승과 완성을 위해 친애하는 지도자 김정일 동지께서, 혁명의 성산 백두산에서 탄생하신 오늘이야말로, 우리 조국과 민족의 영광스러운 역사 속에서…!"

목소리는 구름에 닿으려고 안간힘을 쓰는 것 같았다. 땅 위에 있는 군인들의 구령 소리와 수용자들의 발소리도 묻히고 있었다.

반복되는 스피커의 선동은 독신자세대 식당 안으로도 흘러들어 왔다. 수용자들은 각자 쟁반을 들고 식탁에 앉았다. 식판 위의 밥은 정말로 흰 쌀밥이었다. 게다가 불룩했다. 명절이라고 일어선 밥의 모양새는 평소보다 분명 낯설었다. 도성진은 그 밥을 내려다보다가 숟가락으로 꾹꾹 눌러댔다. 밥이 힘없이 무너져 내려앉았다.

"'뿔밥'이 아니라… '좆밥'이잖아."

낮게 뱉은 말인데도 묘하게 멀리까지 들렸다. 도성진은 숟가락을 국그릇 안에 깊숙이 찔러 넣었다. 분명 동태 머리로 알았는데 흔적도 없었다. 시래기는 확실히 다른 날보다 조금 많았다.

"된장이라도 넣어주지."

그 말에 같은 식탁에 앉아 있던 9분조원들의 시선이 일제히 그에게 꽂혔다. 정치범의 밥 타령, 그것도 명절날의 발언은 사소한 것도 문제가 될 수 있다는 경고였다. 하지만 도성진은 기어이 한마디를 더 보탰다.

"명절인데 시뻘건 김치라도 주지."

그 식탁에는 9분조만 있지 않았다. 다른 분조의 수용자가 숟가락에 국물을 떠서 도성진의 얼굴에 던졌다. 국물이 그의 뺨을 타고 흐르며 시래기 한 잎이 턱 아래에 붙었.

감시반은 일찍 따로 먹었는지 먼저 일어서 몰려나왔다. 앞에 선 미꾸라지는 흡족한 표정으로 이를 쑤시고 있었다. 감시반장이 되고 나니 이빨 짬에도 음식이 남아돈다는 해맑은 만족이었다.

아침 식사가 끝나자 수용자들은 줄을 맞춰 립석강 강가로 행진해 갔다. 오전 10시까지 도착하라는 독촉에 모두가 서둘렀다. 이제 그 장소에서 연중 관리소의 가장 큰 행사라는 "혁명화해제명단 발표식"이 거행될 참이었다. 강가에는 싸늘한 겨울 아침 공기가 수면 위로 낮게 흘렀다. 잔잔한 물결은 그 체로 얼려 있었다.

사람들의 발밑에도 하얀 눈이 반들반들했다. 그들 어깨에 닿는 바람은 바늘처럼 찔렀다. 그런데도 그들의 눈빛은 하나같이 살아 있었다. 추위보다 더 강한 무언가가 지금 이곳을 끓이고 있기 때문이었다. 다들 흥분된 감정을 억지로 누르고 있었다.

오늘은 2월 16일, '민족 최대의 경사'와 더불어 일부의 수용자들은 이름을 되찾게 되는 날이었다. 그러나 대다수는 또 한 번 이름을 잃어버리는 혁명화해제 발표일이기도 했다. 그들 뒤편으로는 바람에 흔들리는 현수막이 펼쳐져 있었다.

『친애하는 지도자 김정일 동지 탄생 45돐 경축!』

『민족 최대의 경사스런 명절 2월 16일을 뜻깊게 맞이하자!』

빨간 글씨는 추위에도 매끄러웠다. 거기 붙은 느낌표들은 마치 누군가의 가슴을 찍어 누르는 쇠말뚝 같았다. 그리고 그 앞에 단상처럼 조악하게 임시 발판도 설치됐다. 먼저 조직부장이 그 위로 올라섰다. 정치위원은 다른 리 해제명단 발표식에 참석해서 그가 대신 그 자리에 선 것이었다. 단정히 여민 군복과 마른 입술 사이로 큰 목청이 흘러나왔다.

"지금부터 민족 최대의 명절인 2월 16일을 맞이하여 친애하는 지도자 선생님의 배려로, 어머니 당의 품에 다시 새롭게 안기게 된 15호 혁명화 해제 대상 동무들의 이름을 부르겠습니다."

그렇다. 오늘은 번호 대신 '이름'이 살아나고, 그 뒤에 '동무'가 붙는 날이었다. 호명되고 혁명화에서 해제되는 동무들은 사회인으로 돌아간다. 반면 명단에서 언급되지 못한 자들은 계속 '번호'로 수용소에 남게 된다. 군복 입은 자의 입에서 동무란 말이 나오자 수용자들은 술렁거렸다.

손을 움켜쥐고 눈을 지그시 감고 있었다. 어떤 이는 자신에게 최면을 걸듯 이름을 계속 되뇌고 있었다. 아직 불리지 않았는데도 벌써 들은 것처럼 숨을 할딱거리는 얼굴도 있었다. 조직부장의 자리를 이어받은 소장은 먼저 아래를 쭉 굽어보았다. 서련화는 시선을 길게, 그러면서도 아래에 두고 있었다. 소장은 가슴을 쫙 폈다. 모자만 조금 삐뚤어져 있었다.

"지금부터 혁명화 해제명단을 발표하겠습니다. 먼저 독신자세대를 부르겠습니다."

소장은 운을 뗀 뒤 서류를 이내 내렸다. 립석강의 바람이 한 번 더 얼음 위를 흔들었다. 당과 수령님의 배려로 선물 같은 명단을 발표할 땐 장갑을 끼면 안 된다. 그래서 두 손을 바지에 집어넣고 일부러 뭘 찾는 척했다. 그러는 사이 서류는 다시 접혔다. 덩달아 사람들의 열망과 소원도 접혔다. 그래서 더 조용했다.

수용자들의 눈빛은 오로지 한 사람 소장에게 집중됐다. 숨소리도 삼가 그에게 바치고 있었다. 소장은 주머니에서 손수건을 꺼내더니 케엑! 하고 기침을 한 번 크게 했다.

딱 그 순간이었다. 대열 전체에서 웅웅 하는 울림이 들렸다. 수천 갈래의 긴 호흡이 하나가 된 듯 박자까지 맞춰 진동했다. 도성진은 놀란 눈으로 그들을 둘러보았다. 이런 집단적인 감정, 이런 노골적인 '시위'를 사회는 물론, 수용소에서도 처음 봤기 때문이다. 손을 들어 입을 가리는 사람이 있었다. 주저앉아 뒷사람이 간신히 붙잡아 주기도 했다.

"조용히들 해!"

소장의 외침이 칼처럼 일어섰다. 그러나 그 목소리는 바람도 가르지 못했다. 오히려 단상 밑의 한탄이 더 커지더니 주먹까지 흔드는 사람도 있었다. 감정을 주체하지 못하고 소리 내어 우는 사람도 있었다. 그렇게라도 안타까움과 소원을 동시에 눈물로 호소하고 싶었던 것이었다.

"이러면 이따 오후에 한다."

이번엔 협박이었다. 그러자 더 큰 소리가 일어섰다.

"우—!!"

슬픔처럼, 울음처럼 소리 냈지만, 분명히 다른 소리였다. 돌을 들고 내리는 짧은 순간에도, 이 시간만 생각하며 버티었던 수용자들이었다. 딱 하루인 당의 배려 앞에서 읍소의 형식을 빌려 야유하고 반항하는 것이었다. 소장은 바지에 손을 넣은 채 눈을 치켜뜨고 한 명, 한 명을 노려보았다. 그 시선이 대열을 위협하자 마침내 군중은 조용해졌다. 소장이 다시 서류를 펼쳤다.

"김익현 동무."

이름이 나오는 순간, 와! 하는 소리와 함께 대열이 세차게 꿈틀거렸다.

"김익현이 여기 있습니다!"

그 부르짖음을 듣고 사람들은 더 크게 와! 했다. 김익현은 옷자락이 바람에 열린 것도, 신발이 벗겨지는 것도 아랑곳하지 않고 달려나갔다. 김익현은 연단에 나가 두 팔을 공중에 높이 쳐들었다. "수령님 만세! 로동당 만세!"를 부르며 아이처럼 엉엉 울었다. 목구멍에서 수년을 묵혀온 한이 물줄기처럼 터져 나왔다.

그는 본래 계급이 상장이었다. 조선민주주의인민공화국 무력부 총참모부의 부총참모장까지 올랐던 자였다. 그러나 어느 날 술에 취해 내뱉은 말 한마디가 화근이 돼 요덕으로 끌려왔다. 사회에 나간 뒤 그는 체제의 충견으로 변해 1991년에는 대장으로까지 승

캠프 15

진했다.

소장은 바지 주머니에 두 손을 넣으며 얼굴에는 진심으로 축하한다는 미소를 띠었다.

"양승룡 동무!"

군중 속에서 또 한 남자가 튀어나왔다. 그는 우느라 대답도 못한 채 달려나갔다. 돌부리에 걸려 넘어지자 그때야 외쳤다.

"양승룡 여기 있습니다. 금방 나갑니다! 양승룡. 양승룡, 금방 나갑니다. 넘어진 겁니다."

그는 반복해서 마구 외쳐댔다. 그 소리는 대답이 늦고, 빨리 나가지 못하면 해제가 취소될 것 같아 공포로 손을 뻗치는 절규였다. 주위에 섰던 이들이 그를 일으켜 세웠다. 무릎이 터져 바지가 진한 피로 물들었다. 두 사람이 얼른 그를 양쪽에서 부축했다. 그들도 양승룡처럼 그 앞자리에 서고 싶었다.

하지만 2월의 대중 앞에는 반동이 감히 설 수 없는 높이였다. '개조'된 인간만이 설 수 있는 특권의 성역이었다. 혁명화가 끝난 자만이 당의 이름으로 밟을 수 있는 땅이었다. 병사들이 총으로 가로막았다. 두 사람은 그 총구 앞에서 돌아서야 했다. 그리고 잠시나마 낮은 시야에서 군중을 바라보다가 그것만으로도 기적 같아 어깨를 들썩이며 울었다. 양승룡은 피 묻은 두 손을 들어 올렸다. 첫 번째 해제자처럼 만세를 외쳤다. 그는 한때 리비아 주재 북한 대사였다. 외교 실책의 책임을 지고 끌려왔었다.

"김학수 동무!"

소장의 입에서 이름이 떨어질 때마다 립석강 강가가 탄성으로 흔들렸다. 호명된 자들의 힘찬 대답도 묻힐 정도였다. 수용자들은 추위조차 잊고서 부러움의 환호와 절망의 비명을 동시에 질러댔다.

하지만 시간이 갈수록 그 반응은 약해졌다. 서류가 넘어갈수록 기회는 멀어지고 사람들은 다시 익숙한 혁명화의 감옥 속으로 돌아가야 했기 때문이었다. 마지막 장이 다가올수록 남는 건 자기들의 한숨과 비극뿐이었다.

소장의 입에서는 남자보다 여자독신자의 이름이 더 자주 흘러나왔다. 여자들은 대체로 가벼운 죄였다. 저들끼리 싸울 때도 남자를 유혹했다. 바람을 피웠다. 남자를 배신했다며 서로를 비난하고 헐뜯을 때가 많았다. 말실수도 불평 정도였지 체제를 비판하고 바꿔보겠다는 용기까지는 아니었다.

여성의 역할이 제한적인 북한에서 여성 정치범은 대부분 남자 때문에 얻은 죄였다. 보위부는 여성이란 사회적 약자를 이용해 '그 남자들의 사회'에 경고와 처벌을 가했다. 그래서 여성 독신자세대는 혁명화 연수나 해제도 빨랐다.

"권성철 동무!"

소장이 다시 남자 이름으로 넘어오니 수용자들의 시선이 일제히 쏠렸다. 남자의 해제 숫자는 적었지만 일단 나가면 출세의 여지가 있어 더욱 눈이 갔다. 누가 살아서 어디까지 올라갈지를 상상하게 만드는 이름이었다.

권성철은 외교부 참사실장을 했던 자였다. 자이레에 함께 출장 갔던 사람이 한국 대사관으로 들어가자 그 연대책임으로 들어왔다.

"한상일 동무!"

그는 부룬디 아프리카 주재 주체사상 연구소 지부 농업 고문단 통역을 했던 자였다. 평양 음식점에서 디스코 춤을 공개적으로 췄다는 죄로 수정주의 전파 죄로 끌려 들어왔다.

"전동찬 동무!"

소장의 입에서 그 이름이 나오는 순간, 9분조의 도련님 몸이 휘청거렸다. 둘은 절친 사이였다. 그도 도련님과 같은 소련 유학파였다. 귀국 후엔 김일성종합대학에서 교편을 잡았다.

전동찬은 중국 주재 북한 대사 전명수의 아들이었다. 계급도, 배경도, 교육도 그들은 같은 하늘 아래에서 자란 사람들이었다. 앞으로 나간 그는 연단에 서서도 줄곧 9분조 쪽을 바라보았다. 눈길이 서로 닿았다. 그 시선은 머무는 듯하면서도 망설였다. 마지막 인사를 눈빛으로 대신하는 모습이었다.

도련님은 애써 웃으며 손을 흔들었다. 하지만 그 웃음은 얇고 금세 젖었다. 그 뒤로 흘러내린 한줄기 눈물은 깊어 울음이 목까지 차올랐다. 끝내 허탈한 떨림 속에서 한마디가 흘렀다.

"부주석? 꼭두각시."

허탈한 슬픔의 혼잣말이었다. 도련님의 그 감정까지 자기 몫처럼 짊어진 검은손의 등은 무거워 보였다.

주둥이는 도련님의 어깨에 손을 얹었다.

가수는 얼굴을 감싸 쥐고 혼자 우는 것 같았다.

옹헤야는 그 와중에도 사방을 노려보았다. 마치 그 이름들이 어디에서부터 연출된 것인지 끝까지 의심하려는 듯한 눈빛이었다.

도성진은 9분조원들의 모든 반응을 가만히 보았다.

"독신자세대 이상!"

소장의 말이 떨어지자 대열이 들끓었다. 제일 먼저 미꾸라지가 털썩 주저앉았다. 그는 울면서 팔에 찬 완장을 벗어 허공에 흔들었다. 감시반장까지 시켜줬으면 이제는 내보내 줘야 하는 거 아니냐는 애원 같았다. 그러다 끝내 누군가 공중으로 손을 버쩍 들었다.

"저는 왜 이름이 빠졌습니까! 저는 들어온 지 십 년이 넘었습니다!"

외침은 가늘고도 날카롭게 하늘을 찔렀다. 그가 높이 들어 올린 손엔 손가락이 세 개뿐이었다. 남은 그 세 손가락으로 자신과 수용소를 고발하듯 처들고 온몸을 부르르 떨었다. 조직부장이 눈짓하자 병사들이 들이닥쳤다.

짐승처럼 질질 끌고 갔다. 땅에 끌리는 발, 벗겨지는 옷자락, 질끈 감긴 눈이 비명을 대신했다. 소장은 얼굴을 찡그린 채 조직부장을 보더니 다시 지프차에 실리는 수용자를 돌아봤다. 그러곤 답답한 속을 쏟아냈다.

"이왕 여기서 살았잖아! 살 거면 견디고 듣기만 해! 아무…"

말끝에 익숙한 말버릇, "아무튼"이 걸려 나왔지만 그 마지막 음절은 공중에서 스스로 접혔다. 그 순간, 서련화도 고개를 들었다. 그녀의 또렷한 시선이 소장의 눈을 정면으로 휘감았다. 소장은 헛기침으로 피했다. 목소리를 가다듬고 억지로 말의 꼬리를 잡았다.

"올해만 있어? 내년도 있잖아! 아휴, 저게 뭐야…"

남자들은 내년도 또 있다는 소장의 말에 다시 흥분했다. 갇힌 세월이 긴 사람들일수록 더욱 얼굴을 붉혔다. 대놓고 코웃음도 쳤다. 소장은 이렇게 한쪽으로 기울어질 땐 어디를 눌러야 하는지도 잘 아는 사람이었다.

"독신자 조용해. 가족세대 기다리잖아. 명단 불러야 하는데."

소장의 그 한마디에 갑자기 가족세대 쪽에서 고함들이 일어났다. 저수지 둑이 무너진 것처럼, 가득하다 못해 넘치려 했던 온갖 괴성이 한꺼번에 터져 나왔다.

"조용해야 듣지, 이 반동새끼들아! 우리 차례잖아."

"이 반동들아, 닥치라고. 다 끝나고 쳐 울어!"

15호에는 같은 옷을 입고도 남을 '반동'이라 욕할 수 있는 특권을 가진 수용자들이 있었다. 가족세대 여자들이었다.

그들은 가족의 죄에 끌려온 억울한 사람들이었다. 반동의 결부터 달랐다. 죄가 없었는데도 끌려와 죄인이 된 자들이었다. '있다'와 '없다'의 그 미묘한 틈에서 가족세대 여자들의 목소리는 유난히 높았다.

15호에는 마치 지구인과 화성인처럼 같은 땅 위에 서로 다른 두 부류의 여성이 공존했다. 가족세대 여자들은 하나같이 기가 센 말괄량이들이었다.

자신을 감춘 적이 없고 드러난 죄책도 없었다. 억울해도 그렇게 억울할 수가 없었다. 그녀들은 들어올 때도 소리 지르며 몰려오고 나갈 때는 더 빳빳했다.

반면, 독신자세대 여자들은 화성인이었다. 그녀들은 감정 때문에 끌려왔다. 울고, 사랑하고, 매달리고 떠들었던 감정의 이유가 더 많았다. 가족세대 여자들이 죄의 연좌제라면, 독신자 여자들은 감정의 연좌제가 다수였다.

독신자세대 여자들은 감정을 감추는 법을 배우고 나갔다. 남은 여자들은 죄가 남은 것이 아니었다. 여자로서의 그 감정이 아직 남아 있는 이들이었다.

도화선을 잘 아는 소장이 불을 지르자 가족세대 여자들은 쾅쾅 터졌다. 그 고함은 명단을 둘러싼, 처절한 경쟁의 폭발이었다. 동정도, 연대도 사라진 그 자리에서 모든 사람이 오직 자기 이름만 바라보며 다른 이름을 미워했다.

소장은 종이를 들쳐 올렸다. 작은 동작 하나에, 가족세대 쪽에서 일제히 숨이 빨려 들어가는 소리가 났다. 희망과 공포가 동시에 목을 움켜쥐는 순간이었다.

"가족세대!"

그 한마디에 일제히 숨이 멎었다.

"최덕환 세대!"

소장의 목소리가 공기를 가르자 대열 한복판에서 흐느낌이 솟아올랐다. 그 소리는 점점 뚜렷해졌다. 오십 대의 남자가 먼저 무너졌다. 가족들을 품에 안은 채 엉엉 울었다. 합쳐진 그 울음 속엔 한 가족의 지난 세월이 그대로 묻어 있었다.

그는 들어올 때는 앞에 섰지만 나갈 때는 뒤에 서고 싶어 했다. 부인과 딸이라도 먼저 내보내는 것이 그의 꿈이었다. 같이 나가게 된다면 앞에 세우려고 했던 것도 꿈이었다. 모녀는 손을 놓지 않았다. 떨어지면 누구 하나 혼자 남겨질까 두려웠다. 그렇게 그들은 손을 마주 잡고 하나의 덩어리처럼 울고 부둥켜안으며 함께 앞으로 걸어 나갔다.

"다음! 박순호 세대! 박순호 세대 왜 안 나와? 빨리빨리들 나와!"

소장의 목소리가 한 번 더 올라갔지만, 이번엔 아무런 대답이 없었다. 대신 가족세대 여자들이 일제히 뒷걸음쳤다. "여기 있소"라고 말하듯 시커먼 무리가 물러나자 하얀 눈 위에 둥근 원이 만들어졌다. 그 중심에 14살짜리 아들을 끌어안고 흐느끼는 여자가 있었다. 그 모습은 마치 바닥의 차가운 슬픔을 다 긁어 모아 쌓은 눈무지 같았다. 그 눈더미 속에서 잠시 후에 비명이 치솟았다.

"여보!"

"아버지!"

주변의 여자들도 흐느끼고 있었다. 소장이 박순호 세대를 불러도 정작 그 장본인은 이미 죽은 것이었다. 슬픔은 슬픔일 때 미루지 않고 같이 울어주는 것이 가족세대였다. 살아남은 가족을 위해 다들 소리 내어 울었다.

"다음! 김승환 세대! 김승환 세대"

울음소리가 두 방향에서 일어났다. 먼저 부인과 아이 둘이 앞으로 달려 나갔다. 아이들은 뒤를 돌아보며 울었고, 아내는 손을 들어 대열을 향해 빨리 오라는 손짓을 보냈다.

"여보! 어서 와! 당신, 어서!"

그러자 군중 틈 사이에서 한 사내가 엎드려 기어 나왔다. 그는 두 다리가 없었다. 걸어서 들어왔었는데 나갈 때는 걸음을 잃어버린 것이었다. 울음이 입술을 따라 떨렸고, 손은 땅을 더듬었다. 팔로 땅을 짚고, 무릎 대신 배로 밀며, 앞으로 나왔다.

"나갑니다... 곧 나갑니다... 다 왔습니다. 조금만, 기다려 주십시오..."

소장은 다시 서류를 넘겼다.

"이성렬 세대! 이성렬 세대! 이러다가 해 넘어가겠다..."

이성렬 세대를 찾는 소장의 목소리가 여러 번 거듭되자, 사람들 사이에서 웅성거림이 일었다. 대열 뒤편, 작은 형체 하나가 미동도 없이 서 있었다. 예닐곱 살쯤 되어 보이는 여자아이였다.

어른들의 허리 아래서 멍하니 서 있었다. 모두의 시선이 쏠리자 아이는 고개를 숙였다. 수용자 하나가 등을 떠밀었다. 또 다른 손이 아이를 앞으로 끌어당겼다. 비로소 아이는 돌아서더니 눈을 가리고 울음을 터뜨렸다.

"난 안 죽을래요! 싫어요, 앞에 안 나갈래요! 엄마! 아빠!"

혼자 남겨진 그 아이는 어른들의 손길에 발버둥 쳤다. 그 동심도 이미 알고 있었다. 대중 앞에 나가는 자리는 곧 공개처형장이었다. 그 자리는 반드시 처벌과 처형만 있는 곳이었다.

아이가 수없이 동원됐고, 목격했고, 무서웠던 그 앞이었다. 그래서 정면이 곧 공포였다. 뒤돌아서도 눈을 감아야만 했던 습관까지 생겼다.

보다 못한 장찌엔이 아이를 덥석 안았다. 그리고 아이가 가장 싫어했던 앞자리가 아닌 수용자들 맨 뒤에 섰다. 그제야 아이는 겨우 진정하며 울음을 멈추었다. 공포의 질서와 강요에 이미 길들은 아이. 어린 평정심의 왜곡을 보며 사람들은 오히려 더 깊고 조용히 흐느꼈다.

"오희성 세대! 오희성 세대! 이상!"

소장이 마지막 이름을 부르고 서류를 덮었다. 순간 불리지 못한 이름들은 쓰러지고, 통곡하고, 기절했다. 독신자는 혼자서, 가족 세대는 가족끼리 부여안고 오열했다. 금년의 해제는 막을 내렸던 것이다.

그 속에서 소장이 마지막으로 부른 이름 오희성은 고개를 숙인 채 흐느끼고 있었다. 다른 이들도 울었지만, 그의 울음은 더 비통했다.

그는 혼자였다. 그 뒤에는 아무도 없었다. 그를 따라올 가족이 없었다. 함께 울어줄 소리도, 이름을 듣고 달려 나올 아이도, 손을 뻗어 안아줄 부인도 없었다. 그래서 그의 울음은 누구보다도 조용했지만, 누구보다 깊고 길고 멈추지 않았다.

그는 그날 오전 혁명화 해제를 받았지만, 그날 밤 가족과 함께 살던 빈집에 영영 머물렀다. 오희성은 그날 밤, 자살했다.

2월 16일은 몇몇에겐 구원이었지만 대부분에겐 또 1년의 구형 선고와 같은 날이었다. 검은손은 해제명단 발표가 끝나자마자 막사 밖으로 분조원들을 모두 불러 모았다. 빙 둘러앉은 그들 앞에서 그는 조용히 말했다.

"자. 서로 손부터 잡자."

도성진이 제일 먼저 가수의 손을 잡았다. 도련님은 맨 마지막까지 망설이다가 할 수 없이 주둥이의 손등 위에 손을 대충 얹었다. 손과 손이 한 줄로 이어진 걸 확인하고서 검은손이 진지하게 입을 열었다.

"여기 무슨 말이 있는 줄 알아? 2월 16일, 이 하루만 버티면 1년을 살 수 있다. 오늘 한잠 자고 일어나면, 별거 없어."

그때, 주둥이가 고개를 푹 숙이며 숨이 넘어가는 목소리로 말했다.

"죽고 싶어요…"

늘 웃던 그가 울상이 되자 도성진은 숨을 들이켰다. 다른 사람들과 다르게 유독 도성진만 주둥이를 따라 고개를 숙였다.

"오늘 진짜 심각하구나." 성진은 땅을 보며 그렇게 믿었다. 그런데 주둥이는 눈물 한 방울 없는 마른 얼굴을 쳐들고 긴 한숨처럼 말했다.

"그분이 태어나신 날인데… 아! 진짜 사람 힘들게 하네. 하필 이 최대의 명절에 죽고 싶냐. 후~~"

성진은 분조원들을 둘러보았다. 도련님은 입꼬리부터 실룩거렸다. 가수는 눈을 꽉 감았다. 옹혜야의 고개 숙인 어깨는 소리 없이 떨리고 있었다. 주둥이는 하늘을 향해 계속 중얼거렸다.

"얼마나 힘들면 다들 손을 잡으라니 진짜로 이렇게 잡고 있을까."

끝내 서로 맞잡은 손의 띠에 웃음을 참는 힘이 팽팽해지다 못해 툭 끊겼다. 모두가 와! 하고 터져버렸다.

9분조는 웃었지만 다른 분조에선 이빨이라도 보이는 자가 있으면 곧장 주먹이 날아왔다. 보위부가 '혁명화 해제'의 날이라고 강변했음에도 수용자들에게 그것은 새롭게 판결받는 날이나 마찬가지였다.

이날에는 감시반도 각별히 조심스럽게 행동했다. 모두가 매우 예민했고 누구나 벼르고 있어서였다. 이날에 수용자들이 제일 많이 하는 말은 "법보다 주먹이 가깝다"였다. 오직 감정과 원망만이 펄펄 끓는 날이었다.

미꾸라지는 무자비한 수용소의 법만 믿고 민족 최대의 명절이라고 나대다가 당일 밤에 최대로 얻어터졌다.

그를 때린 자들은 한때 해군사령관 방철갑의 충성부하였던 작전참모와 그 측근들이었다. 아무리 공포마저 갇힌 수용소라 해도 미꾸라지 하나쯤 짓밟을 틈새는 얼마든지 있었다.

하필이면 그가 자주 몰래 먹거나 꽁초를 피우던 운동장 옆 구석이었다. 거긴 최종배가 막사에서 관리실로 오가는 길옆이었다. 작업 도구 창고가 방패막이 돼줘서 숨어 있기 딱 좋았다. 최종배가 흘리고 간 것이라면 꽁초든 무엇이든 남보다 먼저 주울 수도 있었다.

미꾸라지를 찾아 나선 작전참모의 무리는 멀리 갈 필요가 없었다. 좀 더 구석 안쪽으로 끌려온 미꾸라지는 무게도 없는 빈 마대 같았다. 바닥에 거칠게 내팽개쳐졌다. 마대에서 튀어나와 꿈틀대는 미꾸라지 꼴은 코와 이마에서 피가 줄줄 흐르고 한쪽 눈이 벌겋게 부어올라 있었다. 그는 자기 손에 묻은 피를 보며 수용소라는 데가 참 허술한 곳이구나 싶었다. 감시반장 이전 시절로 돌아간 느낌마저 들었다.

"야, 뭐 철갑이? 철갑상어? 이 새끼가 하다 하다 사령관 동지한테 별명까지 붙여?"

작전참모의 말에 미꾸라지는 잘못하다가는 죽겠다 싶었다. 본능적으로 다리를 모으고 얼굴을 보호하기 위해 두 손으로 최대한 머리를 감쌌다.

"상어라면 더 멋있을 것 같아서... 그리고 감시반장한테 이러는 거 아닙니다. 구류장에 갑니다."

구류장이란 말에 더 심하게 매질을 당했다. 미꾸라지는 "에잇!" 하며 팔을 힘껏 휘저어 보았지만 팔보다 먼저 허벅지가 밟혔다. 엎어진 채로 허둥지둥 기어가다 다리를 또 짓밟혔다. 선생님을 소리쳐 부를 수도 없었다. 첫 매질에 딱 한 번 불렀다가 입술이 찢어졌었다.

"이 새끼 더 패."

작전참모가 손을 털며 일어섰다. 이번에는 세 남자가 미꾸라지에게 접근할 때였다. 뒤에서 또렷한 목소리가 튀어나왔다.

"그냥 가!"

모든 이의 시선이 뒤로 몰렸다. 거기엔 옹헤야가 손으로 허리를 부여잡고서 서 있었다. 작전참모가 실눈을 만들어 비웃었다.

"잡종이 순수 주체 혈통의 조선 사람들 일에 왜 끼어들어?"

그러자 옹헤야는 주먹을 움켜쥐었다. 그에게 수용자 셋이 달려들었다. 첫 번째가 엎어졌다. 두 번째는 갈비뼈 쪽을 감싸며 뒷걸음쳤다. 세 번째는 달려오던 기세로 그냥 나가떨어졌다. 미꾸라지는 그 광경을 한쪽 눈으로 바라보다가 입을 해죽이 벌리며 몸을 일으켰다. 그의 얼굴은 놀람보단 경외에 가까웠다. 코에서 떨어지는 피도 아랑곳하지 않고 옹헤야를 향해 불끈 쥔 두 주먹으로 응원했다.

그러던 그의 시선이 멈췄다. 옹헤야보다 더 무서운 사람들이 뒤에 서 있었다. 특별경비 순찰을 하던 조직부장과 군인들이 들이닥쳤던 것이었다. 미꾸라지는 구타당한 자기 몸을 강조하려고 그들 앞으로 기어갔다.

"선생님! 여기가 관리소지 해군사령부입니까? 사령관이요, 참모요, 저것들이 저희끼리 해군놀이 하다가 이 감시반장까지 폭행했습니다!"

조직부장이 짧게 소리쳤다.

"야! 저것들 구류장 끌고 가. 네 놈도 썩 사라져!"

조직부장이 돌아서 가니 미꾸라지가 네발로 뛰어 그의 앞에 털썩 엎드렸다.

"선생님. 저 잡종을 우리 감시반에 소속시켜 주십시오. 그럼 제가 이놈들이 다시는 대가리를 못 들게…!"

조직부장은 발을 번쩍 들어 그의 등을 넘어갔다.

그 시각, 9분조는 막사 옆 어귀에 모여 앉아 있었다. 가운데에 놓인 불통 위에 말린 명태가 얹혀 있었다. 검게 타는 껍질 사이로 희미한 비린내가 피어올랐다. 그 명태는 아침 일찍 검은손에게 바쳐진 것이었다.

그건 9분조의 오랜 전통이었다. 그래야 평소에 다른 분조에 손 벌리지 않았다. 빚지는 일도 없었다. "같이 굶고, 같이 나눈다"는 9분조만의 자부심이었다. 내일의 음식으로 남기지도 않았다. 한 번에 다 없앴다. 미련을 없애고 다시 9분조라는 이름 하나로 기대자는 의지였다.

마침내 기다리던 옹헤야가 멀리서 모습을 드러냈다. 나머지 명태를 불판 위에 올린 뒤 9분조의 잔치가 시작되었다. 명태 굽는 냄새가 운동장에 가득 퍼졌다. 다른 분조의 눈빛이 하나둘 모였다. 그들의 입속에는 침이 고였다. 눈빛엔 부러움이 서렸다.
"9분조 명태는 뺏을 수도, 거래도 할 수 없다."는 말이 운동장 곳곳에서 들려왔다. 명태의 살이 거의 떨어질 무렵 주둥이가 사탕처럼 입에 물었던 꼬리를 빼내 그 끄트머리로 어딘가를 가리켰다.
"저거... 가족세대 2분조 걔 아냐?"
모두의 시선이 동시에 그리로 옮겨 고정됐다. 어둠 속 독신자 관리실 문 앞에 김상미가 서 있었다. 곁에는 경비대 군인이 보였다. 도련님이 의아해했다.
"쟤가 가족세댄데… 이 밤에 왜 독신자 관리실에 불려갔지?"
그 말이 끝나기도 전에 문 앞에서 머뭇거리던 김상미를 경비군인이 등 떠밀었다. 그녀는 억지로 한 걸음을 내디뎠다. 그다음 문틈에 잠시 몸을 기대고 있는가 싶더니 결국 안으로 들어갔다. 문이 닫히기 전 최종배의 머리가 나와 밖을 살폈다. 그 시선은 부정한 의도로 느렸다. 문이 닫히면 돌변할 것 같았다. 도련님이 마치 그 안을 들여다본 것처럼 말했다.
"최종배, 오늘 바지 벗는 날이구나…"
그 순간이었다. 도성진이 벌떡 몸을 일으켰다. 주위가 놀랄 새도 없이 그는 냅다 달려갔다.
"야야!"
뒤에서 검은손의 외침이 튀어나왔다. 그러나 도성진은 멈추지 않았다. 그의 두 발은 단순히 뛰는 게 아니었다. 무언가 무너지는 속도보다 더 빨리 닿으려는 일념이었다. 달리며 이미 계획을 세워 둔 것처럼 도착하자마자 창문에 귀를 붙였다. 상미의 비명이 또렷하게 들려왔다.

"어머나, 손 치우십시오!"

"봐봐. 명태 여섯 마리 있잖아. 너 이거면…"

"나 명태 싫어합니다. 가겠습니다."

"지금 보위원 명령에 불복하는 거야? 죽고 싶어? 빨리 안 벗어?"

몸으로 저항하는 흐트러진 숨소리가 새어 나왔다. 지체하지 않고 도성진은 입을 열었다. 폐부에 남은 온기를 한 방울도 남기지 않고 짜내며 노래를 불렀다.

장백산 줄기줄기 피어린 자욱!
압록강 굽이굽이 피어린 자욱!

처음은 삐걱거렸지만 두 소절이 넘어가자 음정도 놀라울 만큼 정확해졌다.

아, 그 이름도 그리운 우리의 장군!
아, 그 이름도 빛나는 김일성장군―!

창문이 벌컥 열렸다. 최종배의 얼굴이 튀어나왔다. 욕정과 방해받은 두 홍분이 얽힌 낯짝이었다.

"이 새끼가…!"

그의 손이 그대로 뻗어 아이의 뺨을 세차게 갈겼다. 성진은 노래하는 사람을 왜 때리냐는 듯 쳐다보았다. 입을 열 때의 눈은 마치 같이 칠 기세였다.

"지금 저 때렸습니까? '김일성 장군의 노래'를 부른다고 보위원 선생님이 저를 때린 겁니까?"

최종배의 얼굴이 굳었다. 주먹은 더 불끈 쥐었는데 그걸 쳐들지 못했다.

"이, 이 새끼… 그게 아니라… 너 또 왜 왔어?"

도성진은 한 걸음도 물러서지 않았다.

"분명 '김일성 장군'의 노래 불렀다고 때렸습니다. 저 지금 맞았고! 본 증인들도 있습니다!"

그러는 사이 현관문이 확 열리며 김상미가 뛰쳐나왔다. 가슴골이 드러난 옷깃을 한 손으로 부여잡고 어둠 속으로 도망치며 소리 질렀다.

"엄마! 엄마!"

도성진은 그 뒤를 기웃거리며 중얼거렸다.

"와, 안에 사람도 있었구나. 여자구나…"

"증인 같은 소리 하고… 썩 사라지지 못해?"

최종배가 윽박질러도 그 목소리는 이미 공허했다. 그때였다. 막사 운동장 저쪽에서 낮고 느리게 시작된 노랫소리가 들려왔다.

장백산 줄기줄기 피어린 자욱―

9분조원들이었다. 쭈그리고 앉아 있다가 하나둘씩 일어서고 있었다. 옆에 앉았던 다른 분조에서 발끈하는 소리가 들렸다.

"저 9분조 새끼들 미쳤나? 여기가 어딘데 감히…"

"보위원만 무섭고, 우린 안 무섭다 이거지…"

최종배의 얼굴은 갈 곳을 잃었다. 도성진은 더 이상 두렵지 않왔다.

"선생님 전 아무것도 본 게 없습니다. 대신 아버지 사진 한 번만 보여주십시오."

"야! 너 죽고 싶어? 복귀 안 해?"

도성진은 돌아서기 전에 중얼거렸다.

"명태도 있고…"

창문이 쾅 닫혔다. 최종배는 헐떡이는 숨을 내뿜으며 책상으로 성큼성큼 걸어갔다. 손등에 핏줄이 벌겋게 올라와 있었다. 쾅! 책상 위에 그 주먹이 그대로 내려 찍혔다.

"이 새끼가…"

최종배는 한 걸음 뒤로 물러서더니 서랍에서 권총집을 꺼냈다. 권총을 꺼내는 손이 아주 익숙했다. 총구를 바라보는 눈에는 이미 총알이 장전돼 있었다.

"이 새끼 이번 명절만 지나 봐."

그의 손가락이 방아쇠를 당기자 쇳소리가 방안을 짧고 날카롭게 가르며 울렸다. 찰칵— 그것은 최종배 가슴에서 나는 소리 같았다.

다음날 17일 아침, 하얀 눈에 묻힌 보위원 사택 마을은 한적했다.

수령과 그 아들 김정일의 생일은 '국가명절'이라 이틀을 쉰다. 사회처럼, 수용소도 수령 신격화의 특혜가 적용됐다. 가파른 언덕 위에는 빽빽이 붙은 벽돌집들이 눈더미처럼 붙어 있었다. 그 사이를 구불구불 흐르는 골목길은 정처 없어 보였다.

일곱 시 정각에 사택 마을 중심부의 전봇대에 매달린 스피커에서 요란한 소리가 터졌다. 하루를 흔드는 그 첫 소음은 '김일성 장군의 노래'였다.

창문 틈 사이로 들어오는 울림에 조직부장은 밥상 앞에서 일어섰다. 먹다 비우지 못한 국그릇에는 닭 다리 하나가 덩그러니 남아 있었다. 그는 곧바로 책상 앞으로 다시 앉았다. 책상 위에는 몇 장의 정리된 서류와 '충성의 일기장'이라는 문구가 표지에 새겨진 노트 한 권이 놓여 있었다.

그는 익숙하게 노트를 펼쳤다. 휘갈겨 쓴 선명한 잉크 색깔의 글씨가 선명했다. 그는 매일 똑같은 시간에 이 일기장을 펴본다. 전날 밤 자신이 쓴 기록을 다시 읽는 습관이 있었다.

하지만 그 일기 속에는 정작 '자기'는 없었다. 지워진 주어, 사라진 감정, 오직 기록뿐이었다. 누구를 만나 어떤 대화를 나눴는지, 누구의 언행에 문제가 있었는지, 무엇을 반성했고, 어떤 회의 결의가 있었는지 날짜만 달랐지 거의 엇비슷한 내용이었다. 문장마다 '당'이, 결론마다 '충성'이 자리했다.

누구에게 바치려고 쓴 충성의 일기장 같았다. 그는 오늘도 어제 쓴 일기를 다시 읽었다. 노트 페이지는 다른 날보다 빼곡히 메워져 있었다. 어제 불렀던 혁명화 '해제명단'이 아니었다. 그것과 정반대의 '봉인명단'을 말하고 있었다. 통상 혁명화 해제명단은 절차를 따랐다. 소장과 정치위원을 거쳐 공식적으로 통보됐다.

하지만 봉인명단은 달랐다. 그 체계의 톱니는 모두 사라져 보이지 않았다. 국가보위부도 거치지 않았다. 오직 당 조직지도부에서 밀봉해 본부 조직부를 통해 직접 조직부장에게만 하달됐다. 그걸 건네받는 행정책임자의 어깨가 조직부에 더 눌릴 수밖에 없는 구조였다. 그 명부는 예사롭지 않았다. 이미 사건은 종결됐어도 지도자의 추가 지시로 이루어지는 것들이었다.

정치위원이 개별 면담 때에 만났던 양강도 혁명사적관 관장도 그랬다. 삼지연특각으로 향하던 김정일은 양강도 혁명사적관 화재 소식을 듣고 불처럼 화를 냈다.

"그런 놈은 인간 자격도 없다." 그 한마디가 곧 사형집행 명령이었다.

북한에서 수령의 말은 곧 법이었다. 수령은 언어를 지배했다. 수령이 사용하는 '단어'의 어감에 따라 실행 강도와 속도가 정해졌다. 인민 생산 현장을 시찰할 때에도

"'당장' 해결하시오"는 최우선,

"'빨리' 해결하시오"는 2순위,

"'무조건' 해결하시오"는 언젠가 하면 되는 것으로 통용됐다.

보위부의 경우엔 김정일이 그 '놈'이라고 부르면, 그건 이미 사람이 아니었다. 즉각 제거 대상이었다.

그 '자'라고 부르면, 그건 혁명화 대상이었다.

그 '사람'이라는 단어로 불릴 때에만, 비로소 그 이름은 해제명단의 펜 끝에 걸릴 수 있었다.

김정일은 간부들에게 늘 "나를 떠나면 고깃덩어리에 불과하다."고 말했다. 그건 비단 간부들에게만 주어진 경고가 아니었다. 당

선전선동부는 그 문장을 충성지침서에 실었다. 물론 그들 나름의 순화된 말투로 "정치적 생명을 잃은 육체적 생명은 고깃덩이와 마찬가지입니다."로 바뀌었다.

그 문장은 전당(全黨), 전민(全民)에게, 심지어 어린아이들의 사상교육 시간에도 흘러들었다. 보위부는 그 '고깃덩어리' 법의 집행자였다. 그들도 종결된 사건이라도 자체적으로 지도자의 비준을 받아 행정적으로 생명을 삭제할 수 있었다.

수용자와 관련된 기관의 요청이 공식적일 수도, 비공식일 수도 있었다. 어떤 경우든, 보위부는 '추가제의서'라는 이름으로 서류를 만들었다. 그게 15호에서 내부처형자로 조용히 죽는 법이었다.

조직부장은 2월 16일에 총 6명의 명단을 받았다. 거기에는 옹혜야가 들어있었다.

비밀을 많이 아는 자
전파 시킬 우려가 있는 자
특수 훈련을 받아 탈출 시도가 가능한 자

15호는 내부처형을 보위부가 직접 실행하지 않았다. 그렇게 할 경우 혁명화 관리소라는 원칙이 흔들릴 우려가 있었다. 그러면 수용자들의 동요가 커질 게 뻔하지 않은가. 다섯 개 리를 통제하며 유지하는 그 방대한 공간에서 '처형'이라는 단어는 최대한 은폐되어야 했다. 그런 이유로 죽음은 사고로, 제거는 내부 문제처럼 꾸며지곤 했다.

조직부장은 어제 미꾸라지가 했던 말을 떠올렸다.

"저 잡종을 감시반에 넣어주십시오."

감시반은 보위원의 눈과 손, 입을 대신하는 직책이었다. 노동은 덜할지 몰라도 적이 훨씬 더 많았다. 일반 수용자는 보위원을 조심하면 그만이지만 감시반은 모든 수용자를 등 뒤에 지고 살아야 했다. 육체적 강제노역을 피하는 대신 정신을 갉아먹는 자리였다.

조직부장은 구류장에 끌려간 해군사령부 작전참모 무리를 이용해야겠다고 생각했다. 15호에서는 그걸 '처리'라 불렀다. 그러나 그는 그걸 '계획'이라고 적었다.

그 수첩을 윗주머니에 넣은 뒤 조직부장은 문을 열고 집 밖으로 나섰다. 차가운 공기가 얼굴에 닿았다. 코끝에는 희미한 화목 냄새가 섞여 있었다. 사택 마을을 흔드는 스피커가 다시 울렸다.

"친애하는 지도자 선생님께서는 다음과 같이 말씀하셨습니다. 총을 들고 덤벼드는 놈들은 총으로 무찌르면 그만입니다. 진짜 위험한 자들은 당 앞에서는 만세를 부르고, 뒤에 가서는 쥐새끼들처럼 쏠라닥 거리며 때를 기다리는 자들입니다…"

쩌렁쩌렁하게 울리는 그 소리는 집집마다 이어진 담장을 타고 흘렀다. 짖어대는 강아지들의 꼬리에도 명령처럼 뿌려졌다. 기다리고 있던 운전병이 차 문을 열었다. 그러나 조직부장은 곧장 올라타지 않았다. 발을 멈춘 채 스피커를 쳐다보았다. 그 속에서 김정일의 한 문장 어록이 다 끝나기를 기다렸다가 차에 올랐다.

스피커 소리는 정치위원의 집에도 벽을 뚫고 들어왔다. 안쪽 방에서 군복 깃을 여미며 나오던 그는 밥상 앞에 시선을 멈추었다. 늦게 깬 아들과 딸이 눈꺼풀이 덜 떠진 얼굴로 앉아 있었다. 숟가락은 손에 들려 있었지만, 입까지는 가지 않았다.

"밥을 먹던가. 말던가. 그 한 덩어리에 죽고 사는 사람들도 있어."

그 말에 아들은 숟가락을 움켜쥐고 국을 조금 떠 입에 넣었다. 딸도 숨을 들이쉬며 꾸역꾸역 밥을 밀어 넣더니 씹지도 못하고 꺽꺽거렸다. 눈을 흘기며 정치위원은 군모를 눌러썼다. 부엌에서 아내가 나왔다. 자그마한 체구에 털실 조끼를 덧입고 있었다. 그녀는 다섯 갑의 담배와 봉지 하나를 양손에 쥐고 있었다.

"당신 요즘 무슨 일 있어요?"

그녀의 목소리는 여자의 예감을 말하는 것 같았다. 정치위원은 가방에 담배와 봉지를 집어넣었다.

"일은 무슨…"

"담배를 하루에 몇 갑씩… 부대 공급물자 중에 이게 제일 비싼 건데… 이상하게 강냉이 빵을 자꾸 만들라 하지 않나…."

아내의 말이 희미하게 이어졌지만 더는 정치위원에게 닿지 않았다. 그는 외투를 입으며 밖으로 나갔다.

그 시간 소장이 대열부장과 함께 보위원 식당 안으로 들어섰다. 그의 군화 소리에 사람들의 척추가 먼저 굳었다. 밥을 먹던 군인들은 일어서고 식당을 오가던 수용자들이 허리를 접었다.

서련화도 달려와 고개를 숙였다. 동작이 빨랐으나 지나치진 않았다. 낮춘 자세였지만 초라한 모습을 찾을 수 없었다. 그녀는 정확히 한 걸음 앞에 멈춰 서서 허리를 깊숙이 숙였다. 그 몸짓엔 훈련된 예의와 계산된 거리감이 동시에 깃들어 있었다. 소장과 대열부장은 말없이 식탁에 마주 앉았다.

서련화는 곁에서 다소곳이 서서 주문을 기다렸다. 그러나 먼저 입을 연 건 대열부장이었다.

"소장 동지, 아무리 명절 특식이라 하지만 원래 부대밥 싫어하시지 않습니까?"

반듯했던 소장의 표정이 주름졌다.

"부대 밥 싫어하는 군인이 어디 있어? 아무… 아무 데서나 그 입은. 물 갖다 줘."

"네. 선생님"

소장은 주방 안으로 향하는 그녀의 뒷모습을 빠르게 훑었다. 같은 눈인데도 대열부장을 돌아볼 땐 달랐다.

"아무튼 그 입은."

"맞지 않습니까?"

"또 또…"

그 뒷말을 입속에서 잘근잘근 씹으며 소장은 담배를 입에 물었다. 대열부장이 잽싸게 라이터 불을 켰다.

"소장 동지, 어젯밤 소장 동지 조카가 보내온 천연색 텔레비전을 창고에 넣다 보니… 전번에 보낸 두 대가 아직 남아 있었습니다."

소장은 담배를 문 채 눈동자만 굴렸다.

"근데 왜?"

서련화가 물컵과 재떨이를 들고 돌아왔다. 소장은 자연스럽게 그녀 쪽으로 몸을 살짝 틀었다. 그녀가 내려놓는 물컵에 이상하리만큼 눈길이 오래 닿았다.

"습기가 차서… 고장 날까봐 걱정돼서 말입니다…"

"그래도 너 줄 게 없다. 갖고 갈 데가 많아."

소장은 자기가 말하고도 시원했다. 낙담한 대열부장은 그 서운함을 엉뚱한 쪽으로 풀었다.

"야, 내 물은 안 갖다 줘?"

그 목소리는 작지 않았다. 소장의 볼이 미세하게 씰룩거렸다. 서련화는 멈칫하고도 침착하게 대답했다.

"거기 앞에..."

그 말과 거의 동시에 소장도 소리 질렀다.

"네 앞에 있잖아!"

서련화는 아무런 말 없이 다시 물러섰다. 그 자리에 남은 건 그녀가 머물렀던 공기와 멀어진 발소리뿐이었다. 대열부장은 쉼 없이 지껄이던 입에 물을 벌컥벌컥 들이켰다. 소장은 담배 연기를 길게 내뿜었다. 곧이어 서련화와 다른 여자 수용자가 쟁반을 들고 다가왔다. 대열부장이 또 입을 열었다.

"소장 동지, 요즘은 입맛이 좀 어떻습니까?"

"먹기나 해. 여기, 된장 좀 갖고 와!"

대열부장은 곧장 국물을 떴다. 국물에 물어보듯 자세히 들여다보았다.

"좀 짜지 않습니까?... 아니, 싱거운가?"

그는 소장의 흉내를 내며 목소리를 한껏 높였다.

"나도 소금 갖고 와!"

소장은 옆을 찌르는 것처럼 말했다.

"소금, 네 앞에 있잖아. 눈깔 좀 뜨고 봐."

"네, 네!"

대열부장이 자리에서 몸을 반쯤 일으키며 외쳤다.

"여기 있어, 오지 마!"

서련화가 된장 접시를 들고 다시 나타났다. 식탁에 놓으려고 할 때 소장이 손을 뻗어 그녀의 손에서 직접 받았다. 살짝 살이 닿았다.

"물 한 잔 갖고 와."

소장이 작게 말했다. 그러자 대열부장도 아첨 가득 따라붙었다.

"나도 된장, 그리고 물 두 잔 갖고 와!"

소장은 순가락을 식탁 위에 탁! 내려놓았다.

"야, 닥치고 밥 좀 조용히 먹자."

단 한 마디였지만 그 무게는 단단하게 떨어졌다. 대열부장의 어깨가 확 꺾였다. 그는 고개를 푹 숙이고 밥을 연신 입안에 퍼 넣었다. 그의 정수리를 노려보던 소장은 국을 한 숟갈 떴다. 그리고 그녀가 남기고 간 온기를 입안에서 천천히 굴렸다.

출소자 명단이 발표되고 나면 '낙오자'들만 각오가 필요한 게 아니었다. 오히려 나가는 자들이 더 긴장했다. 해제자들은 보통 3일에서 1주일 넘게 그 막사에 머물러 있어야 했다. 그들을 태우고 나갈 트럭이 늦는 일이 많아서였다.

가둘 땐 쏜살같지만 내보낼 땐 사정이 많았다. 휘발유가 부족하거나 트럭이 고장 나기도 하고, 어떤 때는 해제자들이 반드시 거쳐야 하는 요덕군의 당 강습 준비가 지체되기도 했다. 그렇게 기다리며 마음 들떠 말실수하는 바람에 다시 눌러앉은 사람도 있었다.

심지어 평소 원한 품고 있던 수용자가 질투심에 칼을 들이댈 때도 있었다. 15호의 출소는 이름을 부른다고 완성되지 않았다. 마지막 철문을 넘을 때까지 살아남아야 했다.

아침부터 다른 분조에선 고성이 터져 나왔다. 들뜬 말, 억울한 말, 뒤섞인 감정이 아침 공기를 흔들었다. 하지만 9분조는 차분했다. 목소리를 낮췄고, 몸을 조심했고, 감정을 다듬었다. 아침 식사 뒤 도성진과 옹혜야가 운동장 한구석에 나란히 앉아 있었다.

"요즘 우린 보는 눈이 계속 같은 것 같아요."

도성진이 먼저 입을 열었다. 투명한 속내를 드러내면서도 말끝은 조심스러웠다.

옹혜야는 그 말에 고개를 돌렸다.

"그게 뭔 말이야?"

"난 단독막사 보고… 아저씨는 최종배 사무실 보고. 혹시… 거기 뭐가 있나요?"

도성진이 잠깐 추측한 뒤 덧붙였다.

"아! 혹시 아저씨 엄마 사진도 저놈이 갖고 있나요?"

"사진?"

옹혜야가 되물었다.

"네. 저놈이… 내 아버지 사진 갖고 있거든요. 나도 사실… 언제든 저놈 사무실 털려고 했는데… 담에 갈 때 날 꼭 데리고 가줘요."

그 말에 옹혜야는 대답 대신 웃었다. 도성진이 잠시 그 웃음을 지켜보다가 다시 말했다.

"길인… 아저씨는 그 이름대로 사는 것 같아요. 생긴 것도 특별하고, 남들보다 주먹도 세고… 왠지 우리 9분조에서 제일 먼저 나갈 사람도 아저씨일 것 같아요."

그 말에 옹혜야의 미소가 한층 더 밝아졌다. 도성진을 지그시 바라보며 말했다.

"내 생각에도 그럴 것 같다. 그 방법 알려줄까?"

도성진의 눈이 번쩍 뜨였다.

"정말요? 네, 알려줘요."

"그럼… 저기, 저 나무 보이지?"

옹혜야가 먼저 돌아앉으며 손가락으로 막사 뒤편을 가리켰다. 도성진도 그 손끝의 방향으로 고개를 돌렸다. 독신자 막사 뒤 켠 그늘이 가장 많이 몰려 있는 끝자락이었다. 그곳에 커다란 나무 한 그루가 있었다.

"네? 네, 보여요."

"내가 먼저 나가면… 너한테만 몰래, 그 비밀을 저 나무 밑에 파묻어 놓을게."

도성진은 잠깐 가져봤던 기대가 아까웠는지 간절하게 쳐다봤다.

"농담하지 말구요."

"진짜라니까."

옹혜야는 새끼손가락을 내밀었다. 성진은 손해 볼 게 없다는 듯 자기 손을 얼른 걸었다.

"약속했어요. 저 나무가 증인입니다."

제법 어른처럼 말하는 성진에게 옹혜야는 웃으며 맞잡은 손을 크게 흔들었다.

그때였다. 갑자기 운동장이 시끄러워졌다. 막사에서 수용자들이 몰려나왔다. 9분조도 막사에서 나와 성진과 옹혜야 옆으로 다가왔다.

"아들이 칼로 아버지를 죽였대! 다들 구경 갔어!"

9분조 옆을 지나치며 한 수용자가 말했다. 다른 수용자들도 2작업반 관리실 쪽으로 달려가고 있었다. 그 뒤편에 가족세대가 있었던 것이다.

도련님이 뛰어가던 한 수용자를 붙잡고 물었다.

"가족세대, 어떻게 들어갔대?"

"명절이잖아. 다 열렸대."

사람들이 몰려가는 뒷모습을 멍하니 바라보던 주둥이가 혼잣말처럼 중얼거렸다.

"민족 최대의 명절이 맞기는 맞는구나. 가족 최대의 비극이 터지는 걸 보니…"

그리곤 습관처럼 시선을 옆으로 흘리다가 한 곳에 멈췄다. 도련님이었다. 잰걸음으로 뛰어가는 뒷모습이었다. 누가 보지 않기를 바라는 사람처럼 주머니에 손도 감추고 빠르게 걸음을 옮겼다. 그 행동을 주시하던 주둥이의 입꼬리가 천천히 올라갔다. 옆에 서 있던 도성진의 머리를 가볍게 쓰다듬기까지 했다.

"성진아. 오늘 가마치 먹는 날인 것 같다."

주둥이가 도련님 뒤를 따르자 9분조도 몰려갔다. 그들이 가족세대 지역에 들어섰을 때는 벌써 사람들이 잔뜩 몰려 있었다. 비좁은 골목에 있는 집인 데다 앞뒤로 사람들이 꽉 막혀 있었다. 그 틈을 헤집는 성진이를 옹헤야가 버쩍 안아 올려줬다. 두 명의 수용자가 들것을 부여잡고 어디론가 가고 있었다.

그 위엔 담요로 덮은 시신 하나가 얹혀 있었다. 그 시신을 따라가다 주저앉은 여인이 땅을 치며 통곡했다. 그녀는 집에서 군인들에게 묶여 끌려 나오는 아들을 향해 다시 일어섰다.

"개새끼야! 넌 내 아들도 아니니 여기 남아 죽어라! 아버지가 너한테 얼마나 잘해줬는데!"

여인은 비틀비틀 발을 떼며 쫓아가다가 손가락을 뻗어 저주를 퍼부었다. 끌려가던 아들은 돌아서며 소리쳤다. 눈은 벌겋게 충혈돼 있고 목소리는 억울함과 분노가 섞여 있었다.

"지금 누구 덕에 나가게 됐는데? 동생이랑 엄마를 위해서였다고! 엄마도 아버지랑 싸울 때 맨날 그랬잖아! 제발 죽으라고!"

"개놈의 새끼야. 너 병 걸려 죽어갈 때 피를 뽑아준 아버지다!"

여인은 바닥에서 돌을 주워 아들을 향해 집어 던지다 못해 마구 쫓아갔다. 그 여자가 멀어질수록 지켜보는 여자들의 수군거림은 커졌다.

"저 후레자식 같으니."

"저놈은 살인죄로 처형되나요?"

"반동 처형했는데 보위부가 왜 죽여. 사회교화소 보냈다가 풀려나지."

"저렇게 나간다고 다시 한 지붕 아래서 마주 보며 살겠어?"

여인의 비명이 완전히 사라지자 사람들의 표정도 하나둘씩 흐려졌다. 동정도, 소란도, 관심도 씻기듯 사라졌다. 그 틈을 비집고 나온 건 민유정의 날카롭고 짜증 섞인 목소리였다.

"왜 그래요, 아까부터 정말!"

그 뒤를 따라붙는 미꾸라지는 자꾸 실실 웃고 있을 뿐이었다. 말을 길지도 않고 그렇다고 비켜서지도 않았다. 거리와 시선이 애매하게 들러붙어 있었다. 사람을 순간에 질리게 하는 끈적함이었다. 어디서 나타났는지 주둥이가 일부러 멀리 떨어져 서서 소리쳤다.

"야 미꾸라지!"

미꾸라지는 주둥이가 찾는 그 미꾸라지가 아니라는 듯 등을 바싹 세우고 그냥 서 있었다.

"너 외국 나가서 백인 여자 강간했다가 걸렸잖아. 여기서도 또 그러면 어디로 갈래?"

그 말에 미꾸라지가 발딱 돌아섰다.

"와, 저 주둥이 헛소문 퍼뜨리는 것 좀 봐! 더 못 참아. 오늘 너, 완장 벗고!"

이번엔 옆에서 옹헤야의 목소리가 날아왔다.

"어이, 미꾸라지."

그 한마디에 미꾸라지는 목덜미를 물린 듯 화들짝 놀랐다. 금발은 어느 각도에서 봐도 9분조의 '금지구역'이었다. 미꾸라지가 빠르게 도망치자 민유정이 주둥이 앞으로 다가갔다. 마주 서며 작게 말했다.

"땡큐."

주둥이는 어리둥절한 표정으로 고개를 갸웃했다.

"땅크? 그 말이 왜 갑자기 나와?"

그 무식함도 주둥이라서 더 웃겼는지 민유정은 고개를 홱 돌려 입을 틀어막고 웃어버렸다. 이후 둘은 따로 자리를 잡고 앉았다. 그들 뒤로 김상미가 괜히 빙빙 맴돌았다. 도성진을 찾는 눈빛이었지만 걸음엔 망설임이 더 많았다.

"어지럽다. 와서 앉아."

주둥이가 엄하게 말했다. 그러자 김상미는 말도 없이 빠르게 어디론가 줄달음쳐 도망쳤다. 민유정을 쳐다보는 주둥이 얼굴엔 온갖 질문이 다 떠다녔다.

"영어 전공했다고? 조선말이랑 뭐가 달라?"

민유정은 영어 얘기만큼은 자신 있는 표정이었다.

"다 반말입니다."

"오~ 반말이 전문이구나."

주둥이는 눈을 가늘게 뜨며 잠깐 생각에 잠기더니 진지하게 다시 물었다.

"아니 그럼… 미국 수용소에선 보위원한테 뭐라 그래? '야! 너!' 막 이래?"

민유정은 당연하다는 듯 손까지 불끈 쥐었다.

"네! 언어 계층이 없으니 사람 계층도 없는 겁니다. 언어 평등, 사람 평등."

주둥이는 민유정의 그 손을 가만히 들여다보며 혼잣말처럼 중얼거렸다.

"평등이라… 그 쉬운 걸… 우리도 반말할까?"

"왜 그래야 됩니까?"

그 말에 주둥이는 잠시 말이 막혔다. 어깨를 으쓱했어도 말을 잃어버린 그 어색함을 누구보다 본인이 먼저 느꼈다. 그러다 괜히 아무 데도 닿지 않는 헛기침을 한 번 했다.

"나에게 존댓말이란 경멸이고 조롱이야. 보위원 놈들한테 쓰는 말이니까. 반동들끼리 하는 반말은 평등이고, 존중이지. 그러니 선택해"

민유정은 눈을 굴리더니 그 말엔 답하지 않았다. 대신 고개를 숙이고 또 웃었다.

가족세대 지역을 처음 들어와 본 성진은 말로만 듣던 곳을 눈앞에 두고 잠시 멈춰 섰다. 토굴이라고 들었는데 막상 보니 제법 마을 같았다. 입구마다 돌로 된 발판이 놓여 있었다.

옆집을 나누는 무릎 높이의 돌담도 있었다. 굴 앞을 슬쩍 들여다보니 장독 비슷한 게 눈에 잡혔다. 목을 조금 더 뺐더니 장독 안에 큼직한 돌이 하나 박혀 있었다. 무언가를 담그려는 것이 아니라 누가 가져가지 못하게 일부러 눌러둔 듯했다. 철선의 빨랫줄에 작은 화분까지 한쪽에 놓여 있었다. 흙벽은 군데군데 손질된 자국을 보여주었다. 굴 입구는 매일 쓸고 닦는지 정갈했다.

"이렇게 살아가는구나…" 성진은 혼자 중얼거렸다. 수용소 안에도 분명 사람 사는 냄새는 있었다. 그는 골목 안쪽으로 더 들어갔다.

거긴 딴 세상이었다. 마치 '부자 동네' 같았다. 토굴이 아니었다.

양쪽에 돌담집이 줄지어 있었다. 토굴이 새로 온 수용자들 집이라면 돌담집들은 이곳에서 오래 산 '토박이들'의 마을이었다. 벽돌처럼 규격이 일정한 돌들은 다듬고 바꾸며 세월로 쌓아 올린 흔적이었다.

그중 한 집에서 성진의 눈이 멈췄다. 마당 한가운데 맷돌만 한 큰 돌 위에 명태 대가리 넷이 올려져 있었다. 동태국에서 건진 것을 햇볕에 말리는 모양이었다. 바람결에 비린내가 스쳤다. 혹시 버린 걸까? 막연한 미련에 성진은 조심스레 다가갔다. 사람 그림자는 보이지 않았다. 금방 들어갔다 나오면 쥘 수 있을 것 같았다. 그는 한 번 더 주위를 살핀 뒤 두 발자국을 더 내밀었다. 그때였다.

"이 새끼야! 지금 내가 너 보고 있어."

성진은 놀라 화들짝 고개를 돌렸다. 마당 안쪽 볏짚단 속에서 자기 또래 녀석이 막대기를 쥐고 일어섰다. 훔친 것도 아닌데 한 대 칠 기세로 다가왔다. 키는 성진이보다 작았어도 눈빛은 그쪽이 더 단단해 보였다.

성진이 녀석과 기 싸움을 벌이고 있을 때 다른 골목에선 검은손과 옹혜야가 울고 있는 한 여인 앞에 서 있었다. 그는 44살의 신숙자였다.

그녀는 독일 브레멘대학교에서 경제학박사 학위를 받은 남편을 따라 북한에 왔다. 부부는 남한 출신이었지만 독일에서 살다가 1985년 북한의 꾀임에 걸려 평양까지 오게 된 것이었다. 1년쯤 지난 뒤 남편은 다른 유학생도 유인해오라는 평양의 지시를 받고 덴마크로 가게 됐다. 공항에서 남편이 정치적 망명을 신청하면서 신숙자는 10세와 8세의 두 딸과 함께 수용소로 끌려오게 됐다.

신숙자는 수용자에게도 하소연을 들어 줄 권한이 있다고 착각하는 건지 검은손과 옹혜야 앞에 무릎을 꿇고 있었다. 양팔에는 어린 딸 둘이 있었다. 아이들은 그녀의 젖은 옷깃에 얼굴을 파묻은 채 울고 있었다. 울음이 서툴러야 할 나이의 아이들이 어른들처럼 슬프게 울고 있었다.

"남들은 출소하는데… 네 아버지는… 언제 온다냐! 우릴 왜 잡아 두냐고, 이 악당들이!"

신숙자는 말끝이 흐르기도 전에 숨이 끊어질 듯 들이켰다. 하지만 그녀는 입을 다물지 않았다. 입을 닫으면 자기 존재가 사라질까 봐 무슨 말이던 더 하고 싶어 했다.

"여기 사람들은 태어나서 어쩔 수 없다지만… 우린 뭐냐. 제 발로 찾아온… 그게 더 부끄러워 죽고싶다. 부끄러워 미치겠다. 죽고 싶다."

옆에 서 있던 옹혜야와 분조장은 당황한 기색으로 그녀를 바라봤다. 분조장이 다급하게 속삭이며 일으켜 세웠다.

"큰일 납니다. 우연히 지나가다 안 되겠다 싶어 들어온 거예요."

신숙자는 오히려 고개를 들어 하늘을 향해 소리쳤다.

"왜 큰일인데! 내가 고향이 남한 경상남도 통영이라고! 북한 놈도 아니라고. 서독에서도 당당히 살았던 사람이야! 아이고 세상 돌고 돌아 이 지옥에 굴러떨어진 내 팔자야!"

검은손은 모성애를 자극하는 것이 더 효과적이라고 판단했는지 두 딸의 어깨에 손을 얹었다.

"아주머니, 남들 같으면 신고해요. 두 딸 고아 만들기 싫으면 남도 믿지 마세요. 남조선이고, 서독이고 봐줄 놈들이면 애초에 여기 안 넣었어요. 살고 싶으면 자기 입부터 죽이고 살아요."

신숙자의 입이 꾹 다물어졌다. 그 얼굴엔 울지도, 화내지도 못한 표정 하나만 남아 있었다. 믿음은 완전히 부서지고 속이 잠겨버린 얼굴이었다.

그 모든 광경을 옆에서 옹혜야는 묵묵히 바라보기만 했다. 어떤 말도 하지 않았다. 표정도 변하지 않았다. 남에 대한 동정이나 연민도 아니었다. 자기 안의 무언가를 결정하는 눈빛이었다.

검은손과 옹혜야가 신숙자의 집에서 나올 때 김상미가 괜히 그들 앞으로 달려왔다. 혹시나 하고 뛰어왔지만, 아저씨들 뒤엔 아무것도 없었다. 그녀는 뒷걸음질 치다가 곧바로 또 다른 방향으로 달려갔다.

김상미는 마을 골목을 무작정 달렸다. 어디로 가는지도 무엇을 찾고 있는지도 점점 잊어버린 것 같았다. 그냥, 가만히 있기 싫었다. 혼자서 슬퍼지는 건 더 싫었다. 누구든, 무언가든, 지금 이 기분을 끊어줄 대상을 찾아 발끝만 믿고 뛰었다. 그런데 달리다 보니 이게 대체 뭐 하는 짓인가 싶었다. 숨은 턱까지 차오르고 가는 길은 텅 비거나 막혔다.

짜증이 슬슬 복받쳐 오르려는 그때였다. 도성진이 보였다. 스스로도 놀라며 골목 옆 담장 뒤로 몸을 낮췄다. 성진이는 자기도 잘 아는 녀석과 마주 서 있었다. 누가 봐도 한판 붙은 얼굴들이었다. 옷은 구겨지고, 머리카락도 부스스했다. 둘 다 숨은 가라앉았어도 눈빛에선 싸움의 여운이 남아 있었다. 성진이와 마주선 녀석 별명도 돌처럼 아무 데나 막 던지듯 불리는 '돌대가리'였다.

"내 별명은 돌대가리야."

돌대가리가 성진에게 하는 말이었다.

"난 얼라반동. 넌 언제 들어왔는데?"

"여덟 살. 할아버지 땜에"

돌대가리가 아무 고민 없이 떨어뜨린 그 짧은 숫자 하나에 성진은 아무 말도 할 수 없었다. 어딘지 모르게 미안해하며 도성진이 말했다.

"우리 친구 할까? 같은 열일곱끼리?"

돌대가리는 대답이 빨랐다.

"지금 친구잖아. 동태 대가리 하나 줄까?"

고개를 가로 흔드는 도성진은 웃었다. 두 사람 앞쪽으로 김상미가 걸어왔다. 그녀는 둘을 한눈에 훑더니 이모들처럼 팔짱을 꼈다.

"싸웠니? 에이 불쌍하다. 너희들."

그 말에 도성진과 돌대가리는 동시에 코웃음을 터뜨렸다. 보란 듯이 어린애들처럼 상미를 칩떠보며, 손은 어른처럼 악수했다.

그 시각, 도련님과 가수는 장찌엔과 함께 있었다. 그 자리는 가족세대 마을의 중심이었다. 오래된 느티나무 아래였다. 줄기는 두 사람이 팔을 벌려야 겨우 감쌀 만큼 굵었다. 거대한 가지는 사방으로 퍼져 마을 골목마다 위세를 드리우고 있었다. 겨울이라 바람이 매서웠으나 나무 아래엔 드럼통을 잘라 만든 공용 불통이 놓여 있었다. 장작을 던지고, 연기를 쐬며, 사람들은 그 앞에 모였다. 누가 불을 지피든 그 불은 늘 같은 얼굴들을 불러모았다. 여름엔 그늘이, 겨울엔 그 불통이 이 마을의 광장이었다.

장찌엔은 늘 그렇듯, 누가 봐도 지적받을 법한 자세로 앉아 있었다. 다리를 쩍 벌리고 한쪽 팔은 뒤로 뻗어 땅을 짚고 있었다. 자세라기보단 기세였다. 불량함이 아니라 질서를 비웃는 태도였다. 가수는 노래하던 시절의 습관처럼 등을 곧게 세우고 있었다. 말도 노래도 없이 그의 몸 전체가 울림통처럼 슬픔을 담아낼 준비 같았다. 도련님은 주머니에 손을 찔러 넣은 채 앉지도 눕지도 않은 비스듬한 자세로 나무에 기대 있었다. 똑바로 서기엔 귀찮고 제대로 눕기엔 체통이 허락지 않는 태도였다. 그 중간 어딘가에서 그냥 제 편한 대로 남들은 상관없다는 여유였다.

"정말 화교 맞아요?"

가수가 묻자 장찌엔은 두 번 물었다간 때릴 눈으로 노려보았다.

"이름도 찌엔이라니까. 조선에 이 이름 어디 있어?"

장찌엔이 정색하며 외치자 도련님이 발끝으로 불통 밑의 재를 헤치며 편드는 척 속을 슬슬 긁었다.

"없지. 15호에만 있지. 쯔쯔…."

가수는 더 이해 안 된다는 표정을 지었다.

"아니 그럼 화곤데 왜 여기 왔어?"

"내 발로 왔냐고! 잡혀 왔지!"

도련님은 길게 뻗은 다리 끝, 구멍 뚫린 제 신발을 바라보며 혀를 찼다.

"조선에 반동이 부족했나? 뭔 화교 반동까지 잡아와 쯔쯔쯔."

장찌엔은 듣다 보니 울분이 치밀었는지 벌떡 일어났다. 그리고 어딘가를 향해 삿대질하며 고래고래 소리를 질렀다. 도련님과 가수는 기겁해서 올려다보았다.

"야! 맨날 사상이 어떻소! 여자들 두 입이니 뭐니! 웃입 조심하라면서 왜 아랫입은 더듬고 쑤시지 못해 지랄이야? 너네 웃대가리는 노동당원이고, 아랫대가리는 반동이냐?"

장찌엔의 불같은 목청에 도련님과 가수가 동시에 일어났다. 뛰자니 죄 있는 것 같고 같이 있자니 공모하는 것 같았다.

"어디 가!"

장찌엔이 소리치자 도련님은 들킨 사람처럼 두 손을 모으고 돌아섰다.

"갑자기… 오줌 마려워서… 저기…"

"참아!"

두 사람은 다시 옆에 앉는 것이 애매해 그 자리에 어정쩡하게 서 있었다. 가족세대 여자들 사이에선 장찌엔 찾기가 제일 쉽다고 했다. 목소리 큰 쪽으로 무작정 가면 영락없이 그녀가 있다고 했다. 박해순도 그렇게 찾아왔다. 올해도 출소가 막힌 아버지를 겨우 달래고 마침내 집을 나섰다. 느티나무가 있는 마당 한 켠에 다다랐을 때 장찌엔보다 먼저 도련님의 얼굴이 눈에 들어왔다.

두 남자는 나무 밑 가장자리에 멀뚱히 앉아 있었다. 그 앞에선 장찌엔이 마당 중앙을 차지하고서 기세등등한 얼굴로 소리를 쏟아내고 있었다.

"오늘부터 이 장찌엔 눈에 보위원 한 놈만 걸려봐. 어디 감히 오줌도 서서 싸?"

장찌엔은 헛웃음 섞인 눈빛으로 외쳤다.

"딴 거 없어. 1호 사진, 노동신문 하나 몰래 갖다 놓고 걸면 돼. 이놈들 하는 대로만 하면 누구든 처넣을 수 있어."

저만치서 박해순이 마당을 가로질러 도련님 쪽으로 성큼성큼 걸어오는 모습이 보였다. 박해순만 나타나면 도련님의 목은 자동으로 돌아섰다. 그는 회피하고 외면해야 오히려 당당하다고 믿었다. 뒷모습은 그나마 남아 있는 자기 자존심의 마지막 표정 같았다.

그런데 오늘만큼은 눈앞에 다가오는 그녀를 향해— 얼굴을 들고 싶었다. 어쩌다 정면으로, 실수처럼. 그리고 그 실수마저 피하고 싶지 않은 남자처럼. 왜냐면 혁명화 해제명단에 들어있던 친구와 정반대의 처지에 놓인 자신을 더 이상 부여잡을 이유가 없기 때문이다.

독신자세대와 가족세대를 가르는 경계선은 어디보다 어둠이 깊었다. 그 아래 9분조원들이 허리를 숙이고 빠르게 달렸다. 검은손은 분조가 다 사라지면 의심받을 수 있다고 했다. 막사에는 옹헤야까지 둘만 남았다. 남자들의 발소리는 땅에 닿는 족족 사라졌다. 숨소리는 서로의 숨소리를 붙잡고 있었다. 앞서 달리던 도련님이 갑자기 멈춰 섰다. 신발이 흙 위에서 멎자 뒤따르던 사람들의 몸도 덩달아 앞으로 쏠렸다.

"아무래도… 안 될 것 같아. 소문나면…"

맨 뒤에 섰던 주둥이가 급하게 앞으로 나와 섰다.

"네가 부주석 아들이면… 어제 해제명단에 들어갔어."

도련님은 쓸쓸하게 웃었다.

"그렇겠지? 모르겠지?"

주둥이는 도련님 옷에 뭘 묻은 것도 아닌데 탁탁 털어주었다.

"지금 네 꼴이 부주석 아들이면… 나라 망한 줄 알지. 내가 책임질게. 몰라, 몰라."

그때 도성진이 손가락으로 어딘가를 가리켰다.

"저기 봐요. 가족세대 문… 닫혔어요."

모두의 시선이 그 손끝을 따라 움직였다. 저 멀리 어둠을 이어붙인 철조망 한가운데, 가족세대의 대문이 굳게 닫혀 있었다. 순식간에 9분조원들의 얼굴에 실망과 허탈이 번졌다. 누구랄 것 없이 달리던 자세였던 굽은 허리들이 곧게 일어섰다. 도련님이 변명처럼 슬쩍 말을 흘렸다.

"저 문에서 삼십 미터 정도만 더 아래로 내려가면…작은 개구멍이 있대. 바로 그 앞에서 좀 더 가면… 거기래. 돼지우리가."

주둥이는 그 이상 사정하지 않았다. 설득하는 목소리도 아니었다. 단호한 강요처럼, 손이 먼저 도련님의 몸을 획 잡아 돌렸다.

"가, 가! 너는 지금 끌려가는 게 아냐! 뛰어!"

그 말에 9분조의 허리들이 다시 숙여졌다. 어둠 속을 향해 작고 단단한 연대가 다시 달렸다. 그리고 그 등을 별들이 웃으며 굽어보고 있었다. 그들이 도착한 곳은 경계 너머 작은 돼지우리 앞이었다.

이상하게도 돼지우리에서는 냄새가 거의 나지 않았다. 비린내도, 똥내도, 한 번쯤은 있어야 할 '짐승냄새'조차 없었다. 시멘트 바닥은 눈도 말끔히 치워져 있었다. 짚도 너무 고르게 깔려 있었다. 냄새나면 돼지가 아닌 담당 수용자가 맞으니 철저히 정돈되고 잘 관리된 냄새였다.

9분조는 자기들 막사를 떠올렸는지 저마다 혀를 찼다. 자기들은 모로 누우면 옆 사람 얼굴이 닿는 정도인데 돼지는 독방이었다. 돼지 수용자도 별로 없었다. 빈방이 많이 있었다. 먹고 싶을 때 먹고 자고 싶을 때 자는 돼지, 강제노동도 기합도 받지 않는 생명이었다. 갇히긴 비슷하게 갇혀 있는데 네 발 가진 돼지가 더 낫다고 느끼는 표정들이었다.

"자. 각자 자기 위치로."

주둥이가 한숨은 나중이라는 듯 재촉했다. 도성진은 '침실' 문 앞을 지키는 보초 겸 연락병이었다. 주둥이와 가수는 박해순도 보위원도 알 수 없는 곳에서 잠복 경비에 들어갔다.

도성진은 돼지우리 앞의 낮은 담장 옆에 몸을 숨겼다. 바람은 차가웠고 자기 숨만 따뜻했다. 두 손을 호호 불며 기다리는데 누군가가 급하게 달려오는 소리가 들렸다. 박해순이었다. 도성진이 볏짚 속에서 뛰쳐나가 그녀를 마중했다. 손으로 돼지우리 한 곳을 가리켰다.

"저기요. 저기. 내가 망볼게요."

박해순이 그쪽으로 가는데 다른 우리 안에서 도련님 목소리가 들렸다.

"아니야, 여기야, 여기,"

도성진은 다시 자기 자리로 돌아와 쭈그려 앉았다. 숨은 아직도 가팔랐고 가슴엔 긴장이 잔잔하게 남아 있었다. 고개를 들었다. 눈발이 조금씩 날리고 있었어도 밤하늘엔 별이 드문드문 떠 있었다. 고향에서 봤던 그 하늘이었다.

"히야… 어렸을 때 친구들이랑, 이런 밤에도 숨바꼭질하며 놀았는데…"

그는 자기가 내뱉은 말에 잠시 빠져들었다. 하늘을 본다기보다 가슴 속 오래 묻어뒀던 것들을 바라보는 눈빛이었다.

"꼭꼭 숨어라, 머리카락 보인다… 하나, 둘, 셋, 넷…다섯… 여섯…"

딱 여섯까지 셌을 때였다. 돼지우리 안에서 박해순의 목소리가 불쑥 일어섰다.

"뭐야, 부주석 아들이 허리 아래는 왜 백성만 못해."

남자의 목소리는 들리지 않았다. 곧이어 돼지우리 문이 쾅 소리를 내며 열렸다. 박해순이 먼저 튀어나오더니 타다닥! 발소리를 내며 어디론가 사라졌다. 그 뒷모습을 본 도성진은 두 팔을 공중에 높이 흔들었다. 그 신호를 보자마자 저만치서 숨어 있던 두 그림자가 일어섰다.

잠시 후 세 사람이 돼지우리 안으로 빼곡하게 들어섰다. 돼지는 없고 그 자리에 도련님만이 가운데 털썩 앉아 있었다. 바지는 입은 게 아니라 무릎에 대충 걸쳐져 있었다. 그 위에는 가마치를 양손에 든 손이 맥없이 얹혀 있었다.

도련님은 꿍한 눈으로 돼지우리 안을 천천히 훑어보았다. 다들 다닥다닥 붙어 앉아 열심히 누룽지를 씹었다. 성진은 고소하다는 듯 주먹을 바르르 떨며 입을 아작아작거렸다.
"검은손과 옹헤야건 내가 챙겼으니, 빨리들 씹어."
주둥이가 말했다. 가수는 도성진에게 누룽지 조각을 흔들어 보였다.
"물 먹으면… 이따 뱃속에서 불어나고 좋아."
도성진은 대답도 미루고 누룽지를 꼭꼭 씹었다. 도련님의 긴 한숨이 모두의 시선을 끌어당겼다.
"부주석도 알고, 내 좆도 알고… 아휴."
울컥 쏟아진 그 말에 누구도 웃거나 맞장구를 치지 않았다. 그 말에 걸맞은 대답은 이 돼지우리 안엔 없었다. 주둥이가 짧게 말했다.
"그러니 먹어."
그 말이 더 얄미웠는지 도련님은 주둥이를 쨰려보았다. 주둥이는 그 시선을 느끼면서도 기어이 딴 곳을 보았다. 그러면서도 입은 누룽지를 천천히 씹었다. 그걸 넘기려는데 도련님이 물었다.
"책임진다며?"
주둥이 목에서 꿀꺽— 유난히 큰 소리가 났다. 그 소리에 가수가 등을 돌려버렸다. 주둥이는 괜히 코를 벌름거렸다.
"여기… 돼지 냄새 좀 심하지 않아?"
책임은커녕 회피도 뻔뻔했다. 그 모습을 한참 바라보다 도련님은 한숨을 푹 내쉬었다.
"후— 몸을 판 내 조건이 참… 기막히다."

그 말이 자기 귀에 들리는 게 더 싫었던지 도련님은 벌떡 일어섰다. 들어올 땐 고개를 한껏 숙이고 들어왔지만 나갈 땐 바지도 없이 발로 문을 쾅 걷어찼다. 밖에는 눈발이 더 두꺼워졌고 바람이 매서웠다.

도련님은 아무것도 느끼지 못하는 사람처럼 터벅터벅 걸어갔다. 그 뒤로 주둥이와 가수, 도성진이 하나둘 돼지우리에서 빠져나왔다. 주둥이는 도련님의 허연 엉덩이를 보곤 기겁하며 뛰어갔다.

"야, 야! 바지 입어!"

그는 바지의 책임이라도 지려는 듯 두 손으로 허둥지둥 바지를 들고 쫓아갔다. 도련님은 뒤도 안 돌아봤다. 오히려 더 큰 소리로 말했다.

"가릴 게 뭐가 있다고… 다 벗은 공산주의인데…"

가수까지 바지 한쪽을 붙들고 따라나섰다.

"그래도 누가 보면 어쩌려고… 빨리 입어…"

도련님은 바닥에 퉤, 침을 뱉었다. 두 팔은 제 몸에서 떨어져 나간 것처럼 허공에 흐느적거렸다.

"내 좆도 십 초고, 인생도 좆같고…"

그 목소리는 텅 비어 있었다. 주둥이는 바지를 펼쳐 들고 가수는 도련님의 팔을 붙잡았다. 뒤따라가는 것이 아니라 끌려가는 사람들처럼 보였다. 뒤에서 그 모습을 보던 성진은 고개를 갸웃했다. 바지를 입고 벗는 어른들의 세계가 아직은 잘 이해되지 않는 표정이었다. 함박눈이 펑펑 내렸다.

그들이 독신자 막사 운동장에 도착했을 때는 도련님이 바지를 입은 상태였다. 독신자가 야간에 가족세대 지역을 넘어가면 구류장 처벌감이다. 검은손은 후회하고 있었는지 반가운 얼굴로 달려왔다.

"별일은 없었고?

도련님만 빼고 다들 고개를 끄덕였다.

"다행이다. 근데 왜 이렇게 빨리 왔어?"

그 물음에 도성진이 혼자 대답했다.

"그 여자가 오자마자 그냥 가버렸어요."

주둥이가 성진의 옆구리를 꼬집었다.

"아야!"

성진이 움찔하며 몸을 젖히자 주둥이는 슬쩍 도련님 쪽을 바라보았다. 도련님은 아무 말도 없었다. 그저 어깨가 이미 늘어진 옷처럼 더 아래로 축 내려가 있을 뿐이었다. 그때 운동장 저편에서 2작업반 반장이 숨을 몰아쉬며 달려왔다.

"9분조! 여기 있었구나."

그는 잠깐 눈을 훑더니 이내 본론을 꺼냈다.

"너희 분조에… 새로 하나 왔어."

그 말은 너무 평범하게 들렸지만 들은 9분조원들 사이엔 짧은 정적이 흘렀다. 한 사람을 떠나보내면 또 다른 누군가가 그 자리를 채운다는 사실은 항상 그런 식으로 찾아왔다. 갑자기 아무렇지 않게 아무 예고도 없이 말이다.

막사 안으로 들어서는 9분조의 시선은 모두 월왕령의 자리로 쏠렸다. 그리고 모두가 굳었다. 앞에 섰던 주둥이가 뒷걸음칠 정도였다. 다들 뒤로 밀렸다. 그냥 신입이 아니었다. 한 명인데도 막사가 가득 찬 웅장함이었다. 마치 거대한 바위를 침상 위에 올려놓은 듯했다. 허벅지는 도성진의 몸뚱이보다 두꺼웠다.

두 다리를 포개고 앉아 있는 것만으로도 옆 침대를 침범하고 있었다. 몰려드는 사람들 쪽을 한 번쯤 돌아볼 법도 했지만, 그는 눈길조차 주지 않았다. 신입인데도 군기라도 잡는 사람처럼 시선은 오직 정면에 꽂혀 있었다. 그 무게에 몸을 세우는 것조차 고역일 텐데 그는 미동조차 없었다.

그 자세는 절망에 빠졌거나 종말을 기다리는 사람 같았다. 얼굴은 크고 네모졌으며 무엇보다 눈빛이 비어 있지 않았다. 그의 이름은 김성근이었다. 다행인 것은 가수와 나이가 같았다. 함경북도 체육단 씨름 선수였다. 그의 죄명은 '성경책 소지죄'였다.

1980년대에 북-중 국경 사이에 작은 국제시장이 열렸다. 회령시 역전 동네에는 '홍콩시장'이라는 장마당이 당국의 묵인하에 개설되었다. '사사여행자'라고 불리는 조선족과 화교들이 통행증을 끊고 들어와 외자도입으로 과잉생산된 중국 공산품들을 가져다 팔았다.

기독교는 중국이 문호를 개방할 때 수용되었다. 동북지역의 사사여행자들이 물품 속에 성경책을 감춰 들여왔다. 그 통에 신자가 생겨났고, 당국의 감시망을 피해 모이는 지하교회도 있었다. 성근이도 그 중 한 사람이었다.

함께 눕던 도련님과 주둥이는 천장을 보고 또 한 번 놀랐다. 김성근의 넓은 그림자가 천장까지 올라와 있었다. 예전엔 없던 그늘이었다. 도련님이 소곤거렸다.

"저 몸이 우리 조면 내가 또 뭘 팔아야 하나…"

잠시 후 밖에서 검은손과 2작업반 반장이 막사로 들어왔다. 검은손도 처음엔 주춤했다. 하지만 김성근 앞에서 무심하게 말했다.

"오늘은 누워 자."

김성근은 그 말에도 꼼짝하지 않았다. 말하는 사람을 쳐다보려고도 안 했다.

"자도 된다니까."

다시 한번 말했으나 여전히 아무 반응이 없었다. 검은손은 고개를 절레절레 흔들며 자신의 자리로 돌아갔다. 누우면서 성진에게 한 마디 던졌다.

"얼라반동, 그거 해줘."

도성진이 잽싸게 일어났다. 손에는 수건이 들려 있었다. 그는 살며시 김성근 앞에 다가가 작은 목소리로 말했다.

"이걸 입에 감고 자야 돼요."

그제야 김성근은 움직였다. 천천히 고개를 돌리더니 그 넓은 얼굴에서 입을 열었다. 막사를 가득 울리는 예상 밖의 묵직한 사투리 목소리였다.

"왜… 이렇게 해야 함둥? 무슨 까닭이 있슴둥?"

투박한 함북 사투리가 숨죽이던 막사 안의 공기를 쭉 갈라놓았다. 도성진은 깜짝 놀라 급히 손가락을 입가에 댔다. 자는 시간이니 조용히 하라는 뜻이었다.

"내일 말해줄게요. 내일…"

도성진이 속삭였으나 김성근은 여전히 큰 목소리로 되물었다.

"내일 할 말을 와 오늘 못한다는 검둥? 내게 지금 뭔 짓을 했슴둥?"

막사 안의 공기가 다시 한번 휘청였다. 분조장이 눈을 질끈 감으며 낮게 중얼거렸다.

"어이… 자고 내일."

김성근은 소리 난 쪽을 향해 더 크게 외쳤다.

"저 사람은 아까부터 뭐라고 했음둥? 나랑 무슨 상관이 있음둥?"

그 말에 분조장은 더는 대응하지 않았다. 그는 그냥 옆으로 돌아누웠다. 어차피 오늘 안에 끝날 대화가 아니라는 걸 알았다. 도성진은 다급하게 수건을 흔들며 입에 감아보라고 손짓과 몸짓으로 설명했다. 그제야 김성근은 수건을 받아 입에 감았다. 그러더니 다시 반쯤 벗기고 입꼬리만큼 함북 사투리로 되물었다.

"이러고 이제부터 자면 됨둥?"

막사 맨 끝자락에서 참다못한 한 수용자가 버럭 소리쳤다.

"그래 쳐 자라고, 촌놈의 새끼야!"

그 말에 도련님이 더 흠칫 놀랐다. 그걸 본 주둥이가 조심스레 누룽지 조각 하나를 건넸다. 도련님은 입에 덥석 물었다. 그리고 조금 힘을 주었을 뿐인데 입안에서 딱딱한 소리가 튀었다. 바드득.

"어느 개새끼가 혼자 처먹어!"

또 다른 수용자의 목소리였다. 주둥이가 도련님을 대신해서 얼른 소리쳤다.

"이빨 가는 소리야!"

"냄새나잖아, 개새끼야!"

그 말에 도련님은 입에 문 누룽지를 꽉 물고 천장만 봤다. 씹을 수도 삼킬 수도 없고 잘 수도 없는 그의 표정은 난처했다. 주둥이가 물려준 누룽지 조각이 너무 컸다. 도련님은 고개를 돌려 옆자리를 봤다. 주둥이가 자는 척하며 눈을 감고 있었다. 그 눈썹이 심하게 떨렸다. 도성진은 조용히 담요를 끌어 내리며 몰래 김성근 쪽을 곁눈질했다.

모두가 몸을 눕혔지만, 김성근은 여전히 꼿꼿이 앉은 자세였다. 입엔 수건을 감고 두 눈을 똑바로 뜬 채 막사 안의 중심에서 돌처럼 움직이지 않고 있었다.

2월 18일, 민족 최대의 명절이 지나자 곧바로 눈보라도 거셌다. 밤새 쏟아진 눈이 그 바람에 얼려졌다. 이틀을 쉬고 난 뒤라서 더 춥게 느껴진 게 아니었다. 출소하지 못한 자들에게 그 사실을 다시 각인시키는 강제노역의 첫날이기 때문이었다.

독신자 운동장은 새벽부터 눈밭이 됐다. 날이 채 밝기도 전에 2열 종대로 나란히 선 수용자들은 서서히 하얗게 얼어갔다. 눈은 이미 쌓인 위에 또 쌓였다. 하늘에서 내리는 게 바람인지 칼인지 모를 매서운 기세였다. 신발 속 발가락은 감각이 없었다. 등뼈는 차디찬 척추를 타고 목덜미까지 굳어지고 있었다. 사람들이 불만 가득 웅성거리기 시작했다. 잠시 후 2작업반 반장이 외쳤다.

"오늘 작업 지시 아직 안 내려왔어. 좀 기다리래!"

그러자 각 분조들에서 불평이 터져 나왔다. 막사 앞에서 줄이 흐트러지기 시작한 건 누가 먼저였는지 알 수 없었다. 작업도구를 들고 있던 한 수용자가 삽을 눈밭에 내던졌다. 뒤이어 누군가는 욕을 내뱉으며 반장을 보고 삿대질을 했다.

"왜 사람을 세워두고 지랄이야?"

"한 시간 째 이러는 이유가 뭐야?"

"이런 개 같은 날에 뭘 하라고!"

누군가는 막사 안으로 다시 들어가려 했다. 또 다른 누군가는 아예 앉아버렸다. 줄이 무너지고 두려움도 사라졌다. 도성진은 그런 운동장을 멍하니 바라보고 있었다. 지금까지 수용자들이 그렇게 대놓고 반항하는 모습을 본 적이 없었다.

더 놀라운 건 아무도 당장 끌려가지 않았다는 사실이었다. 매번 눈빛만 잘못 굴려도 수용소는 처벌했다. 그런데 지금, 이 얼어붙은 아침 공기 속에서 수용자들은 거침이 없었다. 수용자들의 항의에 성진도 한목소리를 보태고 싶었다.

"불이라도 피우게 하던가! 얼어 죽잖아!"

누가 들어도 아이의 목소리였지만 군중의 소음에는 한소리 끼워졌다. 9분조 중에서도 도련님이 제일 독이 올라 있었다. 간밤에 신분과 맞바꾼 누룽지 때문인지 누구 보다 으르렁거렸다.

"아 십팔, 작업장 가기도 전에 얼어 죽겠다. 십펄"

새로 온 덩치는 긴 밤처럼 아침에도 돌부처 같았다. 9분조의 2열 종대 끝에 섰는데 4열 종대처럼 보이게 했다. 옹헤야가 가까이 오라고 손짓하며 챙겨주는데도 본 척도 안 했다. 성진은 가수에게 돌아서며 자랑처럼 말했다.

"오늘 아침밥 먹을 때 일부러 많이 먹었어요."

"뭘?"

"물이요. 가마치 불어난다고 했잖아요. 확실히 배가 든든…"

그 말이 다 끝나기도 전에 주둥이가 성진의 팔을 툭 건드렸다.

"왜요?"

성진이 쳐다보자 말하지 말라는 의미로 자기 입술에 손가락을 가져갔다. 그러다가 도련님에게 들켰다. 주둥이는 입술 가운데 세웠던 손가락으로 콧구멍을 올려 파며 빤히 마주 보았다. 그게 더 속을 긁었는지 도련님의 코와 입에서 하얗고 긴 탄식의 입김이 뿜어나왔다.

드디어 2작업반 반장이 헐레벌떡 달려와 운동장 가운데의 단상 위로 올랐다. 제 생각에도 관리소 지시가 무거웠는지 길게 주위를 둘러본 뒤 자신 없는 목소리로 외쳤다.

"오늘은 눈도 많이 오고 다 얼어서 립석강 작업을 할 수가 없다. 그래서… 15호 전체가 오늘은 놀부작업이다! 근데 오늘 작업량이 좀 많아. 가족세대 막은 돌담 전체 다시 쌓아야 해."

한순간 공기가 얼어붙었다. 그리고— 그 얼음장을 깨며 누군가 소리쳤다.

"그걸 다 하라고? 그게 놀부작업이야?"

"지금 장난하나?"

"죽으란 말이네!"

곳곳에서 볼멘 목소리들이 터졌다. 참고 있던 숨들이 서로를 밀치며 한꺼번에 쏟아졌다. 삽을 땅에 내던지고 두 손을 허리에 올리고서 이빨들을 악물었다.

성진은 또 한 번 놀랐다. 아까는 지시가 없다고 불만이었다. 이번에는 지시를 줬는데도 노골적으로 반발했다. 마치 오늘 하루 수용자들이 작심하고 관리소를 물고 늘어지려는 것처럼 보였다. 뒤에 서 있던 검은손이 웃으며 중얼거렸다.

"그렇지 이게 요덕의 2월이지."

15호의 2월은 수용자들에겐 '분노의 달'이고, 보위부에게는 '두려움의 달'이었다. 2월 16일을 보위부는 민족 최대 명절이라 불러도 수용자들 입장으로는 출소명단에서 빠졌다는 공식적인 판결선고의 날이었다.

2월에는 수용자들이 극도로 예민해 있었다. 다들 새로 갇힌 기분들이라 이판사판으로 달려드는 판국이었다. 그걸 잘 아는 보위부는 2월을 극도로 두려워했다. 절대권력의 생일이 들어 있는 달이 그 권력을 가장 위태롭게 하고 있었다.

수용자들의 비난은 조롱으로까지 이어졌다. 관리소 지시가 '놀부작업'이어선지 지시한 놈을 놀부에 빗대어 아무렇게나 살찌우고 마구 벗긴 뒤 눈밭에 사정없이 내동댕이쳤다.

"놀부작업이란 게 뭐예요?"

성진이 옆에 선 도련님에게 물었다. 도련님은 누룽지에 물까지 먹었다는 그에게 괜히 심술궂게 말했다.

"너 놀부처럼 일하면, 흥부처럼 맞는다는 거야."

가수가 웃으며 정정했다.

"하늘이 이렇게 돕잖아? 그럼 우릴 그냥 놀릴 수 없으니까 저기 보이지? 저 멀쩡한 돌담. 저걸 허물고, 다시 다 쌓으라는 거야. 작업장 안 나가니, 보위원 놈들 눈엔 우리가 놀부처럼 한가해 보였겠지. 그래서 놀부작업이라고 이름 붙인 거야."

가수의 말처럼 15호의 혁명화는 자연재해보다 강했다. 자연의 태풍은 언젠가 지나가지만, 혁명화의 태풍은 멈춰 있는 것이었다. 움직이지 않는 바람, 빠져나갈 수 없는 소용돌이었다.

그래서 구내의 돌담을 허물게 하고, 다시 쌓게 했다. 시킬 일이 없으면 저쪽의 돌을 이쪽으로 옮기고, 또다시 이쪽의 돌을 저쪽으로 옮기게 했다. 스스로 아무 의미도 없는 강제노동에 복종하게 만들고, 결국엔 그 무의미에 익숙해지게 만드는 것. 그게 진짜 혁명화의 목적이었다. 그런데 그날의 놀부작업은 그야말로 터무니없었다. 말 없던 옹헤야조차 2작업반 사무실 쪽을 노려보다가 들고 있던 곡괭이를 내팽개쳤다.

"허무는 것도 종일 걸릴 텐데 오늘 중에 어떻게 다시 쌓으라는 거야…"

"놀부도 얼어 죽겠다."

독신자세대는 격분과 탄식으로 시끄러워졌다. 그들 사이에 서 있다간 누구든 홧김에 한 대 얻어터질 것 같은 공기였다. 2작업반 반장은 어느새 그 틈을 타 슬그머니 사라졌다. 그리고 그때부터 울분은 말이 아닌 침묵으로 바뀌기 시작했다. 모두의 시선이 오늘에 끝나지 않을 돌담의 끝을 향했다.

세워진 담을 오래 바라볼수록 사람들의 마음은 더 깊이 무너졌다. 성진도 침통하게 그 담을 바라보았다. 돌 하나하나가 사람 같았다. 버텨온 몸, 맞은 자리, 굳은 근육, 굳이 허물고 다시 쌓으라는 무한 반복의 혁명화까지 모두 비슷해 보였다.

성진은 고개를 하늘로 젖혔다. 하늘에서 내리는 눈송이가 얼굴에 차갑게 닿았다. 마치 누군가가 일부러 모욕을 주려는 의도 같았다. 젖어서 목을 그으며 흘러내리는 한 줄기는 마음속까지 비웃으려 스며드는 것처럼 느껴졌다.

바로 그때였다. 멀리서 희미하게 형체들이 떠오르기 시작했다. 처음엔 눈부신 하얀 배경 속에 점처럼 보였지만 점점 가까워졌다. 아이의 손을 잡은 여인, 지게를 멘 노인, 무표정한 여인들의 얼굴이 하나둘씩 눈발 속에서 떠올랐다.

바드득. 바드득. 눈을 밟는 소리와 함께 걸어오고 있는 사람들이 있었다. 그들은 가족세대였다. 그 순간 운동장에 불이 켜졌다. 조명이 아니었다. 죽어서 묻혀도 독신인 남자들의 마음에 켜진 불이었다. 독신자세대와 가족세대를 갈라놓은 철조망처럼 운동장을 사이에 두고 그들은 서로를 마주 보았다.

한쪽은 가족이 있는 죄, 다른 쪽은 본인이 있는 죄였다. 가족을 지켰다는 죄로, 생각을 말했다는 죄로, 아버지의 이름 하나 때문에 이곳에 끌려온 사람들이었다. 2월 16일, 그 하루에 다 같이 출소하지 못한 얼굴들이었다.

한날, 한 시에 다시 갇힌 자들이 서로를 바라보고 있었다. 그렇게 서로의 얼굴에서 자신의 모습을 되새기며 고요한 시선들이 공간을 사이에 두고 교차하던 그때였다. 그 텅 빈 운동장 가운데로 한 사람이 슬슬 걸어 나왔다. 15호에서 가장 유명한 입, 주둥이였다.

"왜 그렇게 심각하오? 죄수가 죄수 처음 보나?"

그의 목소리는 쩌렁쩌렁했다. 운동장의 정적을 뚫고, 먼 눈발까지 찢으며 울렸다. 거침없이 흔드는 손짓에 모두가 일제히 숨을 내쉬며 술렁거렸다. 이어 잔잔한 웃음이 퍼졌다. 주둥이는 두 팔을 번쩍 들어 올리며 외쳤다.

"오늘이 우리 혁명화가 시작되는 올해의 첫날이니 내 만담, 들을 분?"

몇몇이 먼저 응답했다.

"네!"

"그래요!"

"해줘요!"

여기저기서 불쑥불쑥 튀어나온 목소리들이 찬 공기를 하나둘 깨뜨렸다. 그 순간만큼은 눈보라도 비켜 가는 듯했다. 희미한 어둠 속에서도 눈발이 수북이 깔린 운동장은 환했다. 그 새벽, 운동장은 주인공 주둥이를 위한 무대처럼 하얀 눈이 반듯하게 펼쳐져 있었다. 주둥이는 그 중앙에 자리 잡고 섰다. 왼손으로 독신자들을 가리키고, 오른손으로 가족세대를 가리켰다.

"여기 왼쪽에는 보기에도 시커먼 놀부, 저기 오른쪽엔 가족을 사랑하는 흥부. 옛날 놀부는 심술로 망했고, 흥부는 착해서 복 박이 터졌지. 어이구나, 오늘은 둘 다 망했네?"

운동장 위로 작고 얇은, 그러나 진짜 웃음이 번져갔다. 사람들이 웃자 주둥이는 가족세대 아이들을 향해 소리쳤다.

"야, 너희들 눈을 굴려 큼직한 호박을 만들어. 만담 끝에 그 호박을 썰 거니까!"

아이들이 신나서 눈을 굴리기 시작했다. 손바닥보다 큰 덩이를 만들고, 그것을 또 굴리고, 굴렸다. 다시, 주둥이가 입을 열었다.

"먹고 살기 막막했던 흥부가 또다시 놀부한테 돈을 빌리러 갔다지. 그러자 놀부가 호통쳤다오. '너 이놈! 이번에도 또 아버지 때문에 왔냐?'"

그 말은 누가 들어도 가족세대를 향한 것이었다. 그런데 웃음은 오히려 그쪽에서 먼저 터졌다. '아버지'라는 말에 잠시 움찔한 얼굴들도 있었다. 그래도 이번만큼은 그 아버지를 위해서라도 웃고 싶었다. 주둥이는 재빨리 이어갔다.

"흥부가 말했지. '전번엔 아버지고, 이번엔 할아버지 때문에 왔어요.'"

사방에서 웃음이 터졌다. 아이들은 무슨 말인지 알 수 없어도 어른들의 웃음을 따라 하며 눈밭 위에 눈을 굴렸다. 주둥이는 고개를 끄덕이며 말을 이었다.

"그런데 놀부가 울먹이며 말했다오. '흥부야... 나도 못 도와주겠구나. 이젠 나도 네 처지랑 비슷해졌다.'"

이번엔 독신자세대 쪽에서 웃음이 터졌다. 그 웃음 속엔 어딘가 씁쓸한, 그러나 더는 슬프지 않으려는 기운이 섞여 있었다. 주둥이는 다시 가족세대 쪽을 손짓으로 불렀다.

"그러자 흥부가 한숨을 쉬며 말했지— '어쩌다 그 지경이 됐다오. 혹시... 그 호박, 민속 명절에 썰었어요?'"

이번엔 양쪽에서 동시에 터지는 웃음. 커진 목소리, 키득거림, 눈밭 위를 굴러다니는 웃음소리. 그 가운데 주둥이는 한 손을 턱에 얹고 독신자 쪽을 향해 천천히 돌아섰다.

"놀부는 한숨을 푹 쉬며 이렇게 말했다오. '아니, 아무 생각 없이... 그냥 평범한 날에 썰었지. 근데 그 속에서 총을 찬 선생님들이 나올 줄이야...'"

"와—!"

모두가 웃었다. 그 순간만큼은 그들은 죄수가 아니었다. 무대를 지켜보는 관객이요, 웃음으로 손뼉을 치는 손님들이었다. 주둥이가 다시 웃으며 외쳤다.

"'그럼 박을 하나 또 터뜨려 보지요?' 흥부가 말하자 놀부가 기겁하며. '하나 썰고 여기 왔는데, 다음엔 룡평 가면 어쩌려고!'"

이번엔 배를 잡고 쓰러지는 사람도 나왔다. 그 속에서 장찌엔의 웃음소리가 가장 컸다. 민유정은 자기 가슴을 끌어안고 있었다. 눈가엔 웃음보다 따뜻한 무언가가 번졌다. 주둥이는 멈추지 않았다.

"놀부가 말했다오. '난 그래도 운이 좋았다니까. 박을 혼자 썰다 왔는데, 넌 가족이 다 같이 톱질한 거구나?' 그랬더니 흥부가..."

주둥이는 허리를 낮추며 말을 이었다.

"'재작년에 할아버지가 혼자 톱질했다는데... 무슨 박을 잘못 골랐는지... 늘 자긴 운이 좋다고, 호박이 넝쿨째로 떨어진다더니 그 넝쿨이 이 넝쿨일 줄이야...'"

웃음소리가 조금 잦아졌다. 이번엔 생각하는 웃음이었다. 그 무게를 주둥이는 다시 들어 올렸다.

"흥부가 또 한숨 쉬며 말했다오. '다 그 제비 탓이에요. 아버지가 다리까지 고쳐 줬다는데… 그놈의 제비 또 오기만 해봐요. 이번엔 다리가 아니라 모가지를 비틀어놔야지!'"

주둥이가 두 팔로 공중을 마구 찢듯 흔들며 제비 목을 비트는 흉내를 내자 가족세대 쪽에서 "어이구야—!" 하며 웃음과 항의가 동시에 터졌다. 자기들은 그럴 심성이 아니라며 고개도 절레절레 흔드는 여자도 있었다. 주둥이는 그들에게 등을 돌리며 천천히 놀부들에게 돌아섰다.

"이름은 옛날 그대로 놀부인데, 오늘의 놀부가 흥부보다 더 착했으니"

그러자 이번엔 독신자 놀부들 쪽에서 "와—!" 하고 커다란 함성이 터졌다. 주둥이는 양팔을 활짝 벌려 양쪽을 번갈아 가리켰다.

"오죽하면, 심술 많던 놀부가 착해졌겠소. 그리고, 착했던 흥부는 얼마나 화가 났으면 독해졌겠소."

그 순간, 공기가 바뀌었다. 눈발 사이에 무언가 들끓는 것이 퍼지기 시작했다.

"자, 여러분! 우리 올해도 혁명화의 대박을 터뜨려 봅시다! 우리의 진짜 박은 살아 있는 우리의 박동 소리요! 살아야 다시 제비 다리를 고치든, 아니면 부러뜨리든 할 수 있지 않겠소!"

"옳소!"

"살자!" 하는 외침이 사방에서 터져 나왔다.

그 사이 아이들이 굴린 눈덩이는 정말 거대한 호박처럼 커졌다. 주둥이가 손짓하자, 아이들은 그 눈호박을 가운데로 굴려 왔다. 그 짧은 거리에도 더 크게 불어났다. 주둥이는 바닥에서 눈을 한 줌 손에 쥐었다. 손안에서 꾹꾹 눌러 단단히 다진 후 숨결로 살짝 열을 불어넣었다. 그리고 그 눈덩이를 높이 쳐들었다.

"자, 여러분! 손에 돌처럼 다져서, 심장의 열을 줘서— 이 혁명화의 대박을 우리 손으로 터뜨려 봅시다!"

주둥이가 먼저 눈호박을 향해 힘껏 던졌다. 그리고 뒷걸음질 치자 곧이어 수용자들이 무섭게 눈덩이를 던지기 시작했다. 그건 단순한 눈덩이가 아니었다. 주둥이 말대로 돌처럼 다져진 의지였다. 심장처럼 뛰는 분노였다. 증오였다. 어른도, 아이도, 여자도 모두가 던지고 또 던졌다. 그러면서 웃는 이도 있었다. 눈물 흘리는 이도 있었다. 무엇보다 살고자 하는 의지의 열정들이었다. 그리하여, 혁명화라 불린 눈호박은 끝내 무너져 내렸다. 눈무덤이 되었다.

5
옹헤야

 9분조는 우울했다. 갑자기 옹헤야가 감시반으로 옮겨간 이유가 조직부장의 지시라지만 소문은 달랐다. 옹헤야가 감시반으로 가기 위해 미꾸라지 앞에서 격술시범을 보이고, 만족한 감시반장이 데려갔다는 것이다. 옹헤야를 따로 만난 검은손은 실망이 컸다. 옹헤야는 자기가 감시반에 자청한 게 사실이라고 대답했다.
 그를 얻은 감시반은 천군만마를 얻은 것처럼 들떴다. 반원들부터가 확실히 분위기가 달라졌다. 미꾸라지는 작은 대화나 웃음도 존재감을 과시하듯 일부러 소리를 키웠다. 작업 휴식시간이면 더했다. 9분조가 감시반을 쳐다보자 득의양양했다. 미꾸라지는 약 올리듯 일어나서 괴상한 동작까지 취했다. 감시반은 요란하게 웃었다. 옹헤야가 더는 참지 못하고 엄하게 말했다.
 "조용햇."

한마디에 웃음이 뚝 끊겼다. 말끝마다 흔들리던 손들도 멎었다. 누군가 쉬— 하고 입술에 손가락을 갖다 대자 다들 자세까지 고쳐 앉았다. 기묘한 복종과 정숙이었다. 미꾸라지도 두 눈을 끔뻑거리며 그 광경을 둘러보았다. 이어 발끈했다.

"이것들이… 내가 명령하지도 않았는데…"

그러자 누군가 날카롭게 쏘아붙였다.

"조용하라잖아!"

모두의 시선이 미꾸라지를 향해 돌아갔다. 정색한 눈빛들 앞에서 감시반장은 한 번 더 호통을 쳐봤다.

"야, 내가 조용하라고 했어? 이것..."

"조용하라면 조용해!"

두 번째 외침은 더 컸다. 언성부터가 욕이었다. 반원들의 시선도 더 매서워졌다. 그나마 덜 노골적인 한 놈은 딴 데를 보며 코웃음을 쳤다. 미꾸라지는 돌아앉은 옹헤야의 금발 머리를 내려다보았다. 9분조의 '금지구역'을 데려왔더니 이제는 자기의 반장 권한마저 금지된 것 같았다.

한편 휴식의 기분이 무겁기만 하자 검은손은 분조원들에게 호기 있게 말했다.

"자. 반장에 감시반까지 우리 사람들이니 힘내자."

검은손의 말에 주둥이도 휴식의 모닥불 앞에 더 가까이 앉으며 중얼거렸다.

"맞아. 옹헤야도 말했잖아. 감시반 가도 친구라고."

검은손은 고개를 돌려 저만치 혼자 앉아 있는 김성근을 바라보앉다. 입소한 지 며칠이 지났어도 여전히 말이 없었다. 자세도 바뀌지 않았다. 어디에 앉든 서든 그의 몸은 늘 혼자 땅에 박혀 있었다. 멀리서 보면 마치 풍경의 일부처럼 보였다. 숨을 쉬는 바위, 혹은 사람의 형상을 한 구조물 같았다.

"신입!"

검은손이 불렀다. 그러나 김성근은 들은 듯 만 듯 고개 하나 움직이지 않았다. 검은손은 손에 들고 있던 나무막대기를 휙 던졌다. 막대기는 소리를 내며 김성근 옆에 떨어졌다. 김성근은 고개를 돌려 그 막대기를 한참 내려다보았다. 그다음 9분조를 노려보았다.

"분조원들이랑 인사는 해야지. 같이 살 식구인데. 일로 와 봐."

검은손의 말에 김성근은 몇 초간 정지해 있었다. 행동도 생각도 느린 것 같았다. 그는 마침내 거구를 일으켰다. 그 움직임은 마치 깊은 뿌리를 뽑아내는 거목 같았다. 땅이 그를 보내지 않으려는 걸 엄청나게 노력을 해서 일어서는 듯싶었다. 천천히 9분조 앞으로 걸어왔다. 하지만 끝내 앉지는 않았다. 그냥 서서 묵직한 눈으로 꼬챙이를 던진 사람을 내려다보았다. 검은손이 어색한 웃음을 띠며 말했다.

"어제 보니까 힘 꽤 쓰던데… 열심히 안 해도 돼. 여기선 요령껏 살아야…"

"그게 용건임둥?"

그 한마디에 9분조의 분위기가 굳어졌다. 가수가 눈을 내리깔고 도련님은 헛기침을 했다. 주둥이는 무슨 말을 꺼내려다 입술을 한 번 훑었다. 도성진이 눈만 깜빡거렸다. 검은손은 한 박자 쉬고 말을 이었다.

"언제까지 그럴 순 없잖아. 통성명이라도 해야지. 그리고 오늘 네 별명도 지을 거야."

김성근은 대놓고 코웃음을 쳤다.

"애들 같이 왜 그럼둥? 잘 때 나만 수건 묶은 것도 유치한데, 이젠 별명임둥?"

그 말에 도성진이 얼른 무릎을 세우고 일어났다.

"아, 그건요. 첫날 나도 수건 묶었어요. 심한 잠꼬대할까 봐…"

주둥이도 짧게 보탰다.

"별명도 있어야 해. 여기선 이름 쓰면 불법이야."

거기에 대고 김성근이 또 입을 열려고 하자 그 전에 도성진이 손을 번쩍 쳐들었다.

"내 별명은 얼라반동이에요."

가수가 투덜거리며 말했다.

"난 가수."

"도련님이요."

"주둥이."

마지막 말이 떨어질 때 김성근은 먼 곳을 쳐다보며 얼굴을 잔뜩 찡그렸다.

"창피하지들 않습둥? 난 김성근이꾸마. 이젠 가도 되겠습둥?"

그는 정말로 돌아섰다. 느릿느릿 원래 있던 자리로 걸어갔다. 아무도 그를 불러세우지 못했다. 그저 모두 말없이 그의 뒷모습을 바라볼 뿐이었다. 그가 몇 걸음 끝에 갑자기 멈춰 섰다. 그리고 9분조 쪽으로 돌아섰다. 한 번 돌아서는데도 몇 번 발을 움직였다. 그런데 큰 목소리는 거침이 없었다.

"나 몰래 별명 짓고, 일체 그 짓거리들 하지 맙소꾸마. 내 분명히 말했수꾸마."

9분조원들은 하나같이 입을 다물지 못했다. 그 말투도, 체구도, 본때도 수용소에서는 듣도 보도 못한 종류의 것이었다. 그때였다. 감히 그에게 삿대질하는 목소리가 들렸다.

"야, 돼지! 신입돼지!"

저만치 감시반원 무리 속에 일어선 미꾸라지였다. 김성근은 자기 별명이 아니라는 듯 무시하며 몸을 돌렸다. 그러자 미꾸라지가 웃으며 더 크게 소리쳤다.

"돼지야. 하하하 야 신입 돼지!"

9분조에 돌아설 때랑 다르게 김성근은 몸을 획 돌렸다. 주변의 정경까지 비틀리는 기운이었다. 목소리는 의외로 차분해서 정직하게 들렸다.

"경고하꾸마. 당신 얼굴 내 기억했소꾸마. 세 번이면 아주 큰일 나꾸마."

그 말에 감시반원들 사이에서 웃음이 터졌다. 미꾸라지는 폴짝폴짝 뛰며 웃었다. 그 속에서 옹헤야는 혼자 등을 돌리고 있었다.

최종배는 왼 손목을 들여다보았다. 그곳엔 아무것도 없었다. 밴

드 자국만 희미하게 남아 있었다. 그가 심심산골 요덕에 청춘을 묻어 대신 얻을 것이란 두 개밖에 없었다. 하나는 당증(黨證)이었다. 그건 보위원을 하다 보면 언젠가는 받게 될 포상이었다.

그 전에 세이코 시계는 인격이었다. 가장 실감 나던 본인을 잃은 셈이었다. 남들보다 팔을 항상 길게 뻗어 어깨가 높았다. 회의 때도 늘 제시간에 나타나 '시계 같다'는 칭찬도 받았다. 또 하루 세이코의 시간이 흐른다는 자만심에 눈 뜨는 아침이 즐거웠다. 초침은 시계의 부품이 아니었다.

규율과 원칙, 충성심이 매일 살아 숨 쉬던 리듬이었다. 그걸 다 채워주던 왼 손목은 신체 중에 제일 자랑스러운 부위였다. 그런데 그 왼 손목이 비워지니 모든 것이 반쪽이 되고 말았다. 의무, 열정, 책임감 심지어 식욕까지 흩어졌다. 그는 허기보다 더 무서운 무의미를 느꼈다.

최종배는 멀리서 미꾸라지가 달려올 때도 멀뚱히 바라보기만 했다. 예전 같았으면 거리도 정확히 측정할 수 있었다. 접근 속도를 초 단위로 세며 놈의 심장 박동 수까지 계산할 수 있었다. 하지만 지금은 죄수들의 소리도, 표정도, 의도도 다 가려져 있었다. 미꾸라지는 그게 신나서 웃으며 달려오는 것 같았다. 아니, 오히려 자기보다 더 편한 '상관'이었다.

"선생님. 부르심에 분초를 세며 달려왔습니다."

미꾸라지의 그 말은 시계 없는 자기 손목을 조롱하는 것처럼 들렸다. 최종배는 속에서 일어나는 무엇을 억지로 누르며, 그다음 말을 기다렸다.

"선생님, 잡종놈을 저의 감시반에서 내보내 주십시오. 그놈은 자격이 없습—"

최종배는 미꾸라지의 앞정강이를 발로 걷어찼다. 탁— 거친 소리가 났다. 미꾸라지는 뜬금없이 맞은 이유를 묻듯 눈을 동그랗게 떴다. 뻔뻔해진 그 두 눈이 더 화가 났다. 또 한 번 퍽— 소리가 났고, 미꾸라지의 얼굴이 휘었다. 한쪽으로 꺾인 턱 아래에서 짧은 신음이 새어 나왔다.

"이 새끼야. 네가 내보내고 싶으면 내보내? 나 모르게 조직부장한테 제안했어? 네 놈이 뭔데? 뭔데?"

미꾸라지는 주먹이 들어올 짬이 없게 최대한 몸을 낮추었다. 그리고 생각했다. 이게 다 그 금발 때문이다. 그놈이 오니 자기를 일반 죄수 취급하는 것이다. 미꾸라지는 그 울분과 용기로 일어서 머리를 버쩍 들었다.

"선생님. 선생님 특명을 관철할 수 있습니다."

최종배 주먹이 허공에 정지했다.

"네. 믿어주십시오. 오늘 중으로 하겠습니다."

미꾸라지가 맹세하는 최종배의 특명이란 도성진을 불구로 만들라는 것이었다. 그것은 며칠 전 최종배가 귓속말로 하달한 비밀지시였다.

그동안 미꾸라지는 옹헤야가 늘 곁에 있어 주변만 맴돌고 있었다. 그 옆이 비었으니 이제는 자신 있었다. 최종배는 담배 한 개비를 꺼내 던져주고 2작업반 반장을 부르며 걸어갔다. 미꾸라지는 그의 등과 손에 쥔 담배 개비를 번갈아 보며 중얼거렸다.

"이걸 그냥 주지, 때리고 줘? 저 미친 새끼"

휴식시간이 끝나기 직전 2작업반 반장이 숨을 가쁘게 몰아쉬며 9분조로 달려왔다.

그의 말은 단도직입적이었다.

"4명만. 지금 가족세대 작업장에 보내. 거기 큰 돌들 들어내야 해."

그러고는 주저 없이 손가락을 내밀어 검은손, 주둥이, 도련님, 가수를 지목했다. 가족세대란 말에 주둥이는 도련님에게 돌아섰다. 사실 자기가 더 좋으면서도 거꾸로 물었다.

"좋지?"

"아니 왜 하필 또 거기야. 망신스럽게"

9분조의 분리 배치는 단순한 작업 지시가 아니었다. 최종배와 2작업반 반장이 짠 계략이었다. 9분조 선배들을 그쪽으로 유인한 뒤 신입인 도성진과 김성근만 떼어내려는 것이었다. 무엇보다 혼자 남은 도성진을 손보려는 계산된 술수였다.

"작업시작!"

호루라기 소리와 함께 분조들이 마지못해 움직였다. 떨어져 나온 9분조 넷은 가족세대 작업장으로 갔다. 도착해서 현장을 둘러본 검은손은 난감한 표정을 지었다. 반장이 말하던 큰 돌 정도가 아니었다. 아주 큰 바위들이 박혀 있는 돌밭이었다. 여자들에게 이 지역을 맡긴 담당 보위원이 정말 무식하다며 혀를 찼다.

그러나 가족세대 여자들은 주둥이를 알아보고 환호했다. 그 속에서도 장찌엔의 반응이 제일 호탕했다. 그녀는 호미로 도련님을 가리키며 고개를 젖히고 웃었다. 도련님은 기겁하다 못해 울상이 됐다.

"뭐야. 벌써 중국까지 소문 난 거야?"

민유정도 싫지 않은 눈으로 9분조를 바라봤다. 좋은 티를 다 감추고 뾰족하게 서 있었다. 윤진경은 수심 깊은 눈으로 멍하니 앉아 있었다. 김상미는 발뒤축까지 들어 올리며 웃었다. 그러다 도성진이 보이지 않자 돌변해 9분조 전부를 돌맹이 취급했다. 유독 박해순의 표정만 따가웠다. 화풀이하듯 호미질하며 눈은 도련님을 계속 쏘아보았다. 도련님이 사죄처럼 몇 번이나 억지로 웃음을 보내니 박해순은 끝내 버럭 소리 질렀다.

"내 옆에 와서 일하라고!"

"아 그런 뜻이었어요?"

도련님은 자기도 모르게 존댓말로 변하며 얼른 그 옆으로 달려갔다. 도련님은 박해순 앞에 있는 흙에서 돌을 꺼내며 말했다.

"잘못 아는 게… 내가 부주석 아들은 아니고…"

"어이구나. 어떻게 뒤처리까지 쪼쪼하게..."

도련님은 그 자리가 너무도 고통스러웠다. 엄지손가락을 흔들어 응원하는 주둥이의 행동마저 조롱 같았다. 박해순은 윗주머니에서 쪽지 하나를 꺼내 내밀었다.

"부주석이고 10초고… 아니 10초도 안 되지. 어쨌거나, 소문은 안 내겠으니까. 조건이 있어요."

"이번엔 무슨 조건…"

"처음 같아선 정말 다 소문 퍼뜨리고 싶었는데… 난 약속 지킨다면 지키는 여자예요. 아버지가 현직 부주석이면… 빽은 튼튼하겠지요?"

그 말에 도련님의 어깨가 저절로 펴졌다.

"내가 소장이랑 맞담배 피우는 정도니…"

"그 쪽지 내 삼촌 집 주소예요. 아버지를 여기다 집어넣은 책임비서 비리 자료 거기 다 있어요. 부주석한테 전달해서… 우리 아버지 억울한 죄 좀 풀어줘요."

그리고는 호미를 땅에 푹- 박으며 그 힘이 들어간 눈으로 쳐다봤다.

"할 수 있지요?"

"해야지. 그래야지"

도련님은 당장 해결할 것처럼 쪽지를 다시 들여다보고 윗주머니에 간직했다. 저만치서 여자들의 웃음소리가 들렸다. 그 속에 주둥이가 있는 게 틀림없었다.

"가서 일해야 해서…"

도련님은 그쪽으로 냅다 뛰어갔다. 역시나 가족세대 여자들이 주둥이를 빙 둘러싸고 있었다. 그는 정대로 돌을 두드려대고 있었다.

"이 돌 내가 작년에 여기로 옮겨왔거든, 근데 올해는 또 다른데 옮기라잖아. 지금 이놈이 나한테 뭐라는 줄 알아? 한석아, 너 돌대가리니?'"

여자들은 소리 내어 웃었다. 장찌엔이 손가락으로 다른 돌을 가리켰다.

"그럼 저 돌은 뭐라고 해?"

주둥이가 슬쩍 민유정을 바라보았다. 그녀는 그 돌만 보며 눈을 깜빡거렸다.

"어, 그건 여자 돌인데, 이 돌대가리 이름을 특별히 기억했나 봐."

그리고 여자 목소리를 흉내 내며,

"한석아. 나 깨지기 싫으니 차라리 날 안고 어디든 가!"

민유정은 주둥이와 눈이 마주치자 얼굴이 빨개졌다. 도련님이 기분이 좀 풀렸는지 끼어들었다.

"안았어? 안아야지."

"안으려고 했지. 정말 안고 싶었는데…"

주둥이는 진지한 표정을 만들더니 주위를 한 번 더 확인한 뒤 작게 말했다.

"근데 이돌! 이돌! 너희들 여기 여자 보위원, 홍신영 돌이 나타난 거야!"

"그년 못 들게 하겠는데! 세상 재수 없는 년인데…"

장찌엔의 말에 여자들도 웃음이 사라졌다. 민유정은 긴장한 눈빛이었다. 주둥이가 등을 곧게 폈다.

"내 이름이 뭐야. 한석. 한번 마음먹으면 돌처럼 굳어지는 한석이잖아. 그래서 냉큼 안고 둘이 함께 도망치니까…"

정말로 줄행랑 치듯 제자리걸음으로 뛰었다.

"뒤에서 홍신영 돌이 막 울면서 소리치는 거야."

장찌엔이 몸을 앞으로 기울이며 물었다.

"뭐라고? 어떻게?"

다들 자기만 바라보는 여자들을 둘러본 뒤 주둥이는 하늘을 향해 고개를 젖히고 힘껏 목소리를 뿜었다.

"내가 이 안에서 진짜 돌대가리인데! 내가 제일 큰 돌대가리인데!"
그 외침에 장찌엔은 목젖이 보이게 웃었다. 다른 여자들도 배를 잡고 웃었다. 민유정은 웃으면서도 주둥이 얼굴에서 시선을 떼지 못했다. 그때 날카로운 소리 하나가 오래간만에 크게 웃던 사람들의 허파까지 쑥 찌르고 들어왔다.
"누구야? 왜 웃어? 여기가 유치원이야?"
"어머머 범이 제 소리하면 온다고."
가족세대 여자담당 보위원 홍신영이었다. 표정과 목소리부터 사나웠다. 장찌엔이 투덜거렸다.
"휴식 시간이 금방 끝났으니…"
"야. 이 년아. 끝났으니까 일해야지"
"어이구나 웃었지 반동짓 했나?"
"이년아, 반동이 웃어? 감히? 감히 웃어?"
장찌엔이 벌떡 몸을 솟구쳤다. 자기 분조 흙더미를 손가락질하며 사방을 휘둘러 보았다. 그러더니 보위원의 목대 열 개를 겹쳐도 절대 따라올 수 없는 괴성을 질러 댔다.
"어느 년이야? 누구야? 우리 분조 흙 퍼갔어? 나와 쌍년아! 다신 여자인 척 못하게 젖통을 호미로 찍고 말까부다. 누구야?"
"이년아 조용해!"
보위원의 목소리는 들리지도 않았다. 발을 돌려 되돌아갈 때까지 장찌엔은 멈출 기세가 아니었다.
"어떤 년이야? 눈깔 뽑아 씹어버릴까부다. 내가 여기 왔으면 인생 다 왔지. 갈 데가 더 어디 있어? 나와! 흙 퍼간 년 안 나와?"

"이 미친년아. 아가리 닥쳐."

"남의 혁명화 누가 도둑질했냐고! 헛바닥을 뽑아 버릴 거니까. 갑자기 나타나서 사람 열 받게 해? 내 오늘 그 쌍년 대갈통 박살 내고 죽을 거니까."

누가 들어도 흙 도둑을 향한 저주가 아니었다. 제 분을 못이겨 화 난 본심을 그대로 드러낸 장찌엔이었다.

그 시각 도성진은 감시반에 둘러싸여 있었다. 그는 삽자루를 움켜쥐고 숨을 고르는 표정이었다. 그 앞에는 옹혜야가 있었다. 완장을 차더니 한순간에 바뀐 듯한 그의 표정에 성진은 얼떠름했다.

"내가 뭘 잘못해서 기합 주는 거에요?"

뒤에 밀려나 있던 미꾸라지가 무리를 헤치며 들어왔다. 손은 이미 주먹으로 말려 있었다.

"네가 반장이야?"

미꾸라지가 화 난 대상은 도성진보다 옹혜야였다.

"기합이 무슨 혼내는 거야! 때려야…!"

그가 도성진의 머리 위로 팔을 들자 옹혜야가 확 밀쳐버렸다. 미꾸라지는 중심을 잃고 뒤로 벌렁 넘어졌다. 감시반원들도 일제히 주춤했다. 눈빛만으로도 서늘한 옹혜야의 두 주먹은 안전장치가 풀린 무기 같았다. 말이 없어 더 위험해 보였다.

미꾸라지는 참자니 반장 체면이 구기고 덤비자니 맞을 것 같았다. 이를 악물고 시선은 도망치며 허둥거렸다. 그러다가 눈에 뭔가 걸렸다. 화는 일단 접고 의아하게 그쪽을 쳐다봤다. 보이는 게 믿기지 않았는지 손등으로 눈을 비비며 다가갔다. 거기에는 김성근이 넓게 자리 잡고 앉아 정면을 응시하고 있었다.

"아니 이건 일할 때도 이러고 앉아 있어?"

미꾸라지는 정말로 궁금해서 물었으나 그는 미동도 하지 않았다. 묵묵히 삽을 무릎에 눕힌 채 먼 산만 바라보고 있었다.

"감시반장이 지금 묻잖아. 넌 왜 그러고 있어? 일 안 해?"

미꾸라지가 소리쳤다. 김성근은 고개를 돌리지도 않고 말했다.

"쟤랑 같이 일하라고 했수꾸마."

미꾸라지는 금방 들은 말이 이해가 안 된다는 표정이었다.

"저 새끼는 맞고! 너는 너대로 일해야지!"

미꾸라지가 답답해서 발을 굴렀어도 김성근의 대답은 똑같았다.

"같이 일하라고 했수꾸마."

"그니까! 쟤는 쟤고, 너는 너잖아!"

"같이 일하라고 했수꾸마."

"아니. 너는, 넌 일하라고!"

"같이 일하겠수꾸마."

미꾸라지는 원통해서 입을 크게 벌리고 주변을 둘러보았다.

"히야. 이 돼지 희한하네. 그럼 같이 맞을래?"

김성근은 눈을 들었다. 그는 분명히 숫자를 말했다.

"지금이 두 번째꾸마."

미꾸라지는 할 말을 잃었다. 말문이 막힌다는 경우가 이런 건가 싶었다. 그는 감시반을 향해 소리쳤다.

"야, 여기 다들 와 봐. 우리 이 상황을 좀 같이 이해해보자."

감시반원들이 김성근 쪽으로 우르르 몰려갔다. 도성진 앞에는 옹헤야만 남았다. 그는 성진에게 낮은 목소리로 말했다.

"내 말 잘 들어. 너 지금 최종배가 벼르고 있어. 저놈들이 널 다리 하나라도 부러뜨리려고 작정한 거야."

"난 잘못한 거 없어요. 잘못한 건 최종배지."

옹헤야는 도성진에게 숙였던 허리를 펴며 긴 숨을 내쉬었다.

"너, 내가 여기서 살아남는 방법 알려준다고 했지. 이것도 그중 하나야. 미워도 네 담당 보위원과는 원수지는 게 아냐."

도성진은 말없이 그의 얼굴을 바라봤다. 바로 그때였다. 뒤편에서 급한 발소리가 들렸다. 누군가 달려오고 있었다. 2작업반 반장이었다. 헐떡이는 숨을 안고 그는 외쳤다.

"감시반 신입! 감시반 신입!"

그 목소리에 옹헤야가 고개를 돌렸다. 단단하게 묶여 있던 표정이 그 순간 문득 흐려졌다.

"정치위원 선생님 담화! 중대장 선생님 기다려."

옹헤야의 얼굴 위로 짙은 그늘이 드리워졌다. 앞에도 뒤에도 걱정덩어리였다. 그는 마지못해 반장을 따라갔다. 그 뒷모습은 바위가 매달린 것처럼 무거워 보였다. 2작업반 반장은 중간에 돌아서 미꾸라지를 향해 슬쩍 눈을 깜빡였다. 그것은 분명 말하지 않아도 통하는 자들만의 신호였다.

옹헤야와 반장이 시야에서 완전히 사라질 때까지 미꾸라지는 들고 있던 손도 잊고 그 자세로 동상처럼 서 있었다. 그 손이 내려졌을 땐 입가에선 살기 띤 웃음이 번졌다.

도성진을 향해 감시반원들이 몽둥이를 틀어쥐며 다가들었다. 주먹을 쥐고, 어깨를 펴고, 포위를 좁히는 동물 떼 같았다. 그 속으로 긴 창대 같은 김성근의 목소리가 치고 들어왔다.

"그 애한테서 다들 물러납소꾸마. 나… 일어서게 하지 맙소꾸마."

감시반원들의 시선이 동시에 돌아갔다. 그 중심엔 미꾸라지가 서 있었다.

"히야… 저 돼지 새끼. 너 얻어터지고 싶어?"

김성근이 눈을 감았다가 다시 떴다. 그의 묵직한 입술이 소리 내며 열렸다.

"세 번째 경고하꾸마. 이젠 선 넘지 맙소꾸마. 정말 큰일 나꾸마."

감시반원들이 킥킥 웃었다. 미꾸라지는 일부러 요란하게 웃어젖혔다.

"애들아, 나 지금 세 번 경고 받았니?"

그 말에 감시반원들이 박장대소를 터트렸다.

"큰일, 큰일, 안 나 큰일! 이 돼지새끼야―"

김성근은 몸이 움씰거렸다. 그가 일어서는데 주변이 덩달아 들고일어나는 것 같았다. 그의 두 손이 불끈 쥐어졌다. 주먹이 아니라 바위를 들고 오는 것 같았다. 도성진은 가까워지는 김성근을 걱정 반 놀라움 반의 눈으로 바라보았다.

미꾸라지는 멋있게 팔을 앞으로 뻗쳤다. 감시반이 우르르 김성근에게 달려갔다. 그런데 덮친 자가 튕겨 나가고 잡던 자는 뒤집혔다. 몽둥이를 흔들었던 자는 주먹에 나가떨어졌다. 마치 김성근은 그냥 걸어오는데 주변에서 놀란 새떼가 날아가는 것 같았다.

미꾸라지는 슬그머니 뒤돌아섰다. 그런데 도성진이 막고 서 있었다. 손엔 끝이 하얀 삽날이 들려 있었다. 그의 눈빛에선 월왕령의 기억도 같이 불타고 있었다.

미꾸라지는 자기는 원래 이런 뜻이 아니었다는 듯 입꼬리를 한껏 올렸다. 그 웃음을 앞에 보여줬으니 이제는 뒤에 그대로 가져갈 차례라며 돌아서는 그 찰나였다. 김성근의 손이 덮쳤다. 팔만 잡혔을 뿐인데 미꾸라지의 까만 눈동자가 뒤집혔다. 흰자위만 남은 그의 얼굴은 비명을 삼킨 채 굳어갔다.

등 뒤에선 감시반원 두 명이 몽둥이를 휘둘러도 김성근의 어깨는 움찔도 하지 않았다. 오직 그의 손은 미꾸라지의 팔 하나만을 쥐어짜고 있었다. 감시반 사람들은 스스로 몽둥이를 땅에 떨구었다. 때려눕히려고 온 놈들이 아니라 말리려 나선 이들처럼 김성근의 팔을 잡고 애원했다. 그제야 김성근의 손이 풀렸고 미꾸라지의 까만 눈동자도 돌아왔다.

독신자세대 단독막사 문이 열렸다. 정치위원은 들어서면서 바닥부터 둘러보았다. 김동규의 혈흔이 아직도 어딘가 남아 있는 듯 조심스런 눈빛이었다. 고개를 들다가 한구석에 서 있는 옹혜야를 보고 멈칫했다.

그건 '예상치 못한 무언가'를 마주한 사람이 취한 경직된 자세였다. 서류상으로만 알았던 혼혈인을 직접 보니 방안공기도 다르게 느껴졌다.

금발의 머리칼과 서늘한 콧날, 미묘하게 동서양의 경계를 넘나드는 이목구비였다. 정치위원은 상대가 불편해할 것 같아 얼른 창문 쪽을 바라보았다. 그의 시선이 잠시 흩어졌다가 다시 돌아왔다.

"여기서 힘들지?"

"네."

옹혜야는 짧게 대답했다. 그러면서 정치위원의 작은 행동까지 하나도 놓치지 않았다. 표정과 발끝, 주머니에 들어갔다 나오는 손의 동선까지 살폈다.

정치위원은 먼저 책상 위에 가방부터 내려놨다. 그 안에서 담배 한 갑이 나왔다. 이어 노란색 옥수수빵 두 개가 들어있는 봉지도 꺼냈다.

"내가 위병이 있어서 쓰릴 때마다 속 달래려고 갖고 다니오."

그 빵을 본 순간 옹혜야의 뇌리 어딘가에서 섬뜩한 목소리가 들렸다.

"요즘 정치위원에 대한 안 좋은 소문이 돌아서… 내부 처형자 명단 놈들을 담화하면서 빵이나 담배를 준다던데… 그런 거 들은 적 있어?"

숨어 들어갔던 최종배 사무실에서 엿들은 전화 통화 속의 내용이었다. 고르고 낮았지만 절제된 의심이 묻어나는 말투였다. 특히 내부 처형자를 발음할 때에는 이미 처형된 시체를 밟는 것 같았다.

최종배는 오는 길에 정치위원이 뭘 주었는지 빠짐없이 말하라고 몇 번이나 강조했다. 옹혜야의 눈엔 옥수수빵이 음식이 아니라 처형 직전에 물리는 재갈 같았다.

"먹겠으면 먹소. 주는 건 불법이지만 버린 건 상관없소. 난 이미 남긴 거요."

옹혜야는 생각했다. 어깨의 별… 내부처형 주모자인가? 아니면 동정인가? 그래서 의심받는 위치인가? 알 수 없었다. 그의 얼굴엔 감정이 숨겨져 있었다. 방안엔 찬 기류가 흘렀다. 닫힌 창문 틈으로 바깥에서 까마귀 울음소리가 스며들었다. 정치위원은 책상 위에 펼쳐진 서류를 천천히 넘기며 말했다.

"이력서 보니, 학교도, 집도… 모두 열 세살까지만 기록돼 있더군."

"…제 이력서입니까? 당에서 만든, 그쪽 이력서 아닙니까."

'당'을 '그쪽'이라 불렀다. 정치위원이 만약에 동정자가 아닌 처형 주모자라면 방금 그 한마디는 곧바로 문제가 될 것이다. 그는 대좌의 반응이 궁금했다.

그러나 정치위원은 표정도 말도 내보이지 않았다. 그저 못 들은 사람처럼 시선을 끝끝내 서류 위에만 내려두었다. 그러다 고개를 들고 진지한 표정으로 물었다.

"열 세살에… 무슨 일이 있었던 거지?"

"납치당했습니다. 당에."

그 말에 정치위원의 눈이 조금 커졌다. 그런데 '납치'라는 단어에 '당'이 함께 묶여 발화되었음에도 그는 분노하지 않았다. 고쳐 묻지도 않았다. 그는 단지 열셋짜리 아이의 납치라는 그 사실에 놀라는 인간이었다.

옹혜야는 그 표정을 보며 조심스럽게 생각했다. 이런 사람 앞이라면… 내 과거를 말해도 되겠구나. 그리고 그때부터 옹혜야의 시선은 아득해도 선명한 그 시간 속으로 천천히 가라앉기 시작했다.

옹혜야가 어머니 얼굴도 못 본채 실려 간 그날에는 비가 억수로 쏟아지고 있었다. 학교 정문 앞에 열세 살의 옹혜야가 서 있었다. 교복 상의는 젖었고 운동화엔 물이 고였다. 우산이 없었다. 그때 검은 벤츠가 학교 담벼락 앞으로 다가와 멈췄다.

문이 열리고 싯누런 인민복에 모자를 눌러 쓴 남자가 나타났다. 그 남자는 아무 말 없이 웃었다. 열세 살의 옹혜야도 천진하게 그 웃음에 반응했다. 집에 태워준다는 말에 옹혜야는 별다른 의심 없이 차 안으로 발을 들여놨다. 차창 밖을 내다보는데 저 멀리, 우산을 든 엄마가 학교 정문을 향해 걸어오고 있었다.

"엄마…!"

차창을 두드렸지만 차는 이미 골목을 돌아버렸다. 북한 해외공작원 양성 기관들의 비밀 유지는 납치로부터 시작된다. 국내의 존재부터 깨끗이 지우기 위해서다.

북한 부모들에게 자식을 당의 전사로 바치는 것은 공화국 공민의 영광이고 의무였다. 항의하면 그게 오히려 반역 범죄가 된다. 옹혜야의 특이한 외모는 해외공작 전문 부서인 사회문화부의 표적이 됐다. 납치된 옹혜야는 13세부터 영어와 불어를 배웠다.

하루도 빠짐없이 고된 격술 훈련을 받기도 했다. 손에는 장난감이 아닌 진짜 총을 들어야 했다. 성인이 되어 사회문화부 복장을 한 옹혜야는 우울증을 앓다가 사망한 어머니 소식을 듣게 됐다. 상부에선 그의 신분 노출을 우려해서 어머니 장례식에 가는 것도 막았다.

그는 다음날 사회문화부 제1부부장 사무실로 불려갔다. 사회문화부를 비롯한 북한의 중요 부서들은 부장 직제가 공석이었다. 유일지도체제의 권한을 집중하는 차원에서 김정일의 자리로 남겨둔 것이었다. 그런 부서들의 실권자에겐 제1부부장 직함이 주어졌다. 옹혜야가 사무실에 들어서자 제1부부장은 지그시 노려보다가 입을 열었다.

"당 연락소 전투원들 어깨에는 왜 별이 없는 줄 아나?"

그는 손가락으로 자신의 팔에 붙은 노동당 마크를 짚었다.

"우린 사회적 지위도, 개인의 이름도 없어. 오직 이 하나! 당마크에 목숨을 건 이름 없는 영웅들이야."

"저를 잃고 정신병 앓다 돌아가신 어머닙니다. 묘비에 묘주 이름도 없이 묻혀 있는데…"

옹혜야의 말이 끝나기도 전에 제1부부장이 책상을 쾅! 내리쳤다. 사무실이 울렸다.

"그래서 우리는 '당의 아들'인 거야! 고작 20대인 네 놈에게 중책을 맡기려던 내가... 따라와."

그는 자리에서 벌떡 일어났다. 모자를 집어 손에 쥐었다.

"직접 보여주며 이야기하자."

옹혜야가 제1부부장과 함께 차를 타고 간 곳은 평양시 대동강변을 끼고 은밀하게 숨어 있는 사회문화부 산하 의암초대소였다. 정원에는 정적이 흐르고 있었다. 잔디 끝에 이슬이 매달려 있었고 꽃

들은 고개 숙이고 목례했다. 제1부부장은 모자를 손에 들고 앞서 걸었다. 그 뒤를, 옹헤야가 거리를 두고 따랐다. 상관이 걸음을 멈추며 물었다.

"네가 몇 살 때 우리한테 왔지?"

옹헤야는 대답을 머뭇거리지 않았다.

"열세살입니다."

제1부부장은 새삼스럽게 쳐다보다가 정원 끝에 있는 건물로 향했다.

"들어가자."

두꺼운 문이 부드럽게 열리자 안쪽에서 흐느끼는 소리가 희미하게 들려왔다. 그곳은 온실처럼 꾸며진 넓은 로비였다. 화초와 향이 은은했다. 그 안쪽 긴 소파에 두 아이가 마주 앉아 있었다.

소년은 열여덟쯤, 소녀는 열여섯 정도로 보였다. 서로 손을 맞잡고 있었다. 소년이 먼저 말을 꺼냈다. 입술을 깨물고, 목이 메인 채로.

"너만 아버지 어머니 보고 싶어? 나도 매일 보고 싶다고."

그는 이어 말했다.

"그래도 우리 약속했잖아. 서로 울지 않기로… 울어봤자 소용없다고."

하지만 소녀는 더 서럽게 울었다. 그 말이 오히려 견딜 수 없는 슬픔을 끌어올렸다. 제1부부장이 발소리를 일부러 크게 내며 애들 앞으로 걸어갔다. 두 아이는 황급히 손을 놓았다. 눈물을 급히 훔쳐도 숨결이 지워지지 않았다. 제1부부장의 목소리가 정제된 위압으로 떨어졌다.

"평양에 온 지 얼마나 됐는데 아직 인사도 제대로 못 해?"

소년이 먼저, 그 뒤를 따라 소녀도 단정히 차렷 자세를 취하며 소리쳤다.

"노동당 사회문화부 강습생 김영남."

소년은 1978년 한국 군산 앞바다에서 북한 공작원에 의해 납치된 한국인이었다.

"노도당 사회무나부… 강쑤생… 요코타 메구미."

소녀는 1977년 일본 니가타현에서 북한 공작원에 의해 납치된 일본인이었다.

2006년, 북한은 처음으로 김영남을 요코타 메구미의 '남편'으로 공식 등장시켰다. 그가 세상에 대고 강하게 증언한 것은 아내에 대한 사랑이 아니었다. 그녀가 진짜로 죽었다는 것, 그 시체를 본 사람은 자신이라는 증언이었다.

그전까지, 북한은 일본인 납치 사실을 철저히 부인해왔다. 그러나 일본 정부가 모발, 유골, 혈액 분석 등 물적 증거를 들이대자 2002년, 북일 정상회담 자리에서 김정일은 처음으로 납치 사실을 공식 인정했다.

김정일은 그 자리에서 그 모든 납치가 일부 극단주의자들의 망동이었다고 변명했다. 그러나 사실상, 그 비극의 주범은 그 자신이었다.

전 세계에서 드러난 북한의 납치 범죄는 현재까지 확인된 것만으로도 한국, 일본, 태국, 루마니아 등 다양한 국가에서 진행되었다. 국경을 넘은 이 범죄들의 공통점은 1970년대 김정일이 후계자로서 대남공작부서에 깊숙이 손을 넣었던 시기와 맞물려 있었다.

북한 공작기관들은 간첩 침투 후 현지 사회에 정착하는 걸 최우선 목표로 '현지화'를 내걸었다. 외모, 말투, 정서, 습성까지도 그 지역에 맞춰야 했다. '아동 현지화'의 노선 아래 해외의 아이들을 납치했다. 그중 일부가 김영남과 요코다 메구미다. 하지만 문제는 즉각 드러났다. 부모와 억지로 떼어놓은 아이들의 정서불안은 곧바로 언어습득의 장애로 이어졌다. 감정을 억누르려고 할수록 그 말들은 더 엉기고 비틀렸다. 인간을 목적 달성을 위한 수단으로만 보고 진행했던 외국인 납치 공작은 결국 실패한 작전이 되었다.

"아동 현지화 공작은… 문제가 많아. 질질 짜기만 하고 말이야. 국외 현지화는 완벽한데, 국내 현지화는 전혀 안 돼. 아까운 공작금만 날렸지."

제1부부장은 로비 유리창 너머 느릿하게 걸어 나가는 두 아이를 보며 혀를 찼다. 그 말투엔 연민도 없고 반성도 없었다. 오직 비용만 계산돼 있었다.

"가자. 아동 현지화 공작 실패 후 나온 새로운 걸 보여줄게. 기대해도 좋아"

간부의 말에 등 떠밀려 가면서도 옹헤야는 한 번 더 그 아이들의 뒷모습을 바라보았다. 얼굴들은 둘 다 초면인데 등이 굽은 건 자신 같았다. 뒤로는 그림자가 길게 드리워져 있었다. 옹헤야 자신의 청소년 시절을 적셨던 그 눈물 한줄기와 겹쳐 보였다.

제1부부장은 긴 복도를 지나며 발걸음을 조율하듯 천천히 걸었

다. 구두 끝이 반들반들한 바닥에 또각거리며 울렸다. 그 소리는 자신이 걸어온 공작의 역사처럼 거침없고 오만했다. 복도의 끝에서 그는 하나의 문 앞에 멈춰 섰다. 그리고는 문손잡이를 손으로 움켜쥐었다. 입가엔 미세한 미소가 번졌다. 누군가에게 자랑할 때만 나오는 희열이 번득였다.

"놀라지 마. 이 공작은 절대 실패할 수 없어."

흥분한 그 목소리엔 확신에 들뜬 이의 자만감이 고스란히 실려 있었다. 그리고 그는 마치 어린아이가 숨겨놓은 장난감을 꺼내 보이듯 익살스레 소리쳤다.

"짜잔."

그러곤 문을 활짝 열었다. 옹헤야는 한 걸음 문 안으로 발을 들이려다 뒷걸음쳤다. 숨이 멎었다. 들숨과 날숨 사이에 무언가가 폐 깊숙이 걸리며 갑자기 공기가 들어오지 않았다. 그곳 형광등 아래 혼혈 아이들이 가득 앉아 있었다. 다섯 살 전후로 되어 보였다.

각기 다른 피부색과 눈동자를 지닌 아이들이었다. 짙은 갈색 피부, 푸른 눈, 자기처럼 연한 금발의 곱슬머리 등 다양한 인종이 섞여 있었다. 장난감을 나눠주던 군복 차림의 여성이 일어나 거수경례를 했다. 표정엔 훈련된 복종과 자부심이 얹혀 있었다.

아이들 사이를 지나는 옹헤야의 눈이 미세하게 떨렸다. 자기 자신의 어린 시절을 다시 마주하는 불가해한 감정의 진동이었다. 제1부부장은 뒷짐을 지고 말했다.

"당성이 투철한 여자들을 공작조와 함께 해외로 내보낸 결과야. 임신 공작으로 다양한 인종을 쓸어모았지."

그는 아이들을 내려다보며 웃었다.

"정말 많은 공작금이 들어갔어. 태국, 인도, 나이지리아, 서방, 중동까지… 다 우리의 자산이지."

그는 옹혜야 쪽으로 몸을 돌려 옷깃을 천천히 여며주었다. 손가락이 천을 따라 내려오며 조심스레 단추를 맞췄다. 마치 대장장이가 자신이 만든 칼날을 덮는 칼집을 만지는 것 같았다.

"이틀은 안 된다."

그는 낮게 말했다.

"오늘 밤만… 잠깐, 고향 다녀와."

그 말엔 어머니의 묘소도, 비석도, 풀 한 포기도 없었다. 고향이라는 단어는 되돌아갈 수 없는 장소를 상기시키는 금지어 같았다.

"우리에게 이 영감을 준 건 바로 너야. 외모는 외국 현지화, 내면은 당의 전사. 내일부터 네 임무는 이 아이들을 너처럼 훌륭한 해외공작원으로 키우는 거야."

그는 기대 물씬한 눈동자로 옹혜야를 바라보았다. 그 표정엔 자신이 만든 설계도의 한 선을 보는 성취감이 담겨 있었다. 옹혜야는 아무 말도 하지 못했다.

"이제부터 네가… 이 아이들의 아버지가 돼야 해."

그 말과 함께 방 안의 조명이 순간적으로 깜빡였다. 아이들이 천장으로 고개를 들었다. 그들 중 검고 눈망울이 깊은 애가 서툰 조선말로 조심스레 물었다.

"…아버지예요?"

그 말을 했던 건, 흑인 아이였다. 그 낯선 울림의 조선말이, 지금 다시 수용자 옷을 입은 옹혜야의 입에서 되살아났다. 그는 조용히 말했다.

"그 아이가… 저에게 그렇게 말했습니다. '아버지예요?' 이렇게요."

정치위원의 얼굴은 어두웠다. 그의 얼굴에는 흔히 볼 수 없는 낯선 표정이 떠올라 있었다. 놀람과 동요, 망설임과 침묵— 그의 직책으로는 본래 허용되지 말아야 할 감정들이었다. 옹혜야는 그를 똑바로 바라봤다. 숨을 고르지도 않았다. 천천히 자리에서 일어나 정치위원을 내려다보았다.

"선생님도… 자식으로 태어나셨잖습니까. 이젠 부모가 되셨구요."

정치위원이 고개를 들었다. 그의 눈에는 아직 말로 맺히지 못한 생각들이 흔들리고 있었다.

"그래서 하나 여쭙겠습니다. 부모 품에서 고이 자라는 자식을 억지로 떼어내고, 외국까지 가서 뛰놀던 아이들을 납치하고, 심지어 아녀자를 외국으로 내보내 현지인과의 임신도 공작이라는 이름으로 수행하는 이 당에…"

정치위원의 눈이 흔들렸다.

"충성이 양심입니까? 아니면 반역이 양심입니까?"

정치위원은 말할 권리를 상실한 사람처럼 옹혜야를 쳐다보기만 했다.

"어떤 선택이 인간이 할 짓입니까?"

옹혜야는 그 질문을 끝으로 정치위원의 눈을 마주 보았다. 서로의 시선은 오래 이어졌다. 그 정적은 고요하지 않았다. 서로 다른 옷을 입었어도 무언가가 말해지고 있고 동시에 아무 말도 할 수 없는 것이었다.

수용자들은 아침을 극도로 싫어했다. 해가 뜬다는 건 또 하루의 고통이 줄지어 기다리고 있다는 신호였다. 수령이 태양이라니 싫은 이유가 더 붙는 셈이었다.

대신 달을 좋아했다. 비록 눅눅하고 차갑고 굶주린 밤일지라도 살아서 넘겼다는 안도감이 스며드는 시간이었다. 누군가가 죽었더라도 적어도 오늘 죽은 건 자기가 아니라는 존재의 확인이었다. 별이 빛나지 않아도 좋았다. 바람이 불고 통증이 몰려와도 상관없었다. 밤은 견딘 자만 가질 수 있는 삶의 위안이었다. 나눌 말도 그때가 제일 많았다.

막사는 비워지고 운동장엔 수용자들이 넘쳤다. 취침 점검을 기다리며 도련님과 주둥이도 나란히 앉아 있었다. 그 둘은 가족세대 지역 쪽을 보고 있었다.

"형."

도련님이 먼저 말을 꺼냈다.

"해순이가 듬직해 보이지 않아?"

주둥이가 옆을 흘끔 보았다.

"왜? 10초 소문 안 냈다고?"

"아니."

도련님은 진지했다.

"말하는 거나 행동이 신뢰가 있어. 그거 흔치 않잖아."

주둥이는 코를 쓱 훔쳤다.

"얻어먹은 건 가마치 한 조각인데 설마 돼지 한 마리 물어내라는 거야?"

"아니, 결혼까진 아니고 그냥…"

"결혼은 엉겁결에 하는 거야. 그나저나"

주둥이는 도련님 앞으로 고쳐 앉았다.

"나 영어 한 문장만 가르쳐줘라."

"갑자기 무슨 영어?"

"유정이 영어 전문가잖아. 내 입에서 영어가 딱 터져 나와 봐. 그러면 유정이도 놀래서…"

"그냥 주둥이야."

도련님은 엉덩이를 털며 일어섰다. 다른 한구석에선 김성근이 혼자 앉아 있었다. 얼굴엔 아직도 푸르스름한 멍이 남아 있었다. 표정과 자세는 그대로였다. 그 옆으로 도성진이 살며시 다가왔다.

"아저씨. 아까… 고마웠어요."

김성근은 대답하지 않았다. 시선도 돌리지 않았다. 그저 앞을 응시하고 있었다. 도성진은 옆에 앉아 기다렸다. 김성근이 정면을 응시한 채 말했다.

"방해하지 맙소꾸마."

"나 아무것도 안 했는데요?"

그리고 성진은 다시 재잘거렸다.

"나도 처음엔… 아무하고도 이야기하고 싶지 않았어요."

김성근의 눈동자 한쪽이 조금 움직였다.

"근데… 혼자면요, 미꾸라지 같은 놈들이 더 우습게 보거든요."

김성근이 처음으로 길게 말했다.

"아니꾸마. 몰라서 하는 말이꾸마. 사람 겉으로 보면 안되꾸마. 나는… 절대 혼자가 아니꾸마."

도성진은 웃었다. 신나서 더 짓궂게 달려들었다.

"남 다 잘 때도, 쉬는 시간에도, 지금도 계속 혼자 이러고 있잖아요."

"내 혼자면… 벌써 죽었수꾸마. 언제 어디서나 나와 함께 하시는 분이 계시꾸마. 나는 지금도 그분과 이야기하고 있수꾸마. 그래서 방해 말라는 거꾸마."

도성진의 얼굴에서 웃음기가 싹 사라졌다. 그의 아래위로 빠르게 훑어보았다. 금방 자기가 들은 말을 다시 의미해보고 고개를 갸웃거렸다.

"아저씨. 혹시 예심 받을 때… 많이 맞았나요?"

그 말에 김성근은 재차 확신했다.

"그때도 나는 결코 외롭지 않았수꾸마. 그래서 맞은 자가 승리하고, 때린 자가 굴복하는 기적도 가능했던 거꾸마."

도성진은 슬며시 자리에서 일어났다. 그를 심각하게 바라보며 혼잣말로 중얼거렸다.

"여긴 약도 없는데…"

다음날 작업 휴식 시간 9분조원들은 도성진을 중심으로 둥글게 앉았다. 그들의 시선은 모두 한 방향에 몰려 있었다. 저쪽, 밭 가장 자리에 김성근이 홀로 앉아 있었다. 아직도 자세는 흐트러지지 않았다. 무릎을 모으고 등은 반듯했으며, 눈은 감겨 있었다. 곧은 자세가 제방뚝 아래 작업장에선 바위 같았는데 흙 위에선 큰나무 같았다.

"어쩐지."

주둥이가 멍한 표정으로 말했다.

"사람이 한 생을 저 한 자세로 살 순 없거든."

"그럼 우린 앞으로 어떻게 해야 하죠?"

가수가 물었다. 진지한 걱정이었다. 검은손이 고민을 모으듯 팔짱을 꼈다.

"제일 걱정은… 병이 심해지면 말실수라도 할까 봐. 그럼, 정말 큰 변인데."

도련님이 이를 잡으며 말했다.

"정신병동이 립석리에 있지?"

주둥이는 씹던 풀을 뱉었다.

"거기 사람들은 얌전히 저러고 있지도 않을걸. 사람 꽉 차서 여기로 뺐나 봐."

도성진이 어른처럼 고개를 끄덕거렸다.

"할 수 없지요. 우리 9분조에 왔는데… 내가 맡을게요."

점심시간에 도성진은 김성근 옆으로 가 앉았다. 두 사람은 마주 보지 않았다. 말도 하지 않았다. 성근은 자기 침묵을 고수했고, 도성진은 곁에 앉아 주는 것만으로도 환자를 간호한다는 성실한 표정이었다. 멀리서 9분조원들은 주먹밥을 손에 들고 그쪽을 힐끔거렸다.

도성진은 그들에게 손을 흔들었다. 병세를 흉내 내듯 이마를 짚고, 어지러운 시늉을 했다. 검은손은 빨리 밥을 먹이라며 입 벌리고 그 속으로 손가락을 흔들었다. 안 그래도 김성근은 눈을 감은 채 주먹밥을 손에 쥐고 있었다. 도성진이 은근히 말문을 텄다.

"어지러워요? 제가 조금씩 뜯어서 먹여 드릴까요?"

성근은 아주 천천히 눈을 떴다. 그의 눈빛은 여전히 깊고 멀었다. 그러나 자신을 바라보는 누군가가 있다는 사실을 받아들이는 쪽으로 기울기 시작했다. 막내를 보는 미소가 차츰 밝아졌다. 그 모습이 성진이 보기엔 병이 호전된 것처럼 보였다. 그도 김성근을 보며 미소를 지었다.

"내꺼 먹고 싶어 그러는 검둥? 그런 검둥? 정확히 말해봅소꾸마."

도성진은 긴장했다. 사회 있을 때 옆집 의사 아저씨가 했던 말이 갑자기 떠올랐다. 정신병 있는 사람들은 웃기 전에 화를 내고 또 그 반대로 돌변한다는 기억이었다. 그는 급히 손을 내저었다.

"아니에요. 아니요. 우리 분조는 절대… 그런 거 안 해요."

"일없수꾸마. 영적인 배고픔이 수치꾸마, 육체적 배고픔은… 부끄러운 게 아니꾸마."

도성진은 그 말을 곱씹었다. "'영적인 배고픔'이라고?" 태어나 처음 듣는 말이었다.

"영적인 게… 뭐예요?"

김성근은 그를 더 지그시 바라보았다.

"죽으면 어디 가고 싶습둥? 나랑 같이 가고 싶습둥?"

"네? 아저씨는 어디 가는데요?"

"죽으면 같이 가겠냐 묻는 거꾸마."

도성진은 갇힌 것도 억울한데 죽어서도 어디 간다는 말에 황당해했다. 그래서 소리쳤다.

"죽으면 갈 데나 있어요? 이놈들이 평토장을 하잖아요. 다 흙으로 돌려버리는데…"

김성근의 목소리는 흔들리지 않았다.

"육체는 땅으로 돌아가지만, 영혼은… 하늘로 가는 거꾸마."

도성진은 미간을 더 좁혔다.

"영혼은 또 뭐에요? 그게 뭔데 하늘로 가요?"

김성근은 얼굴이 더 밝아졌다.

"정말 하늘나라 가고 싶슴둥? 내 설교를 따라올 수 있슴둥?"

"설설 설교는… 그 그건 또 뭐에요?

도성진만 놀라는 것이 아니었다. 그 둘을 지켜보던 9분조원들도 모두 자리에서 일어섰다. 도련님이 망원경처럼 두 손을 이마에 갖다 댔다.

"얼라반동이 왜 저렇게 깜짝깜짝 놀라지?"

주둥이가 당연하다는 듯 말했다.

"개가 세상 멀쩡한 앤데 놀라야 정상이지."

"근데… 성근이가 보던 중 오늘이 제일 신난 표정인데?"

가수의 말에 검은손도 고개를 끄덕였다.

"그러게. 원래 저렇게 말 많았나?"

궁금증은 결국 몸을 움직였다. 주둥이가 살금살금 뒤로 다가가

기 시작했다. 그 뒤를 따라 한 명, 또 한 명… 드디어 두 사람의 목소리가 들리는 곳에서 9분조는 허리를 낮추었다. 먼저 김성근의 목소리가 들렸다. 전혀 주저함이 없었다.

"믿어야… 천국에 가꾸마. 믿음이 없으면 지옥에 가꾸마."

"근데…죽고 나서 천국 갔는지 지옥 갔는지 어떻게 알아요? 갔다 온 사람이 있으면 벌써 소문 다 났죠."

"그라면 내 하나 묻겠소꾸마. 이 지옥에 갇혀 있으면서… 믿고 싶었던 순간도 없슴등? 그런 순간도 없이, 네 숨이… 쭉 쉬어짐등?"

그 말에 주둥이가 자신의 가슴에 십자가 모양을 그렸다. 기독교인이란 뜻이었고, 다들 옳다고 고개를 끄덕였다.

"아저씨는요?"

도성진이 물었다.

"믿음도 많고… 생각도 깊은 분인데… 천국까진 못 가도 자유는 있어야죠. 근데 왜… 나랑 여기 같이 있어요?"

김성근은 고개를 숙였다. 아무 말이 없었다. 그 모습에 도성진과 엿듣던 9분조원들의 시선이 미묘하게 흔들렸다. 김성근은 처음으로 자기가 부정당한 괴로운 침묵을 보이고 있었다. 도성진이 급히 말했다.

"미안해요. 헐뜯으려는 말 아니었어요."

그러나 김성근은 다시 고개를 들었다. 그의 얼굴엔 상처도, 멍도, 피도 아닌 오로지 믿음만이 남아 있었다. 그가 힘찬 어조로 말했다.

"나는 너랑… 틀리꾸마. 나는 힘들고 아프고 슬퍼도, 살면서 얻는 것들보다도 죽어서 영원할 천국을 더 믿수꾸마."

그 말은 흩어지지 않았다. 바람도, 하늘 땅도, 9분조원들도 그 순간만큼은 그 한 문장을 조용히 삼키듯 가만히 듣고 있었다. 그러다 도성진의 목소리가 다시 들려왔다.

"아저씨. 너무 슬퍼하지 말아요. 내가 잘못했어요…"

그 소리를 들은 검은손이 불쑥 몸을 일으켰다. 손엔 주먹밥을 움켜쥐고 성큼성큼 신입에게로 걸어갔다. 그때 김성근은 등까지 깊이 숙이고 있었다. 방금 영원한 천국을 말하던 사람이 지금은 견디는 고통의 무게를 더 가까이서 느끼고 있었다. 항상 정면만을 바라보던 그의 머리가 불과 한 뼘 아래로 향했을 뿐인데도 엄청 깊어 보였다. 검은손이 그 앞에서 묵직한 목소리로 말했다.

"성근아. 난 너의 천국을 믿는다."

김성근은 얼굴을 들었다. 그 눈은 이미 그 전에 젖어 있었다.

"천국은… 어떻게 알았슴둥?"

검은손은 입술을 쓱 닦고 거칠게 웃었다.

"나 여기서만 십년 넘었다. 아멘도 안다."

김성근은 예의를 차리듯 몸을 일으켰다. 그 사이 검은손이 뒤돌아 외쳤다.

"야, 거기 다 나와!"

숨어 있던 9분조원들이 하나둘 머쓱한 얼굴로 일어섰다. 민망한 기색을 감추지 못한 채 천천히 걸어 나왔다. 검은손은 그들을 가리키며 김성근을 바라보았다.

"앞으로 같이 살 식구들이야. 어때, 우리 9분조?"

김성근은 그 얼굴들을 찬찬히 둘러보았다. 도성진을 가장 먼저 바라보았다.

"나보다 어려서… 위안 많이 됐수꾸마. 어린 게 고생은 먼저여서 영 불편했지만… 그래도, 멀쩡하니 다행이꾸마. 그리고 분조장도 믿음이 가꾸마."

주둥이를 보면서는 슬쩍 웃었다.

"저 인간은 속이 참 편한 것 같수꾸마. 그래서… 멋있수꾸마."

도련님은 성의있게 웃음 지으며 얼굴을 들이댔다. 김성근의 눈은 그를 지나쳐 가수까지 스쳤다가 다시 분조장 쪽으로 고정되었다.

"이 두 사람은… 아직 잘 모르겠수꾸마. 개성이 안 보이꾸마."

도련님이 한 걸음 더 바투 다가섰다.

"아멘."

곧이어, 가수도 고개를 숙이며 따라 했다.

"아멘."

김성근이 미소를 지었다.

"아니꾸마. 다들 독특하꾸마. 우리 분조… 참, 영 좋수꾸마."

검은손이 껄껄 웃으며 김성근을 덥석 안았다. 근데 안긴 것 같았다. 주둥이와 가수, 도련님이 둘러싸며 안았다. 도성진은 그런 9분조를 웃으며 바라보았다. 검은손은 내친김에 씨름장사 별명이 어떠냐고 물었다. 김성근의 얼굴이 금세 심각해졌다. 다시 주저앉을 기세였다.

"예수님이 아는 내 이름은 김성근 하나꾸마."

"그래. 너만은 네 이름대로 가자."
검은손의 그 말에 김성근은 그를 덥석 업었다.

확실히 성근은 오전과는 달랐다. 더는 혼자가 아니었다. 그는 이제 9분조 속에 섞여 있었다. 감시반은 9분조를 피해 다녔다. 에둘러 가는 그들의 발길이 오히려 9분조보다 더 분주해 보일 지경이었다.

그날, 9분조의 하루 작업 할당량은 누구보다 빠르게 끝났다. 하지만 먼저 손을 털 수는 없었다. 눈에 띄면 다른 작업이 떨어질 게 뻔하다. 그보다 더 나쁜 건 다음날 작업량이 늘어난다는 것이었다.

그들은 능률을 늦춰야 했고, 이를 위해 자연스러운 연기를 필요로 했다. 개성이 없다던 도련님이, 그날따라 제일 극성스러웠다. 그는 성근이에게 행동이 느려져야 할 타이밍의 요령을 설명했다. 지쳤다는 신호는 얼굴에, 가쁜 숨은 코끝에, 탈진은 어깨에 올려놨다.

"이럴 땐 이렇게 하는 거야."

그는 무리하게 직접 시범을 보여줬다. 흙 마대를 들고 걷다가 마치 기절한 사람처럼 최종배 앞에서 고꾸라졌다. 김성근의 눈엔 도련님이 엎어진 김에 그냥 자는 것 같았다. 한참을 그렇게 엎드려 있으니까 최종배가 미간을 찌푸렸다. 그 시간이 길어질수록 그 얼굴엔 의심과 흥미가 동시에 비꼈다. 왼 손목을 들어 올렸다. 시계는 없었다. 하지만 그도 연기가 필요했다.

시계 있는 남자라는 것과 초를 세고 분 단위로 벌을 정하겠다는 협박이었다. 그런데도 녀석은 꿈틀대기만 하고 일어나려고 하지 않았다. 최종배는 히죽 웃었다. 죄수 경력이나 보위원 경력이나 결국 같은 울타리 안에 갇혀 살았다. 그래서 그도 궁금했다. 이놈이 과연 어디까지 선을 넘는지. 그를 통해 반동의 한 경우를 자기의 경력 속에 넣어두고 싶었다.

마침내 도련님은 이쯤이면 되겠지 싶어 머리를 지렛대 삼아 일어나는 시늉을 했다. 뒤집어 보이는 9분조, 그중에서도 특히 김성근의 시선과 슬쩍 부딪혔다. 그러자 무릎을 떨며 손에 힘을 주었다가 또 쓰러졌다. 아예 처음부터 반복할 작정인지 다시 느려졌다.

최종배는 피우던 담배꽁초를 툭 내던졌다. 그 불똥은 정확히 도련님의 목덜미 위에 떨어졌다. 그 순간 도련님의 몸이 바닥에서 튕겨 올랐다. 그 민첩함이 곧 남아 있던 힘의 증거였다. 어깨와 허리가 따로 놀 만큼 관절과 근육마다 기운이 넘쳤다.

최종배는 아무 말도 하지 않았다. 대신 손가락 하나를 들었다. 빨리 오라는 그 짧은 손짓만 했다. 그건 '너는 끝났다'는 것과 동시에 '이제 시작'이라는 소용돌이였다. 그러던 그가 어딘가를 보고 표정을 바꾸며 일어섰다. 가족세대 담당 보위원 지형철이 걸어오고 있었다.

"너 일단 가서 일해."

말이 채 끝나기도 전에 도련님은 방금까지 기절했던 사람 같지 않게 냅다 뛰어갔다. 최종배는 그것도 나중에 추가 죄목에 포함했다. 지형철은 노란 금속 담배 케이스부터 열어 두 개비를 꺼냈다.

공동작업이 있는 날이면 남자 보위원들끼리 종종 담배를 나눴다.

보위원은 누군가를 내려다보고 억누르고 감시하기 위해 온종일 척추를 똑바로 세워야 했다. 몸이 아닌 존재 전체가 긴장된 자세였다. 그들에게 담배 연기는 단순한 흡연이 아니었다. 수백 명의 울분과 분노를 다스리며 거칠어지고 답답했던 호흡을 열어주는 숨이었다. 그리고 그 짧은 틈에 수용자들 또한 긴장을 풀 수 있는 숨을 쉬었다. 한쪽은 담배로 버티고 다른 쪽은 제 목젖으로 숨을 골랐다.

"홍신영 그년 말입니다."

최종배가 하는 말이었다.

"전번 생활총화 때 상위동지한테 호상비판하는 걸 보니… 아니 그 미친 년은 죄수건 동지건 일단 사람이면 다 잡자는 년 아닙니까?"

"열등감이야. 그 화풀이고, 남 잡아야 편안해지는 그것도 정신병이지. 늙을수록 불행해질 팔자고."

보위원들은 자기 숨을 쉴 때는 수용자 욕을 하지 않았다. 자기들의 삶과 그 속에 있거나 비껴간 것들에 대한 가벼운 토로 정도로 그친다. 갇힌 삶을 사는 탓에 어디 쏟아낼 데도 없어 한담이라도 비교적 솔직했다.

"독신자 담당 좋은 게 딱 하나가 있습니다. 그런 년이랑 엮이지 않고 저 혼자인 거."

최종배는 웃지도 않고 말했다. 지형철은 대꾸 없이 담배를 입에 물었다. 그들은 연거푸 두 개비를 피웠다. 담뱃불이 오가고 연기도 합쳐졌다. 허공에 풀리는 연기 너머로 흙 마대를 어깨에 멘 김성근이 천천히 다가오고 있었다. 그는 최종배의 기억과 시선에서 도련님을 지우려고 일부러 그 앞을 지나가는 것이었다.

고개를 들던 지형철이 멈칫했다. 그는 수용자의 몸을 보고 놀란 게 아니었다. 그보다 그의 얼굴에 더 심하게 놀랐다. 김성근도 눈이 마주치자 걸음을 돌렸다. 반사적인 회피였다. 그걸 본 지형철이 자기도 모르게 소리가 튀어나왔다.

"야! 너, 잠깐 서 봐."

김성근의 걸음이 멈췄다. 그러나 등은 여전히 돌아서 있었다. 이번엔 최종배가 지형철 대신 버럭 소리쳤다.

"이 새끼가. 선생님 부르는데 그러고 있어? 똑바로 서지 못해?"

김성근은 마지못해 돌아섰다. 그리고 지형철과 눈이 마주치는 순간 고개를 푹 떨구었다. 지형철의 얼굴에도 당혹감이 번졌다. 담배 연기에 목이 걸려 기침하며 몸을 휙 돌렸다. 그러면서 다른 사람의 목소리처럼 한마디 했다.

"…갈게."

"벌써 말입니까?"

지형철은 최종배가 묻는 말을 못 들은 태도로 자리를 피했다. 그가 남긴 담배 연기는 안개처럼 자욱했다. 지형철은 그 길로 지휘부 대열부를 찾아갔다. 대열참모에게 작업장에서 봤던 김성근의 수번을 말하고 그의 신상서류를 넘겨받았다.

서류를 뒤적이다가 '불법적인 종교활동'이라는 죄명 앞에서 무심코 금속 담배 케이스를 열었다. 하지만 스스로 놀라며 황급히 다시 닫았다. 손끝이 약간 떨렸다. 겉 표정은 아무렇지 않은 척해도 그의 눈동자 아래로 무언가가 흔들리고 있었다.

대열부 벽면에는 관리소 보위원 준수사항이 나열돼 있었다. 과거 동향, 동창. 사제. 애인 관계를 자진 신고하지 않으면 출당, 해임, 구속조치 한다는 관리소 근무자 원칙이었다.

지휘부를 빠져나온 지형철은 곧장 립석강 강가로 향했다. 잔잔한 물결이 수면 위를 쓰다듬고 있었다. 그는 무릎을 세우고 앉아 있었다. 혼자였다. 금속 담배 케이스가 활짝 열려 있었다.

케이스 안에는 한 장의 사진이 들어있었다. 그는 그 사진을 오랫동안 들여다보았다. 거기에는 지금보다 훨씬 앳된 얼굴의 김성근과 지형철이 있었다. 그 속에서 웃고 있는 두 사람은 둘도 없는 소꿉친구였다. 왜소했던 지형철은 어릴 적 동네 불량배 형들에게 자주 맞곤 했다.

그때도 김성근은 또래보다 몸집이 크고 뚱뚱했다. 그의 고집 속엔 나이를 불문하고 체통만 있었다. 상대의 나이도 아랑곳하지 않았다. 불량배 형들에게도 그르다 싶으면 곧장 달려들었다.

지형철이 얻어터지고 돌아오면 꼭 끌어안고 위로해주었다. 그런 다음 때린 애의 집에 몰래 들어가 장독대에 나란히 서서 오줌도 갈겼다. 그런데도 김치를 맛있게 먹는 가족의 웃음을 볼 때는 기어코 똥도 같이 쌌다. 복수의 날이 반복되며 둘은 장독이 옮겨져 있던 창고에 불까지 질렀다. 그 일로 붙잡혔을 때 김성근이 혼자 다 뒤집어썼다. 소년교화소에서 1년을 보냈다. 자기 대신 고생하고 나온 김성근을 지형철은 부둥켜안고 울었다.

그날도 둘은 교화소 담장에 대고 오줌 싸며 같이 웃었었다. 그

때는 마주 보며 웃는 것도 식상해 서로의 어깨에 기대고 방귀에 휘청거렸다. 하지만 지금은 둘이 함께 서서 오줌 쌀 수 있는 위치가 아니었다. 한쪽은 이름인데 다른 쪽은 번호였다. 지형철은 강가에 앉아 사진을 내려다보았다.

한참을 보고도 다시 더 들여다보았다. 사진 속에선 둘이 웃고 있는데 지금은 아무도 웃지 않았다. 메마르게 부는 바람에 햇살이 지워지고 희미해졌다.

지형철은 담배를 물었지만 불을 붙이지 못했다. 라이터를 내려놓고 그 손으로 케이스 속의 사진을 조심스럽게 뒤집어놓았다. 추억 속에 숨 쉬는 본래의 자기 얼굴도 지워진 것 같았다.

최종배는 지형철에게 혼자라서 독신자 중대가 편하다고 했지만 반대로 부러운 것도 있었다. 독신자세대 보위원은 늘 작업현장에 따라붙어야 했다. 수용자들이 모여서 움직이니 한눈에 통제가 됐다. 한꺼번에 나가고 들어오는 텅빈 막사는 굳이 신경 쓸 일도 없었다.

그러나 가족세대는 달랐다. 작업장보다 더 위험한 곳이 바로 그 '비어 있는 집'들이었다. 그 틈에는 늘 무언가가 꿈틀거렸다. 숨겨둔 약초, 몰래 찢은 당 문헌지, 벽 틈에 적은 글자 하나라도 감시해야 했다. 거기엔 사라진 말, 감춘 표정, 들끓는 의도가 남아 있었다. 가족세대 보위원들이 책상 앞에 오래 앉아 있는 건 한가해서가 아니었다. 그 공백 안에서 무엇이 자라고 있는지 계속 상상하고 확인해야 해서였다. 필요하다면 빈집도 수색해야 했다.

　지형철은 남자 담당이기도 하지만 가족세대 전체를 책임지는 위치에 있었다. 하루에도 작업장과 사무실을 번갈아 오가며 살펴야 할 일이 많았다. 그걸 핑게 삼아 남자 독신자세대와 공동작업하는 날이면 지형철은 작업장에 나가지 않았다. 혹시라도 성근이의 눈빛이 어떤 반가움으로 읽힐까 두려웠다. 그가 아는 척 한번 잘못했다가는 곧장 보고가 올라가고 다른 리로 배치될 게 뻔했다. 그러면 그날로 윤진경과도 이별이었다.

　그날도 지형철은 진경이를 공식적인 '개별담화'로 사무실에 불러냈다. 어제 작업장에서 민유정으로부터 윤진경의 급한 만남 요청을 받았기 때문이었다. 다른 날과 다르게 그날 둘은 긴 침묵으로 함께 있었다. 윤진경은 책상 모서리 앞에 머리 숙이고 서 있었다. 지형철은 창밖을 내다보며 팔짱을 풀지도 않았다. 윤진경이 먼저 겨우 입을 열었다.

　"처음부터 속이려고 했던 건 아닙니다. 조사받으면… 밤에 강간당해서 누군지 모른다고 하겠습니다."

　지형철은 한숨을 내쉬었다. 우정도 사랑도 모두 수용된 자기 현실이 감옥만 같았다. 자신에게 가장 가까운 이름들조차 숫자로 불러야 한다는 사실이 그 무엇보다 자신을 더 깊이 가두었다.

　"6개월이라면서… 처음부터 말했어야지. 그리고 다들 그렇게 변명해. 이젠 그런 말 안 통해."

　윤진경은 입술을 꼭 깨물었다. 그 틈으로 새어 나오는 숨은 떨고 있었다. 지형철은 윤진경에게 돌아섰다. 말하면서도 눈을 감았다.

"걱정마. 내 친구가 군의관이야. 부탁해 볼게."

"낳으면요."

불쑥 나온 윤진경의 목소리는 작았지만 흔들리지 않았다. 지형철의 눈동자가 순간 흔들렸다. 그는 큰 숨을 들이켰다. 그리고 힘주어 말했다.

"여기 규정 몰라?... 아이나 엄마. 둘 중 하나만 살려주잖아."

"애 낳은 여자도 있다고 들었습니다. 그것도… 독신자 여자가요. 이름도 다 알아요. 선미라고. 사회에 내보냈다고."

그 말에 지형철은 더 어성을 높였다. 감정이 말을 먼저 밀어냈다.

"죽은 거야! 나간 게 아니라, 죽었다고! 이 안에서도… 애를 낳고 싶은 생각이 들어? 매일 같이 붙어 안고 울고, 싸우고, 서로 죽이고, 자살하고 그 꼴 다 보면서도?"

그는 숨을 몰아쉬었다. 그 얼굴엔 분노보다 더 오래된 감정과 지치고 망가진 회한이 깔려 있었다.

"낳은 정보다. 낳아준 죄가 더 좆같은 게 가족세대야. 그걸 알면서도… 엄마가 되고 싶었던 거냐고."

그는 다시 창밖으로 몸을 돌렸다. 침묵이 길게 흘렀다. 윤진경은 고개를 숙인 채 그대로 서 있었다. 눈은 반쯤 감겨 있었지만 안에서 뭔가 번지고 있는 것이 분명했다. 지형철은 다시 입을 열었다. 이번엔 부드럽고 피로한 목소리였다.

"…이번 주 내로, 군의관 데리고 올게. 그렇게 알고 있어."

"제가 싫다면요."

"뭐라고?"

그들의 대화를 문밖에서 몰래 엿듣는 귀가 있었다. 문이 닫혔어도 안쪽의 대화는 너무 또렷했다. 지형철의 목소리는 중간중간 낮게 깔렸다가 때로 얇게 갈라졌다. 윤진경의 대답은 거의 들리지 않았다. 사이의 공백이 말을 대신했다. 더 들을 필요가 없다고 판단했는지 문에서 얼굴을 떼는 여자가 있었다. 가족세대 여자보위원 홍신영이었다. 웃음을 띠는 그녀의 얼굴은 흥분으로 붉게 달아올랐다.

그녀는 27세인데도 눈두덩이가 두툼할 정도로 살쪄 있었다. 눈을 감을 때는 무거워 보여도 뜨고 나면 눈꺼풀 무게만큼 주변을 어떻게 찢을지 계산하는 눈빛이었다. 미간은 늘 의심으로 좁혀있었다. 윗니를 드러내며 웃는 게 어떡하든 이기려는 표정에 가까웠다. 키는 작았다. 마치 자기보다 크다는 이유만으로도 남의 어깨를 눌러야 풀리는 직성으로 다져진 것 같았다.

그 짧은 다리로 곧장 지휘부를 찾아갔다. 어디 문을 두드려야 할지도 잘 알았다. 조직부장 방쪽으로 방향을 틀었다. 문이 굳게 닫혀 있었다. 조직부장 방문에는 작은 구멍이 있었다. 언제나 조용히 열려 있는 15호 지휘구조의 가장 은밀한 통로였다. 홍신영은 수첩과 볼펜을 꺼내 벽에 대고 깨알 같은 글씨를 서둘러 썼다. 그때 복도를 지나가던 소장이 벽에 붙어선 홍신영을 보고 소리쳤다.

"야. 야. 너 이리 와 봐."

깜짝 놀란 홍신영의 두 손이 반사적으로 뒷춤으로 돌아갔다. 그걸 보고 소장은 더 엄하게 소리쳤다.

"금방 손에 그것 그대로 갖고 와. 아무튼 당장 뛰어오지 못해?"

홍신영은 손을 뒤로 묶인 사람처럼 등뒤에서 종이를 찢으며 뛰어갔다.

소장은 빠르게 걸었다. 그 옆에선 홍신영이 짧은 다리로 뛰다시피 따라붙었다. 일부러 곁에 두고 걷는 이유가 있었다. 정보도 얻고 실제론 건물에서 끌어내 작업장에 옮겨놓으려는 심사였다. 하지만 홍신영은 감격했다. 15호에선 자기는 늘 외톨이였다. 소장과의 동행은 그가 가진 것의 일부라도 빼앗아 오는 것 같았다. 그 보답으로 지형철에게 자기가 강간당한 것처럼 격분해서 설명했다. 소장은 묵묵히 걷기만 했다. 이 여자가 어디까지 말을 흘리고 다닐지 감을 잡는 중이었다. 그러다 끝내 걸음을 멈추었다.

"그런 일이 있으면, 아무튼. 내게 먼저 왔어야지. 네 상관이 정치부야?"

"전 지금 정식으로 소장 동지께—"

"야야야. 너 내가 얼마나 아꼈는데. 지금도 널 감싸느라 아무튼 얼마나 애먹는 줄 알아?"

"뭘 감싼단 말입니까?"

"내가 모르는 줄 알아? 너 군의관이랑, 아무튼… 그 짓거리 하는 거."

홍신영의 얼굴이 벌겋게 달아올랐다. 군의관은 이미 장가간 남자였다. 그들 사이는 애정이 아니고 각자의 필요였다. 욕구를 해결하기 위해 붙었다가 욕망이 식으면 떨어지는 관계였다. 여자 쪽이 더 손해 보는 것 같았지만 홍신영에겐 다른 선택지가 없었다.
  15호 총각 보위원들 그 누구도 그녀를 인간으로 대해주지 않았다. 말끝을 흐리면 거짓말이고 확실히 맺으면 신고였다. 모함을 재치처럼 굴렸고 그게 필요한 순간에만 웃음을 도구같이 사용했다. 15호에서 가장 무서운 보위원은 총을 든 자가 아니라, 말을 든 그 여자란 딱지가 붙어 있었다.
  "내 선에서 처리할 테니까, 아무튼 너 그 입 조심해. 여잔 두 입을 조심해야 돼!"
  소장은 그 말조차 버리고 가듯 등을 돌려 혼자 걸어갔다. 홍신영은 늘 그랬다. 패배하면 눈물이 흘렀다. 그 얼굴로 그 자리에 남겨져 있었다. 소장이 그 걸음으로 간 곳은 공동작업장이었다. 산 아래 작업장은 남자 수용자와 여자 수용자가 함께 섞여 돌아가고 있었다. 제방 공사에 쓸 통나무를 다듬고 쌓는 작업이 한창이었다.
  남자들은 산에서 굴려내려 온 나무를 어깨로 메고 나르며 땀을 철철 흘렸다. 여자들은 잘라낸 가지들을 묶고 다듬는데 두 손이 쉴 새 없이 움직였다. 한쪽에선 자잘한 손놀림과 숨죽인 눈빛이 오가고 다른 쪽에선 낫과 도끼의 둔탁한 소리가 들려왔다. 그들의 손을 거쳐 헐벗은 통나무들이 한쪽에 언덕처럼 일어서고 있었다. 그 사이를 소장은 뒷짐지고 걷고 있었다. 아무런 지시도 눈길도 없이 자기 그림자만 끌며 걸었다. 최종배가 달려와 기수경례 동작을 취했다.
  "휴식 시간 언제야?"
  "아직 한 시간 남았습니다."

소장은 손목시계를 들여다보았다.
"내일 명절이잖아."
그날은 4월 14일이었다. 그러면 분위기상 전날부터 명절이라는 의미다.
"이것들 일이 손에 잡히겠어? 소장이 왔는데 그냥 휴식 줘."
소장은 앉을 자리를 찾으며 말했다.
"주둥인지 뭔지 그놈 데려오고."
잠시 후 최종배의 목소리가 산등성이를 타고 울려 퍼졌다.
"휴식!"
수용자들은 모두가 의아해했다. 보위원들의 손목시계는 제각각이었지만 수용자들의 생체 시계는 단 한 번도 틀린 적이 없었다. 점심시간이 되면 그걸 알리는 구령보다 먼저 위장에서 종소리가 들렸다. 누군가의 배가 먼저 끓으면 곧이어 옆 사람의 배도 불협화음처럼 따라 울렸다. 그건 단순한 허기가 아니었다. 강요가 체질이 되고, 질서로 닮아가며, 공동으로 묶어지는 생존 약속인 것이다.

휴식시간은 더 정확히 맞출 수 있었다. 시간이 되면 말보다 먼저 어깨가 처졌다. 허벅지 근육이 한계를 알리며 떨기 시작했다. 손끝이 둔해지고 눈꺼풀이 천천히 아래로 밀려 내려왔다. 1분만 늦어도 더워서라기보다는 신체가 녹아내리는 양 식은땀이 흘렀다. 그게 두 줄로 흘러내리면 기합이고, 세 줄이면 연장 작업이었다. 잔등 전체를 적시면 기절이요, 그 모든 감각은 혁명화의 동일한 명령 속에 체질이 체계로 묶이는 생존의 기계화였다.

15호는 이유 없이 멈출 때가 제일 불안했다. 휴식의 이유를 묻고 답하던 사람들은 다소 안도했다. 멀리서 런닝셔츠 차림으로 혼자 앉아 있는 소장을 보았기 때문이었다. 그의 뒤에 총 든 병사들이 없다면 그는 개인이다. 그런 소장이라면 15호의 시간도 멈추든가 거꾸로 돌릴 수 있다는 것을 알았기 때문이었다. 수용자들은 남자도 여자도 온통 소장 이야기를 입에 물고 모여들었다.

"늙어서 정신 좀 돌아오니 다행이지."

"저놈도 젊었을 땐 최종배보다 더했을 거야."

"늙은 말이 길을 안다더니, 저런 여유도 있어야지."

"소장 오늘 생일인가? 왜 좋은 일 해?"

쌓여가는 통나무 더미 앞, 소장은 홀로 앉아 존재감을 뿜어내며 소리쳤다.

"야야. 붙어 앉지 말고 널찍널찍들 앉아. 냄새나니까."

그때 누군가 입을 열었다.

"주둥이 만담 한 대. 소장이 시켰대."

그 말 한마디에 무게 중심이 옮겨졌다. 수용자들의 시선은 소장을 지나쳐 점점 주둥이 쪽으로 쏠리기 시작했다.

생체 시계만 같은 게 아니었다. 한데 모이면 생각도, 말도, 감정도 금방 하나로 합쳐졌다. 이런 군중의 입과 귀를 가장 잘 아는 사람이 소장이었다. 그래서 그는 일부러 그 시간, 그 자리에 휴식을 들고 온 것이다. 사람들의 심리 리듬을 자기 손바닥 안에서 굴릴 줄 아는 자였다. 그는 조용히 수용자들을 둘러보았다. 곧 만담이 터지고 이자들은 웃을 것이다. 그리고 그 시작을 만든 자기 이름도 곧 소문 속에서 함께 흘러갈 것이다. 그 끝엔— 서련화도 혼자 웃고 있을 것이다. 드디어 박수와 함성이 터졌다. 9분조원들은 완전히 들떠 있었다. 이미 건빵을 한 봉지씩 받은 얼굴들이었다.

"이 안에선, 기대가 제일 큰 죄야. 없던 죄를 스스로 만드는 꼴이지."

검은손이 그렇게 말했지만, 도성진은 주둥이를 믿었다. 건빵도 웃음도 작은 기적도 함께 올 거라고 확신했다. 도련님도 마찬가지였다. 박해순에게 사회 맛을 보여줄 생각에 들떠 있었다. 그 맛이 얼마나 짧고 허망한지 알면서도 소장의 빽을 보여줄 기회였다.

통나무 더미 위에 높이 올라선 주둥이가 민유정을 향해 웃었다. 그녀는 얼굴이 빨개졌다. 그러면서도 살짝 떨리는 손으로 손거울을 꺼내 들었다. 이 안에서도 이런 일이 있다는 게 믿기지 않았다. 기적 같았다. 그래서 사진 찍듯 이 순간을 눈에 담고 싶었다. 그 옆에서 박해순은 더 큰 기적을 고대하고 있었다. 그 이유는 도련님에게 있었다. 그가 두 손을 들어 네모난 모양을 만들고 신이 난 얼굴로 활짝 웃었기 때문이었다. 박해순은 그 순간 숨이 차올랐다. 그래서 소리 없이 입 모양만으로 말했다.

"전달?"

도련님은 별생각 없이 엄지손가락을 흔들어 보였다. 그 손짓은 그녀의 가슴 한가운데 커다란 구멍을 냈다. 눈물이 왈칵 고이면서 동시에 넘쳐버렸다. 그 옆에서 김상미는 도성진의 바쁜 등을 바라보고 있었다. 그 시선은 매서웠다.

"저 새끼 오로지 자기밖에 모르는 이기주의자야. 어떻게 사람이 한 번도 뒤를 안 돌아보고 사냐?"

그녀의 눈동자에 작고 단단한 분노가 맺혀 있었다. 사람들의 박수와 함성이 쏟아졌다. 주둥이는 손을 들어 그 웃음을 잠시 눌렀다. 모두가 숨을 고르는 그 틈에서 그가 입을 열었다.

"오늘 만담 제목은…"

조금 뜸을 들이다가 그가 소리쳤다.

"요덕의 똥개."

사람들은 일순간 조용해졌다. 요덕인데 똥개라니 혁명화 구역에 똥이라니 그 말 자체가 금기어처럼 울렸다. 수용자들은 주둥이와 소장의 눈치를 번갈아 살폈다. 소장은 별말 없이 담배를 꺼내 물었다. '똥개든 뭐든, 웃기기만 해라.'는 얼굴이었다. 드디어 만담이 시작되었다. 주둥이가 네 발로 땅에 엎드리며 크게 짖었다.

"멍멍멍! 나는 요덕 개야! 이름도 그냥 개야!"

그러고는 슬그머니 두 발로 일어서 하늘을 향해 삿대질을 했다.

"아무리 성의 없이 지어도, 주인 양반아! 개한테 어떻게 이름을 그냥 '개'라고 지어!"

첫 외침에 터진 건 웃음만이 아니었다. 입을 막고 고개를 숙이는 수용자가 있는가 하면 그대로 박수하는 이도 있었다. 금기가 웃음으로 바뀌는 그 짧은 전환의 순간에 사람들은 안도와 쾌감을 동시에 느꼈다. 주둥이가 이번엔 아줌마 흉내를 냈다.

"전에는 새벽에 네편네가 막 야단치는 거야. '너 개야? 개냐고!' 밥 주는 줄 알고 냄비 물고 달려갔더니— 지 남편 보고 그러는 거야! 동네 창피하다면서!"

이번에는 웃음을 참는 사람이 없었다. 손뼉이 터졌다. 장찌엔은 옆사람의 어깨를 치며 웃었다. 치고 보니 다른 분조 여자였다. 그 소리들이 진정될 때까지 주둥이는 입을 다물고 기다렸다. 그리고 바로 그 타이밍에— 버럭, 소리를 질렀다.

"아니, 동네 창피랑 나랑 뭔 상관인데? 바람은 지 남편이 피웠는데, 왜 '개새끼야' 하며 내 밥그릇까지 집어 던지냐고!"

주둥이의 외침이 작업장 전체를 가르며 울려 퍼졌다. 소장은 웃는 척했다. 담배 연기 너머로 입꼬리를 얇게 그었다. 그래. 잘 웃겨라. 소문만 잘 나게 해라…

"마당에 앉아 이것들 대화 가만히 엿듣자니 어이없더라니까. 지들 병신 짓 하는 것도 전부 내 탓이야. 머리 나쁘면 개대가리래, 눈이 나빠도 개 눈깔이래, 방귀 냄새 난다니까 개코 같대. 이것들 말대로면 '난 개도 아냐'!"

순간, 작업장이 폭발했다. 웃음이었다. 참던 자도, 참는 척하던 자도 목젖 깊은 데서부터 쏟아져 나왔다. 심지어 최종배의 옆에 선 경비대 군인들 사이에서도 피식피식 웃음이 번졌다. 소장도 고개를 돌려 그 뒤에서 '껄껄' 웃었다. 도성진이 두 팔을 크게 휘두르며 과장된 몸짓으로 웃었다. 김상미는 한번 웃고 한번은 그 녀석을 노려보았다.

도련님은 다시 한번 박해순을 향해 두 주먹을 흔들었다. 그걸 본 박해순의 두 눈에서는 눈물이 줄줄 흘러내렸다. 전체 수용자들이 다 웃고 있었지만 유일하게 박해순만 울고 있었다. 민유정은 놀라움과 존경, 감탄 등 그 모든 감정이 뒤섞인 눈으로 주둥이를 바라보았다.

"더 기막힌 게 뭔 줄 알아? 저들끼리 날 놓고 속담까지 만들어 돌리더라. 뭐? '저 먹자니 싫고, 개 주자니 아깝다?' 밥 먹다가 열 받아서, 멍! 멍!"

순간, 수용자들 속에서도 똑같은 소리가 터져 나왔다.

"멍! 멍!"

"그래, 너희도 잘 짖네!"

그러자 수용자들은 다음에도 짖어댈 준비에 들떠 있었다. 주둥이가 아줌마처럼 고개를 까닥이며 외쳤다.

"그렇게 짖었더니 주인 녀편네가 이러는 거야. '짖는 개는 물지 않는다고!' 어라? 문다! 으르렁거리다가, 다시 목 빼들고—"

"'멍! 멍!'" 다시 군중이 외쳤다. 이젠 흉내가 아니었다. 그건 하나의 합창, 하나의 해방이었다. 주둥이가 막대기를 집어 들고 이리저리 뛰어다니며 바닥을 내리쳤다.

"그러자 주인놈이 뭐라는 줄 알아? '개도 먹을 때는 안 때린대!' 제 입으로 그러고도 몽둥이 들고 이러는 거야! '개도 나갈 구멍 보고 쫓으랬다!'"

그 말에 웃음이 폭발했다. 다시 중심으로 돌아온 주둥이는 슬픔 섞인 외침으로 입을 열었다.

"하다 하다 나를 아예 똥통에 집어넣더라! '개가 제 방귀에 놀란다'로 시작하더니 기막혀서, '개도 부지런해야 더운 똥을 얻어먹는대!'"

그는 막대기를 쥔 손을 하늘로 치켜들며 울분처럼 터뜨렸다.

"'야! 나도 싸면 더운 똥 나오는 생명이야! 내가 부지런하면 쥐라도 잡아먹지, 왜 네 똥을 먹냐고!'"

주둥이는 또다시 하늘의 태양을 향해 막대기를 마구 흔들었다.
"하니까 이런다. '개가 똥을 마다하랴. 개 눈엔 똥만 보인대! 그래, 내 눈엔— 네 놈이 똥이다! 네 놈보다 나은 나는, 똥개다!'"

마지막으로 그는 태양을 향해 고개를 쳐들었다. "퉤!"

그 침 한 방울은 단순한 타액이 아니었다. 그건 웃음으로 다 씹어 삼켜야 했던 가슴 속의 무엇이었다. 상처에서 흐르는 피는 빨간색이다. 그러나 주둥이가 뱉은 그것은 감정과 정서에서 터진 하얀 핏덩이었다. 주둥이가 허리를 깊이 숙여 인사하자 수용자들은 일제히 박수를 쳤다. 터지는 손뼉 사이로 그들은 입을 벌려 외쳤다. "멍! 멍!" 손바닥이, 입이, 서로를 향한 공명처럼 오랫동안 부딪히고 소리를 냈다.

그날 작업장은 진짜 짖는 자들이 이긴 공간이 되었다. 15호의 하늘 아래서 누구는 웃으며 짖었고, 누구는 울면서 짖었다. 그것은 인간이면서 개가 되어 짖어야 했던 멍! 멍! 이었다.

그 메아리를 들으니 소장은 뭔가 뒤끝이 개운하지 못했다. 그래도 자기가 벌인 일이니 웃으며 일어섰다. 그 옆에서 최종배도 마냥 다 웃을 수 없는 표정을 씹고 있었다. 그때, 도성진이 소장 앞으로 달려왔다. 그에게 허리를 깊이 숙였다. 최종배가 당황한 얼굴로 물었다.

"뭐야, 네놈은? 왜 왔어?"

도성진은 불쌍한 얼굴로 말했다.

"선생님... 건빵..."

소장은 그를 슬쩍 지나쳐 아무 말 없이 걸어갔다. 그러자 최종배가 때릴 듯이 주먹을 쳐들었다. 허탈한 건 도성진만이 아니었다. 만담이 끝나자마자 박해순이 도련님 앞에 달려왔다. 그녀의 얼굴은 흠뻑 젖어 있었다. 도련님은 적반하장으로 되물었다.

"왜 그래? 뭔 일 있었어?"

박해순의 입에서 숨 섞인 한마디가 흘렀다.

"전달됐다면서요?"

도련님이 오히려 반대로 물었다.

"무슨 전달?"

그 말에 박해순은 굳어졌다. 불길하고 두려운 표정으로 도련님이 했던 것처럼 두 손을 들어 똑같은 모양을 그렸다. 그리고 마지막 희망에 매달린 음성으로 물었다.

"손으로 이랬잖아요. 전달했냐고 내 물었잖아요."

도련님은 오해를 주고도 빈손인 자의 민망함에 억지 웃음을 지으며 변명했다.

"아, 그거... 소장한테 건빵 달라고... 줄 수 있다고... 그 신호였는데..."

말이 끝나자 박해순의 입에서 한마디가 터져나왔다.

"뭐냐구요!"

그러고는 그 큰 두 손으로 얼굴을 가리며 풀썩 주저앉았다. 무뚝뚝해 보였던 여자의 눈물은 울음덩어리였다. 그 소리는 작아서 더 깊어 보였다. 그래서 크게 흔들리는 어깨는 세상에서 제일 큰 슬픔 같았다. 도련님은 그 앞에서 고개를 숙였다.

그녀의 눈물이 긁히는 숨소리가 매질 같았다. 도련님의 눈에도 물기가 번득였다. 그게 이 여자의 전부였던 걸. 그 하나였던 걸. 그마저도 순간으로 쪼개며 버티던 세월이었던 걸... 박해순은 더 이상 '희망'이라는 말을 믿을 수 없었다. 그 말은 지금 자신의 무릎 위에서 아무것도 아닌 손짓 하나로 산산이 부서지고 있었다.

소장 말처럼 4월 14일은 수용자들에게 일하기 싫은 날이었다. 내일이면 쌀밥 먹는 김일성 생일이기 때문이었다. 2월의 명절은 특식의 의미가 크지 않았다. 출소하는 자들은 나가면 더 잘 먹고, 다시 갇힌 자들은 먹고도 화나기 때문이었다. 날씨까지 일년 중 제일 추울 때라 수용자들 표현을 빌린다면 최고로 재수 없는 날이었다. 하지만 4월의 명절은 달랐다. 밥알도 세어볼 수 있을 만큼 오로지 특식만 생각됐다.

작업장엔 그 기대와 설렘이 가득했다. 더구나 주둥이의 만담 공연이 불 질러놓은 흥에 넘쳤다. 사방에서 멍! 멍! 하는 소리들이 들렸다. 홍신영은 그 소리를 외치는 가족세대 여자들의 입을 틀어막느라 진땀을 뺐다. 최종배도 위협을 주다가 돌아서 웃고 말았다.

그러나 그 전체 수용자들 중에서 단 한 사람만은 달랐다. 주둥이 만담 때도 오직 그 한 사람만 웃지 않았다. 남들이 기다리는 내일도 혼자서 거부하고 밀어낼 준비를 서두르고 있었다. 그는 옹혜야였다. 해는 이미 산등성 너머로 넘어갔고 푸르스름한 어둠이 산자락 아래부터 차오르고 있었다.

"작업 중단! 막사 복귀 준비!"

그 외침이 산을 타고 흘렀다. 옹헤야는 장갑을 벗었다. 오른쪽과 왼쪽을 서로 다른 방향으로 던졌다. 바위 아래로 하나, 풀숲 너머로 하나, 산의 침묵 속으로 그가 스스로 남긴 단서들이었다. 이어 목에 감았던 수건도 입에 물었다. 이빨로 찢었다. 그 조각들은 작아도 그 안엔 그가 갇혀 살았던 하루하루가 배어있었다.

그 축적의 시간들을 사방으로 던졌다. 나무 아래, 바위틈, 발아래 흙 위. 그의 체취와 존재는 그렇게 흩어졌다. 수용소를 떠나기 전 그가 마지막으로 남긴 정치범의 뼈라 같은 것이기도 했다.

작업이 끝나자 수용자들의 발걸음이 줄을 지어 산길을 따라 내려갔다. 2월 때처럼 역시나 그 시간에 풍차가 어김없이 나타났다. 남들은 환호했지만 옹헤야는 뚫어지게 노려보기만 했다.

저녁식사가 끝나고 "취침 준비"라는 구령이 들릴 때까지 옹헤야의 그 눈은 계속 불타고 있었다. 다시 한번 "취침 준비!" 외침이 들리자 옹헤야는 들고 있던 나뭇가지를 탁하고 힘껏 쥐었다. "우지직." 마른 가지가 부러지는 그 소리가 운동장에 울렸다. 막사로 늦게 들어오는 옹헤야에게 미꾸라지가 물었다.

"어디 갔었어?"

"뒷산 좀 보고 왔어."

"이 시간에? 산은 왜?"

옹헤야는 점검이 끝나자마자 바로 누워 코를 골았다. 그 소리는 다른 날보다 유달리 컸다. 하지만 누구보다 깨어있는 눈이었다. 미꾸라지가 잠꼬대로 신음을 내면 격술가의 잠버릇처럼 돌아누우며 배를 걸어찼다. 자다 깨며 미꾸라지는 온 밤 시달렸다. 끝내 지쳐 새벽 3시경에는 완전히 시체처럼 늘어졌다.

모두가 깊은 잠에 곯아떨어진 그 시간에 옹혜야가 조심스럽게 몸을 일으켰다. 담요를 젖힐 때나 바닥 위에 발을 가만히 올려놓을 때도 그는 공기를 다루고 굴리듯 했다. 막사 밖을 빠져나와 그의 그림자가 향한 곳은 2작업반 관리실 앞마당이었다. 물자 운반용 5톤 풍차가 어둠 속에 웅크리고 있었다.

옹혜야는 먼저 장작 창고 구석으로 갔다. 거기서 미리 준비했던 작은 널빤지와 봉지 하나를 찾아 손에 쥐었다. 그리고 운전병이 차문을 열고 들어갈 때까지 숨어 있었다. 곧바로 시동이 걸렸다. 둔탁한 진동이 트럭 전체를 일으켜 세웠다. 처음엔 깊은 기침 같다가 이내 규칙적인 숨소리로 바뀌었다. 디젤 엔진 특유의 고르지 못한 리듬이 바닥 너머로 울렸다.

뒤이어 술에 절어 흔들리는 그림자 두 개가 어둠을 끌고 나타났다. 후방국 군인과 최종배였다. 군화가 비틀거리며 땅을 찍었다. 옹혜야는 그 틈을 놓치지 않았다. 트럭 뒤편 밑으로 단 한 번에 몸을 말아 넣었다.

그는 먼저 비닐봉투에서 두꺼운 장갑을 꺼냈다. 이어서 널빤지를 몸에 붙이고 어깨의 끈도 조였다. 그가 몸을 프레임에 고정하기 위해 만든 사람과 기계를 연결하는 가느다란 생명줄이었다.

트럭의 하부는 이미 뜨겁기 시작했다. 시동이 걸린 지 얼마 되지 않았는데도 기관의 열기는 금속 구조물을 타고 급속히 퍼졌다. 특히 엔진 뒤쪽에서 이어지는 배기 파이프는 숨 쉴 틈 없이 달아올랐다. 연료탱크 보호판에는 잔열이 차올랐다.

옹헤야는 서스펜션 위에 몸을 끼워 넣었다. 등이 철판에 닿자 소스라쳐 놀랐다. 뜨거운 건 열기만이 아니었다. 트럭 전체가 덜 컹하고 한 번 들척일 때마다 그는 마치 화물 중량의 일부가 된 것처럼 철에 맞물려 흔들렸다. 팔로 버티고 복근으로 끌어당겼다. 허벅지를 프레임과 연료탱크 사이에 틀어박았다. 손으로는 어깨 끈을 걸고 고정했다. 그 위에 다시 허리띠를 감아 자신을 '기계의 일부'로 묶었다. 숨이 땅속으로 빨려 들어가는 것 같았다.

그는 감시탑과 막사를 번갈아 바라봤다. 자기 침대가 비었다는 걸 눈치챈다면 경비병들은 즉시 막사 주변을 봉쇄할 것이다. 그러면 트럭도 출발을 막을 것이고 수용소 전체가 멈출 것이다. 그때였다. "트드득," 하며 시동이 불안하게 떨더니 뚝 멎었다.

"왜 그래?"

최종배가 물었다.

"또 꺼졌습니다. 잘 걸렸었는데…"

운전병이 시동을 다시 걸었다. 철컥. 철컥. 그 소리는 마치 시간이 헛도는 소리 같았다. 무언가 결정되어야 할 순간이 계속 미끄러지고 있었다.

"오늘 못 가는 거 아니야?"

조수석의 말이 튀어나오자 최종배가 허탈하게 웃었다.

"그럼 더 마시고 가면 되지."

그 사이, 군화가 다시 보였다. 운전병이었다. 범퍼가 열리는 소리가 났다. 그가 시동 장치를 점검하더니 소리쳤다.

"중위 동지, 올라가서 좀 밟아주시겠습니까?"

후방국 군인이 조수석에서 운전석 쪽으로 무게를 옮기자 차체도 흔들렸다. 그가 쓸데없이 페달을 밟는 소리도 바닥에 닿았다.

"까먹을 뻔했어. 종배야. 영순이가 너한테 인사 전하랬어."

그 말과 동시에 최종배의 군화가 옹혜야의 눈앞에서 멎었다.

"잘 있대? 보고 싶긴 하다…"

"자식, 그래도 첫사랑인데… 편지 좀 해라. 혹시 알아? 다시 시작할지…"

"그럴 일 없어. 영순이는 그대로인데… 내가 많이 더러워졌어."

최종배의 목소리는 뿌옇게 갈라져 있었다. 운전병이 스타팅 핸들을 엔진 앞에 끼우고 돌렸다. 금속이 갈리는 소리가 차체 안으로 깊이 울렸다. 한 번. 두 번. 이윽고 '부릉'— 하고 시동이 걸렸다. 철컥. 쇳소리는 이제 범퍼를 닫는 소리로 바뀌었다. 운전석 문이 열리는 소리도 들렸다.

"갈게"

"잘 가"

5톤짜리 트럭은 짐승이 깊게 숨을 들이쉬는 것처럼 둔탁한 진동으로 차체 아래를 훑고 지나갔다. 그 밑에는 그 어떤 흔적도 남지 않았다. 최종배는 풍차가 남기고 간 매연 속에서 흔들거리며 혼자 오래 서 있었다. 태평하게 잠든 막사를 심술궂게 쳐다봤다. 다행히도 독신자 막사 안은 기상 소리가 울리기 전까지 어떤 소음도 일어나지 않았다.

모두가 곯아떨어진 그 속에서 미꾸라지는 무심히 눈을 떴다. 자면서도 감시반장다웠다. 주변을 힐끗 보고 눈을 감았다. 그러다 서서히 다시 눈을 떴다. 그 눈이 점점 커졌다. 곧장 몸을 일으키며 담요를 확 젖혔다. 베개 하나만이 덩그러니 놓여 있었다. 막사 문을 빠끔 연 미꾸라지가 캄캄한 운동장에 얼굴을 내밀었다.

"옹혜야!"

대답은 없었다. 달빛이 서늘하게 운동장을 덮고 있었다. 그 빛 아래 아무 그림자도 보이지 않았다.

"…그냥, 먼저 일어난 거지?"

미꾸라지는 밖으로 나와 걸어갔다.

"맞지? 어디서 오줌 싸는 거지?"

그러나 발걸음은 점점 더 빨라졌다. 그 속도가 높아지는 만큼 목소리도 커졌다.

"숨어 있지 마! 나 놀리지 마! 내 목소리 들리잖아! …대답해!"

그는 이미 달리고 있었다. 막사의 벽을 돌아, 운동장을 가로질렀다.

"이 새끼야!"

목소리가 갈라지고 숨이 거칠어졌다. 언제부턴가 눈물도 따라오고 있었다.

"이 개새끼야…!"

끝내 그가 가장 원하지 않았던 단어가 그 입에서 흘러나왔다.

"…탈주범이다!!!"

그 외침은 새벽하늘을 찢고 산등성이까지 날아갔다. 잠시 후 사이렌이 울렸다. 그 순간 산등성이가 일어났다. 잠들었던 군인들이 일제히 일어났다. 죽은 듯 조용하던 막사들이 모두 깨어났다. 무기 창고의 자동소총들도 죄다 장전됐다. 철모를 움켜쥔 손들과 발에 감긴 군화끈이 하나씩 고정되고, 사납게 울부짖는 개들이 목줄을 당기기 시작했다.

"운동장 집합!!"

최종배의 우렁찬 술기운이 막사를 찢고 운동장을 두드리며 뒷산을 뚫고 넘었다. 수용자들은 막사에서 뛰쳐나왔다. 신발도 미처 신지 못한 발에 찢어진 옷자락이 늘어졌다. 밖에서 대기하는 경비병들의 몽둥이가 나오는 순서대로 사정없이 찍어댔다. 작업반장이나 신입이나 서열도 나이도 죄목도 그 순간에는 아무 의미가 없었다. 가족세대도 예외가 아니었다.

다른 리도 마찬가지였다. 요덕의 계곡 전체가 흔들렸다. 운동장에 정렬한 수용자들은 선 자리에 박힌 듯 차렷 자세로 섰다. 그들 앞에는 기관총구들이 정조준하며 누웠다. 눈동자도 굴리는 게 허용되지 않는 엄격한 그 감시 속에서도 속삭임 소리들이 들렸다.

"누가 탈출했어?"

"몇 분조야?"

"우리 작업반 맞아?"

"다른 리 아냐?"

수용자들 가운데 오직 한 사람만이 알고 있었다. 미꾸라지는 경비대 군관 앞에서 손을 길게 뻗었다.

"저 뒷산이요. 이 눈으로 똑똑히 봤습니다. 뒤에서 쫓다가… 숨이 차서… 그만…"

정말로 뒷산에서 옹헤야의 흔적들이 발견됐다. 옹헤야는 미꾸라지의 은인이었다. 만약 수색견들의 입에 물린 것이 없이 내려왔다면 그는 최초 신고자에 수색 혼란 의심이 덧붙어 큰 고초를 겪었을 것이다. 그렇더라도 미꾸라지는 용서가 안 됐다. 운동장에 정렬한 수용자들 앞에서 감시반은 경비대의 군홧발에 몰매를 맞아야 했다. 그걸 본 검은손이 뒷사람을 향해 고개를 반쯤 돌렸다.

"옹헤야다."

그 한마디는 맨 마지막의 김성근까지 이어졌다가 다시 물어보며 앞으로 되돌아왔다.

"그 자식이 우릴 살리려고… 그래서 저 감시반에 자진해서 갔던 거야."

검은손이 울먹이며 한 그 말은 더디게 흘러 마지막 김성근의 가슴에 깊에 스며들며 거기서 멈추었다. 태양이 머리 위에 떠올랐어도 운동장은 오히려 더 얼어붙은 듯 팽팽했다. 모든 분조가 새벽부터 한 자세로 서 있었다.

최종배의 목소리는 쇳소리처럼 운동장을 긁었다.

"15호 탈주범 관련 규칙!"

그의 말은 목소리가 아니라 법이었고 집행이었다.

"첫째! 탈주범은 체포 즉시 공개처형한다! 둘째! 탈주범이 속한 조는 연대 책임으로 종신형 선고! 셋째! 탈주범이 잡힐 때까지 전체 수용자들에게 음식도 잠도 허용되지 않는다!"

한 마디마다 목숨이 더 조여왔다. 최초 신고자인 미꾸라지만 남고 감시반은 전원 체포되어 구류장으로 끌려갔다. 운동장에 정렬

한 분조들에선 하나둘 수용자들이 쓰러졌다. 자기 조원들을 독려하던 분조장들도 해가 기울어지자 끝내 못 버티고 넘어졌다. 그때마다 경비대원들이 몽둥이를 휘둘렀다.

밤이 깊어지자 독신자 관리소 운동장은 검은 연기로 가득 찬 전장 같았다. 무릎이 꺾이는 자, 어깨가 떨리는 자, 눈이 풀린 자들이 하나둘씩 쓰러졌다. 군인들은 구타했고 수용자들은 묵묵히 견뎠다. 그 와중에 검은손이 2열 종대로 선 9분조를 훑어보았다. 그 한 사람 한 사람 옆을 지나치며 위협조로 말했다.

"만약… 우리 9분조에서 다른 분조보다 먼저 무너지는 놈 있다면 내 주먹에 박살 난다."

검은손은 좀 더 과격하게 말했다.

"우리 9분조는 끝까지 버틴다."

말 한마디가 쇠말뚝처럼 가슴 깊이 박혔다. 시간이 흘렀다. 새벽이었다. 도성진과 가수가 서로의 몸을 붙였다. 떨어지면 무너질까 봐 마치 한 사람인 것처럼 숨을 나눴다. 주둥이와 도련님도 손을 잡았다. 그날의 손은 서로의 마지막 체온처럼 가깝게 느껴졌다. 김성근은 눈을 감고 서 있었다. 꿋꿋이 무게를 견디는 기둥처럼. 하늘과 땅 사이에 뿌리내린 부러지지 않는 장송처럼.

그날 9분조는 그 운동장에서 가장 마지막까지 남았다. 그 버텨 준 힘이 어쩌면 작게나마 보탬이 되었던 걸까. 옹혜야는 쉽게 체포되지 않았다. 만약 탈주범을 잡았다면 관리소는 그 처참한 최후를 전시하듯 과시했을 것이다. 하지만 한 달이 다 되도록 15호는 침묵했다. 그 긴 시간, 신출귀몰의 대남공작원 탈출사건은 15호의 역사 속에 깊이 뿌리 내렸다.

15호 지휘부에 자리 잡은 김일성 동지 혁명역사연구실 안은 분위기가 심각했다. 조직부장은 단정한 책상 앞에 홀로 앉아 있었다. 그 앞으로는 관객처럼 소장, 정치위원, 선전부장, 간부부장을 비롯한 부장급 이상 고위 간부들이 줄지어 자리 잡고 있었다. 책상 위 조명은 중앙만 밝게 비추었다. 마치 무대와 객석이 아니라 권한의 빛과 복종의 그늘 같았다. 조직부장이 엄숙하게 말했다.

"최덕철 동무. 일어나십시오."

정치위원이 자리에서 몸을 일으켰다. 어깨의 대좌 계급장은 여전히 선명했지만, 그의 자세는 어딘가 굳어져 있었다. 그보다 별이 하나 적은 상좌 조직부장은 의자 등받이에 허리를 기대고 있었다.

"정치위원 아래 직급인 이 조직부장이 간부세포 당위원회의 세포비서직을 왜 맡고 있는지 설명해 주시겠습니까?"

정치위원이 숨을 고르는데 조직부장이 다그쳤다.

"우리당 세포조직생활의 원칙을 말해보란 말입니다."

정치위원은 정답처럼 암기한 말투로 대답했다.

"당과 수령 앞에서는 모두가 평당원입니다. 그 어떤 직책이나 권한도 수령의 유일지도체제 앞에서는…"

조직부장이 말을 끊었다.

"그걸 안다는 양반이 말이야… 엉? 최덕철 동무!"

소장은 정치위원의 어깨에 붙은 별을 넌지시 쳐다보았다. 자기와 같은 견장이라서 시선을 거둘 땐 눈을 감았다. 정치위원은 굳은 표정으로 서 있었다. 이마엔 이미 식은땀이 흘렀다. 입술은 반쯤 벌어져 굳어 있었다. 지금 자신을 둘러싼 시선들은 검열보다 더 가혹했다. 조직부장은 두툼한 서류를 책상 위에 툭 던졌다. 그 안에는 정치위원이 개별담화했던 수용자들의 진술서가 들어있었다. 담배가 몇 개비인지, 빵의 크기가 얼마나 되는지도 상세히 기록돼 있었다. 그 서류를 조직부장이 낭독한 뒤 비판들이 쏟아졌다. 먼저 후방부장이 일어나 목소리를 높였다.

"김동규인지 뭔지 그놈 때도 강냉이를 주라고 지시하지 않았습니까? 그놈이 일반 죄수였습니까?"

대열부장에 이어 선전부장도 자리를 박차고 일어섰다.

"담화를 빌미로 식량을 주다니요, 정치위원 동지. 이건 월권 아닙니까. 아니 이건 반역 동조 아닙니까?."

"잡종 놈… 담화를 한 그 수용자 말입니다. 어찌 자기 죽을 줄 알고 탈출을 감행했겠습니까? 그 또한 설명하셔야 합니다."

최덕철은 대답하지 못했다. 말해도 통하지 않을 자리였다. 정작 무너진 것은 말이 아니라 그가 믿어왔던 이 체계의 내면이었다.

같은 시간에 독신자 막사의 운동장에서도 수용자들의 생활총화가 이어지고 있었다. 수용자들은 분조 줄로 정렬해 앉았다. 연단에 앉은 최종배는 길게 하품을 했다. 눈을 부릅뜨고 일어서는 미꾸라지가 보위원보다 더 극성이었다. 그의 팔에는 감시반 반장 완장이 보이지 않았다. 일반 수용자로 강등됐어도 목소리나 길게 뻗친 손에 묻은 열정은 변함이 없었다.

"야, 방철갑이!"

갑작스러운 외침과 손의 방향에 수용자들의 시선이 거기로 몰려갔다. 그 자리엔 전직 해군사령관 방철갑이 있었다. 미꾸라지는 눈에 불을 켜고 그를 쏘아보았다.

"뭐? 지가 조선 바다를 지키는 철갑? 성부터 이름까지 타고났어? 그래서 해군사령관이야? 그렇게 딱 맞춰 태어났으면! 여기 왜 들어왔어?"

수용자들이 술렁이자 미꾸라지는 감시반장인 양 명령했다.

"안 일어나?"

일어선 방철갑은 태연하게 말했다.

"그건 제 말이 아닙니다."

그 대꾸는 들려야 할 만큼의 크기였고 무너지지 않을 만큼의 두께였다. 미꾸라지는 더욱 발끈했다.

"그럼 누구야! 어느 무식한 새끼가 그딴 소릴 했는지 나와! 네 쫄따구들은 다 구류장 갔고, 그럼 누구야? 어느 개새끼야?"

그때였다. 무리 속에서 한 사람이 벌떡 일어섰다.

"야, 이 개새끼야! 그건 우리 수령님께서 저 사람을 해군사령관으로 임명하실 때 직접 하신 교시야."

그 말에 주변이 술렁였다. 미꾸라지는 입술을 삐죽이며 중얼거렸다.

"…교시받은 분이 왜… 왜 여기까지 들어와서 나한테 피해를 주냐고…"

멀찍이 또 다른 수용자가 미꾸라지를 향해 일어섰다.

"이 미친놈아. 우리 무력부 혁명연구실에도 그 교시 걸려 있어. 감히 교시인데 저 개새끼가 어디서?"

미꾸라지의 얼굴에서 핏기가 가셨다. 입술이 덜덜 떨렸고 손가락도 바들거렸다. 이때라고 생각했는지 수용자들이 저마다 자리에서 일어섰다. 목소리를 깃발처럼 높이 추켜세웠다. 수령님의 교시를 등에 업고 반동들이 들고 일어났다.

"저 개새끼 반동새끼."

"감시반장도 아닌 새끼가 아직도 날뛰어"

"야. 내 물통 가져간 거 언제 줄 거야? 도둑놈아!"

"너 새끼 사회 나가서 보자."

"명태로 때려도 죽을 병신새끼야."

수용자들이 와와 떠드는 소리에는 정작 수령은 없었다. 시작만 수령이었지 전부 제 감정들이었다. 도성진도 아무 말이나 마구 쏟아냈다. 그의 부르짖음엔 월왕령 이름이 제일 많이 들렸다. 그 요란한 함성을 기회라고 생각한 한 사람이 있었다. 김성근이었다. 그는 하늘을 우러르며 큰소리로 외쳤다.

하나님 아버지시여! 저의 죄를 용서하시옵소서.

제 마음이 흔들려 천국을 잠깐 멀리 보았습니다.

가까운 제 발밑의 지옥을 먼저 보았습니다.

소리가 없는 이 세상에서 제 귀가 멀어졌기 때문입니다.

"조용, 조용."

최종배 소리는 대중의 고함에 묻혔다. 두 팔을 흔들어도 보이지 않았다. 2작업반 반장도 연단에 뛰어올라 섰지만, 수용자들은 일부러 더 모른 척했다. 심지어 그 상황을 즐기다 못해 배를 잡고 웃는 자들도 있었다. 최종배가 권총을 빼들었다.

"탕. 탕. 탕"

순간 고함도, 땅을 치던 발소리도 일제히 잦아들었다. 그런데 그 정적 속에서 이상한 소리가 들렸다. 마치 관현악 울림이 절정에서 멎으며 홀로 남은 한 줄기 솔로 음색처럼 김성근이 통곡하는 소리가 들렸다. 문제는 멈추지 않고 계속 우는 것이었다. 최종배는 설마 하는 눈으로 자기 총구를 들여다보고 소리 질렀다.

"저 새끼 누가 때렸어? 저거 왜 울어?"

최종배가 다시 물었으나 매를 든 사람은 없었다. 더구나 왜 우는지 아는 사람은 아무도 없었다.

독신자 막사 운동장에선 비판했던 자가 오히려 대중의 심판을 받았지만, 김일성 동지 혁명역사연구실에선 보위원들의 과녁은 빗나가지 않았다. 벽시계 초침 소리조차 허락되지 않는 침묵이 흘렀다.

정치위원은 두 눈을 지그시 감고 있었다. 마치 자신의 심장을 꾹 눌러 겨우 진정시키려는 듯 자기 호흡을 귀로 듣고 있었다. 그의 얼굴에는 짧은 시간이었는데도 수척한 빛이 완연했다. 입가에선 말이 아닌 망설임이 말라붙은 채 떨리고 있었다. 조직부장이 천천히 일어섰다. 단정히 정돈된 군복의 깃이 각을 이루었다. 그는 먼저 기침으로 발언의 시작을 알렸다. 그 뒤로 거침없이 말을 내뱉었다.

"안전부는 교화소라고 하는데 우리 보위부는 왜 관리소라고 하는지 압니까?."

그의 목소리는 벽을 때리고 바닥을 꿰뚫으며 또렷하게 울렸다.

"보위부는 교화시키지 않습니다. 우리는 그냥 짐승들을 관리하는 곳입니다."

정치위원은 눈을 뜨고 있어도 고개를 들지 못했다. 조직부장은 한 걸음 더 앞으로 나섰다.

"여기서 나간 자들이 출세를 하든 말든 그건 당에서 할 일입니다. 우리의 혁명화는 두 발로 걸어 들어온 자들이 나갈 때는 네 발로 걷게 하는 겁니다."

소장은 한 두 번 짧고 묵직한 소리로 기침을 했다. 그리고 손목시계를 들여다보았다. 조직부장의 말은 계속되었다.

"짐승들의 관리자 손엔 채찍만 있어야 하는데 최덕철 동무는 음식을 들었습니다."

조직부장은 마지막 말을 오히려 부드럽게 흘렸다.

"이젠 채찍과 빵의 차이를 아시겠습니까?"

정치위원의 눈동자가 허공을 맴돌았다. 초점을 잃으며 흔들렸다. 입술이 덜덜 떨리기 시작했다. 그리고 이내 무릎이 풀리며 몸이 앞으로 쓰러졌다. 다들 시체처럼 내려다보기만 할 때 소장이 버럭 소릴 질렀다.

"뭐 해, 이놈들아. 군의관 불러!"

재차 조직부장이 격식을 갖춰 말했다.

"오늘 세포총회는 이것으로 마치겠습니다."

소장이 먼저 나갔다. 군관들이 그 뒤를 따랐다. 신발 소리는 규율처럼 일정했다. 그날 생활총화 현장에서 정치위원은 운전병이 들고 온 담요 속에 실려 나갔다. 그리고 그 이후로 그는 끝내 자기 자리로 돌아오지 못했다. 사망한 것도 구속된 것도 아니었다. 심각한 정신병 질환자로 곧장 49호 병원에 이송됐다.

그가 무너진 때는 하필이면 15호가 옹혜야 탈주 사건으로 당조직지도부의 검열을 받고 있던 때였다. 누군가의 책임이 꼭 필요했다. 조직부장은 주저 없이 '마녀사냥'을 했고 그 한 사람에게 모든 짐을 떠넘겼다. 그 의도로 사전에 준비된 자료로 진행된 집중비판이었다. 조직부장의 언사도 노골적이었다.

정치위원은 검열의 창끝이 자기라는 것을 알았다. 그가 정말 미친 것인지 아니면 미친 척 한 것인지는 본인만이 아는 일이었다. 어쨌거나 그가 미친 덕에 그의 인생은 환자로 끝났다. 더불어 가족도 무사할 수 있었다. 정치위원이 가장 존경했던 사람은 김동규였다. 그는 떠나는 마지막 날 유언처럼 이런 말을 남겼다.

"자기가 시키면 양심이 못 된다 싶으면 미친 척해서라도 맹물로 사오. 그게 오래 살아남는 방법이오."

그는 49호 병원에서도 하루 종일 손가락 하나를 들고 똑같은 소리만 반복했다.

"강냉이 하나만 줘요. 그거면 되요. 강냉이 하나만 돼요..."

"하하하!"

소장 방에서 두 사람이 동시에 웃는 소리가 터져 나왔다. 소장 말고 다른 한 사람은 조직부장이었다. 조직부장이 그렇게 박장대소하는 모습은 처음이었다. 소장은 그게 더 웃겼다. 자기 뇌물 앞에 엎드린 그 낯짝이 통쾌했다.

"아무튼 그래서요—"

조직부장이 말을 이었다.

"시골 온 동네가 밤마다 제 아버지 집에 몰려와선요, 텔레비전에서 천연색 나온다고. 색칠 한 거냐고. 하하하!"

그는 더 앉아 있을 작정인지 모자까지 벗으며 웃음을 이어갔다.

"대문을 잠그니까 한 놈은 임연수를 가져오고 또 어떤 놈은 돼지고기를 들고 왔더랍니다. 히히히!"

"조직부장 동무가 아무튼 크게 효도했구만. 하하하…"

소장은 웃으며 담배갑을 주머니에 넣었다. 그 자리를 마무리하려는 웃음이었다.

"더 웃긴 건 뭔 줄 아십니까?"

조직부장이 다시 물었다. 소장은 궁금하지 않았다. 이제는 슬슬 내쫓아야 할 때 같았다.

"맨날 같은 영화, 같은 노래, 똑같은 것만 계속 나오니까요… 제 아버님이 그걸 전축으로 착각한 겁니다."

조직부장이 목소리를 낮추었다.

"그래서 전화 와서 이러는 겁니다. '네가 보내준 구형 텔레비전을 다 봤으니… 이젠 새 텔레비전을 하나 더 보내거라.' 하하하"

"교활한 놈!" 소장이 따라 웃으면서 눈에 힘을 주었다.

"그럼 뭐… 아무튼, 새 텔레비전 하나 또 장만하리다. 아무튼,

이번에 조직지도부 검열도 많이 힘썼는데…"

그러자 조직부장이 가볍게 손을 내저었다.

"아니, 아니. 저는 6차 당대회 때 조직비서 동지 존함으로 선물 받은 그 한 대면 충분합니다."

"에이, 그래도 요즘 최신 텔레비전이 훨씬 더 좋―"

소장의 말끝이 허공 속에 얼어붙었다. 조직부장의 표정이 천천히 의도적으로 굳어졌다. 입꼬리는 아래로 내려갔고, 눈은 곧바로 소장의 실수를 붙잡았다. 소장은 당황했다. 서둘러 바지 주머니를 뒤져 담배 한 개비를 꺼내 입에 물었다. 조직부장이 불쑥 라이터를 들이댔다. 불꽃이 일자마자 그는 비밀을 건네듯 조용히 속삭였다.

"솔직히, 더 좋은 게 사실 아닙니까."

둘 사이에 짧지만 깊은 눈빛이 오갔다. 조직부장이 먼저 크게 웃어버렸다. 그제야 소장도 따라 웃었다.

"아무튼, 난 조직부장 동무랑 끝까지 한배를 타겠소."

"제가 노를 열심히 저을 겁니다."

둘은 그 말 위에 소리를 얹어 다시 크게 웃었다.

"그래서 말입니다."

곧이어 조직부장은 다시 정색했다. 그자는 웃음이 닫히면 눈에 힘이 몰렸다.

"열 대를 더 준비하셔야 할 것 같습니다."

"열… 열 대나요?"

"당조직지도부 검열이 제 권한과 부탁으로만 될 일이겠습니까."

그 말을 남기고 조직부장은 홀연히 방을 나갔다. 소장은 자기가 대화를 먼저 끝내려고 했었는데 그 기회까지 앗아간 그놈을 죽이고 싶었다. 소장은 그 자리에 그냥 서 있었다. 그가 불붙여준 담배를 입에 물다가 바닥에 휙 집어 던졌다. 남겨진 그림자라도 밟듯 군화로 힘껏 비벼 껐다.

"아무튼, 저 새끼. 아무튼, 개새끼. 아무튼, 개새끼야."

소장은 자기 책상 앞에 앉아서도 삭히지 못한 감정을 어디에 둘지 몰라 두리번거렸다. 그렇게 한 시간쯤 지나니 진정되며 주변이 보이기 시작했다. 한곳에 시선을 오래 두며 얼굴도 서서히 밝아졌다. 그것은 필통 안에 꽂힌 붓이었다. 소장은 손목시계를 들여다보았다.

그로부터 정확히 2시간 10분 후 소장은 그 붓을 손에 쥐고 혁명화학습실로 들어갔다. 그 안에는 '개별담화' 대상자인 서련화가 방석을 깔고 바닥에 앉아 기다리고 있었다. 그녀 앞엔 소장의 빈 방석이 놓여 있었다. 촛불은 바람도 없는데도 흔들리며 자기의 존재감을 드러냈다. 서련화와 소장 사이에는 붓 하나가 놓였다. 칠한 것처럼 붉고 깊은 서련화의 실크 옷은 방안의 어둠 속에서도 유난히 진해 보였다. 붉은 천이 그녀의 피부를 타고 몸의 곡선에 기대듯 감겨 있었다. 그것은 입은 옷이 아니라 몸에 닿은 온갖 상상처럼 보였다. 그것마저 그녀의 일부처럼 자연스러웠다.

"오래만이구나..."

소장이 먼저 입을 열었다. 서련화는 살짝 고개를 끄덕였다. 소장은 한숨부터 내쉬었다.

"이 안에서 자유가 없기는… 나도 마찬가지다… 우리가 만난지 한 2개월 됐나…?"

"응 그렇지."

소장은 깊은숨을 내쉬었다.

"내 하루 중에 오전은 별로였는데 아무튼, 오후는…"

서련화는 '아무튼'이라는 말에 붓을 들었던 손을 무릎 위로 가져갔다. 소장의 시선은 그 붓을 따라 내려갔다. 그러다 다시 쓰윽 끌어올려 마주 보았다.

"그래. 그 아무튼. 이렇게 하자. 네 앞에선 쓰지 않을 거야. 근데 일할 때는 그 말 없으면 안 될 것 같아."

서련화는 다시 붓을 눈앞으로 가져갔다. 붓끝을 살피고 손끝으로 가볍게 털을 쓰다듬었다.

"그렇게 해. 일이야 뭐… 아무튼 해."

소장은 허락받은 미소를 지었다.

"그 붓이면 되느냐?"

그녀의 두 눈은 여전히 붓에 모아져 있었다.

"응. 아주 딱 맞춤한 붓이야."

"왜 그걸 갖고 오라고 했냐?"

서련화는 고개를 들었다. 그윽한 눈빛이었다.

"3단계는 '그림 그리기'야."

"그림?"

서련화는 정색한 얼굴로 붓을 소장의 손에 쥐여주었다. 그녀의 손가락이 붓을 쥔 소장의 손바닥을 살며시 닿아주었다.

"손에 닿는 건 현실이고, 붓끝으로 전해지는 감촉은 상상이야. 남녀의 만남은 현실과 상상이 함께 닿아야 아름다운 거거든."

촛불이 흔들렸다. 서련화의 실크 위로 빛이 미끄러졌다. 그녀의 눈동자는 깊었다. 말하지 않아도 이미 무언가를 시작한 사람 같았다. 그녀가 일어서자 대신 붉은 실크가 몸을 따라 미끄러져 내렸다. 소장은 숨을 삼켰다. 그의 목구멍이 한 번 깊게 울렸다. 침이 넘어가는 소리가 방안의 정적을 깨뜨렸다. 그의 시선은 그녀의 몸에 오래 머물렀다. 하얗게 숨 쉬는 서련화의 몸이 그 순간만큼은 세상의 모든 곡선처럼 느껴졌다. 그 모든 것을 아낌없이 주듯 서련화는 소장 앞에 다가와 몸을 눕혔다.

"그 붓으로 네 여자를 그려봐."

그녀의 말은 촛불처럼 흔들렸는데도 소장의 귀에 한 방향을 그어주었다.

"눈썹은 눈썹대로, 입술은 입술대로, 가슴도... 밑으로 내려가며... 발끝까지."

소장의 눈이 떨렸다. 자기 숨이 한 줌으로 굳어져 목에 꽉 걸렸다. 그 숨을 꾹 눌러 넣기엔 속이 너무 비좁았다. 그러면서도 그녀의 목선부터 발끝까지 먼저 쭉 훑어보았다. 자기가 그려야 할 생애 처음 보는 투명한 결정체였다. 정말로 손으로는 만질 수 없을 것 같은 순결이었다. 소장은 느꼈다. 이건 둘이 나누는 밤이 아니라 일방적 초대 같았다. 자기는 옷을 입어야 자격이 될 것 같았다. 아직 몸은 견고해도 군인의 세월이 고스란히 새겨져 있었다. 복근 아래엔 여러 개의 흉터들이 숨겨져 있었다. 무식하게 자랑했던 그 자국들이 붓을 들고 있는 지금은 먹칠로 감춰야 할 몸의 낙서 같았다.

"뭐 해? 안 그리고…"

서련화의 목소리는 작았다. 그러나 그 말은 소장을 한 번에 움직이게 했다. 그는 붓을 들었다. 붓끝이 이마에 닿았다. 피부는 부드럽고 온기도 닿아지는 것 같았다. 이마에서 시작된 붓은 눈썹으로 이어졌다. 한 올, 한 올, 마치 자기가 기억해야 할 얼굴을 복사하듯 땀구멍 하나도 놓치지 않으려 했다. 소장의 손과 서련화의 피부 사이에서 붓은 전율하고 있었다. 눈썹을 스칠 때 서련화의 속눈썹이 아주 살짝 떨렸다.

"어때, 내 눈이 고와?"

그녀가 속삭였다. 소장의 대답은 한참을 헤매다 겨우 도착했다.

"…이리도 곱구나."

"잘 그려. 그 눈은 웃었던 적이 없는 눈이야. 뜨면 슬프고 감으면 젖고… 눈물이 오갈 데 없어 스며들던 우물이야."

소장은 잠시 그녀의 깊은 눈동자를 내려다보았다. 그 속에 깨알만한 자기 얼굴이 티처럼 떠있었다. 남의 눈에 담긴 자기를 처음 보아 붓끝이 살짝 떨렸다. 그의 붓은 얼른 옮겨져 콧등 선을 따라 내려갔다. 그녀의 얼굴에서 가장 똑바른 선이자 자기의 감정이 밑으로 내려가야 할 작고 좁은 경로 같았다. 그때, 서련화의 눈에서 눈물 한줄기가 스르르 흘렀다.

"그 코는… 숨구멍인데도 도리어 꽉 막혔던 답답함이었어. 내 숨이 쉬어지는데도 자유가 필요했던 갈망의 숨구멍이야."

소장은 붓을 멈췄다. 자유란 그 말 앞에서 어떤 죄의식이 느껴졌다. 그것은 죽기 위해 존재하는 말이었다. 살자고 하는 말은 그 반대였다. 눈물로 젖고 일념처럼 흐르는 그 말 앞에서 소장은 잠시 머뭇거렸다. 그러자 서련화는 작으나 단호하게 말했다.

"계속 그려."

그건 명령처럼 들렸다. 여자가 벗고 누운 대신 허락 받은 자유의 숨으로 말하는 당당한 요구 같았다. 붓은 다시 움직였다. 이번엔 입선을 따라 내려갔다. 서련화는 아무 말도 하지 않았다. 대신, 소장 스스로 생각했다.

그 입은 무수한 침묵을 삼킨 자리였다. 말하지 못하고 말해도 죄가 될 수 있었던 입의 무덤이었다. 그는 붓을 입술의 경계에 조심스레 가져다 댔다. 그 곡선은 작고 부드러웠지만 어쩌면 그녀 몸 어디보다도 가장 깊은 상처였다. 단 한 마디 때문이었다.

그녀를 이곳으로 끌어온 이유. 서련화를 가장 불행하게 만든 고통의 원인. 그래서 그녀의 입술은 빨간 피를 물고 있는 것처럼 보였다.

소장은 그의 입술에 고개를 숙였다. 흥분해서가 아니었다. 욕망도 아니었다. 그 입술만큼은 붓으로 그려선 안 될 것 같았다. 같은 입술로 위로하고 싶었다. 서련화는 전번처럼 고개를 돌리지 않았다. 가볍게 닿는 소장의 입술을 허용했다. 부드러운 촉감을 전해 준 뒤 물었다.

"내 얼굴 그리니 좋았어?"

소장은 말없이 고개를 끄덕였다. 하지만 그의 가슴 속엔 이미 많은 울림이 있었다. 수용자라는 존재 위에 덧씌워진 '반동'이라는 낙인을 걷어내고, 서련화라는 한 존재의 이름을 복원해나가는 일종의 경서사사(經書抄寫) 같은 작업이었다.

"살이 닿으면 붓끝이 무뎌져. 더는 못 느껴."

서련화는 거절처럼 말하지 않았다. 배려처럼 진심처럼 부드럽게 알려주었다.

"마지막 단계까지 가고 싶으면 네 흥분을 아껴. 여기서 무너지지 마. 그럴 거면 붓을 들고 여기서 멈출 거면 손을 들어."

"넌 어떻게 하고 싶은데? 네가 나를 허락한다면…"

"여기서 손은 소장이야, 붓은 남자고. 난 붓으로도 아낄 줄 아는 내 남자를 원해."

소장은 붓을 들었다.

"끝까지 가볼게."

붓은 다시 움직였다. 서련화의 목선을 따라 조심스럽게 내려갔다. 피부는 투명한 빛을 반사했다. 빛에 젖은 붓끝이 어깨를 벗어나며 쇄골을 건너자 가슴의 윤곽이 한층 또렷해졌다.

붓이 젖꼭지를 스치는 순간 서련화의 입술 사이로 작으나 아찔한 숨소리가 새어 나왔다. 그녀는 눈을 감지 않았다. 자기 위에서 내려다보는 얼굴을 뚫어지게 바라봤다. 소장의 이마에는 땀방울이 맺혔다. 가슴 곡선을 지나 배 옆을 따라 붓이 움직일 때는 서련화의 몸이 작게 경련을 일으켰다. 붓이 배꼽에 닿자 소장의 입에서 숨이 터졌다.

"미치겠다… 내가 여태… 못 만져봤던 흥분이다."

그 말은 그의 진심이었고, 신음은 서련화의 솔직함이었다. 소장은 그녀와 자기 사이에 서 있는 붓의 진동을 느꼈다. 그것은 사랑해도 쉽게 고백할 수 없었던 첫사랑 같은 두근거림이었다.

서련화는 여자로서 자기 몸의 진심을 느꼈다. 여자로 태어난 게 싫어서 잊으려 했던 온 몸이었다. 그런데도 아직 남아 있는 여자의 감각이 되살아나서였다. 붓이 더 깊숙이 아래로 향하자 서련화는 짧게 신음을 뱉으며 허리를 들어 올렸다.

"그래… 거기 더"

그녀의 숨소리는 바닥을 꽉 붙들고 있었다. 소장은 자기 앞에서 여자라고 느끼고 외치는 서련화가 고마웠다. 최선을 다하고 싶었다. 그녀는 기꺼이 소리쳐 주었다.

"거기… 그대로, 진하게, 그려줘."

그날은 아침부터 낌새가 이상했다. 날씨는 흐리지도 맑지도 않았다. 그 애매한 하늘처럼 바람도 이상했다. 움직이지도 않고 정체된 공기가 립석강 기슭을 무겁게 눌렀다. 이른 점심을 마친 뒤, 분조장들이 일제히 작업반장에게 불려갔다. 잠시 후 돌아온 검은손의 두 발은 평소보다 더 무거웠다. 주둥이가 물었다.

"뭐 때문이래요?"

"오후 작업 안 한대."

그러자 모두의 얼굴에 조금씩 밝은 기운이 돌았다. 그런 일은 드물었다. 그러나 검은손의 다음 말이 그 웃음을 지웠다.

"사상투쟁 회의 한대."

그 말에 주변이 고요하게 침잠했다. 아무도 말하지 않았다. 사회에서야 '사상투쟁'이라 하면 회의고 비판일 뿐이지만 15호에서는 달랐다. 여기서 사상투쟁은 이미 사상이 제거된 자들을 모아 목숨을 검열하는 절차였다. 그래서 '사상투쟁'이 아니라 '사생투쟁'이었다. 이번엔 어느 분조가 불릴지, 누가 구류장에 갈지, 혹은 누가 사라질지 다들 불길한 예감에 젖어 있었다. 뒤쪽에 앉아 있던 김성근이 처음으로 노여워했다.

"야, 진짜 이상하꾸마. 반동이라면서 도대체 무슨 사상을 가지고 투쟁하겠다는 검둥?"

도성진이 조심스레 말했다.

"생활총화도 하잖아요."

그 말에 김성근의 눈이 번뜩이며 도성진을 노려봤다.

"생활한 적도 없는데, 뭔 총화임둥?"

"여기선 강제노동이 생활이에요…"

"야, 여긴 어쩜 그리 사람 약 올림둥? 지옥도 지옥이라 하지, 생활이라곤 아니 하꾸마."

주둥이는 김성근을 향해 연신 "목소리 낮춰라"는 손짓을 보냈다. 도련님은 도성진을 향해 눈을 흘기며 "말 시키지 마"라는 경고를 보냈다. 모두가 성근이 앞에선 입보다 눈과 손이 더 많은 말을 하는 것 같았다.

잠시 후, 사람들이 새까맣게 몰려들었다. 구읍리에 이렇게 많은 수용자가 있었던가 싶을 만큼 낯선 얼굴들이 끝도 없이 밀려왔다.

도성진은 처음 보는 이들이 자꾸자꾸 늘어나는 풍경에 잠시 말문이 막혔다.

"저기… 아이들도 왔어요."

그가 손짓한 곳에는 아주 어린 아이들의 무리가 서 있었다. 놀라운 건 그 아이들이 어른들보다 더 질서정연했다. 떠들거나 밀고 당기며 장난치는 아이도 보이지 않았다. 그 옆에선 보위원 군복을 입고 권총을 찬 학교 선생이 버티고 서 있었다.

도성진이 전부로 알았던 독신자세대와 가족세대는 일부에 불과했다. 노인들은 노인들끼리, 장애인들은 장애인들끼리, 그들만의 속도와 질서로 몰려왔다. 그들 사이로 2월 16일 가족세대 구역에서 보았던 제 또래의 돌대가리도 눈에 띄었다. 그를 중심으로 더 어려 보이는 아이들이 수두룩했다.

도성진은 문득 얼라반동이라는 별명이 부끄럽게 느껴졌다. 김성근도 놀랐는지 기어이 한 마디를 뱉었다.

"이리 반동이 많슴둥? 이게 인민이지, 어디가 봐서 반동임둥?"

인민이란 그 표현답게 실내에서 일하는 '행운아'들도 모두 나와 있었다. 진료소의 간호사 신숙자, 보위원 식당에 있어야 할 서련화도 있었다.

가수는 도성진에게 무리를 가리키며 재봉반, 기름공장, 탁아소와 유치원, 목공소, 잠업반… 끝없이 설명했다. 강줄기를 따라 좌우로 길게 펼쳐진 인파 속에 남녀 독신자세대조차 묻혔다.

2월의 혁명화해제 행사를 왜 오전과 오후로 나누는지 알 것 같았다. 장찌엔의 2분조는 군중의 틈에 휘말려 존재조차 흐려졌다.

누가 누구인지, 누가 더 죄가 무거운지 가벼운지, 구분할 수 없을 만큼, 모두가 똑같은 옷을 입었을 뿐이었다.

"왜 이렇게 다 모였지?"

도성진은 주변을 둘러보며 물었다. 표정엔 신기함이, 눈빛엔 두려움과 호기심이 뒤섞여있었다. 하지만 그 익숙한 광경 속에 선 9분조원들의 얼굴은 침울했다. 서로 마주 보는 눈빛에서 낯선 긴장이 묻어났다.

그때였다. 군중 속 어딘가에서 웅성거림이 번졌다. 바람처럼 퍼진 그 소리는 곧 파도처럼 몰려와 도성진의 무릎까지 치고 올라왔다. "…풍차다!"

그 한마디에 모든 시선이 한 곳을 향했다. 정말로, 강 건너편 언덕길 아래로 풍차 한 대와 지프차 두 대가 먼지를 일으키며 달려오고 있었다. "풍차다…" 그 소리는 점점 더 선명해졌다. 9분조원들은 이제 말을 잃은 눈빛으로 서로를 바라보았다. 풍차는 군중 앞에서 멈췄다.

문이 열렸다. 먼저 두 명의 군인이 내렸다. 그들은 우선 임시 연탁(演卓)을 내렸다. 보위원들이 설 자리를 만드는 것 같았다. 이어 기다란 나무 말뚝을 내려 땅에 고정시켰다. 그런 뒤 마지막으로 한 사람의 수용자가 끌려 나왔다. 사람들의 웅성거림이 다시 커졌다.

그 순간. 정면을 주시하던 검은손이 먼저 몸을 휙 돌렸다. 그는 두툼한 두 손으로 얼굴을 가리고 있었다. 돌아서는 주둥이도, 도련님의 얼굴도 하얗게 질려 있었다. 눈을 비비며 거듭 확인하던 가수의 입에선 신음이 새어 나왔다.

"…설마…"

그들이 차마 꺼내지 못한 그 말이 도성진의 입에서 터졌다.

"아저씨. 옹헤야 아저씨!"

풍차에 실려 온 죄인은 옹헤야였다. 그의 상징이었던 금발은 흔적도 없이 사라진 모습이었다. 머리 위엔 한 오리의 금빛도 남겨져 있지 않았다. 마치 그의 존재부터 먼저 지워낸 것 같았다.

그러나 그는 말뚝에 묶일 때도 한번도 고개를 숙이지 않았다. 두 팔이 기둥 옆으로 단단히 묶이고, 밧줄이 피부를 조일 때도 그는 고개를 천천히 돌렸다. 그리고 자기 발아래, 립석강 강둑 위에 가득한 군중을 가만히 바라보았다.

그의 시선은 한 사람, 한 사람의 얼굴을 따라 바람처럼 흘렀다. 그리고 마침내 9분조에게서 멈췄다.

순간, 9분조는 군중 속에서 조용히 일어섰다. 돌아서 있던 검은 손도, 쭈그리고 앉아 몰래 눈물을 훔치던 도련님도, 고개를 숙였던 가수와 주둥이도, 성진이까지 모두가 발뒤꿈치를 들어 올렸다. 누가 먼저랄 것도 없이 발가락 위로 몸을 올려세웠다. 그 일어섬은 눈물이었다. 쳐드는 손이었다. 무엇보다 기억의 약속이었다.

옹헤야는 그 형체를 보았다. 군중 속의 특별한 9분조를 알아보았다. 자기를 위해 봉분처럼 일어선 그 마음들까지 읽어냈다. 그리고, 작은 미소를 지었다. 죽어서 가지는 자유의 한 조각을 기어이 보냈다.

하지만 군인들이 곧바로 그에게 달려들었다. 그의 입에 무언가를 거칠게 집어넣었다. 그것은 공개처형자들에게 물리는 보위부의 자갈이었다. 말을 찢는 고문. 말을 부정하는 체제. 말대신 침묵을 강요하는 통제. 그 모든 두려움으로 고안해 낸 용수철 장치였다.

그 마지막 절차가 끝나자 임시 연탁으로 관리소 간부들이 하나둘 늘어섰다. 그들의 등장은 정적을 가져왔다. 먼저 대열부장이 연탁 앞에 섰다. 그는 탈출이란 그 짧은 단어에 온갖 거짓과 설명, 위협의 문장을 붙여 길게 낭독했다.

소장은 그때만큼은 앞자리가 싫었는지 먼 산을 보고 있었다. 그러다 아래를 둘러보았다. 군중 속에서 단 하나의 얼굴을 찾고 있었다.

서련화는 그 시선을 받고도 돌려주지 않았다. 그대로 정면으로 가져갔다. 그녀의 비장한 표정, 꼿꼿한 허리는 그렇게 말하는 것 같았다.

"나를 보지 마십시오. 내가 지금 무엇을 보고 있는지를 보십시오. 그게 지금 당신의 직업입니다. 그 직업 중에서도 당신은 소장입니다."

소장의 시선은 공중에서 떠돌다 스스로 꺼졌다. 그 짧은 무력함이 그의 유일한 감정이었다. 드디어 대열부장이 읽던 종잇장을 내려놓았다. 그는 잠시 목을 가다듬고 소리쳤다.

"다들 잘 봐! 저놈이 아무리 날고뛰는 재주가 있다 해도, 저 잡종 얼굴로 숨긴 어디 숨어? 우리 15호는, 탈주범은 지구 끝까지라도 쫓아가서 잡아 와!"

대열부장은 군중을 향해 눈알을 굴리며 혼잣말처럼 중얼거렸다.

"감히, 다른 날도 아니고 말이야. 민족 최대의 명절에 말이야."

이어 손바닥을 허공에 휘저으며 미친 사람처럼 울부짖었다.

"이놈한테는 총알도 아깝다. 시작해!"

그의 말이 떨어지기 바쁘게 군인 하나가 앞으로 튀어나왔다. 그리고 목에 핏대를 세우며 외쳤다.

"집중! 모두 손에 돌 들엇!"

군중 속에 아이들까지 그 의미를 잘 아는 것 같았다. 애들이 먼저 돌을 들었다. 어른들도 묵묵히 돌을 주워들기 시작했다. 도성진이 검은손의 팔을 잡아 흔들었다.

"저놈들이 지금… 뭐하자는 거예요?"

소장은 느릿하게 모자를 벗었다. 이마의 땀을 손등으로 닦으며 입술을 꾹 다물었다. 그의 눈동자가 더 까맣게 보였다. 오래된 피로와 공허한 관망의 그늘이 짙었다. 조직부장이 대열부장에게 뭐라고 귀띔했다. 그의 말이 군관과 병사들로 전달됐다.

끝에 가선 최종배가 9분조의 가수에게 달려왔다. 병사 2명이 가수를 대열부장 앞으로 끌고 갔다. 말뚝에 묶인 옹혜야와 더 가까워진 가수의 손은 떨고 있었다. 대열부장이 그에게 흥이 나는 노래가 무엇인지 물었다. 동시에 조직부장이 소장에게 귓속말로 속삭였다.

"저놈들, 돌팔이 놀이에 흥이 빠지면 안 될 것 같아서 말입니다. 공개처형도 대중 선전선동 목적 아니겠습니까?"

가수가 입을 굳게 다물고 버티자 대열부장이 다시 한번 으르렁거렸다.

"이놈아, 조직부장 동지께서 노래를 물어보시잖아?"

가수는 그래도 아무 말도 하지 않았다. 그의 눈은 옹혜야를 향해 있었다. 옹헤야의 입은 붓어 있고 머리엔 상처도 깊었다. 그러나 눈은 아직 흐리지 않았다. 그 눈으로 마주 보며 그는 고개를 천천히 끄덕였다. 마치 그 움직임은

"괜찮아. 내가 이렇게 가는 것도 괜찮아. 그러니 너는 노래를 불러도 괜찮아." 하고 말하는 것 같았다. 가수는 그의 귀가 들리도록 목에 핏대를 세우며 부르짖었다.

"옹헤야!"

그것은 그의 이름이자 노래였고, 노래이자 그의 이름이었다. 옹헤야는 더 선명하게 고개를 끄덕였다. 가수 뒤에서 조직부장 목소리가 들렸다.

"그렇지. 옹헤야 그 노래가 잘 어울리겠다. 야, 저놈에게 북을 갖다 줘."

곧 군인 하나가 둥그런 북을 들고 나타났다. 가수 앞에 놓을 때는 북채도 같이 줬다. 그 북은 낡았고, 군용색 물감이 덧칠돼 있었다. 대열부장이 먼저 위협적인 소리를 군중에게 던졌다.

"작은 돌이냐, 큰 돌이냐에 따라 네놈들 충성 무게를 판단할 테니까 잘 들어! 구류장 가기 싫으면, 제대로 던져!"

대열부장이 조직부장 옆으로 옮겨가자 제방 위에서 "다들 준비!"하는 목소리가 들렸다. 이어, 군중을 향해 겨눠진 경비대의 총들에서 찰각— 찰각— 찰각- 쇳소리가 맞물려 울렸.

모두가 숨을 가두고, "시작!"이라는 구령을 기다리던 그때였다.

"쾅!" 북소리가 먼저 울렸다. 공기를 밀어내며 터져 나온 그 한 방의 묵직한 저음이 강가를 때리고 하늘을 울렸다. 그 소리에 가수

의 손이 떨렸다. 눈도 떨렸다. 하지만 그는 말뚝에 묶인 옹헤야를 바라보며 두 번째 북을 쳤다.

쿵 따딱!
쿵 쿵 따딱!
쿵 따딱!
쿵 쿵 따딱!

그건 안땅장단이었다. 옹헤야의 어머니가 살아생전 즐겨 부르던 민요였다. 그래서 옹헤야의 귀에도 평생 박혀 있던 유일한 노래였다. 돌로 죽이려는 놈들보다 먼저 노래를 주는 친구의 배웅이어야 했다. 의리의 9분조여야 했다. 장단이 돌보다 먼저 옹헤야의 귀에 닿아야 했다. 노래로 얼굴을 때리고, 배를 찢고, 가슴을 뚫어야 했다. 가수는 목청껏 온몸으로 노래를 불렀다.

옹헤야, 옹헤야
어절시구 옹헤야
저절시구 잘도 한다
옹헤야, 에헤에헤 옹헤야

고개를 든 옹헤야에게 가장 먼저 날아온 건 노래였다. 돌들은 그 뒤에 선 먼지에 불과했다. 무수히 날아오는 돌들은 살점을 찢고, 핏물을 튀기고, 뼈를 때렸지만, 그것들 속에서도 옹헤야는 앞에서 건네주는 노래를 들을 수 있었다.

앞집 금순 옹헤야
뒷집 복순 옹헤야
서로 만나 옹헤야

정답한다 옹헤야
옹헤야 에헤에헤 옹헤야

그 노래는 어머니의 손이었다. 김치를 찢던 그 부엌의 향기였다. 마지막으로 보았던 우산의 무늬였다. 어머니처럼, 사랑했던 노래였다. 그에게 아픈 건 돌이 아니었다. 그것들보다 더 아플 때도 속으로 불렀던 그 민요였다.

그래서 그는 죽을 때까지 들을 수 있었다. 찢어진 살 한 조각으로도, 남아서 끝까지 들을 수 있었다. 그렇게 다 들었을 때. 그는 고개를 떨궜다. 심장이 멎었다.

그 찰나, 가수가 힘껏 내리친 북채 아래, 둥근 북의 가죽 중심이 찢어졌다. 픽—

노래가 끝났다. 돌도 멎었다. 그 순간부터 도성진의 귀에는 아무 소리도 들리지 않았다. 소리가 있어도 어떤 의미가 없었다. 눈물만이 주르르, 소리를 내며 흘러내렸다. 차마 앞을 볼 수 없어 그는 고개를 돌렸다. 그러나 그쪽에도 멈춰 설 시선이 없었다.

그때 보였다. 멀리 강기슭 끝자락, 바람도 멈춘 그 자리에 서 있는 한 그루의 나무였다. 그 모습은 마치 옹헤야가 서 있는 것 같았다. 그리고 그의 목소리도 들려오는 것 같았다.

"저기, 저 나무 보이지?"

그건 옹헤야가 자기에게 했던 말이었다.

"내가 먼저 나가면… 너한테만 몰래, 그 비밀을 저 나무 밑에 파묻어 놓을게. 진짜라니까."

옹헤야의 심장은 멎었지만, 그 말은 아직 끝나지 않은 듯 가슴

안을 서성이고 있었다. 막사로 복귀한 수용자들의 대열 속에서 도성진은 혼자 뛰쳐나왔다. 손에는 작은 삽이 들려 있었다.

그는 달렸다. 숨을 쉬지 않았다. 그저, 약속이 묻혀 있을 그 자리만을 생각하며 파고 또 팠다. 흙이 튀었다. 손등은 달아올랐다. 이마에는 땀에 섞인 눈물이 흘러내렸다. 그러나 그는 멈추지 않았다.

옹헤야의 음성이 계속 귀에 들렸다.

"내가 먼저 나가면… 너한테만 몰래, 그 비밀을 저 나무 밑에 파묻어 놓을게. 진짜라니까."

진짜로 있었다. 흙을 손으로 밀어내자 그 속에 작은 유리병 하나가 묻혀 있었다. 빛이 없는 밤인데도 그 유리병은 기다린 듯 확실하게 빛나고 있었다.

도성진은 숨을 멈추며 그 병을 껴안았다. 그리고 뛰기 시작했다. 어디로 향해야 할지 몰랐지만 발은 멈추지 않았다. 무너진 벽 뒤, 그림자 하나 없는 모퉁이, 그 밤의 어둠이 가장 짙은 곳. 그는 거기서 멈췄다. 병을 열었다. 안엔 접힌 종잇장이 있었다. 그 종이를 펴는 순간— 눈물방울이 종이 위로 뚝뚝 떨어졌다.

"얼라반동. 내가 진짜라고 했잖아."

글씨는 삐뚤고 군데군데 얼룩져 있었다. 하지만 거기엔 옹헤야의 얼굴이 살아 있었다. 약속을 걸었던 새끼손가락도 보였다.

"먼저 내가 알려주는 15호 생존 방법들을… 하나하나 잘 기억해 둬…"

그는 그 자리에서 무릎을 꿇었다. 그 종이엔 약속만 있는 게 아니었다. 병 속엔 또 하나의 종이가 있었다. 그것은 사진이었다.

그걸 확인하는 순간, 도성진은 무너졌다. 사진 속, 아버지의 얼굴이었다. 세상 어디보다 따뜻했던 그 미소였다. 지금 이 지옥의 한복판에서 너무도 갑작스럽게 돌아와 있었다. 그는 가슴께를 부여잡고 "엉…" 하고 터지는 소리를 입으로 막았다.

그때였다. 어둠 속에서 발소리가 멈췄다. 도성진은 우는 채로 고개를 돌렸다. 거기엔 김성근이 서 있었다. 말없이 놀란 얼굴로 도성진을 바라보고 있었다. 도성진은 김성근에게 달려가 와락 안겼다. 그리고 터지는 오열과 함께, 비명을 토해냈다.

"아저씨…! 믿고 싶어요…내가 갈 천국이 아니라 이놈들이, 죽어서도 고통받는 그 지옥을 더 믿고 싶어요!"

6
독립조

 15호 사람들은 하늘을 자주 올려다보곤 한다. 그들이 유일하게 빼앗기지 않는 것이었기 때문이다. 그 하늘 아래로 어딘가에 소꿉시절 장난들이 있었다. 푸르름에 갖다 대던 희망도 있었다. 구름이 있으면 있는 대로 소박했던 일상들은 작은 것이 하나도 없었다.
 추억으로 자라고 그리움으로 불어났다. 천둥이 쳐도 서슴없던 청춘은 또 얼마나 박력이 있었던가. 어쩌면 한생은 젊음의 여운일지도 모른다. 그 뒤로 얻고, 이루고, 가꾸어지는 것들은 젊음이 너무 짧아 놓고 온 것들에 대한 보상이자 그림자일 수도 있다.
 생의 끝에 다가간 사람일수록 삶을 삶이라 하지 않는다. 날짜라고 한다. 시간이라고 한다. 15호 사람들에겐 그것보다 더 촉박한 개념의 삶이었다. 날마다 태어나듯 깨고, 날마다 죽듯이 잠들었던 그들이기에 '삶'이란 곧 '살고 싶다'였다. 남처럼, 또는 무엇처럼 살고 싶다는 소원이나 희망이 아니었다.

생사의 한 겹 속에서 순간마다 자기 죽음과 비교하며 현재를 붙들고 그저 살고 싶다는 것이었다. 그래서 그들은 하늘을 우러르는 감정도 남달라 늘 이렇게 감동했다.

"다 잃었을 때도 하늘을 보라. 단 하나일 뿐인데도 삶이란 얼마나 가득히 주는 것인가."

성진이 하늘을 새삼스럽게 올려다본 건 옹혜야를 잃은 뒤였다. 그날부터 그는 더는 그 푸르름을 17세 아이처럼 바라보지 않았다. 어른처럼 지나간 것은 인정하고, 잃지 않기 위한 다짐으로 고개를 들었다.

머리를 세운다는 건 어떤 날엔 위험한 일이었다. 혹은 이유 없는 반항처럼 여겨졌다. 하지만 그의 시선은 9분조 어른들과 똑같았다. 한마디로 쳐다볼 수 있는 삶이었다. 더구나 옹혜야가 굽어볼 수 있다고 믿는 하늘이었다. 그때면 성근이 말한 천국의 믿음 속에서 기도처럼 머리를 쳐들었다.

옹혜야가 남긴 병 속엔 수용소에서 살아남는 조언들이 적혀 있었다. 그것들은 땅 위에서 버티는 방법들이었다. 어디 그뿐인가. 도성진의 가슴엔 아버지 사진까지 품었다. 아침에 인사하고 잘 때도 함께 눕는 아버지 사진! 옹혜야가 주고 간 새로운 심장인 셈이었다. 이젠 누구보다 당당하고 꼿꼿이 허리를 세울 수 있었다.

옹혜야의 첫 생존법은 최종배 길들이기였다.

"첫 번째, 담당 보위원과 갈등을 만들지 말라. 있다면 네가 먼저 찾아가 풀어라. 그놈들은 절대 널 찾아오지 않는다. 깊어질수록 아프게 돌아온다."

옹헤야의 그 조언은 살아 있을 때도 했던 말이었다. 그래서 더는 미루고 싶지 않았다. 어제 작업할 때 상미가 몰래 알려준 비상책도 있었다.

성진은 오전 작업 시간에 최종배를 계속 살펴봤다. 지금은 미꾸라지가 그에게 붙어 있었다. 그는 보위원보다 얼굴 근육에 힘이 더 들어간 표정이었다.

"선생님! 방금 조직부장 선생님 담화 마치고 왔습니다! 제게 8개월 감형해준답니다."

최종배는 흘끗 고개를 돌리며 물었다.

"감형? 여기에 형기가 어디 있어?"

"잡종 탈주범 신고 공로가 막대하다며 특별조치 해주신답니다."

미꾸라지는 한 수 더 뜨며 말을 보탰다.

"그리고... 헤어질 땐 잘 가라고, 이렇게…"

그는 마치 조직부장이 자신에게 흔들어준 모양을 흉내 내며 손을 들고 흔들었다. 최종배는 피식 웃었다. 손에는 이미 막대기를 끌어 쥐고 있었다.

"저… 선생님. 혹시 감형 8개월이면, 제가 받은 형량에서 정확히 몇 년 남았는지 여쭤봐도…?"

최종배는 막대기의 손을 풀었다. 놈이 갑자기 불쌍해졌다.

"너, 탈주범조였잖아."

"…네. 하지만 조직부장 선생님께서 그건 공로와 별개로…."

"15호 탈주범 규칙 몰라?"

조직부장을 들먹이는 미꾸라지 얼굴 한쪽이 멍들어 있었다. 그걸 보는 최종배 눈에는 지겨움과 혐오가 섞여 있었다.
"몇 년 같은 소리 하고 있어. 평생에서 8개월!"
최종배는 그 이상 말하지 않았다. 그냥 담배를 챙겨 들고 무심히 자리를 떴다. 미꾸라지의 접혔던 허리가 펴졌다. 산비탈 위로 퍼지는 햇살이 갑자기 축축해지는 것 같았다. 그가 사라진 뒤에도 미꾸라지는 한동안 그 자리에 서 있었다. 웃을 준비가 된 얼굴인데도 울고 싶어졌다. 최종배 얼굴 살을 물어뜯듯 중얼거렸다.
"평생에서…? 저 쌍놈의 새끼. 내 수명이 몇 년인지나 알고."
미꾸라지의 기분과 상관없이 그날따라 하늘은 무심하게도 푸르고 맑았다. 그도 한숨 쉬며 하늘을 쳐다보았다. 구름 하나 없는 데다 모서리마저 없었다. 자연의 그 뻔뻔함이 더 화가 났고 슬펐다.
"빨리들 하지 못해? 저거 그냥 서 있는 놈 누구야?"
대중없이 던진 그 소리에 작업장은 분주해졌다. 그날은 나무들을 정리해서 한쪽에 쌓는 작업이었다. 산비탈 아래에는 잘려 내려온 나무들이 어지럽게 쌓여 있었다. 가지들은 줄기가 아직 잘린 줄 모르고 새파랗게 휘어 있었다. 그 통나무들을 쪼개는 메아리며 사방에서 톱질하는 소리가 땅을 긁었다.
도련님과 주둥이는 무겁고 긴 통나무를 함께 메고 이동하고 있었다. 뒤에 선 주둥이는 비틀거렸다. 가뜩이나 남에게 끌려가는 뒷자리인데 앞에 선 도련님의 시선은 제멋대로였다. 헐떡이며 따라 걷던 주둥이가 짜증을 냈다.
"야. 너 정말 똑바로 안 걸을래?"

도련님은 걸음을 멈추고 가족세대 쪽을 가만히 응시했다. 여자들이 칼과 도끼로 나뭇가지들을 자르며 묶고 있었다.

"형도 아까 봤잖아."

"그럼 더 가까이 가던가."

"작업장 이탈하면 맞아요. 오늘은 이게 최선이지."

말은 그랬어도 그의 눈은 미련을 감추지 못했다.

"그건 그렇고,"

주둥이가 비틀비틀하면서도 목소리를 세웠다.

"내가 부탁한 영어 생각해봤어?"

주둥이가 바라던 단 한 문장은 "나는 자유 투사다."였다. 북한에서는 그 이상의 말이 없었다. 투사는 그 나라에서 가장 높은 감정의 언어였다. 혁명투쟁을 강요받는 땅에서 투사가 아니면, 그저 평범한 인간일 뿐이었다. 주둥이는 자신의 존재를 투사로 멋지게, 그것도 영어로 포장하고 싶었다.

"왜 하필 또 그거야?"

"이 안에 다 투사잖아. 게걸 투사. 쌍욕 투사. 설사 투사. 매집 투사. 또 뭐가 있지?"

"그냥 조선말 주둥이라니까."

"이러면 해순이한테 말한다? 너 첫날에 바지도 안 입고 갔다고."

"해. 해. 소문내도 상관없어."

두 사람의 가벼운 농담이 방금 지나간 그 밑에선 김성근과 가수가 서로 마주 앉아 톱질하고 있었다. 김성근은 손을 멈추며 입을 열었다.

"소련에서 배운 가수라면 찬송가도 불러 봤슴둥?"
가수는 고개를 저었다.
"나, 이제 가수 아뇨."
김성근은 눈치 없이 다시 물었다.
"… 찬송가 부탁할까 봐서 그럼둥?"
가수의 표정은 딱딱한 널빤지 같았다.
"성악 한다는 놈이… 친구 죽는 처형장에서 노래나 부르고…"
그의 얼굴에 핏기가 돌자 눈물이 그렁해졌다.
"돌 맞는 건 전데… 오히려 날 위로하듯… 그 자식 눈을…"
끝내 말을 잇지 못하고 벌떡 일어났다. 걸어오던 검은손이 지나치는 그의 뒷모습을 보며 성근에게 물었다.
"쟤는 왜 저래?"
"난 남 얘기 안 하겠수꾸마. 말 안 하려고 하꾸마."
검은손은 더 말을 않고 가수에게로 걸어갔다. 그때 "작업휴식!" 소리가 들렸다. 도성진은 도끼를 내려놓고 최종배를 향해 일어섰다. 휴식으로 숨이 느려지면 결심도 멀어질 것 같았다. 놈은 통나무 위에 걸터앉아 혼자 담배를 피우고 있었다. 가까워질수록 두근거렸다. 다행인 건, 노려보지 않고 멍청해 있었다.

안 그래도 최종배는 요즘 속이 뒤숭숭했다. 당조직지도부 검열 뒤에는 반드시 본부 검열이 따라붙는다. 며칠 전 가족세대 담당 홍신영이 굳이 찾아와 던진 한마디가 마음속에 그대로 박혀 있었다.
"김상미 면담했어요. 미쳤어요? 왜 그러고 살아요?"
정확히는 경고였다. 홍신영은 본부의 검열실적으로 무언가를 준비하고 있었다. 최종배가 15호에서 가장 끊고 싶은 명줄이 있다면 바로 그녀였다. 수용자에게 쏟아내는 욕은 업무라지만 같은 보위원인 그에게 품은 증오는 감정이었다. 그 행동으로 나무 위를 기어가는 벌레 하나를 군화로 짓뭉개는데 바로 옆에 다른 발이 보였다. 그 발의 임자는 도성진이었다.

"뭐야?"

성진은 쳐다보기만 했다. 그는 어떻게 말을 붙여야 할지 잠깐 고민 중이었다. 최종배의 착잡한 얼굴 위에서 옹헤야의 두 번째 문구를 읽었다.

"보위원은 죄를 두려워하지 않아. 대신, 죄를 들킨 순간을 두려워해. 그 순간을 지우려고 할 때, 너도 같이 지워주는 손이 돼. 그래야 널 기억해."

그 문장을 곱씹는데 최종배가 버럭 소리 질렀다.

"왜 왔냐고 이 새끼야"

성진은 빠르게 말했다. 말하는 중간에 주먹이 날아들까봐서였다.

"상미가 제 친구입니다. 그날 소리치며 뛰어갔는데, 홍신영 여자 보위원이 봤답니다. 그날 있었던 일을 내일까지 자세히 적으라고 했답니다."

"그게 나랑 뭔 상관인데, 와서까지 이게…"

최종배는 무심한 척 쏘아붙였어도 실은 뒷말을 기다리는 귀가 더 열려 있었다.

"어떻게 써서 바쳐야 할지 물어봐서 제가 그랬습니다."

그는 최종배 옆으로 손을 뻗었다. 라이터를 들어 올려 보여주었다.

"너 라이터 훔쳐서 조사받았잖아."

성진은 길고 분명하게 마지막 말을 했다.

"그렇게 쓴다고 약속했습니다. 이 라이터 제가 증인입니다."

최종배는 말을 잃었다. 기분이 묘했다. 앞은 수치로 뜨겁고 등은 홍신영을 떠올리는 통쾌함으로 시원했다. 몸의 앞과 뒤가 서로 다른 계절처럼 갈라졌다. 이렇게까지 극명하게 느껴지는 건, 태어나서 처음이었다.

최종배는 콩콩 뛰어가는 도성진을 보며 히죽 웃었다. 홍신영의 속을 꿰뚫고 왔을 리는 없었다. 그런데도 모르고 온 것치곤 꽤 신통했다. 자기가 눈여겨봐야 할 몇 놈 중 하나에 추가해야 하겠다고 생각했다. 마음이 한결 편해지니 눕고 싶었다.

갑자기 "작업 철수!" 명령이 떨어졌다. 싸이렌 소리와 함께 공동작업장만이 아닌 온 구읍리가 뒤집혔다.

독신자세대 운동장은 들끓었다. 해만 뜨면 비어 있던 그 넓은 마당에 트럭이 여러 대 늘어서 있었다. 그 옆으론 수용자들이 트럭에 오르고 내리는 소리로 가득 찼다. 그들의 어깨에는 어디론가 실려 가기 위한 배낭이거나 그마저 없으면 낡은 마대 하나가 걸쳐져 있었다. 그 풍경은 평범한 이송처럼 보여도 사실은 전체 15호의 지형이 다시 그려지는 순간이었다.

얼마 전 태풍처럼 지나간 당조직지도부 검열은 지휘부만이 아니라 수용자들의 삶의 틀도 흔들어 놓았다. 검열 결과 총회에서 중앙당 간부는 말했다.

"반동들이 같은 장소, 같은 분조에 오래 붙어 있으면 동지가 되고, 탈출의 구멍을 만든단 말이요."

검열단이 평양으로 올라간 뒤 15호 간부회의가 열렸었다. 정치위원 부재로 조직부장이 정치부의 임시 대표자로 나섰다.

"전체 리. 인원, 싹 다 교체해야 합니다. 싹 다."

소장은 처음부터 완고했다. 그러다 마지막에 크게 양보한 것처럼 말했다.

"아무튼, 정치부 결정대로 다 바꾸고, 아무튼, 구읍리만은 냅둡시다."

"구읍리에서 탈주범 나와서 이 지경된 거 아닙니까."

"지휘부가 있는 구읍리는 아무튼, 무난한 자들로 간부사업 하듯이 배치해야지요. 아무튼, 시끄러운 놈들 데려다 또 사고가 나면… 그때는 나나, 조직부장 동무를 대신해서 미쳐 줄 사람도 없소."

회의실 안에 말이 맴돌았을 때 이미 소장은 속으로 결정하고 있었다. 구읍리에서 내보낼 자들, 정말로 지옥에 보내도 아깝지 않은, 질 나쁜 말종들… 실제로 그는 그런 자들만 추렸다. 감시 대신 추방, 관리 대신 제거였다.

반대로 구읍리 안으로 수용자들을 데려오는 건 조직부장이 맡았다. 그는 소장과 달랐다. 굴욕을 웃음으로 넘기고 욕을 인사처럼 주고받으며, 타인을 밟아야만 자기 생존을 확인하는 자들. 미꾸라지 같은 자들을 구읍리로 수십 명 끌어들였다.

새로 짜인 그의 명단엔 하루에도 열두 번 시비를 터뜨릴 놈들이 즐비했다. 특히 무식하면서 주먹만 믿고 날뛰는 깡패 같은 놈들을 감시반으로 임명해서 끌어들였다.

구읍리 수용자들은 그때까지 이런 사실을 전혀 알지 못했다. 작업장에서 왜 막사로 복귀했는지, 짐은 왜 싸라 하는지 아무도 알려주지 않았다. 트럭에서 내리는 자들이 "추방 왔소."라고 말할 때야 비로소 자기들도 "추방 간다"는 걸 알게 되었다.

짐을 다 꾸릴 시간도 없었다. 인사도, 작별도 없었다. 그들은 그저 옮겨졌다고 통보받은 자들이었다. 그리고 그 혼란 속에서 누구보다 목소리 크던 세 명의 사내들이 최종배 사무실로 불려갔다. 그들은 들어갈 때보다 나올 때 표정이 더 험상궂었다. 팔에 감시반 완장이 감겨 있었다.

최종배가 인사를 받으러 따라 나왔지만, 태도가 수용자 같지 않았다. 그들은 눈빛부터 삐딱했다. 최종배와 나이도 비슷해 보이는 그들은 무력부 출신들이었다. 별명도 공격적이었다. 우두머리는 두목이고, 그 뒤엔 '장갑차'와 '붉은땅크'라 불리는 자들이 무표정하게 서 있었다.

최종배가 위엄을 보였어도 그 안엔 한 겹의 긴장이 숨어 있었다.

"야. 내 앞에서 자세가 그게 뭐야? 차렷!"

수용자들은 마지못해 자세를 고쳤다. 어깨는 내려갔고, 등은 굽었고, 발끝은 제각각이었다. 최종배의 눈썹이 흔들렸다.

"야. 너희들 밖에서 군 복무도 이따위로 했어? 차렷이 그게 다야?"

그러자 두목이 자기 조원들에게 낮고 짧게 쏴붙였다.
"이 새끼들, 무력부 망신시키고 있어. 차렷!"
그 한 마디에 장갑차와 붉은땅크가 정확하고 날카롭게 자세를 고쳤다. 등판을 일직선으로 만들고 양발은 동시에 모았다. 자기보다 두목의 말에 반응하는 그 질서에 최종배의 시선이 살짝 내려갔다. 그는 헛기침으로 균형을 되찾았다.
"너희들, 대숙리에서 호위국조니, 무력부조니 패 가르고 매일 치고받으며 싸웠다며? 여긴 15호 지휘부가 있는 구읍리야."
무력부조는 새겨듣는 얼굴들이 아니었다.
"구류장도, 평정서 평가도 대숙리보다 더 혹독해. 먼저 올라간 놈들과 같은 감시반이 된 이상 잘 단합해서 똑바로 해. 알았어?"
붉은땅크가 한 발 앞으로 나섰다.
"우리 두목이 뭐가 모자라서 감시반장이 못 된 겁니까?"
장갑차도 고개를 끄덕이며 거들었다.
"호위국조 두령 놈보다 우리 두목 주먹이 더 셉니다."
두목의 어깨가 더 일어섰다. 그러면서 손가락 관절을 꺾었다. 우지직— 마디가 꺾이는 그 소리가 엄청이나 크게 들렸다. 최종배는 권총집이 있는 허리에 손을 얹었다.
"이 새끼들이 정말 죽고 싶어 환장했어? 당장 올라가!"
보위원이 등을 돌리기 전, 두목이 먼저 발을 뗐다. 그러자 장갑차와 붉은땅크도 끈 달린듯 그 뒤를 따랐다. 운동장은 군인들의 호각소리와 고함, 수용자들의 아우성이 뒤엉켜 마치 전쟁터의 피난 현장 같았다.

한편, 9분조는 독신자 막사 안에 모여 있었다. 그들은 다행히 추방되지 않았다. 하지만 남겨진 것의 무게를 알고 있었다. 떠난 자들이 비운 자리를 견디며 곧 도착할 새 얼굴들을 다시 버텨야만 했다.

도련님과 주둥이의 한숨이 제일 깊었다. 도련님의 눈에는 슬며시 눈물이 고였다. 독신자세대도 반이 비워졌다. 박해순 분조도 어딘가로 옮겨졌을 생각하니 가슴이 더 시렸다. 주둥이도 다시 보지 못할 민유정을 생각하며 가슴이 미어졌다. 눈을 가리고 있자니 손이 떨렸다.

검은손은 그들의 마음을 매만지듯 도련님과 주둥이의 무릎에 두 손을 하나씩 얹어주었다. 한쪽에서 김성근은 여전히 정자세로 앉아 있었다. 움직이면 무너질까 두려워 자기 몸을 붙들고 있는 것 같았다.

그때, 바깥에서 쿵쿵거리는 소리와 함께 날카로운 목소리가 들려왔다.

"두령동지 여깁니다! 여기!"

곧이어 문이 뜯거나갈 기세로 벌컥 열렸다. 히죽거리는 얼굴 두 개가 먼지 섞인 햇살을 밀어내며 들어왔다. 그들은 문 앞에서 영접하듯 뒤에 들어올 사람을 향해 차렷 자세를 취했다. 조촐한 그 의식 위로 두령이란 자가 얼굴을 나타냈다.

최종배가 무력부조 놈들에게 아웅다웅하지 말라고 당부했던 그 호위국조 놈들이었다. '자신들을 이끄는' 우두머리를 무력부는 '두목', 호위국조는 '두령'이라고 불렀다. 고작 3명뿐인데도 30명처럼 시끄러웠다. 놈들은 막사에 남은 사람들에게 무턱대고 고함치며 들볶았다.

"야 핵구름! 무력부 놈들 오기 전에 우리 호위국조가 맨 안쪽에 자리 잡아. 기관총도 움직여"

두령이란 자의 지시에 핵구름인지 기관총인지 하는 두 놈이 막사 안쪽으로 단숨에 밀고 들어갔다. 그 둘이 물건을 툭툭 던지며 자리를 잡는 동안 9분조원들의 시선은 그놈들 완장에 쏠렸다. 놈들 짓을 봐선 살인 면허장이나 다름없었다. 그놈들이 한 마디씩 내뱉을 때마다 말이 아니라 질서와 규칙이 바뀌는 것 같았다. 뒷짐 지고 막사 안을 쭉 둘러보던 두령의 시야에 9분조가 걸려들었다.

"야, 기관총. 여기 와 봐."

기관총이 단숨에 달려왔다.

"네, 두령 동지!"

두령이 턱을 들어 9분조를 가리켰다.

"여기 구읍리 인민들 좀 봐라. 새 감시반장 동지가 왔는데도 상태 봐."

"반듯하게 주름잡아 놓겠습니다."

기관총이 눈을 좁히며 천천히 9분조를 둘러보았다. 한 사람, 한 사람을 장난감 고르는 것처럼 살피더니 도성진의 머리를 탁, 탁 쳤다.

"너 일어나 봐. 시간 제일 오래 가겠다."

도성진은 엉거주춤 일어섰다.

"15분 똑딱 기합 시작!"

말은 들었지만 뜻을 몰랐다. 도성진은 멍하니 서 있었다. 기관총은 자기가 받은 충격이 더 크다는 듯 가슴에 두 손을 얹었다.

"어마나, 너 똑딱이도 모르니? 세상에! 구읍리는 똑딱이 없는 데야?"

두령이 막사 구석에 대고 불렀다.

"야, 핵구름! 와서 똑딱이 교육 좀 주라."

"알겠습니다!"

핵구름이 기분 좋게 달려왔다. 신나게 어깨를 들썩이며 막사 중앙에 섰다.

"두령 동지! 똑딱 기합 주십시오!"

두령은 시계도 없으면서 왼손목을 들여다보았다.

"15분. 똑딱."

그 말이 떨어지자 핵구름은 벽시계가 되었다. 왼쪽 다리를 들고 시계추처럼 좌우로 흔들었다. 한쪽 팔은 12시 방향으로 곧게 세우고, 다른 팔은 15분 자리로 천천히 이동했다. "똑딱. 똑딱. 똑. 딱." 입으로도 소리를 냈다. 그 동작은 조롱과 복종의 혼합물이었다. 기관총이 도성진의 가슴을 툭 쳤다.

"봤지? 15분 못 버티면 20분으로 늘어난다."

도성진은 검은손을 바라보았다. 검은손은 일단 시킨 대로 하라는 의미로 작게 고개를 끄덕였다. 비겁해서가 아니라 선택이었다.

수용소에선 싸워서 이기는 쪽이 승자가 아니었다. 다치지 않고 살아남는 쪽이었다. 치료도, 약도 없는 수용소이다. 더구나 상대는 감시반 놈들이었다. 자기를 해치면서라도 남을 파괴할 성질까지 장착했다. 방법은 나중에 생각할 일이었다.

도성진은 봐온 대로, 시키는 대로 팔다리를 들었지만 금방 자세가 흔들렸다.

"다시! 5분 추가, 20분 똑딱!"

기관총이 바닥에 겨우 지탱하고 있던 성진의 한 다리를 툭 걸어찼다. 도성진이 들었던 다른 발을 바닥에 내리자 기관총이 주먹을 높이 들었다. 그 찰나 검은손이 일어섰다.

"내 분조원들이야. 건드리지 마."

순식간에 기관총과 핵구름이 달려들었다. 검은손의 멱살부터 붙잡았다. 바로 그때였다. 김성근의 목소리가 들렸다.

"그 손 놉소꾸마. 내 아는 사람들이꾸마"

그 말에 호위국조 모두가 고개를 돌렸다. 동시에 입에선 똑같이 감탄의 소리가 튀어나왔다. 두령이 김성근 앞으로 흔들흔들 걸어갔다.

"히야… 우린 모를만도 하겠다. 이 둘레 봐라. 참… 드넓다."

두령이 웃자, 핵구름과 기관총도 달려가 성근의 몸을 찬찬히 둘러보았다.

"소장보다 더 심하지 않아?"

"후방부장이 더 뚱뚱합니다. 이 새낀 보위원보다 어떻게 양심도 없이 이렇게 살이 많지?"

두령이 손바닥을 딱 소리 나게 쳤다.

"맞다. 여기 구읍리에 리종옥 부주석 아들놈 있다고 했지? 이놈인가?"

도련님이 움찔했다. 눈이 휘둥그레졌다. 새어 나오는 숨이 떨렸다. 9분조 시선이 그에게 돌아갔다.

"소문에는 들어왔다가 바로 나갔다고 했습니다."

그 말을 하는 기관총에게 핵구름이 주먹을 쳐들었다.

"뭔 개소리야. 소장이 단독막사까지 보장해줬대. 맨날 그 안에서 술 처먹고, 여기 곱다는 죄수년들은 다 벗기고 논다던데."

도련님은 할 말을 잃은 얼굴로 입을 쫙 벌렸다. 주둥이가 손가락으로 아래턱을 밀어 올렸다. 다시 9분조의 시선은 두령의 목소리로 향했다.

"혹시, 이 몸뚱이가…? 너 아버지가 부주석이야?"

김성근은 대답하지 않았다. 그저 조용히 앉아 있었다. 그러자 호위국조는 다같이 "어!"로 길게 감탄했다.

"맞답니다. 대답 안 하지 않습니까?"

두령이 기관총의 그 입을 찰싹 때렸다. 그 손으로 성근이를 가리켰다.

"다시 물을게. 너의 아버지가 저기 저 높으신 부주석 동지냐고 내가 정중히…"

그 말이 끝나기도 전에 김성근이 말했다.

"내 아버지는 더 높수꾸마."

순간 9분조원들의 시선이 한꺼번에 김성근을 향했다. 그 말이 농담인지 진심인지 판단할 틈도 없이 호위국조에서 큰 웃음이 터졌다. 배를 잡고 웃던 두령이 김성근의 목소리를 흉내 냈다.

"네 아버지가 더 높수꾸마! 들었어? 하하하! 부주석보다 더 높으면 그럼 뭐야? 주석? 주…"

말하고 보니 '주석'이었다. 발음 끝에 숨이 턱 걸렸다. 말 한 놈은 입을 다물지 못했고, 들은 놈들은 입이 벌어졌다. 서로 마주 볼 때도 목이 돌아가지 않았다. 그때 도련님이 느릿하게, 그러나 거만한 표정으로 일어섰다.

"내가 리종옥 부주석 둘째 아들 리만수요."

김성근에게 놀랐던 호위국조는 또 한 번 도련님에게 돌아서며 뒷걸음쳤다. 난생처음 소문의 주인공을 실물로 영접하는 그들의 소박한 눈은 기겁해 있었다. 권력의 두 몸뚱이를 비교하듯 김성근과 번갈아 보기도 했다. 도련님은 거기서 끝나지 않았다. 박해순도 없는 구읍리가 더는 두렵지 않았다.

"내가 단독막사라니! 여자들을 벗기다니!"

꾸짖으며 때릴 기세로 그들 앞으로 다가갔다. 그 발걸음 숫자만큼 호위국조는 뒤로 물러섰다. 도련님은 더 가지 않고 김성근 앞에서 돌아섰다. 그리고 그에게 정중히 허리를 숙였다.

"심려 끼쳐드려 죄송합니다."

도련님이 깊이 머리를 숙인 것만큼 호위국조의 어깨는 위로 높이 올라갔다. 두령이 먼저 몸을 돌렸다. 졸개들도 막사 밖으로 뛰쳐나갔다. 마지막에 섰던 기관총은 신발을 헛디뎌 넘어질 뻔했다.

그날, 독신자세대 인원들만 교체당한 것이 아니었다. 가족세대도 어느 집이나 초상집이었다. 박해순과 민유정은 서로 붙어 안고 울었다. 독신자세대가 전원 교체됐다는 소문을 들었기 때문이었다. 박해순은 도련님에게 남은 미운 정으로, 민유정은 주둥이와 눈이 마주칠 때 떨렸던 정으로, 둘은 소리 내며 흐느꼈다. 밖에선 아우성이 고성으로 번지고 있었다. 그 앞엔 장찌엔이 호미를 들고 서 있었다.

"이 개간나들이 어따 대고 쌍년이야?! 감시반? 누가 오자마자 감시하래?"

장찌엔은 호미를 들고 새롭게 등장한 감시반과 혼자서 맞서고 있었다. 붉은 완장을 찬 그녀들은 대숙리에서도 유명했다. 무력부의 한 개 부서가 통째로 들어오면서 사회에서나 수용소에서나 든든한 한패거리가 되었다. 소문에는 담당 보위원도 그 결속력 앞에 선 작아진다고 했다.

2분조 여자들이 먼저 달려 나왔다. 이어 남은 구읍리 여자들도 몰려들었다. 감시반장이 장찌엔의 호미 앞에 머리를 내밀었다.

"쳐 봐. 이년아. 우리가 누군지 몰라?"

감시반장이 머리로 장찌엔의 가슴을 툭툭 쳤다. 장찌엔은 그녀를 확 밀쳐냈다.

"15호에서 내 이름 못 들었어? 나 장찌엔이야, 중국 여걸!"

"여걸 같은 소리 허네. 이년 옷 벗겨. 빤쯔까지. 정신 버쩍 들게."

그러자 장찌엔은 제 손으로 상의를 마구 벗었다. 땀과 먼지가 뒤섞인 속살이 드러났다. 장찌엔은 두 손으로 제 가슴을 쥐고 흔들어댔다.

"날 벗겼지? 젖탱이도 봤지? 오호라 내가 네년 남편 놈들. 싹 다 룡평 보내줄게. 애들아. 그거 설명해줘라."

장찌엔이 2분조를 돌아보며 소리치자 민유정, 박해순, 김상미까지 소리쳤다.

"그 여자 그런 거 전문이에요."

"큰변났다. 남편들 룡평 다 가겠다."

"그 이모. 그럴려고 안 나가는 거에요."

마지막 김상미의 말에 장찌엔이 고개 돌리며 버럭 소리쳤다.

"야. 이년아. 그건 아니지!"

처들었던 감시반의 손들이 하나둘 내려졌다. 앞에 섰던 반장이 당황해서 옷을 주워주자. 장찌엔이 구읍리 여자들에게 소리 질렀다.

"야 이년들아. 나만 벗어? 구읍리 여자들 본때를 보여주자!"

박해순이 먼저 달려 나왔다. 뒤따라 구읍리 여자들도 소리 지르며 감시반을 에워쌌다. 머리채가 휘날리고, 손톱이 얼굴을 긁고, 신발이 벗겨졌다. 피인지 땀인지 알 수 없는 액체가 튀었어도 누구 하나 멈추지 않았다. 장찌엔은 그 뒤에서 옷을 입으며 고함쳤다.

"저년들 홀딱 벗겨! 내 젖통보다 작아만 봐라."

독신자세대에서 유명인은 주둥이라면 가족세대에선 장찌엔이었다. 그날도 비록 옷을 벗었으나 자존은 벗지 않은 여자였다. 억압에 침묵하지 않는 여자였다. 항상 먼저 시원하게 사람들의 속을 긁어주는 여자였다. 누구보다도 시끄럽고, 거칠고, 위험해 보였지만 그만큼 누구보다도 인간적이었다.

밖에 나간 호위국조는 들어올 생각을 하지 않았다. 몰래 나갔다 들어온 도성진도 고개를 가로저었다. 그러자 도련님이 큰 소리로 기지개를 켜는 소리를 내며 누웠다. 모여앉았던 9분조는 저마다 뒤로 물러났다.

그때였다. 문이 벌컥 열렸다. 호위국조가 들어올 때와 똑같은 기세였다. 이번엔 무력부조였다. 얼굴만 달랐지 완장도, 표정도, 걸음도, 숫자도 똑같았다.

막사는 다시 얼어붙었다. 완장보다 더 섬뜩한 것이 보였다. 그들의 손에 들린 곤봉이었다. 예전부터 썼던 것인지 군데군데 핏물이 말라붙은 흔적이 남아 있었다. 부하 두 놈은 얼굴 대신 곤봉을 내세우듯 어깨 위에 비스듬히 둘렀다.

그 두목은 문턱에 발을 딛고 서는 것부터 대놓고 공갈이었다. 최종배보다 더 사나운 눈으로 막사 안을 쓱 훑었다. 움찔하는 놈이 하나라도 있으면 때려눕히고 들어오겠다는 몸짓이었다. 막사 안은 숨을 죽였다. 호위국조 때보다 더 긴장했다.

그런데 밖에서 눈치 없이 떠드는 소리가 들렸다. 미꾸라지였다. 소장 명단에 올라 트럭에 실렸다가 조직부장 눈에 띄어 내려진 그였다. 그 극적인 탈출 과정을 누군가에게 설명하는 중이었다. 자기 권한처럼 포장하며 웃음소리까지 덧붙였다.

내부는 트집 잡을 군살이 없다고 판단했는지 두목이 미꾸라지를 가리키며 짧게 말했다.

"끌고 들어와."

미꾸라지는 그새 '세상'이 어떻게 달라진 줄도 모르고 소리치며 들어왔다.

"야. 손 안 치워? 조직부장 선생님께서 금방 내게..."

두목은 말로 하지 않았다. 한 주먹에 미꾸라지 몸이 튕겨 나갔다. 수용자들의 시선은 맞은 놈보다 그가 흘린 이삿짐에 먼저 꽂혔다. 말린 명태 꼬리 3개, 쭈그러진 플라스틱병 1개, 훔친 건지 짝이 다른 양말 한 쌍에 팬츠 몇 장, 키가 다른 낡은 수용자복 두 벌도 있었다.

"호위국조 놈들, 지금 뭐 해?"

두목의 단단한 말에 붉은땅크가 옆에서 거수했다.

"현재 밖에서 우리 배후를 칠 작전회의를 하는 것 같습니다!"

"그놈들 오기 전에 우리 침대 다 새것으로 갈아놔!"

두목의 명령에 붉은땅크와 장갑차가 동시에 외쳤다.

"알았습니다! 두목 동지!"

말이 떨어지기가 무섭게 놈들은 수용자들의 잠자리를 훑기 시작했다. 담요를 들추어 짚더미를 걷어내더니 누군가의 머리맡까지 발끝으로 밀어냈다. 그 소란 속에서 도성진이 작게 중얼거렸다.

"아까는 두령이고, 지금은 두목인가봐요."

검은손은 이마에만 머물던 근심이 눈빛에도 스며들었다. 주둥이는 손으로 입을 가리고 말했다.

"저런 무식한 것들이 무슨 생각 있어서 정치범이지...?"

누구보다 도련님의 한숨이 길었다.

"형. 장찌엔 분조도 갔을까?"

"가더라도 15호 안인데 뭐. 너 힘 좀 써 봐. 장찌엔 분조 간 리에 우리 가자."

"미쳤어? 그 한 번 힘은 박해순을 위해 써야지."

가수가 소란스러운 주변을 둘러보며 신음했다.

"우린 이젠 죽었어. 서로 우두머리라는데… 우리는 그 이상 높은 분도 없으니."

"부주석 아들 있잖아."

주둥이 말에 9분조는 도련님을 쳐다봤다. 그는 그 시선을 다 받아 김성근에게 돌렸다. 그러자 그를 따라 9분조의 시선도 옮겨졌다. 김성근은 등을 곧게 펴고 있었다. 턱을 들지 않고도 정면을 바라보는 자세. 말없이 앉아 있는 그 자체로 하나의 막사 기둥 같았다.

"저거 괜찮다. 저거 뜯어!"

장갑차와 붉은탱크가 9분조 옆 침대를 손으로 가리킬 때였다. 미꾸라지가 번쩍 손을 들었다.

"두목 동지! 제 침대 널빤지는 쓸 만합니다!"

붉은땅크가 미꾸라지에게 달려갔다. 침대를 두어 번 쾅쾅 두드리더니 장갑차에게 소리쳤다.

"야, 이리로 와. 이놈 건 전부 새것이야."

미꾸라지는 언제 맞았는지 모르는 뿌듯한 표정을 지으며 한 발 나섰다.

"네. 제가… 여기 감시반 반장을 했습니다."

붉은땅크는 그를 위아래로 훑어보았다. 미꾸라지는 같은 동료라는 듯 고개를 끄덕였다. 붉은땅크는 배를 움켜쥐고 웃었다.

"하하하. 쥐새끼처럼 생긴 이게 감시반장이래. 여기 구읍리 뭐야. 하하하하!"

그러다가 돌연 표정을 굳히더니 미꾸라지 앞으로 성큼 다가갔다. 눈을 부릅뜨고 손뼉을 쳤다.

"두목 동지! 두목 동지!"

붉은땅크의 선창에 미꾸라지도 재빨리 입 모양을 맞추며 손뼉을 쳤다.

"두목 동지! 두목 동지!"

미꾸라지는 시선을 수용자들에게 돌렸다. 붉은땅크도 돌아서 손뼉 치며 외쳤다.

"다들 따라 해! 두목 동지! 박수도 짝짝."

막사 안의 공기가 요란하게 뒤섞였다. 박수도 목소리도 점점 커지며 하나로 모였다. 검은손을 따라 9분조도 어쩔 수 없이 움직였다. 그들의 손과 입은 소리 없는 시늉에 가까웠지만, 막사는 실제로 진동했다. 발바닥 아래로 마치 지진이 일어난 것처럼 막사도, 사람들도 흔들리는 느낌이었다. 그때였다. 붉은땅크가 손을 휘저으며 소리 질렀다.

"조용! 조용해!"

미꾸라지가 그 말을 메아리처럼 옮겼다.

"조용하라잖아. 조용! 다들 뚝!"

그리고 그 뒤의 정적과 함께 시선은 모두 단 한 사람에게 향했다. 붉은땅크가 곤봉을 들고 김성근에게 다가갔기 때문이었다. 장갑차도 달려가던 속도로 멈추다가 한 발 비틀거리기까지 했다.

"와! 구읍리에 이런 것도 있었어?"

장갑차까지 가세했어도 김성근은 변함없이 그저 손을 무릎 위에 올린 채 묵묵히 앉아 있었다. 붉은땅크가 곤봉을 매만지며 더 가까이 다가갔다.

"애는… 어디에 손을 대야 뼈에서 소리가 날까?"

목소리에 막사 안의 공기가 다시 팽팽해졌다. 그때였다. 철컥. 막사 문이 열렸다. 호위국조의 두령이었다.

"두목. 너희 두목 어디 있어?"

막사 안쪽에서 무력부조 두목이 천천히 걸어 나왔다.

"어이구, 새 진지 구축했으니 또 피 터져 봅시다."

호위국조 두령은 들어올 때부터 김성근에게 고정했던 시선을 그대로 유지했다.

"나가서 이야기 좀 하자."

두목은 김성근에게 돌아섰다.

"애야? 박수 안 친 놈이?"

그 말에 막사안이 다시 얼어붙었다. 숨죽인 공기가 한 번 더 눌렸다. 하지만 두령은 서둘렀다. 그의 손이 두목의 손목을 움켜쥐었다.

"중요한 결정이야. 여기서 이러지 말고…"

두목이 이끌려 나가자 붉은땅크도 그 뒤에 섰다. 막사 문턱 앞에서 그는 고개만 수용자들을 향해 돌렸다.

"나가서 침만 뱉고 들어올게. 꼼짝 말고들 기다려."

그런데 그때부터 무력부조도 들어올 기미가 없었다. 침만 뱉고 온다던 말이 그들의 행방을 더 묘연하게 했다. 밖에서 그들은 군인 출신들답게 심각했다. 회의는 길고 표정들은 딱딱했다.
"그러니까, 부주석이 하늘인 줄 알았는데 그 하늘 위에 태양이 있더라?"
거듭 물어보는 두목의 무식함에 두령은 한숨으로 대답했다.
"'여기 부주석보다 내 아버지가 더 높다'고 그렇게 목숨 걸고 사기 치는 정치범이 어딨어? 최고 존엄 훼손하면 즉결인데"
두목은 그건 잘 알아서 확실하게 고개를 끄덕였다.
"정말 더 높다고 했어?"
"내 말이 아니라니까"
두령의 시선이 막사로 향하자 옆에서 핵구름이 손을 길게 뻗어 방향을 증명했다.
"그놈도. 아니 '그분도 부주석보다 내 아버지가 더 높다'고 했고 부주석 아들도 인정했다니까. '심려 끼쳐드려 죄송합니다'고 인사까지 하면서,"
다른 부하가 일어서 도련님이 했던 것보다 더 깊이 허리를 숙였다. 두령은 처음으로 무력부조 두목을 걱정하는 표정을 지었다.
"이 안에 근심으로 앉아 있는 사람이 어디 있어? 죽는 상상도 모자라는 곳인데, 그것도 심려라잖아."
말이 끝나고 잠시, 공기가 멎었다. 북한에서 '심려'는 일반 사람들이 쓰는 말이 아니었다. 수령이 정말로 걱정하면 나라 전체가 불행해 보일 일이었다. 그래서 '심려'는 당에서 순화시킨 1호 용어 중 하나였다.
걱정은 인민이 하고, 심려는 수령이 하는 것으로, 말조차 하늘

땅처럼 갈라져 있었다. 그 위에서 수령은 통치하며 '심려'했고, 인민은 엎드려 살면서 '걱정'했다. 그래서였다. 15호에 말반동이 많았던 이유는 말 하나에 수령의 신격은 위로 솟고, 인민의 인격은 아래로 낮아지는 그런 '조국'이었기 때문이다.

"몸통도 봐. 저런 인민이 어디 있냐고."

두령의 그 말에 두목의 고개가 가장 분명하게 흔들렸다. 그건 사실, 그도 처음부터 느꼈던 것이었다. 막사에 처음 들어섰을 때 막사 내부보다 먼저 보였던 몸집이었다. 그는 일부러 못 본 척 그 시선을 건너뛰었었다.

가난한 북한에선 뚱뚱한 사람은 무조건 간부였다. 지위가 높아도 광대뼈가 나오면 현직처럼 안 보였다. 아무리 간부라도 우여곡절 있거나 환자라는 의심이 먼저였다. 간부들도 태평스럽게 살집을 늘리기는 어려웠다.

간부들은 의식주 공급을 인민보다 더 잘 받는다 싶어도 당 조직생활에 끌려다니다 보면 몸집이 늘 여유가 쉽지 않았던 것이다.

무력부 두목을 더 놀라게 한 건 그다음 말들이었다. 호위국조 두령이 남자답게, 통 크게 비밀 보자기를 풀어놓아서였다.

"너희들 무력부 촌놈들은 잘 모를 거야, 나 호위국 어디 있었던 줄 알아? 김평일 감금했던 보초였어. 그분도 사과주며 나한테 굽신댔다니까."

김평일은 김정일의 의붓동생이었다. 1975년부터 2년간 자택에 감금한 뒤, 1978년 유고슬라비아 무관으로 임명해 쫓아냈다. 사실상 해외로의 추방이었다. 그 후 오랫동안 폴란드 대사를 지냈다.

두령의 발설에 기관총도 무릎을 세우고 고백했다.

"내가 1호 호위총국에 있었잖아. 김성애 오빠, 김광협. 동생 김성갑도 어떻게 된 줄 알아?."

그리고 말을 끊으니 그 뒤로 더 음산하게 들렸다.

"경호했던 내 친구들까지 다 룡평 끌려갔어. 김정일 동지, 피도 안 섞였다고 그냥 싹-. 외삼촌들까지 다 보냈는데... 저 홍길동 하나쯤이야 뭐."

김성애는 김일성의 후처였다. 김정일은 그녀와 그 혈족을 없애기 위해 '곁가지 청산' 원칙을 내놓았다. 김일성의 유일지도체제를 내세워 곧고 굵은 줄기만 빼면 나머지는 다 잘라내야 할 잔가지라는 설이었다.

김성애는 사망할 때까지 자택에서 사실상 감금 상태로 살았다. 오빠 김광협과 남동생 김성갑은 모두 수용소로 이송시켰다. 그것은 15호 수용자들 속에서도 은밀히 오가는 공공연한 비밀이었다.

깊이 몰아쉬는 두목의 숨이 살짝 떨렸다.

"여긴 15호가 아니라 1호구나. 1호"

그 말이 운동장을 떠돈 지 오래지 않아 취침 점검 시간이 다가왔다. 드디어 독신자 막사의 문이 열렸다.

찌익― 수용자들은 흐트러졌던 자세를 고쳐 앉고 숨을 거두며 시선을 문으로 모았다. 가장 먼저 모습을 드러낸 건 호위국조의 두령이었다. 잠깐 망설인 것처럼 보였으나 뒤에서 밀쳤는지 몸이 기울어지며 몇 걸음 뛰어 들어왔다.

그들은 밖에서 훈련하고 들어온 사람들 같았다. 무력부조와 호위국조가 정확한 간격을 두고 한 줄로 들어섰다. 같은 각도로 바닥을 밟는 발과 동작 하나에도 흐트러짐 없이 막사 안을 관통했다. 맨 앞에 서 있는 건 두령이었다. 정면을 향한 그의 시선은 김성근 앞을 지날 때도 흐트러지지 않았다.

단 한 순간, 아주 짧게 주춤하며 턱도 너무 높지 않게 살짝 내려갔다. 그러자 앞선 자가 인사했다고 판단했는지 뒤로 갈수록 고개는 점점 더 깊이 숙였다. 머리가 기울면서 어깨는 따라 접혔다. 어김없이 눈은 바닥을 향했다. 그렇게 맨 마지막의 무력부조 장갑차에 이르러서는 아예 허리까지 접혔다.

극단적으로 비만한 인물이 '수령의 아들'로 착각된 사건이 북한에서 두 번 있었다. 사회에서 널리 알려진 '대외보험총국 외화 사건'은 2002년, 평양에서 벌어졌다. 그자는 대낮에 거대한 체구를 내세워 김정일의 아들을 사칭했다.

간부들은 그의 살집과 권위적인 처세에 속아 외화를 바쳤다. 그러나 이 '요덕 자제분 사건'은 달랐다. 호위국 출신 수용자들이 자발적으로 판단하고 스스로 받들어 모신 충성경쟁의 산물이었다.

15호의 김성근은 남들보다 뚱뚱한 죄밖에 없었다. 그날도 그저 말없이 앉아 있었던 게 전부였다. 그런데도 군 출신의 수용자들은 나갈 때와 들어올 때의 태도가 완전히 달라졌다. 그 이유를 유일하게 아는 건 9분조뿐이었다. 그래서 주변에 부추기는 경직된 자세로 시범을 보이고 있었다.

다른 수용자들은 감시반의 존재만으로 숨이 꺽 막혀 빚어놓은 모형처럼 꼿꼿이 앉아 있었다. 그 정적을 감시하듯 파리 한 마리가 앵—앵—거리며 막사 안을 유유히 돌고 있었다.

그런 와중에 막사 안에서 유일하게 일어선 자는 미꾸라지였다. 그는 도무지 이런 상황이 이해되지 않는다는 속상한 얼굴로 사람들을 둘러보았다. 그럴 만했다. 널빤지를 붉은땅크에게 아낌없이 내어준 탓에 침대 바닥은 뻥 뚫려 있었다. 자신만 서 있다는 사실이 왠지 모르게 벌 받는 기분이었다. 그는 참지 못하고 주먹을 높이 쳐들었다.

"두목 동지! 아까 널빤지 기증했던 5분조 4번입니다. 담화 신청…"

칼로 싹둑 자르듯 돌아온 대답은 너무도 무책임했다.

"기증받은 적 없습니다. 조용히 합시다."

그 순간 파리의 날갯짓 소리가 더 또렷하게 들렸다. 그 소리가 막사 안을 두 바퀴를 더 돌고 자기 앞을 스쳐 지나갈 즈음에 미꾸라지는 다시 한번 용기를 냈다.

"그럼… 전 오늘 어디서 자라는 건지—"

이번엔 곤봉처럼 목소리가 불쑥 일어섰다.

"조용하라고 했습니다. 집단생활에서 떠들면 되겠습니까."

그 말에 더는 누구도 숨조차 크게 쉬지 않았다. 이 모든 상황이 무식한 그들만의 또 다른 폭력의 방식이라고 모두가 속으로 생각했다. 그때 갑자기 기이한 소리가 들렸다. 말이 아니었다. 이번엔 노래였다. 그 선창을 뗀 자는 호위국조의 두령이었다.

가는 길 험난하다 해도 시련의 고비 넘으리

그 음절 하나하나가 막사 천장을 타고 흘렀다. 그러자 두목이 뒤질세라 그 노래에 자기 목소리를 겹쳤다.

불바람 휘몰아쳐 와도 생사를 같이하리라

수용자들의 표정은 일제히 괴로워졌다. 감시반도, 군 출신도 아닌 정신 나간 무리에 짓밟혔다는 허탈감 때문이었다. 더 놀라운 건 그 두 놈만의 문제가 아니었다. 무력부조와 호위국조 전원이 서로의 어깨에 손을 얹고 몸을 좌우로 흔들며 합창을 시작하는 것이었다.

천금 주고 살 수 없는 동지의 한없는 사랑
다진 맹세 변치 말자

그 마지막 구절에서, 그들 모두의 눈동자가 한 사람을 향했다. 바로 김성근에게로...

한 별을 우러러 보네

새벽 한 시경이었다.

가족세대 보위원실 문턱에서는 두 사람이 서 있었다. 지형철과 15호 관리소 군의관이었다. 그들의 시선은 어둠 속으로 사라지는 윤진경의 뒤를 바라보고 있었다. 먼저 들어와 앉은 지형철에게 군의관이 따라 들어오며 의자를 끌어다 마주 앉았다.

"솔직히 말해 봐. 네가 저 여자 건드린 거 맞지?"

지형철은 아무 말도 하지 않았다. 그저 담배만 연신 빨았다. 그 연기를 가득 내뿜으며 물었다.

"산모 건강은 어때?"

"산모? 건강? 이 자식 진짜 정신 못 차렸구나."

군의관은 지형철 앞의 담배를 자기 앞으로 가져왔다. 피우려는 것보다 손에 뭔가 쥐려는 행동이었다.

"아무리 삼촌이 본부 부부장이라도 그렇지... 너 미쳤어? 난 뭐 눈이 없어서 홍신영을 벗기는 줄 알아?"

"너야말로... 자식... 그런 쓰레기나 껴안고. 장가도 간 놈이"

"그냥 오줌은 밖에서 싸고 잠은 집에서 자는 거야."

"수술은 언제 가능해?"

군의관은 담배갑을 열고 한 개비를 꺼냈다.

"안돼. 7개월이면 수술해야 하는데 저런 여자한테 가능한 일이야?"

"그래서 네게 부탁한 거잖아."

"쌍둥이야."

그리고 군의관은 담배에 불을 붙였다. 그 말 앞에서 지형철은 아무 반응이 없었다. 미간은 그늘 지면서 눈꺼풀이 떨렸다. 손가락 사이에서 담배 재가 떨어졌다. 간신히 속에서 묻어 나오는 말은 젖어 있었다.

"아까... 진료 볼 때... 그 말 했어?"

"그런 건 희망이 있을 때나 하는 말이지..."

그 희망이란 말이 절망을 더 강조하는 것 같았다. 지형철은 눈을 질끈 감으며 고개를 떨구었다.

"나로서는 도울 방법이 없을 것 같아. 이런 데서 잘못 시술했다간 여자도 위험해. 산소 호흡기도 필요하고, 출혈 대비 혈액도 그렇고..,"

고집스럽게 한 자세로 앉아 있는 지형철에게 군의관이 진지하게 물었다.

"너, 정말… 그 여자 좋아해?"

지형철은 고개를 들었다. 말은 하지 않았지만, 그 젖은 두 눈이 이미 대답하고 있었다. 그 촉촉함에 군의관은 시선을 벽 쪽으로 돌렸다. 더는 보고 싶지도, 알고 싶지도 않은 눈이었다. 그는 무거운 말을 꺼내기 전에 몸을 미리 덜어내듯이 자리에서 일어섰다.

"방법이 딱 하나 있는데, 알려줄까?"

지형철의 시선이 묵직하게 군의관에게 꽂혔다. 그 눈은 이미 결심한 사람의 눈이었다.

"뭔데?"

군의관은 숨을 들이켰다. 그리고 낮게 말했다.

"소장도 이번 주 안에 해결하라고 했다며? 지금 위험 감수하고 수술해도, 정치위원 공석이니 조직부장 승인받아야 해. 알잖아. 그 놈… 여자를 살려내면 날 죽이자고 할 거야."

지형철은 재촉했다.

"그래서 방법이 뭔데?"

군의관은 침묵 끝에 한 마디를 내뱉었다. 칼날보다 짧게, 총알보다 빠르게…

"여자도, 애도 지키고 싶으면… 장본인을 죽여."

그 말이 떨어지자 지형철의 얼굴이 잠깐 깨졌다. 두 눈이 순간 크게 열리면서 턱이 아주 미세하게 흔들렸다. 그 짧은 틈에서 무슨 말인가 나올 것 같았지만 아무것도 나오지 못했다. 숨이 목에서 끊겼다. 목젖에 걸린 무언가를 삼키지 못한 표정이었다.

그때 밖에서 경비대 군인들의 고함이 들렸다.

"불이다! 불이야!"

가족세대에서 일어난 불은 신숙자의 집이었다. 그녀는 간호사로 일할 때도 집에 와서도 격리되어 있었다. '남조선' 출신인 데다 말을 너무 쉽게 하는 버릇 때문에 관리소는 전염병 환자처럼 외부 접촉을 막았던 것이다.

신숙자는 하루 종일 들썩였던 관리소 인원교체를 출소와 입소로 착각했다. 그래서 밤새껏 딸을 부여안고 울다가 자기 집에 불을 냈던 것이었다.

그가 사는 곳은 목재로 만든 집이었다. 일반 수용자들과 떼어놓자는 의도로 토굴이 아닌 곳에 보내졌다. 원래는 옥수수 창고로 썼던 건물이었다. 그래서 불도 크게 번졌다. 뒤에는 또 다른 창고도 있어 불이 옮겨붙을 가능성이 컸다. 여자들이 많은 동네라 당직군관은 독신자세대도 비상소집을 걸었다.

9분조가 제일 먼저 달려왔다.

"엄마 나가자. 나 안 죽을래."

"엄마 아파. 무서워."

여자애들의 울음소리가 불붙는 집안에서 터져 나왔다. 검은손의 눈빛이 번뜩였다. 그가 불속으로 뛰어들자 주둥이와 가수, 김성근도 따라 들어갔다. 문틀은 불에 일그러졌고, 지붕은 이미 재가 되어 떨어지고 있었다. 유일하게 살아 있는 건— 화염과 불꽃 사이 세 사람. 신숙자와 두 딸이었다.

신숙자는 두 딸을 꽉 그러안고 있었다. 9분조는 숨을 가쁘게 몰아쉬며 그 생명들에게로 뛰어갔다. 주둥이와 가수가 먼저 어린 두 딸을 떼어내려고 했지만, 신숙자는 더 세게 그러안았다. 검은손은 그 엄마의 뺨을 후려갈겼다. 그제야 그를 쳐다보는 신숙자의 두 눈에서 오열이 터져 나왔다.

주둥이와 가수가 딸들을 끌어안고 빠져나갔다. 검은손이 손을 뻗쳐도 신숙자는 기어이 남겠다고 발악을 했다. 사방에 뿌려지는 신숙자의 그 두 팔과 다리를 김성근이 끌어모아 안고 밖으로 나왔다. 마당에 나와서도 신숙자는 다시 들어가겠다고 발버둥을 쳤다.

"나한테 왜 이러는 거예요? 난 이 나라 사람도 아니라구요"

검은손이 결박하듯 그녀를 꽉 끌어안았다.

"같은 민족이잖아요. 같은 말을 하잖아요."

"그 민족이 뭔데... 이렇게 얼빠진 민족이 세상에 또 어디 있는데!"

검은손은 신숙자의 그 입마저 한 손으로 막았다. 가족세대 여자들도 신숙자 집 앞으로 많이 몰려왔다. 손에는 양동이와 바케스들이 들려 있었다. 도련님은 그들 틈을 헤매다가 한 여자 앞에서 물었다.

"장찌엔 알지요? 봤어요?"

"장 뭐라고요? 찌엔?"

주둥이도 똑같이 여자들 사이를 누볐다. 그는 도련님처럼 새로 온 여자를 붙잡지 않았다. 자기를 알아보고 웃는 여자에게 물었다.

"장찌엔은? 남았어요?"

그 여자는 더 밝게 웃으며 손으로 가리켰다. 그 끝에서 장찌엔의 2분조가 달려오고 있었다. 손에는 물을 담은 양동이가 들려 있었다. 그녀들도 달려오던 걸음을 뚝 멈췄다. 그 어떤 말보다도 마주 보는 시선이 더 큰 울림이었다.

다시 볼 수 있는 것만 해도 전부를 생각하게 만들었다. 이별도 아니었는데 상봉처럼 만나니 서로가 더 소중해졌다. 민유정만 보고 빠르게 걷던 주둥이를 장찌엔이 덥석 끌어안았다.

"이렇게 반가울 수가. 이것들이 뭐라고 이렇게 눈물 날 수가."

도련님과 마주 선 박해순은 말없이 노려보기만 했다. 그녀의 얼굴은 산을 몇 번 오른 사람처럼 붉게 달아올라 있었다. 갑자기 박해순은 들고 있던 양동이를 땅에 내리꽂았다. 철컥— 물방울 몇 개가 튀었다.

그러고는 도련님의 손을 덥석 잡았다. 순간 금지된 온기와 불법적인 체온이 뭐든 이길 감정으로 닿았다. 손에 이끌려 도련님은 걸음을 뗐다. 박해순이 앞에서 재촉하자 그의 걸음도 자연스레 빨라졌다. 그들의 눈앞에선 신숙자의 불에 그을린 목소리가 공기 속을 찢고 있었다.

"내 목숨을 내가 죽이겠다는데… 왜들 이러오! 뭐가 불법이오!"

뒤늦게 달려온 홍신영이 채찍을 흔들며 서 있었다.

"야, 이년아! 우리나라에서 자살은 반역인 줄 몰라?!"

그 소란 앞에서 두 사람은 방향을 틀었다. 다른 골목으로 접어들었다. 목소리들은 아직 등을 붙잡았다.

"마음대로 살지도, 죽지도 말라는 게 그게 나라 법이요?! 내 목숨이라고!!"

"내 목숨? 우리나라에 개인 목숨이 어디 있어?! 당에 바칠 충신의 생명만 있지!"

"내가 남에게 충성하자고 태어났소?!"
"어머머 이년 뭐래? 총알 박아줘?!"
박해순이 먼저 뛰기 시작했다. 도련님도 곁에서 따라 뛰었다. 뒤에 떨군 목소리들은 서서히 작아졌다. 그러나 바닥을 때리는 발소리와 숨소리는 점점 커졌다.

그들 앞에는 어둡고 낡은 골목들이 마주 섰다. 양쪽 담벼락은 높았고 돌무더기와 토굴들이 무덤처럼 그들을 가로막았다. 이 골목도 막혔다. 저 골목도 끝이었다. 숨소리가 더 거칠어지고 가끔 발이 헛디뎌졌다.

두 사람은 손을 놓지 않았다. 다른 골목에 접어드는 순간— 멀어졌던 목소리가 다시 바람을 타고 따라왔다.

"통영 여자를 요덕에 데려온 것부터 불법 아니오!"
"이년아 방아쇠 당겨 말아? 내가 못 죽일 것 같아?!"
"죽으려고 불지른 여자야! 죽여! 죽여!"

박해순과 도련님은 다시 돌아섰다. 헐떡이는 두 사람은 손을 놓지 않고 뛰었다. 방향도, 목적도 잊은 채 심장이 두드리는 대로 두 사람은 걸음을 맞췄다. 그렇게 골목을 헛돌던 그들의 발이 멈춘 곳은 박해순의 집 앞이었다.

박해순이 문을 열자 삐걱거리는 소리가 났다. 문은 채 닫히지 못하고 덜컥 열린 채로 멈췄다. 창문 하나 없는 집인데도 틈새로 달빛이 흘러들었다. 가마가 걸려 있는 부엌이었다. 살고 있다는 흔적의 냄새보다 살고 싶다는 갈망의 기운이 더 고여 있는 공간이었다. 어둡고, 비좁은 지하실 같았다.

도련님에겐 박해순의 두 손이 있었다. 두 사람은 숨을 헐떡이며 서로를 마주 봤다. 마주한 눈빛은 격렬했다. 심장의 박동이 목덜미까지 뛰어올라 있었다. 도련님의 시선이 그녀의 입술에서 턱으로, 이어서 손끝으로 흘러내렸다. 입을 맞추려는 그 찰나 부엌 벽에서 또 다른 문이 벌컥 열렸다. 어둠 속에서도 근심으로 더 진한 얼굴이 드러났다. 박해순의 아버지였다.

"어디 불났어?"

아무 감정 없이 나오던 그 말끝이 도련님의 형체에서 굳어졌다.

"……아버지. 문 닫아."

박해순의 입에서 번개같이 튀어나온 말이었다. 그녀의 아버지와 도련님이 동시에 기겁했다.

"그놈 누구야?"

불난 것보다 더 놀란 아버지의 목소리였다. 박해순은 한 치의 망설임도 없이, 숨조차 고르지 않고 외쳤다.

"내가 이 사람이랑 끝장 볼 일이 있으니, 아버지— 문 닫아요."

"… 무슨 끝장… 해순아"

"아버지 누명! 누명이요."

그 말 한 줄이, 도련님의 가슴까지 긁었다. 누명이란 말에 아버지는 고개를 돌렸다.

"아버지. 절대 나오면 안 돼. 두 번 다시 실수하면, 이번엔 아버지 룡평 가."

그녀는 그 큰 손으로 문을 쾅 닫았다. 덜컥. 문이 닫히는 그 소리는 멎었던 도련님의 숨을 다시 터지게 했다. 그 순간, 두 사람은 더는 말하지 않았다. 말이 필요 없었다. 감정이 언어를 삼켜버리면서 눈빛이 손끝을 이끌었다. 숨이 겹쳐지고 눈빛이 붙었다. 누가 먼저였는지는 중요하지 않았다.

거칠게, 그러나 뜨겁게 서로를 부둥켜안았다. 입술이 맞닿음과 동시에 팔이 허리를 감았다. 몸이 벽으로 밀려나자 부엌 선반에 놓였던 그릇들이 와르르 바닥으로 떨어졌다. 짤그랑—쨍. 깨진 그릇의 파편 소리보다 더 생생한 것은 두 사람의 숨소리였다. 갈라지던 숨이 다시 이어지면서 두 개의 심장이 하나로 박동했다.

그때, 문 너머에서 목소리가 다시 들렸다.

"지금 너희들 싸우는 거야?"

박해순이 반사적으로 도련님에게서 떨어지며 외쳤다.

"아냐! 아버지, 문 열지 마!"

그녀의 외침은 절박했다. 이 순간만큼은 단둘이길 원했다. 숨을 가다듬기도 전에, 도련님이 다시 그녀를 끌어안았다. 그녀는 뜨거운 숨을 내뱉으며 말했다.

"오늘은… 가마치 없어."

그 말은 솔직한 애원 같았다. 도련님은 그녀의 몸을 더 깊숙이 끌어안았다.

"이젠 그런 짓 하지 마. 나 가마치 아냐. 부주석 아들이야."

"내가 어디 봐서…"

"다. 전부. 약속하면 한대로."

그 말에 박해순의 눈빛이 작게 흔들렸다.

"약속한 거잖아. 지키면 안 돼? 소문낼까 무서웠지?"

"이제 해도 돼. 뭐든… 다 해도 돼."

그는 이미 벌어진 그녀의 젖가슴 위에 얼굴을 묻었다. 숨이 꺼질 듯 깊었다. 여자는 기다렸던 몸이 먼저 대답했다.

"그럼 해줘. 더 쎄게— 네가 진짜라면… 해줘."

바로 그때, 문 너머에서 또다시 아버지의 목소리가 들려왔다.

"너희들 싸우는 거냐고!"

속삭이던 박해순의 목소리가 벌떡 일어섰다.

"아버지, 실수하면 안 돼! 문 열지 마!"

그 소리 뒤에서 도련님이 세게 몸을 밀착하자 박해순은 한 번 더 소리쳤다.

"이 사람… 금방 끝나!"

도련님의 몸이 불처럼 달구어져 있을 때 주둥이는 뭐든 불지르고 싶을 만큼 들끓고 있었다. 감시반 놈들이 민유정과 자신을 에워싸고 대놓고 시비를 걸고 있기 때문이었다. 두령과 두목은 서로 눈을 맞추고는 비죽 웃었다.

"히야, 구읍리는 자유롭다. 동트기 전부터 연애질이고…"

"새벽에 붙으면, 밤에는 애 낳는 거야?"

하하하— 놈들은 웃음을 거둘 때도 똑같이 멈추었다. 마치 시작은 지금부터라는 듯 곧장 두목이 주둥이 앞으로 다가섰다.

"네놈 별명이 뭐야?"

"주둥이."

짧고 단단한 대답에 두령과 두목은 이번엔 의도치 않게 크게 웃었다.

"주둥이래. 하하하 별명도 맞아 죽기 딱 좋은…"
두목의 말에 두령은 더욱 배를 잡았다.
"구읍리는 정말 자유롭고 평화롭다니까. 하하하!"
그때 민유정이 그들 앞에 한 발 나섰다.
"내 별명은 매덕이."
두령의 웃음이 반쯤 멎었고 눈은 더 커졌다.
"구읍리는… 여자도 별명이 참 곱다. 안 그래?"
"그러게. 입에 쏙 들어온다. 매덕이는 무슨 뜻이야?"
민유정은 팔짱을 풀지도, 고개를 돌리지도 않았다. 그저 눈길을 멀리 던지며 담담하게 말했다.
"매덕. 성병. 사람들은 날 에이즈라고도 해."
고요해졌다. 두령이 눈을 깜박였다.
"에…이즈…라고?"
그의 말에 옆의 놈도 한 발 뒷걸음치며 중얼거렸다.
"여기 구읍리는… 없는 게 없구나. 별걸 다 있구나."
"독버섯이 예쁘다더니… 아깝다."
"여자한테 독이라니, 무식하게. 가시 달린 장미라고 해야지."
저들끼리 지껄이던 중 두령이 주둥이 쪽으로 시선을 건넸다.
"너… 저 여자 만나도 일 없어? 병 안 걸렸어?"
주둥이는 피식 웃으며 자신 있게 말했다.
"난 이미 전염됐지. 뜨겁게."
두 놈은 동시에 한 발짝 물러났다. 민유정은 주둥이의 옆모습을 바라보았다. 조롱으로 시작된 긴장은, 뜻밖의 감정으로 방향을 틀고 있었다.

"증상은?"

두목은 정말로 궁금해서 물었다. 주둥이의 시선은 저 멀리에, 아무도 없는 하늘로 이어졌다.

"특히… 밤에 누우면 더 아파. 여자의 몸으로 얼마나 힘들까, 얼마나 아플까… 그 생각하면 내 온몸이 쑤시고 심장이 아파."

그의 목소리는 가늘게 떨렸다. 그러면서도 울림은 묵직했다. 민유정은 말없이 고개를 숙였다. 처음으로 다른 사람의 손이 자기 상처를 어루만져 주는 것 같았다. 그 순간만큼은 아무도 그녀를 바라보지 않았다. 모두가 주둥이의 그 한마디에 눌려 있었다. 민유정과는 다르게 찌그러진 얼굴의 두 놈은 서로를 바라보며 힘없이 중얼거렸다.

"그거… 불치병 아냐?"

"약도 없지…"

그 잡음을 덮으며 주둥이가 고개를 쳐들었다. 눈동자 속에 비친 별이 흔들리고 있었으나 시선은 일관했다.

"아픈대로 살거야. 끝까지, 더 아플 수 있을 때까지."

이어진 마지막 한 줄은 하늘을 들고 일어섰다.

"나에겐… 아픈 것도 소원이야."

한동안 침묵이 흘렀다. 민유정은 돌아서 몰래 눈물을 훔쳤다. 두 놈은 나름 서툰 동정으로 주둥이를 바라봤다. 두목이 감정 없는 쓸쓸한 표정을 띠며 중얼거렸다.

"쟤는… 손대지 말아야겠다."

"피 묻으면… 오히려 우리가 옮지."

주둥이는 역시 주둥이였다. 귀찮은 그 두 놈을 굳이 욕설이나 힘으로 쫓지 않았다. 입안 가득 침을 모아 골고루 굴렸다. 그리고 탁. 놈들 발치 가까이에 힘껏 뱉었다. 두목과 두령은 화들짝 놀랐다. 너무 가까이 서 있었다는 사실을 그제야 자각했는지 허둥지둥 뒤엉키다시피 그 자리를 빠져나갔다.

그들의 발소리가 멀어지는 동안 민유정은 슬그머니 쳐다보았다. 주둥이는 자신에겐 정작 아무 말도 하지 않았다. 아니, 그는 이미 가장 깊은 말로 고백했다.

6월의 하늘은 이상했다. 어디서부터 높고 어디까지 낮은지, 도무지 가늠되지 않았다. 아침엔 너무 아득해서 숨이 막혔고 오후가 되면 둥근 해까지 내려와 머리 위로 눌러앉는 것 같았다.

그 아래에는 겨울을 위한 여름의 노동이 펼쳐지고 있었다. 도끼로 찍어내고 톱으로 가르는 마찰음과 이따금 뚝 하고 꺾이며 쓰러지는 나무들. 그 모든 소리가 합쳐져 자연을 찢는 리듬을 만들어내고 있었다.

가족세대 여자들은 도끼보다 얇은 칼자루를 쥐고 가지치기 작업을 했다. 땀이 목덜미를 타고 흘렀고, 옷자락은 흙먼지에 눅눅히 젖었다. 그날 2분조 여자들의 얼굴엔 평소보다 밝은 기색이 돌았다.

장찌엔은 남의 기분까지 데려와 웃는 여자여서 오히려 평범해 보였다. 눈에 띄는 건 박해순과 민유정이었다. 둘은 종일 붙어 속삭이며 키득거렸다. 같은 분조의 남자를 마음에 품어서 그런지 미소도 시선도 닮았다.

박해순은 더 여유로워 보였다. 여자답게 남자를 품은 자부심까지 어깨에 실려 있었다. 비록 그녀의 그 언덕까진 닿지는 못했어도 민유정의 가슴 역시 한없이 설레었다. 자신을 위해 아팠고, 그게 소원이라고 말한 주둥이! 15호 수용자들에게 진짜 사랑이란 그런 것이었다.

"아파야 사랑이다. 그 아픔을 맹세해야 고백이다."

9분조의 도련님과 주둥이도 힘들지 않은 하루였다. 심지어 도련님은 건방질 정도였다. 최종배도 돌처럼 보였는지 그 앞에서 통나무를 내려놓고 빈 몸에 뒷짐을 지고 걸었다. 예전엔 최종배 면전에서 '기절'까지 했던 놈이 이젠 산책까지? 그 기억이 번뜩 떠올랐는지 최종배는 도련님을 향해 꽥 소리쳤다.

"야. 4번."

갇혀 사는 제 처지를 깜빡했는지 도련님의 돌아보는 시선도 느릿했다. 그 찰나 가까이서 큰 비명이 들렸다. 주둥이가 두 다리를 부여안고 땅바닥에서 팽이처럼 뱅뱅 돌고 있었다. 멀리서 고개를 들었던 검은손은 아무런 감흥 없이 다시 나뭇가지를 잘랐다. 주둥이의 비명이 진짜가 아니라는 걸 이미 알고 있었기 때문이었다.

도성진도 요즘엔 2분조에 자꾸 눈이 갔다. 김상미 때문이었다. 성진의 생각엔 그 뾰루지는 정말 짜증 나게 짓궂었다. 대단한 비밀이라고 알려준 건 고작 하나였다. 그날 밤 홍신영이 자기를 불러내막을 캐물었다는 것— 그것뿐이었다.
그런데 그날부터였다. 공동작업만 하면 성진이를 자꾸 쳐다봤다. 눈이 마주치기라도 하면 또 뭐가 있는 것처럼 손동작으로 온갖 설명을 해댔다. 들키면 기합 당할 각오로 짐짓 찾아가 물으면 오히려 거꾸로 질문이 돌아왔다.
"그거 어떻게 됐어?"
그날도 상미는 열심히 수기신호를 보냈다. 도성진은 이를 앙다물고 중얼거렸다.
"아, 진짜 저 뽀루지... 오늘도 갔는데 뭐 없어봐라."
그는 주변을 흘끗 살피며 감시반의 시선을 조심스레 훑었다. 가족세대 작업장으로 향하려면 반드시 하나의 관문을 지나야 했다. 통나무 더미 위에 앉아 있는 최종배였다. 그는 그 자리에 앉아 작업하는 수용자들을 물끄러미 굽어보았다.
그 아래서는 주둥이가 꾀병으로 고통스럽게 나뒹굴고 있었다. 가수까지 달려와 걱정하며 살폈다. 예전 같았으면 최종배가 조명과 기관총이 걸린 감시탑처럼 보였을 것이다. 그러나 지금은 달랐다. 도성진은 그 앞을 뻔뻔하게 지나쳤다. 고개를 숙이고 땅을 내려다보는 척하며 빠르게 걸어갔다.
최종배의 시선은 주둥이에서 그런 성진에게로 이어졌다. 앞에 서 있던 도련님이 사라진 줄도 모르고 성진의 뒷모습을 열심히 따라갔다. 누가 봐도 가족세대의 상미를 만나러 가고 있었다. 우둔한 그 계집애가 손짓까지 하는 게 보였다. 최종배의 입가에 은근히 미소가 번졌다. 최종배는 언뜻 생각했다. 저 녀석을 내부 첩자로

써야겠다. 아버지 사진이라도 공짜로 보여줄까?

그렇게 흡족하게 바라보는데 홍신영이 눈에 들어왔다. 몰래 엿들으려는 속셈인지 몸을 낮추고 성진과 상미 등 뒤로 독사처럼 기어가고 있었다.

"저 쌍년!"

최종배는 이를 악물었다. 미련한 계집애와 진지하게 대화를 나누는 성진에게 홍신영이 너무 가깝게 붙어섰다. 최종배가 급히 일어나 버럭 소리 질렀다.

"야야야! 7번! 야 이 개새끼야"

최종배의 고함에 검은손이 고개를 들었다. 그가 외친 대상이 자신의 9분조원인지 빠르게 작업장을 훑었다. 제일 먼저 눈에 들어온 건 등이 넓은 김성근이었다. 그는 두 사람이 들어야 하는 통나무를 혼자서 들고 있었다. 9분조 작업량의 반을 그가 쌓아 올리고 있었다. 검은손의 시선은 김성근의 어깨를 스쳐 지나갔지만 정작 그를 오전 내내 지켜보는 놈들이 있었다. 무력부조와 호위국조였다. 그놈들은 2작업반 전체가 아니라 오로지 김성근만 집중적으로 감시하는 것 같았다.

"일하는 건 거의 머슴 수준인데."

무력부조의 붉은땅크가 침을 뱉으며 중얼거렸다. 그 옆에서 장갑차도 한마디 거들었다.

"말투도 촌놈이고. 산에서 내려온 멧돼지 소리잖아."

주변이 잠깐 웃음으로 풀릴 뻔했다. 그러나 곧 호위국조의 핵구름이 말을 던졌다.

"야, 솔직히… 김정일 동지도 양강도 산골 출신이잖아. 백두밀영 집에서…"

말이 끝나기도 전이었다. 퍽. 두령의 손이 그의 뒤통수를 쳤다. 그 소리가 엄청나게 컸다. 머리통에서 울려 공명까지 들렸다.

"이 새끼야, 너 그런 말들 했다가 여기 들어온 거잖아. 그런데 또…"

두령은 두목만큼 거칠지 않았다. 유별나게 자기 분조원들을 아꼈다. 그 진심 중에 입단속이 가장 컸다.

"당에서 조직비서 동지가 어떻게 태어났다고 했어? 혁명의 성산 백두산 천지를 뚫고 나오셨다고 했잖아. 너처럼 어디 오줌 구멍으로 새어 나온 줄 알아?"

그들에게 '백두혈통'이라는 말은 웃으며 입에 올릴 게 아니었다. 그것은 매일 제사 지내듯 대해야 하는 이름이며 동시에 체제를 지탱하는 신화였다. 그 말 앞에선 웃음도, 조롱도, 침묵도 모두 숙여야 할 의식이었다. 두령의 쓸데없는 그 충성심에 두목은 입을 씰룩거렸다.

잠시 후 그들 앞으로 미꾸라지가 불려왔다. 보위원과 다르게 그들의 개별담화는 전체가 모여서 들어보는 방식이었다. 무력부조와 호위국조가 미꾸라지를 동그랗게 둘러싸고 앉았다. 두령이 먼저 입을 열었다.

"네가 진짜 때렸다고?"

미꾸라지는 먼저 빙 둘러보았다. 기대들이 대단한 것 같았다. 수용소에 들어와 이런 대중의 관심은 처음이었다. 그는 과장된 몸짓으로 자기 얼굴에서 코와 입을 차례차례 콕콕 찍었다.

"여기랑 여기, 주먹으로 떡! 착! 때리니까 돼지가 살려달라고 울고 불고…"

반응들이 싸늘했다. 놀라기는커녕 오히려 의심스러운 눈빛들이었다. 구체적으로 다시 묻던가. 박수라도 해줘야 하는데 당최 결과도 결론도 없이 산 놈들 같았다. 맨 끝에 앉은 놈이 입에 물고 씹던 풀을 뱉으며 나름 백 퍼센트 장담했다.

"이 새끼는 생긴 것 자체가 사실적이지 않아."

가운데 앉은 놈은 더 짧게 말했다.

"가서 때려봐."

"네…?"

미꾸라지가 그건 불법이라며 두 눈을 치뜨자 기관총이 머리 위로 큰 돌을 버쩍 쳐들었다. 미꾸라지는 어쩔 수 없이 김성근에게 향했다. 호통쳤다고 했을걸, 그 후회로 돌아봤다. 놈들 시선이 떼로 몰려와 그림자처럼 붙었다.

미꾸라지는 땅바닥을 두리번거렸다. 몽둥이나 뭐라도 찾는 척 시간을 끌었다. 그때였다. 도성진이 지나갔다. 미꾸라지는 보란 듯이 달려가 김성근이 아닌 도성진의 엉덩이를 걷어찼다.

"왜 때려요?"

"너 왜 째려봤어?"

성진의 목소리가 더 컸다.

"내가 언제 보기나 했어요?"

미꾸라지는 대꾸하지 않았다. 입만 씰룩이며 "살짝 쳤는데 엄살은…" 하고 속으로만 욕했다.

그때였다. 땅 위로 그림자 하나가 길게 드리웠다. 김성근이 일어서니 대지에 그늘이 진 것이다. 목소리는 등 뒤에서 너무도 가깝게 들렸다.

"어째 인간 질이 그리 안 좋습등? 사람이 왜 그 모양임둥?"

미꾸라지는 고개도 못 들고 빠르게 걸었다. 그러나 목소리는 계속 등을 쫓아왔다.

"경고하꾸마. 우리 9분조에 다신 얼씬 맙소꾸마. 오늘, 첫 번째 경고꾸마."

그 말 마디에 미꾸라지만 움찔한 게 아니었다. 상황을 예의주시하던 감시반들 전부가 일순 긴장했다. 두목이 낮게 중얼거렸다.

"15호에서 '경고'라는 말을 쓰는 사람 봤어?"

붉은땅크가 진리처럼 못박았다.

"경고할 새 있습니까? 때리면 바로 맞는 거지."

장갑차가 콧김을 흘리며 거들었다.

"그래. 경고는 위에서나 쓰는 말이지. 아래 것들이 감히…"

순간 옆에 앉아 있던 호위국조의 두령이 벌떡 일어났다. 주변의 시선을 단숨에 끌어안으며 단호하고 명확한 목소리로 외쳤다.

"다들 잘 들어. 약한 자를 괴롭히는 자! 이유 없는 폭행자! 이 감시반장이 절대 용서 안 한다."

그 선언의 첫 시범 대상으로 미꾸라지가 벌렁 뒤로 넘어졌다. 두목이 그의 배 위로 올라타며 주먹을 높이 쳐들었다.

"때리라고 하지 않았습니까!"

미꾸라지가 밑에서 억울하여 항변했다.
"때려 보라고 했지, 때리라고 했어?"
첫 번째 주먹이 내려왔다가 이어 두 번째를 쳐든 그때였다. 숲이 떠밀려 내려가는 듯한 소리가 들렸다. 낙엽이 아닌 땅이 흔들렸다. 두목이 고개를 홱 돌렸다. 호위국조 모두가 예기치 못한 속도로 김성근에게 달려 내려가고 있었다.

그날 감시반은 9분조와 함께 점심을 먹었다. 그들의 시선은 굳어진 채로 두 사람에게 자주 머물렀다. 당연히 첫 번째 인물은 저들이 노래까지 불러 찬양했던 '오직 한별'— 김성근이었다.
그의 모든 행동이 숭엄해 보였다. 밥을 먹기 전 잠깐 눈을 감고 무언가를 음미하는 모습, 주변의 소음조차 너그럽게 받아들이며 정중하게 앉아 있는 자세, 품위를 타고 난 곧은 허리도 범상치 않아 보였다.
그에 반해 불치병 보균자 '에이즈' 주둥이는 한없이 경망스러워 보였다. 잘 웃는 데다가 말도 많고 가볍게 돌아다니는 꼴이 온몸에 균을 묻히고 다닐 놈 같았다. 죽음의 보균조에 '한별'을 모신 이 관리소가 무식하게 여겨졌다.
감시반의 눈에서, 한때 전설이라 불렸던 부주석의 아들은 이미 지워져 있었다. 소문에서 들었던 단독막사도, 여자도, 술도 유언비어일 뿐, 지금은 백성만 못한 자의 허울에 지나지 않았다.
감시반은 식사가 끝났는데도 그냥 침묵하며 앉아 있었다. 무작정 찾아올 때처럼 일어서는 눈치도 몰랐다. 그들이 침묵하며 경직된 이유를 잘 아는 9분조원들은 성근에게 존댓말을 사용했다. 호기심도 몸으로 때우는 감시반원들에게 먼저 시동을 건 사람은 주둥이였다. 그는 두 손바닥을 들어 김성근을 가리키며 군인 출신 사람들에게 말했다.

"우리 분조에, 아니 15호 전체에 유일하게 별명 없는 분이야. 뭔 말인지 다들 알겠지?"

그러자 대답은 제각각이었지만 한치라도 뒤질세라 일제히 신속하고 격렬하게 대답했다.

"그럼요."

"아무렴요."

"당연하지 않겠습니까."

"어디 감히 별명을."

주둥이는 그 대답들이 그칠 때까지 지긋이 기다렸다가 성근에게 돌아섰다.

"저... 김성근 동지."

그는 말을 끊고 다시 감시반을 처다보았다.

"성은 김가. 알지? 절대 비밀"

그때는 말이 없었다. 감시반 모두가 이미 예상했다는 반응이었다. 비밀이라는 이유를 너무 잘 알고 있는 무게였다. 대답도 누설이 될까 봐 두령은 두 눈을 깜빡거렸다. 수령 일가의 사생활을 누설하면 즉결처형된다는 것쯤은 잘 아는 심각함이었다.

"오늘 이 동무들한테. 성근 동지. 한 말씀 해주시지요, 신입들에게."

내막을 모르기는 감시반이나 성근도 마찬가지였다.
"와 그럼둥? 안 하던 짓 자꾸 함둥? 동지는 또..."
그의 뒷말이 더 이어지기 전에 주둥이는 급히 말을 잘랐다.
"그 말씀 말입니다. 우리에게 늘 해주시던 그 믿음의 말씀이요."
성근은 성경만은 자신 있었다.
"그거 말이꾸마. 근데 이 사람들에게 막 전해도..."
"말씀만 해주십시오."
주둥이의 단마디에 성근은 자세를 고쳐 앉았다.
강하고 담대해야 합니다
두려워하지 말며, 놀라지 말며
당신들이 어디로 가든지 함께하는 분이 있습니다
감시반 사이에서 탄성이 터졌다. 숨죽였던 감탄들이 터져 나왔다.
"야, 정말로 실제로 이렇게 말씀하시는구나."
"교시 말씀 학습을 본인 음성으로 직접 해주시다니…"
호위국조 두령이 일어서며 소리쳤다.
"우린 원래 두려워하지 않습니다! 우린 보위원보다 강합니다. 어차피 우리는 종신형이거든요!"
핵구름과 기관총이 차례로 참회했다.
"우리 조에 있던 새끼 하나가 도망쳤어요. 개새끼, 탈주할 거면 제대로 도망가던가."
"병신새끼가 대숙리에서 도망쳐서 립석리로 들어갔대. 길도 모르고 에잇…"

홍분은 퍼졌다. 무력부조 두목도 자리를 박차고 일어섰다.
"우린 보위원을 때려눕혔어요. 야. 그 새끼, 어떻게 됐지?"
붉은땅크가 먼저 답했다.
"뇌진탕에, 갈비뼈 두 개."
장갑차가 그 뒤를 이었다.
"한 달 입원. 완전 악질 보위원이었지."
김성근은 이미 설교자였다. 그는 말없이 사람들을 바라보다 느리고 깊게 입을 열었다.

지혜로운 자의 마음은 올바름을 따르고
어리석은 자의 마음은 악을 따르기 때문입니다

그 말에 두목은 자기도 모르게 두 주먹을 맞부딪쳤다. 감동을 억누르지 못한 몸짓이었다.
"야! 어떻게 하시는 말씀마다… 정말 남다르십니다!"
그는 검은손을 비롯한 9분조원들을 하찮게 훑어보며 손가락질했다.
"역시 이것들과는 완전히 질적으로 다릅니다. 야, 전시물자 풀어!"
붉은땅크가 주위를 살피더니, 안쪽 주머니에서 조심스레 담배 한 개비를 꺼냈다. 구겨졌고, 얼룩지고 오래돼 보였다.
"우린 꽁초 줍지 않습니다. 놈들 걸 그냥 훔칩니다."
김성근은 감시반의 홍분된 반응에 신났다.

입에 들어가는 것이
사람을 더럽게 하는 것이 아닙니다
입에서 나오는 그것이 사람을 더럽게 합니다

정적이 흘렀다. 감시반원 모두가 얼어붙었다. 그 얼굴들을 서로 확인하며 마주 보았다. 그들에게 그 말은 수용소의 교시이자 말씀이었다. 또한 반동들에게 주시는 방침이었다. 두령은 진심으로 감탄했다.

"야… 정말 현장에서 말씀을 학습하니 감동이… 야!"

그런데 김성근은 담배를 거절했다.

"다음에 와서 또 듣겠다면 그때 정말 받겠숨둥."

그 말에 도련님의 눈이 떨렸다. 목젖이 울컥하며 침을 삼켰다. 붉은땅크가 "네!" 하며 담배를 다시 주머니에 넣으려는 걸 도련님이 낚아챘다. 그리고 두 손을 꼭 모아쥐고 흔들며 절절하게 말했다.

"부주석 아들인 제가… 이렇게 빕니다. 모두의 간청이라는데 빨아야 합니다."

9분조가 "네!" 하며 목소리를 합쳤다.

감시반이 돌아가고 9분조원들은 돌아가며 담배를 한 모금씩 빨았다. 김성근도 설교의 힘이라고 생각하고 빙그레 웃었다. 9분조는 감시반을 꿰찼다고 믿으며 연기를 들이켰다. 그때 멀리서 대열부장이 작업장 쪽으로 다가오고 있었다.

그 뒤편에서 미꾸라지는 감시반에게 '똑딱시계' 기합을 받는 중이었다. 구부정한 자세로 팔을 들고, 중심을 놓치고 휘청거렸다. 그 모습을 흡족하게 바라보던 대열부장이 최종배에게 말했다.

"이제야 구읍리 기강이 살아 있구만. 9분조, 찾아와."

그날, 대열부장은 9분조 전원을 어디론가 데려갔다. 직접 상좌가 움직였다. 그 모습을 본 감시반은 가슴 속 깊이 다짐했다. 쉿!

절대 비밀이다!

대열부장이 작업장까지 몸을 움직인 건 소장이 보내서였다. 그에게 도련님은 단순한 관심 대상이 아니었다. 그는 현직 부주석과 마주 앉는 '직거래 비즈니스'의 연결점이었다. 소장은 그날, 자신의 권한 중 하나를 꺼내 쓸 계획이었다. 수화기를 들고 있던 소장의 입꼬리가 서서히 올라갔다. 그 웃음은 아첨이 아니었다. 능청이었다.

"무역부 부장 동지께서 이렇게 직접 전화를 주시니⋯ 몸 둘 바를 모르겠습니다."

소장은 수화기를 어깨에 붙이고 의자 등받이에 기대었다. 두 손으론 붓을 살살 만지고 있었다.

"제 조카놈에게 이야기 많이 들었습니다⋯ 누구요? 아— 부주석 동지 아드님 말입니까?"

그는 붓대로 책상 위를 툭툭 두드렸다.

"아무튼, 제가 가끔 챙겨주고는 있습니다. 아니 근데 그 녀석이 원래⋯ 건빵을 늘 그렇게 입에 달고 살았습니까?"

바로 그때 문이 열렸다. 대열부장이 조용히 들어왔다. 소장은 수화기를 손바닥으로 막고 물었다.

"옮겼어?"

"네. 금방 보내고 오는 길입니다."

소장은 손으로 수화기를 들며 본론으로 들어갔다.

"제가 아무튼 잡놈들과 아예 섞이지 말라고 이 소장 권한으로 '독립조'란 걸 특별히 만들었습니다."

마치 하나의 혁신 행정을 보고하는 것처럼 소장은 자신 있게 말을 이어갔다.

"아 하. 그곳이 어떤 곳이냐면요… 일반 살림집 같은 데서 편하게 앉아서 둥기당당하며, 아무튼 겨울에도 구들장 아랫목보다 더 따뜻한 곳입니다. 하하하."

소장이 웃으며 말했던 '구들장보다 더 따뜻한' 곳은 야장간이었다. '둥기당당'은 쇠를 때리는 망치를 의미했다. 단 하나를 제대로 말했다면 일반 살림집처럼 생긴 작은 독채 건물이었다. 기와는 아니어도 철판 지붕에 문 앞에는 무쇠판을 도려내 새긴 글씨가 붙어 있었다.

『구읍리 야장간』

도련님과 9분조는 멍하니 그 간판을 올려다보았다. 처음엔 신기했는데 다 보고 나니 슬슬 짜증이 났다. 자기들은 여섯이나 되는데 안에는 고작 두 명이었다. 그런데도 놈들은 문을 열지 않았다. 대열부장이 직접 데려왔는데도 텃세는 요지부동이었다. 그 이유는 몰라도 9분조는 뿌듯했다. 대낮에 저들끼리 마음대로 서 있다는 것만으로도 사회 사람 같았다.

그때 안에서 무언가 화가 났는지 쾅! 쇠를 내려치는 망치 소리가 터졌다. 9분조 전원이 동시에 어깨를 움찔했다. 망치 한 방에 체온이 떨어졌다.

9분조원들은 번갈아 조금 열려 있는 문틈으로 조심스럽게 안을 들여다보았다. 촌놈들 눈에는 거의 작은 공장 같았다. 금속 판재들이 놓여 있는가 하면 한쪽엔 붉은 화로가, 다른 한쪽엔 무언가를

'만드는 사람'이 앉아 있었다. 그는 죄수 주제에 휘파람을 불고 있었다. 음악 전공자인 가수도 알아듣지 못할 멜로디였다. 어딘가 낯설고 기이해서 더 새롭게 느껴지는 야장간이었다.

그 곡은 앉아 있는 그만이 알고, 또 그만이 휘파람으로 불 수 있는 곡이었다. 테라오 아키라의 '루비 반지'였다. 그의 일본 이름은 카츠치카였다.

보위원들은 그를 '왜놈'이라 불렀다. 그는 실제로 일본어만 사용하는 수용자였다. 그는 일본에 있는 재일 한국인 교포 아버지와 일본인 어머니 사이에서 태어난 사람이었다. 부유했던 그의 아버지가 일본에서 조총련을 탈퇴하자 북한 보위부는 평양으로 북송되어 살던 아들, 카츠치카에게 반역죄를 씌워 수용소로 보냈다.

그는 41세로 일본인 아내와 함께 가족세대로 살고 있다. 두 살 아래의 이세봉은 통역 겸 보조였다. 그도 재일교포 출신인 아버지의 죄를 따라 이곳에 들어왔다.

이세봉은 카츠치카를 야장간에선 반드시 '도공님', 밖에서는 '형님'이라 불렀다. 그 둘은 15호 수용소 안에서도 '특권'이 허락된 존재들였다. 혁명화의 찬바람도 쇠가 달궈지는 야장간의 앞마당은 살짝 에돌아갔다.

국가보위부조차 "15호라면 야장간이지"라고 말했다. 그럴 만했다. 카츠치카는 조선 최고의 식칼 장인이었다. 일본에서 젊은 시절을 보내면서 진지하게 일본도 제작에 매달렸던 덕분이었다.

소장이 과히 자기 권한을 전화로 자랑할 만했다. 대신 자존심이 남다른 카츠치카는 단단히 화가 났다. 야장간에서 솜씨 좋던 사람들을 모두 다른 리로 추방시켜서였다. 대신에 아무 '쓸모없는' 9분조를 소장 지시로 내리꽂은 것도 두 번 화나게 했다. 9분조는 지금 밖에서 기다리는 게 아니었다. 카츠치카가 들여보내지 않는 것이었다.

"소장이 직접 보냈다는 놈들이랍니다…"

이세봉이 조심스럽게 일어로 말했다. 카츠치카는 휘파람을 멈추지 않았다. 말 대신 칼날의 매듭을 살피면서 새로 꺼낸 식칼 하나를 빛에 비춰보았다.

"내가… 조선 망하는 건 보고 죽을 수 있지만 내 야장간 망하는 건 못 봐."

그의 일어 발음은 이세봉보다도 더 또렷했다. 그냥, 일본인이었다.

"그래도 다들 젊잖습니까. 며칠 전엔 팔다리 없는 병신들 보내더니, 어제도 보셨잖아요. 또 노인들을 보내면… 어떻게 합니까."

그 말에 휘파람이 뚝 멈췄다. 이세봉은 그를 잘 알았다. 루비반지 멜로디가 끊겼다면, 그것도 그가 가장 좋아하는 후렴 전에 멈췄다면 그건 일단 생각을 열어둔 신호였다. 그는 언제나 후렴까지는 불렀다. 끝까지 간 뒤에야 휘파람도, 마음도 닫혔다. 마침내 이세봉이 고개를 숙였다.

"그럼… 들이겠습니다."

그가 돌아서자, 카츠치카는 짧게 한숨을 쉬고 망치를 들었다.

탕. 탕. 탕.

쇠가 형체를 갖기 전의 저항처럼 그의 손끝엔 짜증과 분노가, 그리고 체념이 뒤엉켜 있었다. 이세봉은 야장간 문을 열다 말고 얼굴부터 찡그렸다. 하루를 다 살아버린 사람처럼 초췌한 몰골들이 마당에 모여 있었다.

땀에 절은 작업복, 헝클어진 머리칼, 눈두덩에 굳은살처럼 박힌 그늘은 말없이 서 있기만 해도 한 덩어리 피로처럼 보였다. 그런데도 시선은 겸손하지 않았다. 똘똘 뭉쳐서 방의 주인 마냥 막 들어올 기세였다.

이세봉은 팔짱을 끼었다. 방금 들어온 고철 중 쓸 만한 것을 고르듯이 하나하나 살폈다. 그러자 놈들의 보는 눈도 똑같았다. 문 대신 걸린 그의 팔짱을 기분 나쁘다는 식으로 쳐다보았다.

"들어와."

그제야 9분조원들은 한 사람씩 조심스럽게 야장간 안으로 발을 디뎠다. 야장간 안은 생각보다 넓었다. 천장 낮은 함석지붕은 바람 한 줄 틈 없이 달궈져 있었다. 한쪽 벽면엔 각종 도구들이 줄 맞춰 걸려 있었다. 망치, 집게, 숫돌, 풍구 부품… 어디에 써야 할지도 모를 그 도구들은 감히 묻지 못할 분위기를 풍겼다.

바닥은 세월에 눌린 철가루 같았다. 벽은 열기로 얼룩져 있었다. 공기 중엔 만든 게 아니라 뭘 구워 먹은 고소한 냄새가 남아 있었다. 9분조원들은 저마다 코를 킁킁거리며 냄새의 원인을 추적했다. 도성진은 옥수수라고 했고 도련님은 고구마라고 했다. 주둥이는 개구리, 검은손은 참새고기 삶은 냄새라고 했다. 다들 수군거리며 최대한 목소리를 낮추는데 김성근이 다 들리게 말했다.

"쥐고기꾸마."

9분조는 저마다 고개를 끄덕였다. 그게 가장 현실적인 대답 같았다. 아니면 여러 가지로 준비했을 거란 희망이 부풀었다. 그래서 이세봉의 지시를 잘 따랐다. 서라면 차렷했고 말하지 말라면 조용했다. 그렇게 노력했는데도 이세봉은 엄격했다. 서 있는 9분조를 노려보다가도 등 돌리고 앉은 제 주인 앞에 가서는 태도가 확 달라지며 차분해졌다.

야장간 책임자는 등을 돌리고 앉아 여전히 휘파람을 불고 있었다. 식칼을 들어 빛에 비추고 날의 윤기를 따라 손가락을 천천히 움직였다. 그는 마치 혼자만의 휘파람 속에 사는 사람처럼 9분조의 존재를 전혀 의식하지 않았다. 쇠처럼 굳은 그 뒷모습은 이 야장간의 첫 번째 규율이자 경계선 같았다. 드디어 휘파람 소리가 멈췄다. 9분조원들은 내심 설렜다. 환영 인사와 악수를 나누면 그 뒤엔 냄새로 감추었던 것들을 내놓을 차례일 걸로 짐작했다.

쾅. 쾅.

하지만 그는 휘파람 대신 이번엔 망치만 두드려댔다. 9분조원들이 일제히 움찔했다. 그리고 좀 지루해졌다.

쾅— 쾅— 쾅.

쇠를 두드리는 소리는 너무 컸다. 금속이 아니라, 제 처지와 '세상'을 두들겨 패는 것 같았다. 그 옆엔 이세봉이 두 손을 가지런히 모으고 정중히 서 있었다. 9분조의 눈엔 그조차 이상했다. 보위원도 없는 자리에서 자발적으로 차렷하고 서 있는 꼴이 어딘가 모자라 보였다. 귀가 멍멍해졌다. 언제까지 이대로 세워두고 귀를 때릴 건지 누가 대신 물어줬으면 싶었다.

드디어 소리가 뚝 하고 멎었다. 9분조는 황급히 각자의 표정을 꾸미면서 눈빛을 다듬었다. 음식을 꺼내려는 사람처럼 카츠치카는 느릿하게 일어섰다. 그제서야 그의 옆모습을 스치듯 잠깐 엿볼 수 있었다. 그런데 또 다시 휘파람 소리가 들렸다. 실망할 틈도 없이 그는 그대로 밖으로 나가버렸다.

카츠치카가 나간 뒤 9분조는 본심을 드러냈다. 함부로 물건을 만지기도 하고 연장들을 구경했다. 지어 풍구질도 해보았다. 김성근은 한자리에 서 있었다. 사실 말해 그가 아니었다면 9분조는 이미 내쫓겼을 것이다.
이세봉의 시선은 짜증으로 둘러보다가도 자꾸 김성근에게서 걸렸다. 그는 끝없이 이세봉만 바라보고 있었다. 그 눈빛은 야장간에 남게 해달라는 어린애의 애원처럼 느껴졌다. 뚱뚱한데도 어쩐지 애잔했다. 살이 많은 게 아니라 마음이 물러 보였다.
이세봉은 인내심을 폭발하듯 징을 쾅! 울렸다. 엄포도 함께 터졌다. 그제야 9분조는 서둘러 벽에 한 줄로 길게 섰다. 하지만 '바로 선' 놈은 하나도 없었다. 허리를 돌리고, 삐딱하고, 대놓고 벽에 기대고 있었다. 도련님은 아예 두 팔을 높이 들어 기지개를 켰다. 배꼽이 보일 정도로 어디 매달려 있는 자세였다.
이세봉이 위엄 있게 말할 때도 9분조는 그저 건성 건성이었다. 야장간에서 유일하게 '제대로' 버티고 있는 건 여전히 망치와 모루뿐이었다. 이세봉은 곧게 서서 한 치의 흐트러짐도 없이 입을 열었다.

"여기는… 15호 다섯 개 리 중에서도 가장 크고, 가장 발전된 주조 기술, 그리고 최고 전문성을 가진—"

그는 한 박자 멈췄다.

"카츠치카 도공님이 운영하는, 대숙리 야장간이다."

그 순간, 뒤에서 웃음이 새어 나왔다. 주둥이가 팔꿈치로 도련님을 쿡 찔렀다.

"카츠, 뭐래?"

도성진이 작게 웃으며 속삭였다.

"무슨 별명이 일본말 같아요. 히히."

이세봉의 눈빛이 정색으로, 날카롭게 꽂혔다.

"조용! 도공님은 일본어밖에 모르신다."

주둥이가 무슨 자신감인지 한 발 내밀었다.

"에이… 그러면 우리랑 같이 일을 할 수 있겠어요?"

그 말에 이세봉은 짧게 한숨을 내쉬며 말했다.

"너희들과 대화할 일도 없다. 물어볼 게 있으면 나한테 해."

도련님이 여전히 불량한 자세로 따지고 들었다.

"여기 같은 15호 죄수들 맞죠? 조선말 모르긴 뭘 몰라. 우릴 뭘로 보고."

주둥이가 선심 쓰듯 한마디 더 얹었다.

"눈도 마주치고 인사도 해야… 그래야 정도 들고."

"우리 도공님은, 너희들과 정들 일이 없다."

우르르— 마치 공사장에서 잘못 쏟아놓은 자갈처럼, 9분조원들이 마당으로 한꺼번에 밀려 나왔다. 누가 먼저 나간 건지도 모를 만큼 엉켜 있었다.
 주둥이 신발이 벗겨지고 도련님 팔꿈치는 누구에게 밟혔다. 이세봉은 뒤따라 나오며 손을 툭툭 털었다. 문 앞에 남은 김성근도 밀어보려고 했지만 움쩍하지 않았다. 그의 뒤로 문이 쾅 닫혔다. 도련님이 기지개를 길게 켰다. 등뼈가 으드득 소리를 냈다.
 "쫓겨났으니, 하루종일 노는 게… 우리 탓은 아니지."
 그 옆에서 주둥이도 똑같이 기지개를 켰다. 팔을 하늘로 쭉 뻗으며 입을 벌려 하품처럼 말을 흘렸다.
 "뛰라는 놈도 없고, 감시도 없…"
 둘은 거의 동시에 자기 말에 놀라며 굳어졌다. 그게 늘 소원이었는데 지금, 임시로 현실이 된 것이었다. 기지개도, 하품도 제멋대로인 서로의 팔끝을 잠시 쳐다보았다. 그리고 아직 내리지 않은 자신의 팔도 올려다봤다. 조금 더 길게 뻗어봤다. 그게 됐다. 몰래 하는 것이 아니라 몰라도 되는 기지개였다. 곁에서 그걸 본 가수도 초조한 얼굴로 검은손에게 물었다.
 "그럼… 우리 다시 작업장 가는 거예요?"
 분조장이 대답하려다 김성근 쪽을 먼저 돌아봤다. 그는 여전히 야장간 문턱 앞에 혼자 서 있었다. 그의 그림자가 문 안쪽으로 길게 드리워졌다. 그가 소리쳤다.
 "난 안 가겠수꾸마. 여기가 정들만 하꾸마."
 김성근의 그 한마디에 9분조원들의 마음도 극도로 불안해졌다. 서로가 마주 보는 것이 어려워 눈길을 내리거나 괜히 먼 데를 바라봤다. 그때 도성진이 팔을 사방에 쭉 휘저으며 소리쳤다.

"봐요! 여기, 가족세대 구역 안이에요! 히야— 드디어 우리도…
사람 사는 데 왔어요!"

정말 그랬다. 대열부장을 따라올 때는 고개를 숙이고 걷느라 보지 못했던 것들이 이제야 눈에 들어왔다. 마당 한쪽 끝으로 골목길이 나 있었다. 그 안에는 바람에 흔들리는 빨랫줄이 보였다. 또 다른 시야 너머엔 담장도 쭉 이어져 있었다. 도련님과 주둥이가 천천히 서로를 바라봤다.

잠시 후 야장간 문이 다시 열렸다. 실은 김성근이 구걸하듯 열어달라고 소리쳤기 때문이었다. 다시 들어온 9분조는 전보다 확실하게 달라져 있었다. 일단 주눅 들어있었다. 그들의 다소곳한 표정에는 깊은 반성과 복종, 삐딱함과 못마땅함이 한데 버무려져 있었다.

댕— 문턱에 매달린 징이 울렸다. 맑고 단단한 소리였다. 이세봉의 손끝에서 나오는 엄격한 울림이었다.

"이렇게 한 번 치면 작업시작이다! 그러면 지금보다 더 정중하게. 차. 렷. 자세로!"

9분조는 차렷했다. 숨까지 끌어올린 군대식 자세는 아니었다. 그냥 몸을 하나로 정리한 태도였다.

"이때는 다 같이 이렇게 외치고 일해야 한다. '작업시작!' 따라 해 봐. 작업시작!"

"작업시작…"

이세봉의 한 목소리보다 6명의 목소리는 작고 흩어져 있었다.

댕! 댕!

"이 두 번은 작업휴식이다! 이때는 편하게 누워 있어도 상관없다."
주둥이는 그 말을 듣자마자 바닥의 쇳조각 하나를 줍기 위해 허리를 숙였다.
댕!
그 순간, 이세봉이 징을 다시 쳤다. 9분조는 거의 반사적으로 습관처럼 심드렁한 목소리를 흘렸다.
"작업시작!"
저들도 자신들이 놀랐는지, 어! 하며 서로를 칭찬하는 감탄 소리가 더 컸다.
"좋다."
이세봉의 목소리가 더 높아졌다.
"너희들이 도공님께 할 수 있는 말은 딱 하나. 스.미.마.셍! 기억해라. 스미마셍!"
그 말에 가수가 손을 들었다.
"그게… 무슨 뜻인지 알려주는 게 예의 아닐까요?"
"그래. 예의다. 미안하다. 죄송하다… 그런 뜻의 일본식 인사다."
잠시 정적이 흘렀다. 도무지 어디에 맞춰야 할지 모르는 표정들만 떠돌았다. 그러다 주둥이가 툭, 쏘았다.
"아니, 죄송한데… 왜 인사를 한다는 거요?"
그 말에 도성진이 풉! 하고 터졌다. 김성근마저 어깨를 한 번 들썩였다. 이세봉은 눈을 질끈 감았다. 그리고 징을 댕! 댕! 댕! 세 번 두드렸다.
"이 세 번은 하루 작업 끝났다는 뜻이다. 알겠는가?"

9분조는 아무 말도 하지 않았다. 대신 서로 마주 봤다. 그들의 얼굴에는 이미 '참을 수 없는 경련'이 퍼지고 있었다. 입꼬리를 깨물고 코끝을 비틀며 버티던 그 순간 결국, 도성진에게서 시작된 웃음이 도련님, 가수, 주둥이, 김성근을 타고 폭소로 터졌다.

이세봉은 야장간을 나가며 망치질 연습을 지시했다.
9분조는 알겠다고 힘차게 대답했다. 이세봉이 사라지자 그들은 얼싸안고 만세를 불렀다.
"비켜. 비켜."
도련님이 제일 신났다.
"우리가 설마 망치 들 힘도 없을까봐…우리 9분조를 뭘로 보고"
도련님이 망치를 공중에 높이 들었다. 드러난 배꼽이 더 분명했다. 언제 어디에 때려야 할지 몰라 머뭇대던 망치는 못 참고 아래로 떨어졌다.
퍽!
망치 머리가 뒤틀리며 제법 바닥의 흙에 안착했다. 도련님은 멋있게 망치를 집어 던졌다.
"연습 끝!"
9분조는 망치 주변으로 빙 둘러앉았다. 유독 김성근만 다른 망치를 들고 한구석에 서 있었다.
"정말 연습을 안 해도 됨둥? 약속한 거 아님둥?"
"강제노동인데 무슨 연습이야. 그 악착한 종배도 작업연습하라고 안 한다."
도련님에 이어 도성진도 종알거렸다.
"우릴 죄수 전문가로 키우려나..."
김성근의 목소리가 다시 들렸다.
"그러면 한숨 쉬고 정말로 그때 다들 연습들 하겠수꾸마?"
모두가 그에게 허락받는 심정으로 즉시로 대답했다.
"그래 그래. 하지."
"연습하지. 너도 앉아."
"같이 앉아 쉬자."
성근이도 편하게 앉자 도성진이 무릎까지 세우며 말했다.
"아까 봤어요? 생긴 것도 일본 사람 같아요. 휘파람도 그렇고."
가수가 어이없다는 표정을 지었다.
"우리 말 모르면 일본 사람이지. 히야. 남조선에 화교에 일본 사람들까지..."
검은손이 허리를 세웠다. 그건 9분조의 방향이 결정되는 자세였다.
"여기 온 건 행운이야. 기적이고... 보위원 직접 상대 안하는 것만도 어디야? 명심해. 여기서 버텨야 해. 아까 첫 시작 뭐라 했지? 일본말 인사?"
서로 묻듯 마주 보는데 김성근이 말했다.
"너무 미안해서 죄송하다고 했수꾸마."
주둥이의 미간이 좁혀졌다.
"미안해서 인사하는 것도 참 모순이야. 받는 쪽도 굳이 죄송한 놈한테 인사받고 싶겠어?"

도련님이 팔짱을 끼며 어깨를 으쓱였다. 눈매에 어설픈 우월감이 묻어났다.

"원래는 영어처럼 '헬로우'였어. 근데 2차 대전 항복할 때, 세계인들한테 미안한 거야. 죄송한 거야, 그때부터 예의도 바뀌었지"

다들 도련님을 새삼스럽게 바라보았다. 주둥이가 그를 잔뜩 치켜세웠다.

"역시 우리 도련님은 유학파라 틀려. 그래서 그 일본어 인사가 뭔데?"

도련님 팔짱이 슬며시 풀릴 무렵. 성진이 소리쳤다.

"마셍이라고 했어요 앞에는… 시웃자고"

기억의 조각들이 튀어 나왔다.

"마셍은 확실해. 시웃자면 시웃마셍?"

"시웃자는 우리 말이고, 시미마셍?"

"ㅁ자가 반복되잖아. ㄴ자가 아냐?"

"시니마셍!"

도련님이 확신에 찬 목소리로 외쳤다. 팔짱은 꽉 조여매고 표정 또한 전지전능했다. 그의 '박식함'에 9분조는 또 한 번 감탄했다. 그 덕분에 세상을 다시 한번 알게 됐다는 감동이었다.

도련님의 근거 없는 자신감도 덩달아 더욱 팽팽해졌다. 그러다 도성진도 대단한 발견처럼 소리 질렀다.

"아저씨들! 종배도 없는데, 우리 왜 이러고 앉아 있어요?"

도성진의 그 한마디에 9분조는 서로를 바라보았다. 눈과 입이 동시에 웃으며 누가 먼저랄 것도 없이 경쟁처럼 우르르 드러누웠다.
"야… 이 시간에 이렇게 눕다니… 이거 완전, 사회 나온 기분이다."
도련님이 천장을 올려다보며 싱글벙글했다. 주둥이는 깍지 낀 두 손을 베개 삼았다. 그 안에서 그들은 처음으로 '앉은 죄수'가 아닌 '누운 사람'이 되었다.
"밤엔 몰랐는데, 낮에 우리 등짝이 이렇게 편했구나."
가수도 그 느낌을 알게 해주고 싶어 고개를 돌렸다.
"성근아. 너도 누워봐. 정말 좋다."
하지만 김성근은 묵묵히 앉은 자세를 지켰다. 그러면서도 눈은 자꾸 옆으로 기웃거렸다. 검은손이 눈짓했다. 도성진이 슬그머니 김성근 뒤로 다가가 장난스레 그의 옆구리를 간질였다.
"이럴 땐 누워야 해요. 아저씨도요."
"아니다. 금방 일어나서… 망치 연습해야 한다."
입으론 버티면서도 간절했던 모양이다. 주둥이와 도련님, 가수까지 합세하자 김성근도 마침내 웃음을 터뜨리며 벌렁 뒤로 눕고 말았다. 그 등의 무게에 도련님의 발이 짓눌렸다.
"악! 내 발! 바위에 깔린 것 같아!"
그 우스꽝스러운 비명 속에서 모두 웃었다. 그렇게 9분조는 한 줄로 나란히 누웠다. 다들 천장을 올려다보았다. 그 아래 자기들이 누운 모습을 거울처럼 마주 보며 미소를 지었다. 김성근도 어린애처럼 입을 벌리고 있었다.
"이럴 때 가수가 한 곡조 뽑아야 하는 거 아냐?"

캠프 15

도련님이 말했다. 다른 사람들도 기대하며 기다렸다. 하지만 가수는 목소리마저 예전과는 사뭇 달랐다.

"음정 하나하나가 이젠 돌 같아요. 노래도 비명처럼 들리구요. 음악이 이렇게 잔인할 수 있구나... 그걸 알아버렸어요."

그의 말에 공기가 바뀌었다. 분조원들의 눈빛이 금세 가라앉았다. 누구도 말을 잇지 못했다. 모두의 눈은 옹혜야의 이름 하나에 물들고 짙어졌다.

"내가 대신 불러도 됩겠습둥?"

김성근이 하는 말이었다. 다들 그에게 고개를 돌렸다. 그가 노래를 부를 수 있다는 데 대해 아무도 상상하지 못했던 것이다. 그래서 똑같이 놀랐다. 검은손이 미소를 지었다.

"그래. 우리 성근이 노래 들어보자."

"그새 이 찬송가 못 불러서 속이 다 타버렸수꾸마. 듣기만 해도 속이 편해질 거꾸마. 제목은 어메이징 그레이스이꾸마."

그가 과연 부를까? 그 생각들이 일어서기도 전에 김성근은 입을 열었다. 먼지와 쇠내음이 가득한 야장간 안에 그의 첫음절이 울렸다. 의외로 그는 많이 불러본 솜씨였다. 그의 목소리엔 대단한 기교는 없었다. 하지만 그 자체로 기도였고 고백이었다.

놀라운 주님의 은총
너무나 감미로운 주님의 음성이여
나 같은 불쌍한 자를 구해주시니

아무도 움직이지 않았다. 숨소리조차 야장간의 공기를 망칠까 조심스러워졌다. 그의 노래는 가르침도, 설득도 아니었다. 그런데도 귀를 활짝 열리게 했다. 분조원들의 눈은 모두 천장을 향하고 있었다. 그러면서도 그 시선의 끝은 달랐다. 그리움으로, 그 끝에서 돌아서는 눈물로 제각각 절절했다.

주님의 은총은
내 마음의 두려움을 알게 해주셨어요.
그 은총으로 나의 두려움을 씻어주셨어요

그 자리에 있는 사람들은 성경을 아는 이들이 아니었다. 기도문을 외운 적도, 신을 믿은 적도 없었다. 그들의 입에서 나왔던 건 언제나 한숨이나 비명이었다. 그것마저 숨겨야 했다. 그런데도 김성근의 노래는 이상하게 마음에 닿았다.

모두가 자신 안에서 울린 무언가에 깊이 맺혔다. 노래가 끝났는지도 몰랐다. 마지막 음절에서 김성근이 흐느꼈고 그제야 모두가 숨을 돌렸다. 옆에 있던 가수는 끝내 참지 못하고 소리 내어 울었다. 두 사람은 이마를 맞댄 채 함께 울기까지 했다. 다른 분조원들의 두 눈과 가슴도 젖어 있었다. 다들 마저 더 적시고 싶었다. 처음부터 노래가 다시 반복됐다. 그때는 9분조 모두가 따라 불렀다. 그 조용한 기적 앞에서 그들의 얼굴은 금방 세수라도 한 것처럼 빛이 났다. 노래의 긴 여운까지 끝나자 검은손이 부드럽게 말했다.

"우리에게 이런 시간을 준 야장간 독립조를 위해… 자, 다 같이 인사해보자. 아까 뭐라 했지?"

9분조원들은 "시니마셍"이라고 저마다 소리쳤다.

그 소리들은 의미를 넘어 함께 무언가를 외울 수 있다는 해방감이었다. 검은손이 고개를 끄덕였다.

"그래. 시니마셍. 이 자유의 감사 표시로. 생애 처음, 관리소에서 배운 일본말인데… 우리, 다 같이 인사해보자. 자 준비!"

그 말에 모두가 동시에 누운 채로 천장을 올려다보았다. 회색 콘크리트 틈 사이로 새끼손톱만 한 하늘이 걸려 있었다. 그 아래서 9분조의 목소리가 울렸다.

"시니마셍!"

천장이 침묵으로 대꾸했다. 분조장이 다시 외쳤다.

"다시! 까먹지 않게 인사!"

더 큰 목소리로, 더 확신에 찬 합창으로, 그들은 외쳤다.

"시니마셍!"

그들은 자기들의 정확한 발음과 합을 맞춘 그 순간에 스스로 탄복했다.

그러나 그들이 외친 "시니마셍"은 일본의 인사말 "스미마셍(すみません)"이 아니었다. 시니마셍(死にません)의 뜻은 이랬다.

"죽지 않습니다."

카츠치카의 얼굴은 오래 달군 쇳덩이를 망치로 다져 만든 것처럼 단단했고 거칠었다. 눈가와 이마에 새겨진 주름은 금이 간 철판처럼 얇고 선명했다. 일그러져 깨지는 순간을 기다리는 파편 같았다. 눈썹은 철심을 박아넣은 듯했다. 굵고 날카롭게 성미가 돋아 있었다. 양쪽 광대뼈는 오랜 고열을 견뎌댄 강철인 양 고집스럽게 번들거렸다. 각진 턱은 말이 없어도 상대방을 압도했다. 그 위에 항상 덜 깎인 수염은 언제 죽어도 상관없다는 태도로 태연했다.

그는 화를 참지도, 속으로 곱씹지도 않았다. 아이들이 울고 나면 잠들 듯이 이 사내는 무언가를 두드려야만 조용해졌다. 그래서 15호에서는 웃는 그의 얼굴을 본 사람이 단 한 명도 없었다.

그는 사람에게 웃지 않았다. 제대로 벼려진 날카로운 날을 마주했을 때만 잠깐 입꼬리가 올라갔다. 그때도 눈은 결코 웃지 않았다. 수천 번을 두드려 이루어낸 쇠 날이라도 한 번 더 살피는 편집증과 동시에 서슴없이 파괴할 결단의 눈빛이었다. 그에겐 슬픈 표정도 없었다. 그런 것은 누구에게 기대어 오는 감정으로 치부했다. 간혹 얼굴 한구석에 그늘 한 점이 스칠 때도 있었다. 언젠가 무너질 것을 스스로 두들기며 견디는 외로움 같은 것이였다.

그에게 유일한 감정표현은 거침없는 휘파람이었다. 그것마저 오직 한 곡, '루비반지'뿐이었다. 15호에 휘파람 부는 수용자가 있다는 정보를 받고 조직부장이 야단친 적도 있었다.

비명과 신음만 허락된 수용자의 입에서 휘파람이라니! 그날로 총 든 군인들을 야장간에 보냈다. 그런데 카츠치카의 입에서 온갖 일본어 욕설들이 쏟아져 나왔다. 그날 야장간에서 울린 일본어 고성은 15호의 소문이 됐다.

"일본인 수십 명이 들어왔대."

"일본인들이 들고 일어났대."

그리고 곧바로 내려진 명령은 일본말과 휘파람의 금지였다. 조치가 내려진 날부터 야장간에서는 식칼이 한 자루도 나오지 않았다. 관리소는 좌불안석이 됐다.

"최고를 만드는 명인일수록 자기만의 방식이 있는 법입니다."

그러면서 이세봉은 천기누설처럼 말했다.

"도공님의 명품식칼 비결은 휘파람입니다. 그 곡으로 망치의 리듬도 들어박힙니다."

소장의 허용도 은밀했다.

"일할 때만, 야장간 안에서만."

그날 이후 식칼은 반쪽짜리로 나왔다. 그 칼을 받아들고 소장은 노여움 반, 웃음 반으로 짧게 말했다.

"작게 불어."

그러자 이번엔 식칼 길이가 짧아졌다. 카츠치카의 손발을 수용소에 묶어두었지만, 거꾸로 그의 입에 소장이 물린 셈이 됐다.

그날도 카츠치카는 9분조 일을 따지려고 소장 방을 찾아갔다. 소장은 위협조로 입술을 꽉 악물었다.

"이 새끼들… 오냐오냐했더니, 아무튼 막 쳐들어오고 말이야. 뭔데? 빨리 말해."

카츠치카의 일본어 특유의 억양이 방 안의 공기를 단숨에 베어냈다.

"이 보케에게, 진짜 보조 인력 보내라고 해."

'보케(ボケ)'는 일본어로 멍청이, 얼빠진 놈이라는 뜻이다. 이세봉이 숨을 옅게 들이켰다. 그에게 통역은 매번 위험을 넘나드는 또 다른 종류의 용기였다.

"야장간 경험 있는 자들로 보내달랍니다. 그렇지 않으면, 작업 도구 생산양은… 보장하지 못하겠답니다."

소장의 입술에 얇은 냉소가 피어올랐다.

"야. 저놈 말은 짧은데, 넌 왜 이렇게 길어? 이게 막 갖다 붙이고… 아무튼, 그 소리면 나가."

그가 문 쪽으로 손을 내젓자 카츠치카 다시 입을 열었다.

"이 보케한테 정확히 말해. 호미나 낫을 만들어 본 놈들을 보내라고.. 안 그러면 식칼 말고 내가 그놈들 멱살 잡고 두드려야 한다고"

이세봉이 카츠치카 입에서 나오는 대로 통역하자 소장은 손가락으로 귓구멍을 팠다.

"없어. 없어. 경력 좀 있다 하면 팔다리 없고, 그런 것들이라도 보낼까? 오늘 보낸 놈들 때리며 써"

이세봉의 번역을 들은 카츠치카의 표정이 더 험해졌다. 눈꼬리는 실금처럼 갈라지며 위로 치솟았다.

"쿠소가키… 그럼 뭘 내놓던가. 음식이라도!"

'쿠소가키(くそがき)'는 "똥 같은 새끼"라는 일본어에서 가장 거친 욕설이다. 그 말만 남겨두고 이세봉은 소장에게로 돌아섰다.

"사람들이 많아졌으니 음식을 달라고 합니다."

소장이 반응하려는 찰나에 이세봉이 한마디를 더 얹었다.

"이젠…망치 들 힘도 없답니다."

소장은 한두 번 들은 소리가 아닌지 나가라는 의미로 손을 흔들었다.

"나가. 우는 소리는… 나도 나가봐야 해"

그래도 버티고 서있자 소장은 이세봉에게 버럭 소리 질렀다.

"네 놈이 먼저 나가야 저 귀머거리도 나가지."

이세봉은 고개 숙여 인사한 뒤 문을 열고 밖으로 나갔다. 그러나 카츠치카는 방안의 그 자리에 여전히 서 있었다. 물러설 기색은 눈곱만큼도 없었다.

"넌 눈치도 없어? 네 졸개 나갔잖아. 아무튼, 너도 빨리— 아휴. 꼴통에, 말도 안 통하고…"

소장이 투덜거리며 말을 이어가던 순간, 카츠치카가 망치처럼 두꺼운 손으로 의자를 확 밀쳤다. 의자 다리가 나무 바닥을 거칠게 긁었다.

쿡, 쿡, 쿡—

바닥을 밀어내며 뒤로 밀리는 소리에 소장이 벌떡 반응했다.

"야 야! 그 의자 망가지잖아. 그게 어떤 의자인데…!"

소장은 허리를 숙여 바닥을 살폈다. 의자 다리 밑을 한참이나 더듬었다.

"발 치워봐 이 새끼야. 이게 3년 공들여 만든 건데…"

소장의 머리가 내려가 있는 사이 카츠치카는 책상 위의 담배갑을 열었다. 한줌 가득 꺼내서 자기 주머니로 옮겨 넣었다. 일어나는 소장의 얼굴은 노여움이 득실득실했다.

"옛날 같으면 이런 새끼 쏴 죽였지. 내가 착해진 덕에 살아 있는 줄도 모르고… 아무튼 이놈아. 너희 조상들은 지 잘못하면 할복자살도 한다며? 너 일본 놈 맞아? 아무튼, 그깟 먹을 것 때문에 맞아 죽고 싶어?"

그는 일부러 말을 길게 늘였다. 그러면서 슬며시 책상 끝에 놓인 작은 접시 하나에 손을 뻗었다. 거기엔 삶은 달걀 세 개가 놓여 있었다. 그 손놀림을 카츠치카가 먼저 알아챘다. 그는 몸을 반쯤 일으켜 가장 가까운 달걀 하나를 잽싸게 낚아챘다. 껍데기를 대강 벗겨내고 그대로 입에 털어 넣었다. 혀에 껍질 한 조각이 걸리자 아무 데나 후- 하고 뱉어버렸다.
"이 새끼가 금붕어 먹이까지 도둑질… 에잇."
소장은 접시를 들고 투덜거리며 자리로 돌아갔다. 입속말이 이어졌다.
"야, 이놈아. 조선말 좀 배워라. 그래야 협박도 통하지. 아무튼… 평생 썩을 놈이니 불쌍해서라도… 그것만 아니라도 혼쭐을 내는 건데…"
그는 책상 옆 서랍을 거칠게 열었다. 말린 오징어 세 마리를 꺼냈다. 그중 한 마리를 잠시 손에 들었다가 다시 밀어 넣었다.
"나이 드니까 눈물도 많아지고 아무튼, 남의 생도 세어보지. 옛 날이면 식칼이고 뭐고…"
그 말과 함께 고개를 드는데 카츠치카가 책상 앞으로 바투 다가왔다. 소장을 내려다보는 그의 눈빛에는 부딪히는 기세가 있었다.
"깜짝이야. 이 새끼는 진짜 콱"
소장이 아랫입술을 감아 물고 노려보는 사이 카츠치카는 책상 위 오징어 두 마리를 집어 들었다. 돌아서기 전에 남은 달걀 두 개마저 주워들었다. 문 쪽으로 걸어가며 소장의 남은 담뱃갑까지 챙긴 다음 문을 벌컥 열어젖히고 그대로 나가버렸다.
"문 닫고, 야! 문 닫고 나가야지, 이 새끼야!!"

캠프 15   463

소장은 그가 훑고 간 자리를 따라 시선을 옮겼다. 빈 접시. 텅 빈 책상. 없어진 담배갑. 그리고 한 번 더 중얼거렸다.
"훔쳤으면 됐지... 들고 가? 나쁜 새끼"

밖으로 나온 두 사람은 나란히 걸었다. 담장 아래 그늘진 구석에서 카츠치카가 멈춰 섰다. 주머니에서 구겨진 오징어 한 마리를 꺼냈다. 반을 쭉 찢어 이세봉에게 건넸다.
이세봉은 짧게 고개를 숙이며 두 손으로 받아 들었다. 그 위에 달걀 하나도 얹어주었다. 이세봉이 자기만 주는 것 같아 쳐다보았다.
카츠치카는 이미 오징어를 입에 물고 있었다. 무쇠 같은 이빨에 오징어 살결이 뚝뚝 찢겼다. 턱은 크고 빠르게 움직이며 광대뼈가 들썩거렸다.
이세봉이 달걀을 내밀자 고개를 흔들었다. 이미 먹었다는 표정으로 씹고 있는 자기 입을 손가락으로 한 번 더 가리켰다.
두 사람이 야장간으로 향할 때는 휘파람 소리가 들렸다. 걸음을 옮길 때마다 발바닥을 타고 열기가 몸속까지 기어올랐다.
야장간 문은 철판으로 덧대져 있었다. 가까이 다가가기만 해도 달궈진 열기가 훅 몸에 닿았다. 문고리도 뜨거웠다. 여기는 여름이 아니라 불이 사는 방이었다.
야장간으로 들어서던 두 사람의 발걸음은 안의 풍경 앞에서 멈춰 섰다. 맨살들을 드러내고 널브러져 자고 있는 9분조의 모습은 해수욕장을 방불케 했다. 아니, 그보다 더 평화로워서 역겨울 정도였다.

가장 먼저 눈에 들어온 건 벽에 등을 대고 입을 벌린 채 코를 골고 있는 뚱뚱한 놈이었다. 그의 배는 올라갔다 내려갔다를 반복하며 뱃놀이 중이었다.

제일 어린놈은 자면서 수영하는지 웃고 있었다. 다른 놈 배 위에 다리를 얹고 꿈나라에 빠진 놈은 입을 쩝쩝거렸다. 처음부터 옷을 벗어 베개로 삼은 놈. 자면서 더워서 벗은 놈. 심지어 바지도 내려가 엉덩이 반쯤이 하늘에 떠 있는 놈도 있었다.

쾅!

징이 크게 울렸다. 공기를 흔드는 성난 진동이 야장간 전체를 거칠게 쓸어냈다. 9분조는 거의 동시에 벌떡 일어났다. 발을 헛디뎌 넘어지고, 두 팔을 허둥대다 벽에 부딪히고 비명을 지르고…

그 순간엔 분명 공포였다. 그러나 정신을 차린 뒤엔 희열이 밀려왔다. 잤는데도 무사하다니! 그 단순한 사실 하나에 모두가 웃음을 터뜨렸다. 벌도, 매도, 무엇보다 최종배가 없다는 현실은 기적이자 통쾌함이었다.

속이 편하니 식욕까지 일어섰는지 도련님이 코를 벌름거렸다.

"이거… 무슨 냄새지?"

주둥이도 냄새를 쫓아 콧구멍을 벌름거리며 카즈치카 쪽으로 고개를 돌렸다.

"저거 낙지 아냐?"

"그래도… 우리가 왔다고 가져온 것 같아요."

성진의 목소리에 모두의 시선이 자연스럽게 카즈치카의 손으로 쏠렸다. 그의 손엔 정말로 말린 오징어 한 마리가 들려 있었다. 그때 징이 다시 울렸다. 쾅! 하지만 9분조원들은 여전히 오징어에 시선을 뺏긴 채 아무 반응 없었다. 쾅!! 두 번째 징 소리에야 이세봉의 존재를 인식하고 모두 눈살을 찌푸렸다. 마지못해 한 줄로 선 그들에게 이세봉이 물었다.

"아까 알려준 맞장구치기, 연습했어?"

도련님이 먼저 입을 열어 부추겼다.

"했어요. 우리 했지?"

그러자 다른 이들도 어설픈 대답을 이어갔다.

"난 했어. 너도 했지?"

"너도 했어. 봤어."

"우린… 다 했어."

마지막 김성근의 말이 가장 길고 확실했다.

"나는 날 밝아서부터 어둘 때까지도, 얼메든지 할 수 있수꾸마. 이따 봅소구마."

이세봉이 고개를 돌려 카츠치카를 바라봤다. 그는 말없이 돌아앉아 손에 쥔 오징어를 옆으로 툭 내쳐 놓았다. 그리고 담배를 입에 물었다. 꽁초가 아니었다. 금방 봉인을 뜯어 꺼낸 것처럼 종이까지 새하얀 담배였다. 이세봉의 목소리는 단호했다.

"합격 되는 자만 오늘 저 낙지를 먹을 수 있다."

댕! 징이 울렸다. 9분조원들은 동시에 차렷 자세로 벌떡 섰다. 배꼽 노출은 순식간에 사라지고 옷자락도 어디선가 되살아났다. 잠기운은 깨끗이 증발했다. 그들의 자세는 말린 오징어처럼 뻣뻣

했다. 시선은 실제 고철 위에 놓인 오징어에 모두 꽂혀 있었다. 이세봉이 그 '오징어'들을 향해 외쳤다.

"시험 보기에 앞서 카츠치카 도공님께 인사!"

9분조원들은 고개를 숙이며 외쳤다. 한목소리였다.

"시니마셍!!"

'스미마셍'이 아니었다. "죽지 않습니다"였다. 그 해괴한 인사에 이세봉의 눈썹이 순간 흔들렸다. 얼떨떨한 얼굴로 카츠치카를 돌아보았다. 카츠치카의 입꼬리가 아주 미세하게 올라갔다. 그러고는 처음으로 9분조원들 앞에서 입을 열었다. 낯설지만 단단한 일본어였다.

"다나까."

"하이."

"저놈들… 그 소리 그냥 하게 냅둬."

이세봉은 그 뜻을 파악하고 가볍게 웃으며 고개를 끄덕였다.

"하이."

그리고 앞으로 나섰다. 한 손을 들어 올리며 외쳤다.

"자, 모두! 카츠치카 도공님께 다시 한번 인사!!"

9분조는 자신들이 직접 일본어로 떠벌린 것마냥 들떠서 더 크게 소리쳤다.

"시니마셍!!!"

그 순간, 야장간은 진동했다. 그 소리 하나에 9분조의 기운은 살아났다. '시니마셍'이 '죽지 않겠다'는 기적의 오기로 들렸을지도 모른다. 첫 시험 대상자로 도련님과 주둥이가 나섰다. 도련님은 망치를 어깨에 메고 모루에 한 발을 올려놓았다.

"우리가 얼마나 잘하는지 도공님께서 직접 돌아앉아 눈으로 보셔야…"

"소리로도 아신다. 치기나 해."

주둥이와 도련님은 비장한 눈빛으로 마주 보며 의미심장하게 고개를 끄덕였다. 그런데 그 뒤로 들리는 망치질 소리는 전혀 딴판이었다. 먼저 친 놈이 또 치고, 나중에 친 놈은 망치가 아니라 말로 "네 차례야"했다. 망치 머리도 모루가 아니라 맨땅을 두들겼다.

쾅당!

카즈치카는 아무 말 없이 고철 하나를 집어 철근 더미 위에 던졌다.

"다음!"

이세봉 앞으로 이번엔 가수와 도성진이 나섰다. 두 사람의 망치 소리도 '맞장구'가 아닌 형편없는 '엇장구'였다. 고철은 더 기다리지 않고 날아들었다. 금속이 부딪치는 소리가 사나워졌다. 마지막으로 검은손과 김성근이 나섰다. 성근은 자신 있게 분조장을 뒤로 밀쳐내면서 해머 망치를 번쩍 들었다. 그리고 — 쾅! 그 힘은 지나쳤다. 손잡이가 뚝 부러졌다. 옆에 있는 쇳조각이 알아서 고철 더미로 날아가 불합격 소리를 냈다.

댕! 댕!

징이 두 번 울렸다. 그 울림은 '잘했다'도, '그만하자'도 아니었다. 아예 9분조 전체를 야장간에서 내쫓는 신호였다.

우르르—

다시 9분조가 마당으로 쓸려 나왔다. 금방 건져낸 오징어를 바닥에 쏟아놓은 것처럼 제각기 뿌려지고 흩어졌다. 신발을 찾았고, 허리를 부여잡기도 했다. '대왕오징어' 김성근조차 이번엔 땅에 엎어졌다. 문을 닫으며 이세봉이 격노했다.
"너희들이 잔 것보다 더 나쁜 게 거짓말이야!"
두 사람만 남은 야장간은 문득 넓어 보였다. 이세봉은 카츠치카 곁에 앉았다. 카츠치카는 오징어를 구웠다. 불에 넣었다 빼낸 오징어는 둥글게 오그라들었다.
카츠치카의 손은 쇠판처럼 뜨거운 것도 몰랐다. 뒤집어 넣을 때나, 두 쪽으로 찢을 때도 거침이 없었다.
이세봉은 오징어를 씹으며 생각했다. 다 먹고 나면 카츠치카의 '루비반지'는 어디서부터 시작될까? 처음부터라면 야장간은 이제 두 사람으로 버티는 것이다. 후렴부터라면 소장의 말대로 키우며 쓰는 것이다. 오징어 마지막 조각이 카츠치카 입에서 마구 씹힐 즈음이었다.
밖에서 9분조의 목소리가 들렸다.
"시니마셍!"
놀랍게도, 그 외침은 반가웠다. 잊으려고 한 존재들인데도 당혹과 익숙함이 뒤섞여 이상하리만치 그리운 소리였다. 이세봉은 슬그머니 고개를 돌렸다.
카츠치카는 무덤덤했다. 그저 옆에 떨어진 꽁초 하나를 발끝으로 스윽 밀어 둘 뿐이었다. 이어서 들리는 목소리는 9분조장 같았다.
"우린 오늘 처음으로 보위원 놈들에게서 벗어나 사람다운 자유를 느꼈습니다! 먹지 않아도 배부르니! 죽도록 일할 테니! 우리를 받아주십시오! 9분조 전체 차렷! 도공님께—인사!"

"시니마셍(죽지 않습니다)!"

카즈치카의 입에서는 휘파람이 나오지 않았다. 대신 담배 두 개비를 입에 물어 한 번에 불을 붙였다. 하나를 이세봉에게 건네면서 남은 하나로 폐 속 깊숙한 곳까지 들이마셨다.

밖은 조용해졌다. 9분조의 목소리는 더 들리지 않았다. 대신 퍽! 퍽! 땅을 두드리는 소리가 이어졌다. 이세봉은 귀를 기울였다. 햇볕에 말리기 위해 내놨던 삽자루용 나무가 먼저 떠올랐다. 그것으로 맞장구치기 연습을 하는 것 같았다. 소리를 세어보니 정확히 여섯 개였다.

카즈치카도 그 맞장구 소리는 알아듣는 눈치였다. 일어나 장갑을 끼며 휘파람을 불었다. 이세봉의 귀가 더 크게 열렸다. 그 휘파람은 '루비반지'의 후렴이었다.

한 시간 뒤 9분조는 야장간 안으로 다시 들어왔다. 한 줄로 정렬한 그들은 기합 받고 난 뒤 얼굴 같았다. 긴장과 반성, 새로운 결심으로 두 눈들이 퍽이나 커져 있었다. 이세봉은 징을 쳤다. 그 소리는 정숙을 눌러놓고 오금을 한 번 더 박으려던 의도였다. 그런데 9분조는 고함치며 허리 숙였다. 소리도, 동작도 일치했다.

"시니마셍!"

캠프 15 1권

초판 1쇄 인쇄	2025년 8월 25일
초판 1쇄 발행	2025년 9월 9일

지은이 | 장진성

발행인 | 김영우
편집인 | 장윤경·채경희
디자인 | 조미원

펴낸곳 | 도서출판 영우드
출판신고 | 2025년 6월 25일
주　소 | 서울특별시 노원구 동일로215길 48, 1층 102호
전　화 | 02-938-4250　　**문자메시지** | 010-8690-8910
팩　스 | 02-858-5560　　**전자우편** | ywdbook25@gmail.com
홈페이지 | youngwood.kr

ISBN　979-11-993845-6-9 (04010)
　　　　979-11-993845-5-2 (세트)

* 이 책은 저작권법에 따라 보호받는 저작물이므로 무단 전재와 무단 복제를 금합니다.
　이 책 내용의 전부 또는 일부를 이용하려면 반드시 저작권을 소유한 『도서출판 영우드』의 서면동의를
　받아야 합니다.
* 도서출판 영우드는 전 세계에 영향력 있는 지혜를 전달하고자 합니다.